U0899370

長江出版傳媒 | 长江文艺出版社

图书在版编目（CIP）数据

孛罗城 / 钱建军著. -- 武汉 ： 长江文艺出版社，2025. 9. -- ISBN 978-7-5702-4101-9

Ⅰ. I247.5

中国国家版本馆 CIP 数据核字第 20256WE765 号

孛罗城
BOLUO CHENG

责任编辑：杨 阳 阮奥琪　　责任校对：程华清
封面设计：胡冰倩　　责任印制：邱 莉 韩 燕

出版：长江出版传媒 | 长江文艺出版社
地址：武汉市雄楚大街 268 号　　邮编：430070
发行：长江文艺出版社
http://www.cjlap.com
印刷：武汉中科兴业印务有限公司

开本：710 毫米×980 毫米　1/16　　印张：22.75
版次：2025 年 9 月第 1 版　　2025 年 9 月第 1 次印刷
字数：294 千字

定价：68.00 元

序 言

边地书写的新传奇

邱华栋

我拿到钱建军的长篇小说《孛罗城》试读本，展读之下，十分兴奋。这部小说所写的地域故事我并不熟悉，因而很有陌生化效果；叙述上也很讲究，恰似一座繁复精妙的文学迷宫——融合了众多看似相悖却又和谐共生的元素，在传统与现代、现实与奇幻的边界线上自由穿梭，构建起一个既充满烟火气息、又弥漫着神秘色彩的小说世界。

孛罗城在哪里？此前我还真没有听说过。我现在告诉你，孛罗城位于新疆维吾尔自治区博尔塔拉蒙古自治州博乐市达勒特镇破城子村北缘，是唐朝至元朝时期的古遗址。孛罗城这样一个古城，作为边地之城，有着自己独特的命运和传奇。在这本书中，这一传奇被精彩地一层层地展示给我们看。

小说开篇没多久，作者就以细腻入微且饱含深情的笔触，全方位、多层次地雕琢着北疆的孛罗城的自然景致。从冬日的茫茫飞雪到夏日七里慈湖的潋滟波光，从城外广袤草原的随风牧草到城中错落有致的土屋与繁华街市，每一景每一物都被勾勒得栩栩如生，仿若触手可及。那三百眼夏不枯、冬不冰的泉，不仅是城市的水源命脉，更成为滋养城市文化的灵脉。在农耕与游牧交织的生产方式下，孛罗城里铁匠铺的炉火与锤打声映照出钢铁文化的炽热，林立的街市是经济与文化融合的生动写照，蒸浴店的热气则弥漫着生活的烟火气息。传统节庆的欢聚会和礼俗传承，宛如无形的纽带，维系着城市的精神脉络，彰显着深厚的文化底蕴。可以说，《孛罗城》坚守着新疆地域文化的独特性与原生性，为地域文化传承提供了鲜活样本，是地域文化书写的力作。

这部小说塑造了很多性格独特、形象鲜明的人物，他们如夜空中闪耀的繁星，共同构成人性的浩瀚星空。一部小说成功与否，人物塑造至关重要。这里介绍小说中的几个主要人物：

城主尚田其形象复杂多面。他既有统治者的睿智与谋略，在城郭建设治理中展现出高瞻远瞩和果敢决断的精神，又在面对往昔恩怨时流露出人性的脆弱与纠结。尚田其年轻时与叶那初的反目成为其一生的伤痛，影响着他的决策。他疼爱孙女吉日霖，将家族希望寄托于她；面对危机，又能迅速切换角色，守护城市安宁。这一形象深刻反映出人性在权力与情感交织下的复杂本相。

吉日霖无疑是小说的核心亮点，恰似璀璨明珠。她自幼受多元文化滋养，武艺非凡、头脑聪慧、性格坚毅果敢，处理城务时沉稳睿智，远超同龄人。然而在感情世界里，王玉正的深情、拓羽的守护、喀布的质朴情感，使她陷入迷茫挣扎。她在爱情、亲情与理想、现实间艰难权衡，内心的痛苦抉择如重锤敲击着读者的心灵，其形象之丰满立体，是人性在情感困境中徘徊的生动体现。

海达性格豪爽粗犷，对爱情执着追求，从羊圈救下汉娜后便全心守护她。在家庭责任上，他肩负铁矿管理重任，努力撑起家庭。但命运残酷，妻子身世之谜和家庭变故不断冲击他的生活，他始终坚强抗争，诠释着对家庭的忠诚与担当，展现出人性的勇敢、坚毅与执着。

王玉正出身长安世家，气质儒雅、学识渊博。在孛罗城的岁月里成长为有担当的男子汉，积极参与城务。他对吉日霖的爱情矢志不渝，打造寒星吉日绵绵剑作为深情的象征。面对感情挫折虽有痛苦挣扎，但他坚守内心，努力争取未来，体现了传统与现代、家族与个人情感的碰撞与融合，彰显了人性的光辉。

以上这些主要的小说人物的命运相互交织影响，在权力、爱情、亲情、友情等因素的碰撞中成长蜕变，深刻揭示了人性的本质，引发读者强烈的情感共鸣，使读者仿佛置身于孛罗城，与人物一同经历风雨人生。

在家族线中，尚田其家族命运的变迁是小说的主线，串联起过去与现在的恩怨情仇。从尚田其的淘金经历及与叶那初、苏里路的纠葛，到后代子孙的人生轨迹，各环节紧密相扣，影响家族走向。江湖线充满神秘惊险，菲克与苏里路的复仇计划如潜伏的幽灵，不时掀起惊涛骇浪，给孛罗城带来危机，使故事氛围紧张刺激。城郭发展与防御是重要背景，孛罗城在尚田其的治理下借钢铁产业崛起，却引来外部觊觎。抵御外敌的过程构成情节高潮，展现出城市的坚韧与人民的顽强。个人情感线如细腻暗流贯穿始终，吉日霖与王玉正等人的爱情纠葛与家族、江湖、城郭命运紧密相连，推动情节发展，使故事更加生动感人。作者巧用伏笔与悬念，如汉娜身世早早埋下伏笔，随情节推进逐渐揭示，令读者赞叹。

尚田其和灰袍人的关系充满哲学深意，直至小说结尾才真相大白，灰袍人竟是尚田其的影子。二者割裂又统一，象征着人的本我与自我在斗争中寻求和解。尚田其的权力欲、情感纠葛及对家族城郭的责任，在二者的互动中充分体现。灰袍人是其压抑欲望的具象，也是其内心挣扎的外在表现。这一设定使小说超越故事叙述，上升至人性、自我认知与生命哲学的深度探讨层面，促使读者审视内心，反思日常行为的深层原因。

此外，小说中还存在着一个神秘的元素——神觉蓝。它象征着神爵年间中央政权在西域正式实施的某种力量，虽未明确点明，但却在故事的发展中若隐若现地发挥着作用。而那神秘的青石板上的眼睛更是具有神奇的魔力，似乎在暗中引导着故事的走向，给整个孛罗城的命运增添了一层更为神秘的色彩，让读者在探寻故事真相的过程中充满了好奇心与疑惑。

在故事的发展进程中，关于铁矿的情节也颇为引人注目。王玉正和父亲偶然间发现了一座超大铁矿，在商讨如何向皇帝汇报时，王玉正深思熟虑后建议把它留给后代。这一理念在当时显得颇为独特，体现出他长远的眼光和对资源可持续利用的深刻思考。而到后来，王博士也发现了大铁矿，并同样说出把它留给后代的话语，前后的呼应不仅凸显了这一理念在不同人物心中的重要性，也暗示着在孛罗城的发展历程中，人们对于资源的态度逐渐形成一种共识——这种共识在一定程度上影响着城市的命运走向，也为小说的主题增添了新的深度与维度。

小说融合荒诞、魔幻与民间文学元素，突破传统文学类型边界。王玉正眼睛里长出玄厉石，象征其成长过程中经历的磨难与追求理想的艰辛，增添了故事的趣味性与神秘性，引发读者对人性、命运的思考。尚田其的脸变成狼脸，象征极端环境下人性的扭曲异化，丰满了人物形象，激发读者探究深层含义。大宝、二宝一夜长大十岁，具有民间传说的奇幻色彩，反映了民间文化对生命成长的想象与诠释，增添神秘童趣，凸显民间文化魅力与影响。

从历史维度看，小说以孛罗城为缩影，生动展现了边疆特定时期的社会风貌与发展变迁。淘金热引发的对财富的追逐、人性的考验、城郭的兴起繁荣及势力的争斗融合，构成了一幅波澜壮阔的历史画卷。尚田其的淘金机遇与喀布的举动、拓羽的选择等情节进一步丰富了人性的维度，让读者更加深刻地理解到人性在复杂环境与情感纠葛下的多样性与脆弱性。

在叙事视角上，小说采用多角度叙事，如电影导演般引领读者透过不同人物的眼睛观察、解读世界。描写孛罗城危机时，从尚田其视角呈现决策权衡，从吉日霖视角展现应对智慧与情感波动，从城民视角体现危机对生活的影响，使叙事立体丰富，增强故事可信度与感染力，让读者仿佛身临其境。小说巧妙融合中原与边疆文化，在人物言行、习惯与价值观中尽显文化交融。

可以说，《孛罗城》是一部内涵丰富的优秀作品，它为地域文化小说提供了一个值得分析的样本。《孛罗城》的传奇叙事很吸引人，其情节架构如同一部波澜壮阔的小型史诗——以孛罗城为核心舞台，在历史长河中徐徐展开，涵盖家族兴衰、江湖纷争、城郭攻防及个人情感波澜等多个层面。

《孛罗城》如一面历史与人性之镜，映照出特定历史时期边疆地区的社会生活与人民精神风貌。读者可以通过这本书了解历史上的新疆面临的自然环境恶劣、外敌侵扰、内部矛盾等困境，以及人民坚韧奋斗、团结协作、顽强抗争的精神，这将激励读者勇敢面对困难、永不放弃希望、坚守信念、团结协作以战胜困境。文学也因此展现了别样的影响世道人心的巨大力量。

2025 年 2 月 16 日

目　录

楔子　纷争缘起

唐高宗显庆年间，冬。平定西突厥后，国家疆域进一步扩大，朝廷加强了对边疆地区的管理和边境防御。

孛罗城，一座钢城。户一千，口四千，胜兵一千人。城居肆圊间错，土屋窗户皆琉璃。

是的，孛罗城不大，却是这一带方圆几百里最繁华的城，有两条大街，一条从南到北，一条从东到西，而最繁华的地方就是这两条道路相交的大十字路口了。大十字路口集中了全城的精华，铁匠铺、盐店、丝绸店、食品店、木匠坊、首饰店、粮食店、蒸浴店等几十家店铺在主街两侧林立，最吸引人的是一家酒肆。在这些店的末端是骡马集市。卖豆腐和卖肉的把白天没卖完的物品，放在店门口的编筐里，并不怕被野狗叼走，因为筐上面有一块厚重的木板压得扎扎实实。半夜，豆腐和肉就被冻成了石头一样的硬块。

编筐下面突然蹦出一只脚掌大的黑老鼠，它的长尾巴是身体的两倍长，尾端上有一个鼠头大小的毛球球，显得老鼠又大又萌。老鼠跑起来一跳一跳的，几个眨眼的工夫，老鼠就躲进拐角不见了。奇怪的是，人们看到了并不打杀它们。这些老鼠，夏天集体去了城外，冬天才回来向城里人讨吃的，城里的人会从牙缝里挤出食物放在门边，留给老鼠。

孛罗城周围三十里地，遍地皆有伏泉，插孔得水，夏不枯，冬不冰，约三百眼泉。城民从泉里打水，常有鱼出。为什么泉水中有鱼？当地人说，泉中有千年鱼米子。城前一百二十多里地是七里慈湖，右侧十里有孛罗河流过。这里有农田和少量牧畜，所种皆麦稻，水货充足，但是，马牛羊的数量显得有些供给不足，得从其他地方采购。

冬至后，七里慈湖[①]准备好了合适的冰层。雪在地面上积起来了，湖面就可以站人了。用不了两天，冰层的厚度就有一尺厚了。等冰层有门板厚的时候，孛罗城里的男女老少们相约出城，他们坐着狗拉爬犁和马拉爬犁绕过芦苇丛，滑过七里慈湖的冰面，到对面山上的森林去打猎。冰面上飘起轻纱一样的雾气，丝丝缕缕，迷梦般半真半假，时隐时现。芦苇头的干花上结着冰花，婴儿胳膊一样粗的芦苇秆上，被雾水刷上了一层薄冰，使得芦苇秆变得强壮如竹，支撑住了沉重的芦苇冰花头。那些没撑住冰重因而被折断的芦苇秆，像是这片芦苇丛的伤口。动物从芦苇丛中踏过，响起嘎巴脆的嘎吱声。

严冬封锁了大地，从这座山头到那座山头。

风携带着小刀子，在人们脸上割开了小口子。

赶车人的手上裂开了血口子。马、骆驼、狗、人的嘴里和鼻子里哈着白气，嘴边和眉毛上结着一绺一绺的冰坨坨。

城主尚田其[②]在他的密室里透过一个小孔观看城外的动静。这里是孛罗城的地下迷城，入口在他右手边一个极小的柜子后面，而出口则在山那边铁矿的一处隐秘点。地下迷城里，绿釉陶灯发出豆大的昏暗光晕，走廊连着走廊，房间连着房间，门连着门，间或还有一些意想不到的机关，如果没人引导，进去以后，很难自己出来。一旦孛罗城遭遇危险，尚田其就会命令城内城外的士兵汇成两股力量，或守或攻。在这片草原扎根，没有防守和进攻的能力，须臾便会被侵占吞没。况且孛罗城还有令人垂涎的铁矿，以及块炼铁渗碳钢和百炼钢。可以说，谁拥有了铁和钢，谁就拥有了在战争中制胜的力量。

距离孛罗城一百四十里的地方有一座城，叫刺刺城[③]，城主是叶那初。此城不仅有一个斜角的瓮城，城墙外周还隔三丈建了马面，间隔建了敌台[④]，易守难攻，防御一般的马贼小盗没有问题。

刺刺城最让人说道的是刺刺马，马从头至尾长一丈，从蹄至项高八尺。刺刺马场在城外，占地几百公顷，最多时养着数千匹刺刺马。每到马儿出场的时候，首先会听到一阵雷鸣般的声响，然后是一阵烟尘腾起，成百上千匹刺刺马风驰电掣、倏忽而过，一眼看不到边，像黑色的河流向前奔流而去，气势磅礴，令人振奋。

就是因为刺刺马的关系，城主叶那初和不少势力建立了联系，有着不凡的人脉。

孛罗城城主尚田其和刺刺城城主叶那初以前是好友，他们有一个共同的朋友苏里路。

三十年前，尚田其、苏里路、叶那初是同为一路的淘金客。在淘金过程中，尚田其显现出过人的组织能力，自然而然成了他们仨的头儿。

孛罗城外一百里处，流淌着库亚河。库亚河北岸，便是黑风口。从黑风口再前行大约三百里，有一处图塔金矿，这里就是三人的淘金地。他们在这里淘了五年金。

一日，三人收获颇丰，淘到了不少金子，便买酒庆祝。然而，他们的举动引来了一个名叫菲克的人。

夜晚，趁三人醉酒熟睡，菲克偷偷潜入他们的房间，企图偷走金子。尚田其迷迷糊糊中感觉有人在翻动自己的东西，瞬间惊醒，大声呼喊，苏里路，叶那初，快醒醒，有人偷金子了。可那二人睡得死死的，毫无反应。菲克见尚田其醒来，顺手操起墙边立着的淘金锤，朝着尚田其砸去。尚田其侧身躲过，定睛一看，发现来人竟是菲克。此时的尚田其因醉酒身体绵软无力，根本无法与菲克对抗。就在菲克准备再补上一锤时，他一眼瞥见了床头那个装着金子的布包。菲克迅速抓起布包，还顺手抢走了苏里路和叶那初的金子，在尚田其的眼皮子底下扬长而去。

第二天，苏里路和叶那初醒来，发现自己辛辛苦苦淘了五个夏天的金子不翼而飞。苏里路忍不住埋怨尚田其没有保护好金子，叶那初则一言不发。三人满心沮丧，连回家的盘缠都没了，感觉这一切就像一场噩梦，那些金子仿佛被一阵大风刮得无影无踪。尚田其说是菲克抢的，三人找菲克想要要回金子，菲克矢口否认。菲克有着自己的势力，三人不敢妄动，只得把头缩了回去。

回到自己的帐篷，尚田其拿出藏在鞋底的小金块，说，这是我最后的金子，不知道你们有没有藏了急用的金子。二人无奈地摇摇头。

下一步该怎么办。

请他吃一顿饭。尚田其说。

啥？二人同时问。菲克抢了他们的金子，他们还请他吃饭。二人不知道尚田其的葫芦里卖的什么药，说他脑子有病。

尚田其对他们如此这般地解释一番。

二人没有说同意也没说不同意。尚田其说，你们不说话，我看作你们同意。

叶那初的任务是纠集几个信得过的淘金客帮忙，在他们的帐篷里挖陷阱，在帐篷中间向下挖三米半，底部栽上尖木桩，上面铺上小树枝，树枝上面铺薄地毯，帐篷里四周摆上桌子，桌子上面摆满美食。

苏里路能说会道，尚田其安排他去邀请菲克，就说，既然大家都是为了金子来的，那么得有人保护，他们三个人请菲克做头儿，归顺他，以后淘的金子都归他，给他们口饭吃就行。苏里路并不心甘情愿，对于尚田其的计划他心里有点不同意。尚田其严厉地说，你不同意也得同意，就这么干，到时候让菲克坐在有陷阱的一方，然后想办法让他掉进陷阱，再点一把火烧掉帐篷。这就是计划。

一个月后，在苏里路的游说下，菲克相信了苏里路的说辞，他满面春风地来了。菲克进了帐篷后，看他们仨态度谦卑，便放松了警惕。苏里路说，菲克大哥，来我这里，您上座。菲克很满意他今天坐主位。嗯，他骄傲地从鼻腔里哼了一声，往自己座位走去，一脚踩到地毯，掉进了满是尖刺的陷阱。在掉进去的瞬间，他怒骂了一句，你们陷害我，并一把拽住离他最近的苏里路。藏在旁边的工人立即泻下大量的土块，陷阱里的二人没叫两声就被更多的土掩埋了，尚田其和叶那初被这瞬间的变故惊呆了，叶那初抢过工人手里的工具要救苏里路，被尚田其拦住了，说，叶兄，你现在就是救上来，他也已经死了。叶那初说，不管了吗？我们可是兄弟呀！尚田其说，现在已经做了，只能一黑到底了，心不狠站不稳。

叶那初也想不出更好的办法，呆立在原地。尚田其点燃了一把火，烧了帐篷。有人看到帐篷着火，过来查看，看到尚田其站在不远处，并没有要救火的样子，嘀咕了几声，纷纷散开了。看着帐篷被烧尽，尚田其立刻到菲克的帐篷里搜刮一空，把自己的金子找回来，附带着把叶那初和苏里路的金子全部找了回来，最大的一个包袱是菲克的。尚田其把这些金子混合在一起，当着叶那初的面，二人做了分配。看着眼前这一堆金子，叶那初心里不是滋味，他希望这件事尽快过去。

苏里路和菲克一同掉进了陷阱，成了尚田其心中的一根隐刺。

尚田其背着第一桶金来到孛罗城，当初的孛罗城几乎是一个废墟，这个城郭不知道是什么时间建的，在这个纷乱的社会中，一座城屡建屡毁、屡毁屡建是常态。尚田其用淘金所得，开始了他重建孛罗城的计划。彼时的孛罗城寥寥十几户牧人，他组织牧人，给他们发钱搞建设，不久，这些人带来远方的亲朋好友来挣钱。尚田其首先建了街道和门面，以租赁的方式收租，人多了，商业自然也就起来了。在金矿时，他就了解到孛罗城前山有铁矿的信息，很快，他就在高人的指点下找到了铁矿。孛罗城越建越好，这些都来源于他埋了菲克和苏里路后得到的金子。叶那初建剌剌城靠的也是这些金子，剌剌城离孛罗城仅有 70 里地。尚田其和叶那初的发展一个从铁矿出发、一个从剌剌马出发。

没过多久，叶那初和尚田其因为两座城中间的一片草原的放牧权不清晰，二人几句话没有沟通明白，产生了纠纷。为了界定权属，叶那初和尚田其用男人的方式——打架，来解决问题。尚田其输了。

最终的结果是按照叶那初的想法划分了草原权属。

至今，尚田其的额头上还留有一道疤痕。

虽然赢了尚田其，但为了延续兄弟情谊，叶那初大度地赠送给尚田其二十匹剌剌马，以补偿尚田其在草原上的损失。近三十年过去，这二十匹剌剌马，在孛罗城扩大成两百多匹马。但这并没有抚慰尚田其心中的耻辱。他的坐骑是从几百里外的其他城郭集市上买来的，他拒绝骑叶那初送的马。叶那初总是套近乎、想与尚田其和好，甚至通过算计，将自己的远房表妹芦草介绍给尚田其当妻子。婚后，芦草给尚田其生了三个儿子——海普、海达、海聪。叶那初成了三个孩子的表舅。十年后，尚田其才知道芦草和叶那初是表兄妹，他觉得他们合伙欺骗了自己。他算来算去却被他们算计，他更加羞愤，从此以后，冷落了妻子，时间不久，就将妻子送往一百里外的一处夏牧场，不再见面。

尚田其的心腹拓羽，是一位心思缜密的少年，十五岁，瘦高，脸颊棱角分明，眉骨高显得眼睛有点深，眉毛黑而粗。一年前，他被尚田其召见，尚田其让他前往长安城寻找并带更多的工匠来孛罗城。他的铁矿场已经采集了足够多的铁矿石，他准备大干一场。拓羽欣然受命，立即出发前往长安城。

拓羽来到长安的城门前，突然从里面走出浩浩荡荡的一队人马，向人打听，为首的竟然是西北剌剌城城主叶那初，也不知失踪了很久的叶那初何时到了长安城，还寻得了官职。拓羽想拦马相认，又怕叶那初当官不认穷亲戚，让自己尴尬。拓羽身边站着一位看热闹的白面书生，拓羽看着他的侧脸，很有好感，便主动搭话。白面书生也很礼貌，一来二去，拓羽得知他是长安城巨贾王泰和的儿子王玉正，王泰和管理着长安城最大的陶器烧造点。拓羽一听，很高兴，便央求王玉正带他去参观，说自己三天没吃饭了，有点技能，想谋一份职业。王玉正对拓羽也合眼缘，随口说，这应该不成问题。拓羽大喜。

陶俑生产集中于长安城西北部。长安城的制陶作坊生产陶器，数量很大，如王玉正所说，窑址均由官府管理并组织生产。城主尚田其曾交代他，不放过任何一个机会寻找工匠，并要谦逊好学，先弓下腰而后直起背。

拓羽参观陶器烧造点，大开了眼界，看的时候格外仔细。陶窑由操作坑、火门、火膛、窑室、排烟设施五部分组成。火门立面有三角形和拱形两种，火门处用土坯或砖砌出封火墙。火膛平面略呈梯形，连接窑室的一端较宽，立面呈拱形。窑室平面近似长方形，挖建在生土上，窑壁或为生土或以夯土墙为之。火膛及窑壁均抹一层麦秸泥。窑室与火膛相接处用砖砌一道隔火墙，单砖顺砌，两砖之间留宽约两寸的进火孔，使火焰能够均匀进入窑室。窑室居中位置也有一道同样的隔火墙，将窑室纵向一分为二。排烟设施由左、中、右三条烟道组成，最后汇合于主烟道，由烟囱排出。窑内一次可以烧制四百多个陶俑。窑室内均为倒立放置的陶俑坯，头朝下，脚朝上，面向火膛，纵向排列。他暗自记下了一些关键数字和材料。

这里有几位老师傅，修坯拉坯时间长了，手指的指纹都被磨没了，这种匠人精神让拓羽非常敬佩，他希望自己将来也成为像他们一样工于技术的匠人。

不久，拓羽还去学习了冶铁，并带了三个冶铁的匠人回到孛罗城。

从孛罗城城楼上远望，清风拂面，但见城外广袤草原上牛羊成群、骏马奔腾。

第一章　王泰和造访孛罗城　尚田其真心话城忧

一个雪花漫天的夜晚，雪幕里缓慢走出一支驼队，刚开始是纵队，到孛罗城下时，变成了列队。

城主尚田其在他的密室里，透过一个小孔观看驼队的动静，能看到来人动作，却看不清人脸。

细风软绵绵的，空气中流动着杂乱的倦意。

这时，从驼队中走出几个身上挂着雪花的人。一个四十多岁的男子走在前面，身材微微发福，腰间挂着一个水袋，不太浓密的柔软头发从灰色棉布裹头巾中露出来，国字脸，小胡须，一双剑眉入鬓，眼神明亮。从他身后走出来一个女人，容貌普通，比他小几岁，个子却比他高，服饰比他显得华丽，颈搭一袭狐狸围脖。她左边站着一个束发之龄的白衣男孩，右边站着一个豆蔻年华的紫衣女孩。在他们身后不远处，风雪中时隐时现几十个牵着骆驼的驮工。

男子仰起头，举起双手，将一张姜黄色的羊皮通关文牒展开给士兵看，申请打开城门，让驼队进去。

手执武器的城卫在城墙上喊，夜间宵禁，请来人退后三里，待明日再来通关。

男子并没有解释，放下双手，卷起通关文牒，让妻儿上车。他给后面的驼队打了一个手势，前队变后队，走到指定的地方，在雪夜里扎帐安营。

夜间不开城门的规定，是三月前才执行的。

天明。雪霁。

男人带着自己的家人和驼队，踩着厚厚的积雪在孛罗城城门口排队，守城兵检查通关文牒，上面写着，王泰和携妻子阿娟、儿子王玉正和女儿王玉珠，随行五十名驮工，从长安来，沿路进行物资交流。夜间，他看到其他商队在不远处驻扎，不知是敌是友，便安排随行保镖做好护卫，安全地过了一夜。现在，所有在城外等待的人都进城了。

孛罗城的主街道与十几年前相比宽敞了许多，街道上店面林立，两边的各种店面往后面进行了延伸，形成了前店后院的规制。王泰和的商队把骆驼拴在驿站后院的木桩上，随行人员立即去城里的草料场买草料，把自己的骆驼全部喂饱。王泰和带着家人去食肆吃饭。

吃完饭，洗了脸，王泰和带着两个孩子出门。他找了个路人，打听尚田其有没有搬家，城里没有人不知道的，王泰和很快就找到了尚田其的家。

这座建筑是夯土加圆木的结构，房屋地基的四个角都用粗大的木头加固。院子中间有个七丈见方的方坛，坛内有十棵高耸的白桦树。这种树，王泰和在路边看到了很多，像是他老家地里的大葱一样，一丛一丛的，远山处是另一种针叶树木。跟在王泰和后面的一儿一女好奇地东张西望。

王玉珠拉着哥哥王玉正的衣袖，说，那些白桦树在吵架。

啊？王玉正看了看白桦树，又看了看妹妹，侧耳倾听，只听到风吹动树叶的声音，并没有听到任何其他吵架的声音，遂问，它们在吵什么？

一个说它踩着它脚了，一个说你的枝条遮住我家的太阳了。

哈哈。哥哥大笑起来。

不信算了，是你耳聋。王玉珠不满地说。

王泰和听见两个孩子的嬉闹声，摇摇头。

在王泰和眼里，这十棵白桦树长得放松且自由，不像在森林野地里那样树上树下都有竞争对手。他见过在繁茂的森林里，各层次的植物对阳光和土地的残酷掠夺。

王泰和正踱步欣赏院子里的陈设，一个爽朗的声音响起，欢迎欢迎。城主尚田其的二儿子海达从木质楼梯上咚咚地跑下来。不得不说，平时没觉得北方的男人体魄如何强壮，但是，和从中原来的这些人一对比，就有了明显的区别。海达明显胸膛更加宽厚，肩膀更加硬实。

海达和王泰和相互行礼，海达看到王泰和正在欣赏白桦树，便给他介绍了白桦树的由来。

白桦树是他移栽到这个院子的坛子里的，不是从小树苗长大的，移栽过来就有树荫了。

海达说，您稍等，我去找父亲。他跑去禀告尚田其，说长安商贾王泰和携家人来访。尚田其一听，连忙出来迎接。

王泰和带着一件包装精美的天蓝色瓷碗，这是送给尚田其的礼物。筵席上，王泰和的一双儿女也在。尚田其欣赏着精美的瓷碗，从遥远的长安城带来的瓷器居然完整无缺，这一路的颠簸居然都没有被碰碎。王泰和知道了尚田其的疑问，便从竹木编织的藤箱里拿出一摞瓷碗递给尚田其。尚田其拿在手上很沉，这是一摞十个瓷碗，往里看，里面是豆芽，露出了豆芽菜的头。王泰和介绍说，我们在包装的时候会把泡湿的豆芽置于两个瓷器中间，豆芽慢慢地生长，把瓷器和瓷器的空间占得满满的，再怎么颠簸也不会碰碎了。

听王泰和细致地介绍，尚田其很高兴，连说，长见识了长见识了。很快，他又面露悲伤，眉眼间无限伤感。王泰和问是何故，尚田其说，你是从长安来的人，眼界宽广，说来无妨。看着这精美的瓷碗，我想到孛罗城，恐怕将来是一样的，任何事物都有生命周期，抵不过最后的命运。

什么命运？

精美的瓷器，美好的城郭，会引起他人的嫉妒，会被他人损毁。尚田其看着王泰和，眼神空洞，好像陷入了某种沉思，眼神越过了王泰和看到了远方。

哈哈哈。王泰和笑起来，没想到尚田兄如此多愁善感，对于美好的事物，我们更应该是欣赏吧。

不，泰和老弟，如果你深入了解了人性，就会和我一样担忧。说完，尚田其看了看王泰和的儿女王玉正和王玉珠。王泰和连忙挥挥手，让孩子们出去玩耍，并接过尚田其的话头说，为了不让美好的事物受到损害，我们要增加自身力量保护美好。

尚田其说，泰和老弟说的有道理，对一件物品、一个家庭、一个城郭、一个国家同理。

王泰和不知道的是，自从他上次离开孛罗城，中间这些年，尚田其并没闲着，他养精蓄锐，在孛罗城建了一座隐秘的地下迷城。尚田其从长安城请来各行各业技术精湛的工匠，并在地下迷城训练出一批工匠，其中，最重要的且人数最多的就是冶铁的锻工。冶炼钢铁的地点在距离地下城的出口十里外的一处隐蔽的山脚下。

三个月前，刺刺城城主叶那初带着一面精致的铜镜来访，他想拜见尚田其，不过，他心里有点打鼓，不知道尚田其会不会像以往那样拒绝见他。他希望这次不同，因为铜镜是送给尚田其的宝贝孙女吉日霖的，叶那初早就知道，只要是关于吉日霖的事情，尚田其就拒绝不了。

刺刺城周边有三条七里慈湖的源头河，有着这片土地上最优质的草原，产出了最好吃的羊肉、最勇猛的刺刺马。有人曾用很多年遍访这里的水系，记录下有二十三条河水注入七里慈湖。现在这张水系图被人秘密收藏。这里的马是周遭几十座城郭[⑤]里的人的最爱，拥有一匹刺刺马，不仅是身份的标签，还是财富的象征。

现在，叶那初就牵着剌剌城最强壮的马来到孛罗城，铜镜用一张油亮的水獭皮包裹着，被放在马背上的褡裢里。他看了褡裢一眼，那里鼓鼓的。

这个铜镜，他仔细地看过，铜镜表面被磨得很光滑，把人脸照得很真切，背面右侧有一个长一寸、宽半寸的方形框，阳刻的八个字竖排成两行——“长安王家清铜照子”⑥，像一个书法闲章印在了铜镜上。这是长安王家姑娘用过的一面铜镜。这个圆镜背面的长方形印章，以圆为规，以方为矩，是女人的规矩。

叶那初送给尚田其的礼物，堆满了孛罗城的小库房。叶那初认为，人心是肉长的，又不是石头，没有暖不热的；何况他和尚田其还是多年的兄弟，他慢慢等，让时间化解恩怨，只要人活着，一切都有可能。

儿时的海聪，头发总是乱糟糟的，像流浪狗尾巴上的毡片子一样耷拉在后脑勺；裤带经常被其他小孩子一把抽掉，于是，他一边走路，一边手提着裤子，半个屁股露在外面，有孩子恶作剧，拉开他的手，裤子就掉在地上，大家开心得又蹦又跳。二哥海达知道了，找到那个孩子打一顿。二哥海达打架的时候，大哥站在一边，从不上前帮忙。海聪经常被大哥按住学习，海聪记忆力惊人，话说一遍就记住了，给海普省了很多心。海达练功的时候，也按住海聪练功，按照师父的要求，海达还没学会，海聪的招式已经熟练了。就这样，海聪在大哥和二哥的督促下学习长大。尚田其有点得意地说，看吧，海聪并没有被养废，是我眼光好，看准他的傻。

海聪经常在城内城外游手好闲，来个陌生人或者不是那么熟悉的人，都是他首先迎上去打招呼。这天，他又看到表舅舅叶那初的马车远远驶过来，他高兴地把马车拦住，说，舅舅，来了啊。叶那初回应说，啊，海聪啊，你父亲在吗？不在，这几天没见。哦，不在啊，这是给你父亲的礼物，你见了你父亲就给他。海聪满口答应，好的好的。

其实，真实的情况是，尚田其在城里，不过不在家里，在他的地下迷城。海聪真的好几天没见到父亲出来了。

叶那初又一次错过和尚田其见面，他有更要紧的事儿，给海聪叮嘱了几句就走了。海聪玩兴正浓，跟着脚下的蹴鞠跑，随手把礼物给了仆人，仆人接过礼物，打开一看，是一面铜镜，立刻心领神会，把铜镜交给了城主孙女的仆人，让他给她。谁都知道，她可是城主最宠爱的孙女，铜镜不送给她还能送给谁。仆人总是自作聪明，做他认为正确的事情。

就是这样，叶那初多次来访，总是阴差阳错，没有办法见到尚田其，巧合的是，每次都是海聪传话。海聪很多话语无法表述清楚，这使得两人的关系滑向一个未知的方向。

而这次和其他任何一次都不一样，叶那初是来向尚田其告别的。告别后，他准备回剌剌城安排好未来的相关事宜后，就带上家眷及部分细软离开此地，前往长安谋个一官半职。剌剌城留给他的副城主达库里。

第二章　海达意外结姻缘　本江江作恶结梁子

海达作为城主的儿子，只要他在孛罗城，他就有职责保护孛罗城的安定团结。他今天的职责是巡城。城内，走在街道上的海达听到前方一阵骚乱，原来是一个长着娃娃脸的身材敦实的男子，举着一把圆月兵器追赶一位年轻漂亮的女子。街道上的人纷纷躲避，年轻女子惊惶逃跑，她跑进一个直角巷道，那儿行人不多，仅有几家小店开着门，这些店主对眼前的事情仿佛毫不在意，仅仅是脖子从左到右转了一下。从他们身边一掠而过的女子又转入另一条巷道，这条小道的人更少了。海达不紧不慢地跟在他们后面，这是他家的地盘，由不得外人在这里撒野。女子躲进了一个圆形大羊圈。那里有海达刚从外地买回来的种羊，男子正要翻栏杆进羊圈搜寻，被赶来的海达拽了下来。

男子上身和下身的体型看上去很不协调，那双包裹在带穗的黑色短靴里的细腿小脚，看起来可以十分合适地穿上女人精致的绣花鞋。站起来的时候，他的身高不会比一个十三岁大的孩子高，两条短腿似乎不足以支撑一个成年人的身躯。他的上身健硕厚实，身板出众，上宽下窄，胳膊比他的小腿还粗，再配上他的娃娃脸，看上去怪怪的。

海达指着娃娃脸说，呔！这是我的羊圈，你不能进去。

哎，大哥，我抓到了那个女人，我就走。男子毫不在意地指指女人，又准备抬腿翻进羊圈。

海达抓住男子的衣领把他拽了回来，推了一把，男人被推出去一丈多远。海达说，呔！我说过了，这是我的羊圈，不管里面有没有人，这里面的所有财物，都是我的，当然不允许你随便进去。

男子笑了，娃娃脸上两个深深的酒窝显得非常可爱，手上的圆月兵器在空中飞快地画着圈，唰唰作响。男子说，我非要进去呢？这个女人，我今天必须带走。男子似乎并不怕海达。

海达从腰间抽出一把尖刀，厉声说，呔！你得问下我这把刀同意不同意。

娃娃脸没吱声，立即出手，想先下手为强。海达看出了他的小伎俩，往旁侧退了一步，瞬时跳扑了上去，两人叮叮当当打了起来。几个回合后，海达看准机会，用尖刀插进男子的圆月兵器的缝隙，男子用力挣扎了几下，却被海达稳稳定住，只见海达一翻手，尖刀刃转到男子的胳膊，直接把男子拿兵器的胳膊切去一半，男子大叫一声，兵器掉落在地上。男子捂着断臂，转身就逃，鲜血跟着他流了一路。

这一切都被暗室里的尚田其看在眼里，对于孛罗城的未来，他忧心忡忡。尚田其交代护城卫士，赶紧搜寻男子，斩杀男子以绝后患。哪知，卫兵循着血迹搜索到城门口，男子却神秘地不见踪影了。当去追人的城卫回来说没抓到人，尚田其立即加派人手加紧铁矿石的冶炼，一边安排更多的工匠打制兵器，一边秘密进行锻钢的地下交易。

尚田其对儿子海达手下留情的妇人之仁很生气，这是隐患，他安排杀手继续追杀男子。

蹲在两只绵羊中间的女子，看到刚才惊心动魄的一幕，瑟瑟发抖。等那个男子一手扶着断臂逃远了，她才从绵羊身边狼狈地站了起来，捋了一下乱蓬蓬的头发，走到离海达三只羊的距离停下。

她说，谢谢大哥救了我，你是我的救命恩人，我的命是你的。

啊？海达没明白女子是啥意思。

就是我给你做牛做马，还你的命。

那还不如不救你，让那个娃娃脸抓你回去不更好。

不好。说完，她的身体就靠过来，像蛇一样盘在海达身上，海达是个健壮的年轻人，第一次被一个温软的女人身体靠得这么近、这么热，他一把扛起女人，进了羊圈。

被海达救下来的女子名叫汉娜，随一支商队来到这里。她说自己父母双亡，为了吃口饭，一个姐妹介绍她跟着商队，看能不能挣到钱或者在路上当了哪个男人的妻妾，她就能活下来。她跟着商队，给商队的男人做饭洗衣，有男人要非礼她。她说，要我的身子可以，你娶我。男人一巴掌扇倒汉娜说，你装什么清纯。汉娜怒了，扑上去和他厮打。就在这时，一队蒙面大汉抢劫了商队，还杀了商队里的所有男人，却把汉娜的命留下了。

救下她的那个人就是刚才被海达砍断胳膊的人。照汉娜的愿望，这个人救了她，她为了活命，就应该对救她的人唯命是从、以命相报，但是汉娜对这个杀人不眨眼的土匪惧怕到了骨子里，生怕哪天他一个不如意，她就变成了大戈壁上被野兽啃食到骨头的野魂。

怕，能使人爆发力量。昨天，他们才到孛罗城；今天，她就看准一个逃跑的机会。汉娜看众人聚在一起吃肉喝酒，趁他们放松之际，她钻了空子跑了出去，带点酒意的娃娃脸，拎起兵器就追，如果被追上，保不准汉娜就成两截了。

还好，遇到海达。

汉娜留在了孛罗城。海达是个实心眼子，既然汉娜愿意和他过日子，他就是她的庇护神。他从不问她的过往，但是父亲尚田其反对，来历不明的女人休想进入他的家族。近年来，不知道为什么，海达觉得父亲总是疑神疑鬼、拿后脑勺看人。

海达不想和父亲当面硬杠，他把汉娜带进一个屋子先避开锋芒，等机会合适，他再找父亲说。

这是一间没人注意的屋子。对，就是那间海聪用来堆放叶那初赠送给尚田其礼品的屋子。海聪偶尔扔进来一件礼品。这里谁也不会进来，这里到底有哪些东西，关心的人不多，海达觉得没有哪里比这间屋子更适合藏一个大活人了。

汉娜从长安城一路担惊受怕奔波至今，在这个不太明亮的、有些零乱的屋子里，反而觉得安全舒适——没有人来找她麻烦，也找不到她的麻烦。

汉娜把地上的物品小心地挪到一边，收拾出一片空地儿，随即就躺了下去。海达想说，你这个女人太不讲究了，这样脏兮兮的地面，你也能睡下去。还没等海达和她说话，汉娜已经发出了轻微的鼾声，她居然那么快就睡着了。

无奈的海达叹了一口气，转身出去了。

不一会儿，海达又进来。

他整理了一个靠墙放东西的木架子，轻轻地扫净上面的灰尘，把刚拿进来的一床被褥铺了上去，然后把汉娜抱起来放在这个临时的床上。

汉娜始终在睡觉，海达把她抱到床上后，她翻了一个身继续呼呼大睡。

这个长途跋涉来到他身边的女人，让他有了别样的情愫，汉娜是这个荒戈壁上所不能滋养出来的青山绿水。

为了不让人察觉到这里的情况，海达看着睡死过去的汉娜，和衣躺在她身边。

直到第二天中午，汉娜才醒来，是饿醒的。她睁开眼，看到一个绣凳上放着食物——一个饼和一只鸡，她抓起来就啃，实在是太饿，肚子已饿进去一个坑儿，吃得她噎了好几次，直着脖子，硬生生地把食物咽了进去。吃完后，她发现有一壶水，直接对着壶嘴咕嘟了半壶，神情和身体才放松下来。

阳光从小玻璃窗透进来一丝，汉娜看清楚了屋内的东西。满屋子的钱币、金属、琉璃、珊瑚、水晶、瓷器，都是宝啊，汉娜两眼放光，捡起这个看，拿起那个看，爱不释手。她东张西望、偷偷摸摸地在自己裤袋里装了几枚金币。

她的动作被进来的海达看到了，他没说话。汉娜突然发现站在不远处的海达，有点尴尬，掏出金币，尴尬地说，我看着好看，我拿手上玩。

海达笑着说，这些物件你可以随便拿去。这让汉娜十分惊喜。真的吗？随即，汉娜又十分不舍地掏出裤袋中的金币放回了原处。

汉娜双眼粘在刚才的金币上，久久挪不开。她是爱财的。

海达说，都是你的，你随便拿。想拿啥拿啥。

啊。惊喜来得有点突然。她歪着头想了想，狡黠地说，那我不管了，我就听你的话，这些都是我的。

嗯。海达微笑地点点头。

汉娜跳起来，把金币一个一个拿起来又抚摸了一遍，没想到她走了那么远的路程，在这里拥有了一屋子的财富。她望着眼前的男人，很感动。

汉娜说，那个被你砍了胳膊的人叫本江江，是个土匪，你要小心。

那个人不见了，我父亲派人去找他和他的同伙，没找到，估计已经逃走了。海达说。

和那个人结下了仇，他不会放过你的。汉娜很担忧。

不用愁，手下败将。走，我带你出去走走，看看孛罗城。

在他人面前说话有点结巴的海达，在汉娜面前突然变得口齿利索了。

海达带着汉娜去逛孛罗城。孛罗城不大，没多久就逛完了，他还带汉娜吃了当地特色的清炖羊肉、红烧大雁，甚至还吃了一顿熊掌。几顿肉食下肚，汉娜的胃里打了底子，吃饭也不那么没样子了。可汉娜发现她最喜欢的还是那间现在自己住的装宝贝礼物的屋子，汉娜还特别喜欢那些陶罐、陶盆、陶碗，她说她的理想是在字罗城用这些器具开一家小酒馆。她会酿酒，酿各式水果酒、鲜花酒。

海达完全同意，他说，我带你回海达镇，那是我的地盘，你想怎么整就怎么整。汉娜不同意去海达镇，她觉得镇没有城大，谁来喝她的酒？人少就挣不了几个钱。其实，汉娜还有个小心思——取得城主尚田其的同意，她以后才能在这里真正生活下去。况且她现在还担心本江江来复仇，这个话没说出来，等时机成熟再坦白。

资金就用这个小库房的存货，开个小酒肆绰绰有余。

在字罗城最繁华的十字路口的一条街道上，汉娜的小酒馆很快开了起来，起名神觉蓝[⑦]酒肆，店里摆着各种从小库房拿来的物件。

汉娜看着满墙的各类物件，有点担心地说，要是客人不小心把这些器具摔破了怎么办。海达说，摔破了就摔破了，让客人赔偿就是。

那还是把一些贵重的东西撤下来。汉娜说。

随你，你怎么干都行。海达无所谓地说。

汉娜心里踏实了，把神觉蓝酒肆的招牌挂出来后，店门紧闭，她就着手酿酒。她买来粮食、各种干果，购买了当地的各种花卉，雇了两名店小二帮她。

在汉娜的要求下，海达戒掉了自己的一些口头词，比方说，一开口说“呔”，这个词他就尽量少说。刚开始一开口那个字就总是想跳出来，他就把想说的话在肚子里消化一下，再慢慢说出来，这样不仅把结巴的习惯改掉了，也把汉娜不喜欢的口头语改掉了，一举两得。这样慢半拍地说话，反而显得海达成熟稳重了，为此还得到了尚田其的赞誉，说他长大了，有内涵了。

六个月后，就在其他人以为神觉蓝酒肆还没开门就要关门的时候，店门打开了。好奇的城民围观在酒肆门口。

后院十大缸的酒，熟了。开盖当天，整个孛罗城的上空都是酒香味。人们闻着酒香进了神觉蓝酒肆。

第一坛酒在汉娜的操作下装满封了起来，汉娜让海达把这第一坛酒亲自送给尚田其品鉴。

尚田其在孛罗城摆筵席款待商队，热情接待王泰和，并与他结拜为兄弟。王泰和说，他们离开孛罗城后，又去了几个城做生意。海达托海聪送来几坛神觉蓝的酒后，就不见了踪影，原来他一直在神觉蓝酒肆里帮汉娜。尚田其只知道海达近来和那个汉娜搅在一起，但是，还不知道神觉蓝酒肆就是汉娜开的。

席间，大家开怀畅饮。尚田其自家的酒无人问津，反而神觉蓝的酒很快就被商队的人一饮而空。尚田其觉得奇怪，有什么酒能胜过他尚田其珍藏的美酒，便将碗里刚才没喝的神觉蓝酒尝了一口。不尝则已，一尝惊人。尚田其问酒是哪里的，家仆回答说是海聪拿回来的，就是我们孛罗城的酒。尚田其惊讶，说孛罗城还有这样的美酒，便让海聪带着家仆再去原地取酒。海聪正准备出去取酒，海达来了。一看是才露面的海达，尚田其对他的迟到很是生气，责怪他没有礼数，不知道招待尊贵的客人，这是孛罗城的大事。哪知海达说他也有大事，婚姻大事，他要结婚，尚田其问和谁结婚，海达说汉娜。尚田其震怒，说此女子来历不明，他坚决不同意这门亲事。海达固执不听，尚田其说如果海达执意要和那个女子结婚，就滚出孛罗城。僵持之际，汉娜抱着一坛神觉蓝酒款款走进来，说请大家喝酒。尚田其这才知道，神觉蓝酒是汉娜酿造的。把酒坛放在桌上后，汉娜跪在尚田其面前，求他原谅。她说自己喜欢孛罗城，想留在这里，哪怕做牛做马。尚田其更加怀疑了，他决定来个缓兵之计，对这个来历不明的汉娜多观察些日子。尚田其不知道的是，海达之所以这么快就沦陷在汉娜的怀抱里，是因为他们第一次见面就在羊圈里发生了关系，而且，是汉娜主动勾引，初尝云雨的海达因此对汉娜言听计从。

汉娜与尚田其对话时，旁边的王泰和一直在暗中观察汉娜，他觉得她有点眼熟，但一时想不起来在哪里见过。汉娜离开后，尚田其告诉海达：他可以允许神觉蓝酒肆继续在孛罗城经营，但海达屡次违背父愿，需领城规十个鞭刑，而且必须在孛罗城外讨生活。尚田其这样做，其实是想让海达与汉娜产生距离，让他们的关系渐渐疏远。海达知道父亲的固执，为了保住神觉蓝酒肆，他只好答应父亲的要求。

尚田其说，距离孛罗城四十里外的地方，有一处基本废弃的铁矿，他可以去负责此事。海达答应下来，也决心做出一番事业让父亲对他刮目相看。

尚田其本想让王泰和参观地下迷城，想了想，还是罢了。

孛罗城的所有店面都住满了，这座小城沸腾起来。即使是在交通不便的冬季也有不少商队从这里出发或抵达这里。

从北天山往里走五十里，有一个不大的围城，四周的墙由七尺厚的土夯筑而成。这里是海达镇，海达镇不大，长三十丈，宽四十丈，镇里的唯一一条道路上有骑马牵骆驼的商人，还有招摇过市身背武器的士兵，牛马犬豕声相闻。海达以自己的名字命名这座小镇，因为他是开拓者。

海达镇的农人、手工业者、矿工，都是他的人。这是海达的底气。

把时间拉回十年前，海达从小接受孛罗城师父的训练，尚田其的三个儿子里，他最有力量。他和灰熊掰手腕，和花豹摔跤，一巴掌能打倒一头犍牛，成为这一带城郭里的人选女婿的最佳人选，得到了父亲尚田其的赏识。海达却有自己的理想，即成为自己的主人，成为很多人的主人，成为一万匹马的主人。他梦想着，早晨起来站在宽大的马厩里，巡视着马儿，想骑哪匹骑哪匹，想跑哪片草原就去哪片草原，这片草原上所有女人只要他愿意，他都能用羊毛毯子接到自己的大帐里。

满十八岁的第二天，父亲让他带着需要的马匹和财物离开孛罗城，自己去开创草原。他骑着马追着落日的方向，跑了九个马站的距离，看了九次太阳九次月亮之后，来到了这片水草丰美的地方。这里离孛罗城三百三十三里地，离七里慈湖四百三十里地。

那一天，马儿追着草原，他追着太阳，当一轮巨大的红日落在那片草原上时，他策马跑向太阳，直到他的马儿再也不愿挪动半步。他说，就是这里。

他下马，循着马蹄在草原上踩开一条缝，他往左手吐了一口唾沫，双手互搓把唾沫揉得满手都是，然后全身趴在草地上，抓起两把草原的土，揉在一起，说，这片草原是我的了。

不出五年，这里除了牧人的帐篷，各种房子建了起来。来来往往的男人女人，有的人走了，有的人留了下来。因为这里有一座铁矿。

海达这次来到孛罗城，完全是为了找几个工匠，再买些种羊、种牛、种马带回海达镇，却巧遇了被本江江追杀的汉娜，汉娜躲进了他即将带回海达镇的种羊群里，顺理成章，汉娜变成了他的财产。

缘分就是这么神奇。谁都不看好汉娜，长辈们觉得汉娜太过妖娆，眼睛里有一汪泉水，看她一眼的人会被泉水吸进去，而海达却甘愿被这汪泉水淹没。

第三章　海普成刺刺城新城主
海达汉娜爱女吉日霖

一天，王泰和突然来访，他告诉尚田其，通过他得来的消息，刺刺城的副城主达库里被本江江设计杀死了，本江江自己占了刺刺城，自封城主。尚田其大惊失色，问原城主叶那初以及家眷在哪里，王泰和说，这还不知。尚田其立即要备马带人前往解救，王泰和说不能着急，要摸清情况后才能行动。

这天，海普得到消息，本江江在刺刺城有动静，没来得及逃走的人家的丁力都被他征兵，上至耄耋老人、下至垂髫小儿都被他强行拉去训练。一时间，城里的女人都哭天抢地地到训练场理论，本江江下了指令：继续训练，不可受女人影响，违者军法处置，轻者十个军棍，重者立施斩刑。他示意心腹狠狠地打带头的女人的板子，以儆效尤，把那个女人打得七魂丢了六魂，拉回家没两天就死了，而她的士兵丈夫听说妻子被本江江给打死了，就要前去报仇。有人站了出来，说，你现在报仇就是鸡蛋碰石头。男人无奈地捶墙，训练营内弥漫着反抗的气息。

本江江知道了这事，说，如果现在带这支部队去打其他城，士气显然不够。他又想了一个主意，给每个士兵增发了俸禄，说如果去打仗，打胜了就一起分收缴来的东西，大家都能致富，几次下来就能挣几辈子都挣不到的钱。

总有贫苦的百姓想借机翻身，并把外债还一还，本江江的号召多少还是有人响应的。

一天，本江江巡城时搜寻到一座地库，里面有前任城主的大量存银，他计划用这笔钱扩张势力。

这个消息很快就传到海普这里，他知道这是一次机会，要想快速发展城郭的经济，劫掠是最直接有效的方法。

海普和尚田其商量，要不要对刺刺城来一次突袭，把叶那初的存银抢回来。海达、海聪一致认同，喀布听到这个消息，在一旁跃跃欲试。

最后决定，由海普守家，尚田其带上马车，在一个月黑风高的夜晚突袭了刺刺城，本江江虽然立即召集队伍抵抗，但这些人和他大多是二心，没有几个诚心抵抗的，看到有人受伤哭爹喊娘的，其他人立马一哄而散，各回各家了。本江江一看这个阵势，就带了两名亲信从小路逃走。海达要去追，被尚田其拦住，说，穷寇莫追，快点找银库。海达对刺刺城不算陌生，很快就找到了银库，安排兵丁装了七大车才装完。

尚田其有了这笔意外之财，立即开始进行城郭营建。首先他给孙女吉日霖和吉日霜建了规模一样大的房子，房子就在她们以前住的房子上面，拓展了空间，显得更加奢华了。房顶用了青色的琉璃瓦覆盖，远看和天空接壤，仿佛从这间房子就能走到云朵上去。

吉日霖渐渐地在孛罗城露了头，她文武双全，她的马——黑缎，她的花豹——猪猪，都成为她的铠甲。花豹已经是头成年豹子，晚上，吉日霖会把豹子的铁链打开，让它回到山里谈恋爱、觅食，白天再回来。

吉日霖经过考察，看中了黑风口，她想在这里建一个驿站，给过往的商队提供歇脚处和酒水，并提供送信和收信的服务，这个提议得到尚田其的支持，海达却忧心忡忡。母亲汉娜鼓励吉日霖按自己的想法去做，需要钱的时候，她有私房钱可以支援她。

海普来找父亲，说，本江江再一次逃跑了，刺刺城又成了无主之城。

尚田其问，怎么办？海普说，一个好好的城郭就此荒废了可惜，那里有大片草原，还有剌剌马，都是可以让一个城继续繁荣下去的基础条件。

尚田其很高兴看到儿子有自己的想法，说，你去剌剌城，为你舅把剌剌城管理好，等哪一天叶那初回来了，再还给他。

海普很高兴，说，谢谢父亲，我会把剌剌城管理好的，把剌剌马发扬光大，做好剌剌马的养殖和交易。剌剌马体格高大，是远近闻名的千里良马，经过驯马师的训练，可以成为最优秀的战马。

这些年你跟着我学了不少东西，你可以单独管理一个城了，去吧。

就这样，海普去了剌剌城，做了临时城主。

吉日霜找到妹妹吉日霖告别，说自己要随父亲去剌剌城，让她以后路过的时候去看她。

海普带了三十六名随从和家眷以及一车金银铜币，出发去了剌剌城。

汉娜随身带着一个天青色的琉璃瓶，是那种烟雨天后的天青色。

这是她在那一堆珍宝中发现的，琉璃瓶外面包裹着一层厚厚的黑泥，如果不剥开黑泥，是无法发现琉璃瓶的。一天，半夜醒来的汉娜突然发现屋子里有一个地方发出幽蓝的光，她细心寻找，最后发现了这件琉璃瓶，而发光的地方，刚好黑泥剥落了一块。看见这件琉璃瓶，汉娜心里明白，这是件价值连城的宝物，它的价值超过了满屋子的珍宝。

琉璃瓶里面放着满瓶的香料，她说这是开小酒馆的秘密武器，能保证客人不断，客人一旦喝了神觉蓝酒，就再也不会喝其他酒。

神觉蓝酒肆开张的那天，汉娜亲手酿的神觉蓝酒在孛罗城一炮而红。小酒肆里琳琅满目，更妙的是客人用陶碗、陶杯喝酒的时候，闻到从未闻过的一种气息，就是因为在酿酒的过程中，汉娜在里面加进了香料。这种香料的基础原料在孛罗城城外随处可见，但汉娜知道用哪几种去配伍，更有严格的比例，这是汉娜的秘密，连海达都没有告诉。神觉蓝酒肆开张前，汉娜和海聪一起去采集香料，她对海聪并不避讳，因为知道他头脑不是很清白，傻里傻气的。

不久，全部心思放在酒肆的汉娜，根据来客的需求，推出了一款神觉汤，功效在于调理肠胃，这在孛罗城又引起了轰动。汉娜每天限量售卖一百碗，卖完就停止售卖，为了能让家里的老人孩子喝上神觉汤，城民们在酒肆前排起了长队。

汉娜的到来，让孛罗城日渐繁荣。然而，这或许是孛罗城走向毁灭的前兆，就像一朵花，完全盛开就要走向凋谢。

汉娜每夜回到库房的床上高兴地数钱。她把硬币抛向空中，然后光着脚一枚一枚捡起来，擦干净，装进钱箱。她的钱，已经装满了三只箱子。

就在海达筹备冶铁作坊的时候，汉娜怀孕了，海达决定先与汉娜结婚。知道这个消息时，尚田其看见汉娜的肚子已经明显鼓起来了，只得认同。

汉娜十分乖巧，每天给公公尚田其煲一瓦罐汤，让海聪送去。一开始尚田其不喝，汤都被海聪抢去喝掉了，尚田其还将海聪送来的第一壶品鉴酒给打掉了。被尚田其打掉、碎在地上的碗一个又一个。汉娜心疼，也不敢言语。这天，尚田其拉肚子，海聪说，他看见汉娜采花的时候把手刺伤了，尚田其怀疑自己是不是有点太多疑，就尝试喝了几口海聪拿来的热汤，腹部不适竟然不知不觉地好了，他很是惊讶。尚田其细看这个汤，汤里有一种黄色的小花，吃起来有点淡淡的香气，让人很舒服，想再接着喝，不料又被海聪喝完。尚田其便让海聪去取神觉汤。这次是汉娜亲自送来的。尚田其问汉娜汤里是什么，汉娜说里面是神觉蓝，是她和海聪亲自去孛罗城外的山里采摘来的。尚田其这才想起来汉娜的酒肆叫神觉蓝，没想到汉娜竟然还通医术，便问她父母是做什么的。汉娜说她的父亲是一名医者，母亲开着一家酒坊，从小她就在家里帮忙，所以偷学了一些。

海达把汉娜当作手心里的至宝，给了她无底线的爱。

不久，汉娜生了一个比她更美丽的小公主——吉日霖，海达彻底变成了母女二人的奴仆，他很享受被她们拿捏的幸福感，哪怕活得像条哈巴狗一样，但一定是她们母女俩的哈巴狗。在他心里、眼里，自己就是天空中的雄鹰，而他家的女人就是他的小鸽子。任凭小鸽子们在他这只雄鹰面前折腾，也总是哈哈大笑。镇上最可怕的事件就是海达吃醋了。但是，汉娜开着酒肆，接触的都是男人，这让他心如猫抓。

有人觉得这样不公平、不合天理、不合纲常伦理，男人就要有男人的样子，并警示海达这样要招来麻烦。

不过，海达依然我行我素，至今未遇任何麻烦，因为海达出手大方。铁矿许多出身贫寒的矿工对他衷心爱戴，但他并没有几个亲近的朋友，这样的状况一直到女儿吉日霖长大了，才有所改变。

每年吉日霖的生日，海达都在孛罗城和海达镇分别举办一场生日庆祝会。尚田其也曾警告过海达，要适可而止，不可太过张扬。海达觉得这是很正常的事情，是父亲夸大其词了。

转眼间，八年过去了。

孛罗城的大人训斥孩子的时候，总会说，脑子笨得和驴一样，长点吉日霖的脑子好不好。八年来，“长点吉日霖的脑子”这句话，孛罗城所有的家长都对自己的小孩子说过。

海达在孛罗城外的铁矿已经开起来了。汉娜的神觉蓝酒肆在孛罗城生意红火。一内一外的经营所得都在汉娜手里，海达也不掌握家里的财政大权。海达和汉娜的女儿吉日霖八岁，海普的女儿吉日霜九岁，姐妹俩有五位老师来教她们。老师们是尚田其让长安商队的人给推荐的。

铁矿新来不久的一位年轻人很得海达赏识，他叫喀布，是个干活踏实、为人老实本分的小伙子。

汉娜回到海达镇，她就是海达镇最骄傲的女人，这里的每寸土地，一木一叶、一针一线都是她男人的，无论她怎么折腾，都有海达撑腰，她想干什么都可以，她在海达镇也开了一家神觉蓝酒肆。这个女人受到海达的爱情滋养，她丰腴水灵，爽朗健康，成了很多男人心中的女神。

这天，海达看到一个陌生男人，神觉蓝酒肆门口系着的枣红马肯定也是他的，而汉娜，他的妻子，正殷勤地给陌生男人端过去一杯香气四溢的神觉蓝酒。在窗外看到这一幕，海达急眼了，大声喊，喀布。喀布。

喀布很快从外面跑进来，站在海达身边，说，矿主，您找我。

海达看了看喀布，说，是的，我找你。你是不是又招惹别人了？说完，偷偷瞥了一眼他的妻子汉娜。汉娜好像没听见一样仍然站在陌生男子桌边，笑盈盈地说着什么。心中的妒火在海达胸中燃烧，他拍着柜台，说，是不是啊？

喀布忍住笑，低声说，是的，矿主。

海达踹了喀布屁股一脚，挥挥手，说，滚。下次老实点。

喀布夸张地连滚带爬地跑了。惹得看客们哈哈大笑，这是大家这个时候最喜欢的娱乐节目。

这几乎是神觉蓝酒肆每日的节目。海达爱妻如命，但又舍不得指责她半句，只好借着他的助手喀布来发声出气。喀布长着一对大大的招风耳，无论在哪里，都能听见海达的叫声。刚才他就在几百米远的铁矿石堆里听见了海达的叫声。

汉娜已经从陌生男人坐的角落来到柜台，漫不经心地看了海达一眼，没有说话。海达殷勤地说，夫人，我来看看你，别太累着自己。

汉娜说，海达，你哪天不是这样。我们在这荒无人烟的地方干一番事业，你何时能做到专心。

海达脸上充溢着痛苦，说，汉娜，你要是不那么美丽就好了，那我就能一心一意地在矿井里面干活了。

汉娜从桌上拿起一把小刀对准自己的脸，吓得海达大叫，就差扑通一声跪倒在地。海达说，夫人，我错了，我错了，我马上去矿井，你安心给客人做吃的吧。

汉娜放下小刀，忙碌去了。

海达走出酒馆，在外面蹲下来，捂着脸抽泣着。喀布目睹这一切，对海达充满了同情。看见喀布，海达擦干眼泪，说，我的孩子，我的遭遇你看到了吗？

喀布点点头。

海达说，喀布，你回答我，你说我的生活是痛苦还是幸福？

喀布说，痛苦。

海达厚实的双手搁在喀布两肩，不停地摇晃着他，说，错，大错。我是幸福的。非常非常幸福。

喀布一脸疑惑地说，我的主人，既然幸福，那您为什么偷偷哭泣呢？

海达说，这也是我不明白的地方，我哭泣，可是我幸福，有谁能帮我解开这个谜底。

马蹄声从远处而来，由小到大。海达和喀布抬头向远处张望，骑在马上的是八岁的吉日霖，海达的又一个心肝宝贝，海达举起手臂呼喊着，吉日霖，吉日霖。

吉日霖的马朝着海达和喀布而来，海达发现随着阵阵马蹄声的临近，喀布的脸越来越红。海达说，喀布，你的脸怎么红了？

喀布用手摸了摸发烫的脸，说，被蚊子叮了。

海达看了一眼，说，嗯，你可以走了，我要和我的吉日霖单独说话。

喀布说，好。说完，喀布立即朝着矿场跑去。

吉日霖站在父亲面前，双手背在后面。海达看着宝贝女儿，问，吉日霖，一大早没见你，跑哪里去了？我去射箭老师那里没找到你。

吉日霖嘟着嘴说，我就在训练场，是你没看见女儿。吉日霖耍赖。

那昨天呢？海达问。

昨天……吉日霖显然已经注意到酒馆内坐着的陌生男子，还没来得及回答父亲的问话，就高兴地撇下父亲跑向酒馆。海达看着女儿的背影，心往下一沉。他预感到一丝不妙，赶紧跟了上去。

蹦蹦跳跳的吉日霖已经跑到了陌生男子跟前，拉起他的手臂摇晃着，说，雪坤大叔，今天还去船上玩吗？

汉娜的声音在酒馆里响起来，吉日霖，来，帮我把烤炉搬一下。

汉娜喊吉日霖的时候，海达已经站在酒馆门口看向他的妻子。落日的余晖从旷野来到酒馆的柜台边，照在汉娜的发丝和脸上，还有眼睫毛上，海达察觉到妻子汉娜眼中的忧愁。那丝忧愁要不是海达沉下心来观察，是完全发现不了的。一旦海达发现，他心里立刻涌起更大的忧伤，他不是一个合格的丈夫，没有让他深爱的女人过得幸福。海达不知道的是，汉娜的担忧深不可测，很多夜晚她从噩梦中醒来，梦里叫着吉日霖的名字。而吉日霖就在他们房间里面的小房间里安睡。海达让汉娜讲述她的梦，汉娜拒绝。她仰面躺着，看着上面的黑暗，幽幽地说，你快点给吉日霖定婆家，这样就安稳了，不能像我前半生那样颠沛流离，一想到这里，我很揪心。

海达的拳头在自己胸膛上攥紧，说，还早呀，吉日霖才十岁，你着个啥急。

汉娜不敢告诉海达自己刚才做的噩梦。梦中，吉日霖坐着一艘大船永远离开了他们，掠走她的人似乎就是每天来酒馆的、那个名叫雪坤的男子，但她看不清。汉娜担心自己说出来，雪坤恐怕性命不保，而他并没有做什么，毕竟，那只是汉娜的梦而已。

汉娜转移话题说，海达，那个喀布怎么样？

很好啊，海达说，你也知道，他是我的助手。

你了解过喀布的家庭吗？汉娜说。

海达说，喀布自己说，他家就剩他和他父亲两个人，其他人在一次全家出门时遇到打劫都死了。汉娜，你问这些做什么？

汉娜在黑暗中睁着眼睛，但她没有回答海达。显然，喀布也不是最佳人选，可这镇上，汉娜认识的知根知底的人少之又少。

经历了太多磨难的汉娜，多希望女儿安稳一生啊。

第四章　吉日霖携宠游城镇　尚田其独爱紫桐树

雪坤喜欢雪，也喜欢水，他是嗅着水汽来的七里慈湖。湖中厚厚的芦苇比骆驼还高，芦苇条柔曼地随风晃荡，人撕开交错的长而尖的叶子，走进去三四米，影儿都不见了。

冬天的七里慈湖被冰雪覆盖，没有被冰封的水面飘出水汽，远看像一团一团撕开的棉花在湖面上荡漾。这里和他的家乡不一样，家乡的黄沙湖水深、面积小，七里慈湖水浅、面积大；家乡的山少有树木，这里的山森林密布、草虫猛兽种类多。而七里慈湖，对于人来说，最烦的就是夏天的蚊子。冬天没有蚊子，就是好日子，走兽暴露在人们的视线中，人有办法打了动物吃肉，但有时候也免不了被动物吃，谁都是大自然生态的一个环，环环联结。

撞见吉日霖的那天下午，雪坤正在七里慈湖边狩猎。他看中的一只雪豹前几天在他眼皮子底下消失在河面上的水雾里。这几天，他一直循着雪地里的脚印追踪，脚印在湖面的雪地里时隐时现，起风了，啥痕迹都找不到了，雪坤跳跃着躲开薄冰，脚下的牛毛毡靴在冰面上留下模糊的大脚印。一阵风刮过，他突然发现一撮芦苇根旁边有一只边缘不太明显的五爪脚印，他一眼认出这是大猫的脚印。他立即压低了身形，蹲在芦苇根边。

从后面看，雪坤上身穿着花豹皮的衣服，雪花积在他棕色的皮帽子上，帽子点缀上了白色。后背上已经有了雪花，只要他一起身这些雪花就会滑落。从侧面看，雪坤的短须上有一些冰坨，虽然他尽力压住呼吸到最浅，也掩饰不住他是个活物的气息。他哈出的热气在偶然的太阳露脸的瞬间，在他的头顶形成了瞬间的小彩虹。

雪坤突然伏低了身形，他发现了前方熟悉的身影——那只他追踪了十天的雪豹，就在他要射出铁箭的一瞬间，一个女孩子从天而降，落进了他的怀抱里。只一瞬，那只花豹一闪就失去了踪影。雪坤恼怒地丢开缠抱着他的女孩子，说，哪里来的野丫头坏了我的事情。

女孩子站起身拍拍身上的雪花，说，我不叫野丫头，我叫吉日霖。要不是我刚赶走另一头花豹，你现在就成了花豹的食物，你这么差劲，怎么当的猎人。

我可是黄沙湖最出色的渔猎者。

我说你搞错了吧，在水里渔猎和在冰面上狩猎是两回事好不好。要不是我的猪猪帮忙，你现在是不是完整的都不好说。你知不知道你也是被花豹狩猎的猎物。

啊，你说是花豹狩猎我。

嗯。吉日霖一双亮晶晶的大眼睛看着他点点头。

雪坤表示不信。

再说了，你的一头猪猪，一头猪能帮我什么忙。还不是成了花豹的食物。

好吧，不和你多嘴了。说着，吉日霖朝左边歪着头噘了噘小嘴，咻咻吹了两声口哨，芦苇秆分开，走出来一只体格健硕的雄性花豹，停在吉日霖身边，警惕地看着雪坤。雪坤乍一看，惊得像一只被踩了尾巴的猫，一步向右跳开了几尺，同时，把手里的弓箭搭了起来。吉日霖抚摸着花豹头上的毛发，戏谑地说，放下你的箭，这就是我的猪猪。

雪坤看着漫天雪花中的吉日霖，看着她身边瞪着他的猪猪，惊呆了。

尚田其除了有地下迷城，还有一棵树——一棵紫桐树，高耸云端，感觉它有上千岁，八个人也围抱不起来。孛罗城城外有很多树，他唯独挚爱这棵，经常独自住在树上。这棵树很高，爬上去要半个时辰，滑下来也要数十息。确切地说，紫桐树只比尚田其小八岁，因为这是尚田其八岁时栽种的，当这棵紫桐树站起来时，一只金色的小鸟落在枝丫上。紫桐树参差不齐地在这片大地上矗立，其他紫桐树有春夏秋冬，尚田其的这棵树没有，它是常绿的。即使在周围被大雪覆盖时，这棵树依然是绿色的，有湿漉漉的气息向天空飘荡，然后，这些气息变成白雪落在绿色的树叶上。

他特别喜欢冬天，冬天在他的愿望下，变得越来越长。

雪，又飘了一整夜。

当阳光从树枝的缝隙中透进来时，尚田其醒了。

他推开沉重的光滑木门，清冷的空气扑面而来。

昨夜的雪，在紫桐树枝上留下了风的形状和方向。

站在树旁，尚田其抬头看了看，雪霁后的天空高远。他伸手打掉了一截树枝上的冰凌子。院子里外，所有有棱有角的地方都被白雪画成了柔和的线条，万千雪粒在阳光下闪烁着五彩的光芒。尚田其眯着眼睛，看到通往外面的小路还没有人的足印，只有鸟兽的脚印。

天那边和天这边的山顶积雪的厚度逐年减少，就像尚田其的熊皮毡筒脚后跟地方的毛一样一圈一圈发白。

他有了孙女吉日霖以后，也不知道自己这么大年龄怎么会对孩子的孩子，有那么无私的感情呢？他一直没琢磨透，他对几个儿子都很严肃，对他们甚至没有对自己的马儿用心，可看到孙女吉日霖，他的心都化了，想把全世界最好的东西都给她。他毫不设防地把一些秘密告诉了吉日霖，吉日霖也喜欢爷爷，总会跟他分享一些不跟父母说的事情。

他永远记得，吉日霖八岁那年的冬天跑来跟他说的故事。

那天，尚田其正盘坐在紫桐树冠上，一声清脆的童音响起，老爷爷，老爷爷。

尚田其从树上哧溜一下滑下来，一个小小的身影跳进尚田其的眼睛，果然是吉日霖，她骑着她的黑缎子马来了。黑缎是她的坐骑，在雪地上留下一串马蹄印，马的前蹄刚刚驻足，吉日霖就从马上跃下来，随手将马缰绳扔在马脖子上，蹦跳着跑过来，扑到尚田其怀里，挂在尚田其脖子上。

老爷爷，你想我了吗？吉日霖的声音甜甜糯糯的。

丫头，你这几天在玩什么，怎么没来看老爷爷。尚田其满脸慈爱。

下大雪了，我父母不让我过来。

对的，听父母的话，不会错。

嗯，我知道了，我很听父母的话。老爷爷，我给你说啊，我昨天看到一艘非常美丽的大船。在天上，在那边。吉日霖说完，用手指着南边的天空。

尚田其说，没有啊，我怎么没看到，我活了这么大年纪，还没有看到过船在天空上的。

是真的，我真的看到了，我问了姐姐也问了父母，他们都没看到。不知道是为什么。

你说说看你看到的东西。

那艘大船是金色的，船上有很多人，好像有大王，还有女人、孩子、仆人。

然后呢？

我就一直看着这艘大船，船上的人穿着很漂亮的衣服，金光闪闪的，鞋头是圆圆的。船头和鞋头一样，也是圆圆的。

后来呢？

后来这艘船像云一样一丝一丝地消失了。

太有意思了！你能不能画出来？

不知道画得像不像。

就在这片雪地上画。

吉日霖捡起一根长树枝，在雪地上画了起来，有椭圆的船身、垂直的桅杆，船头有人、船尾有人、船下面也有人。吉日霖边画边说，他们在说话。这是女王，仆人给她端上了好吃的食物。

能看清楚是什么好吃的吗？尚田其问。

天空太高了，我看不清楚，但我能闻到味道，有烤出来的、有煮出来的、有炒出来的，有肉、有鱼。

天空中的那些人，不是应该吃神果吗？不吃人间的那些大鱼大肉。

他们就是人呀，不是神，是人就吃人的食物呀。吉日霖坚定地认为。

对，他们是人，这个我得重新确定一下。

我觉得他们会来接我。

啊？不是路过的一条船吗？

不是，孛罗城里谁都没看到，就只有我看到的。所以，这条船就和我有关系，和他们都没关系。

你是这样想的吗？

对的，我就是这样想的，我给父母说，他们谁都不信，我想你会相信的。你见过了吗？

我没见过，但是我相信你。

太好了！说完，吉日霖在尚田其脸上亲吻了一下。

吉日霖想了想说，那个时候，空气是静止的，天空很蓝，没有云朵，也没有风。

有船就有海，他们是从哪个海上飞过来的呢？

或许在什么我看不见的地方有海。吉日霖并没有说清楚答案，想了一会儿，摇摇头，又说到另外的话题上。

吉日霖叽叽喳喳了好一会儿，骑上她的黑缎回去了。

尚田其不仅是城主，还是孛罗城城民心中的神。也有人说尚田其是鬼，神和鬼都是那些人说的，和尚田其没有关系。城里人的婚丧嫁娶都要尚田其来说话，他给城民安排各种礼俗仪式。他张嘴说话的时候，嘴里那颗摇摇晃晃、像一颗花生米一样可笑的牙齿就露了出来，那是他嘴里唯一一颗倔强的牙齿。尚田其估计，城民听他说话的时候，不是看他的眼睛，而是看他的那颗牙。

多年以来，孛罗城里来了五湖四海的人，孛罗城的房子有了很大变化。现在，城外的人比城内的人多好几倍。

尚田其看着孛罗城里人来人往，有一阵子，城里的人少了；过一阵子城里的人又多了起来，但是基本变化不大。

有人说尚田其可能是一块石头。石头有多大年龄呢？在人的生命里，并没有见过一块石头发生什么变化。城民说尚田其五十年前和五十年后是一样的。

这个感觉，尚田其的三个儿子海普、海达、海聪也有，在他们很小的时候，尚田其是那个样子；他们现在二十岁上下了，父亲尚田其还是那个样子。

尚田其还有一个名字，或许就叫紫桐树。

尚田其的紫桐树，树根伸到了地下三千丈，那里有另一个世界，谁也没去过。尚田其也没去过。尚田其在树屋上睡觉时，听到有人从地下上来，但是尚田其怎么都醒不过来。尚田其清楚地知道，那是真的。那只金色的小鸟站在紫桐树上看着远方。

尚田其站在树屋门前，看着西边天空，一轮巨大的火红夕阳在七里慈湖升高的水雾中露出半边脸，尚田其一低头的工夫，红日突破了阻挡的雾气，露出整张脸，中心耀眼，周边是金红色的光芒，给上面厚重的云朵织上了金边，显得那几朵云分外耀眼；再看，太阳又被不断升腾的云朵盖住了，阳光从灰色的云层里漏出来，又给云朵镶上了银边，云朵之上的天空，太阳放射出粉红色的光芒；这时，天空又飘来浓重的水雾，随风升腾，变成大大的灰色云朵，不久，云朵布满了整片天空，天色暗了下来，变得灰蒙蒙的。

尚田其收回目光，关上沉重的光滑木门，回到房间。

紫桐树中心是空的，尚田其从树的裂口走进树洞，树洞里有一块近丈高的青石板[8]，石板上有一只空洞而深邃的眼睛，尚田其用食指在青石板上划过，眼睛中出现一个亮晶晶的黑色眼珠子，通过这个眼珠子，尚田其能观察到城里的很多秘密。

吉日霖有一双褐色的大眼睛，和花豹猪猪的眼睛颜色一样，总是让人捕捉不住她的眼神。在她的注视下，海达镇里的人仿佛能感受到她眼睛里的风和雨，还有闪亮的星星，便都自觉低下头，给她行礼。

毫无疑问，吉日霖享受到的物质待遇是孛罗城里最好的，几乎是要星星有星星，要月亮有月亮。吃穿用度自然也是最好的，但是她并不在意这些东西，因为这是她自小生活的日常，没啥可大惊小怪的。比吉日霖大一岁的堂姐吉日霜是海普的女儿。吉日霜和吉日霖比起来，逊色多了。吉日霜朴素、老实，面对吉日霖总是微笑着，疼爱且宽容；吉日霖虽然也喜欢这个姐姐，但和她总是玩不到一块儿。尚田其很疼爱这两个孙女，比疼爱他的傻儿子海聪还多。

尚田其的三个儿子：海普寡言，心思缜密，一般人一眼看不透他。海达性格粗犷，心里藏不住事儿，在他眼里世界非黑即白，没有灰色；为人仗义，遇事不懂变通，认定的事情即便是错的，也要坚持到底。老三海聪，是尚田其最宠爱的儿子，也是反应最迟钝的儿子，但是有过目不忘的本领，尚田其对他充满信心。

海达从草原请来最好的师父教吉日霖射箭骑马，花高价让商队从长安请来教剑术和琴棋的师父。每天给吉日霖授课的五位老师，来自四面八方。海达和所有的父亲一样，生怕女儿受到一丁点伤害，他除了尽自己所能保护女儿，还要让女儿有自保的能力。他要女儿在他不在身边却遇到危险时有较高的防身技能。海达的心，在吉日霖和汉娜面前，那是低到了尘埃里，但在旁人那里，他依旧心高气傲。

有一次，海达去山里打猎，在一个小山洞里发现了一窝正嗷嗷待哺的小豹，母豹出门打猎了，他抱回了三只豹娃中最强壮的一只。豹娃被抱回来的时候，吉日霖才两岁半，海达把豹娃交给女儿，吉日霖给豹娃起名猪猪，她把一切可爱的东西都叫猪猪。

豹娃猪猪从小跟着吉日霖一起长大，两岁的时候，已经比吉日霖壮很多。吉日霖骑着豹娃猪猪在城内城外游荡，她跟着豹娃练得一身敏捷的奔跑功夫，身姿轻盈，八岁的时候，她的奔跑速度比一个成年男人都要快。

海达想把世界上最好的东西都给吉日霖，冬天怕她冷着，夏天怕她被蚊子叮，秋天怕她被风景迷了眼，野出去找不到回家的路。

七里慈湖的水獭皮、草原上的狐狸皮、森林里的豹皮……镇上只要有人猎了好东西，都会给海达送来，他总是乐呵呵地高价收购，他有妻女要供养。而他对这两个女人无底线的溺爱丝毫不自知，似乎与生俱来就应该是这样。

吉日霖用的也是最好的，镇上的匠人们做了一些新奇的好东西，总是第一时间送给海达，让海达过目。

吉日霖的闺房当然也是全镇最私密、最豪华的地方。自从她八岁以后，她就不让其他人进去，包括她的父母。

最近，让海达颇为头疼的有两件事：一是妻子汉娜的表现让他眼睛冒火，二是女儿吉日霖和外来户雪坤走得近了点，两个最亲近的女人好像都在远离他。

晚上，海达皱着眉对妻子汉娜说，这些天，女儿总是和雪坤出门，到七里慈湖去打猎，你劝劝她，别跟那个老男人出去，她要想到七里慈湖去打猎，我可以陪她去啊。

汉娜把长发甩到脑后，说，女儿现在大了，她有花豹、有黑缎可以自保，多与人交往可以增长人生经验。但是，我担心外乡人雪坤对吉日霖有想法，我们还不知道雪坤是个什么样的人，你作为父亲要多加关心。

海达委屈地说，你们母女俩从不听我的话，现在她又长大了，更不听话了，你做母亲的好亲近她，她的闺房我都进不去了。

汉娜看到身材魁梧的丈夫憨憨的样子，嘴角向上弯了起来，说，小海海，别生气了，儿大不由娘，女大不由父。吉日霖确实过分了，等她回来，我们把她捆起来吊打一顿如何？

那可不行，我的女儿不能打，那细皮嫩肉的，不经打。

不打她，她又不听话，这可咋整？

夫妻俩说着说着，这个话题还没说个结论出来，两个人又抱在一起滚到床上了。

按照常理，八岁的吉日霖可以定娃娃亲了。城里的姑娘一般情况下十二岁就要结婚了，城里的人都在猜测不知谁家儿子能娶到吉日霖，但是文武双全的吉日霖不着急。她一撒娇，她父母就没有抵抗力，私下里，汉娜把海达坚硬的大腿掐了好多次。

清晨，吉日霖骑着黑缎，带上她的花豹猪猪，独自进了黑风口。

黑风口是两座山相遇的山口，人迹罕至，常年刮风，晚上，风把雪从地上卷到了山上，早晨，风又把雪从山顶吹回到平原。这里有一条非常重要的道路，是进入这片草原的必经之路。一般情况下，商队会请当地向导带路通过这段黑风口。

在山口背风处的山坳里，聚集着规模大小不同的商队，有驼队有马队，他们就地搭好帐篷休息。只有几匹马的小商队抵御风险的能力弱，跟在大商队后面蹭平安，他们会拿出一些水酒送给大商队的头目，而大头目也愿意自己的队伍看着庞大一些，在路上增加安定的砝码。还有一种情况：一支商队走在漫长的路途中，不断有商队加进来，商队会越走越大，有时会绵延十多里。

所有人都在等待向导的出发通知。

向导是当地人，能看明白山口天空的星、云，从云量、云的颜色和星空中看明白第二天的天气，他们知道什么时间能过、什么时间不能过。吉日霖也跟着当地向导学过看云看星识天气，她知道如果有大量的云朵冲向七里慈湖，不用说，过不了一时半刻就会起风，春天和秋天大风会连绵不断地刮一个月，这是一年两次的风季；而在冬天，起风的时候，雪被扬起，让风有了形状、有了长度、有了重量。

黑风口的冬天鲜有商队通过。有时候风不大，天显现出半透明的莹蓝色，不像是在人间。风在地上小步奔跑，有商队不信邪冒进，他们一定是想，看，天是蓝的，有啥风险。但是，走到一半，风从地面突起，商队的人和货物就会被卷进七里慈湖，能活着走出来的人不多。即使是活着的人和牲畜，被冻掉耳朵、冻掉手脚的也不在少数。

吉日霖出来这天，山口道中是难得的小风，她在山坳里看到一支商队正在埋锅造饭。显然这里是路过的商队经常驻扎的地方，因为已经有当地的农人和牧人赶着马车、牛车拉粮食和牛羊肉来到这里，也有赶着活羊、活牛的，这里形成了一个天然的集市，商队和当地农人、牧人交易。商队带来的金币银币、丝绸瓷器、白糖红糖、茶叶香料，都是当地人稀缺的物资。

吉日霖下了马，走进了横七竖八的集市中，人们对她的到来并不惊讶，所有人向她行了注目礼。这里都是农货和畜货，并没有让吉日霖感兴趣的东西。而她的黑马和花豹却有人看上了。一阵小风吹起，在山坳里形成了一个小旋风，呲呲地卷起枯叶，旋转时带起地上的尘土，有个男人跑上前跟着旋风踩了几脚，并呸呸呸地吐口水，神奇的是，小旋风居然趴在地上不动了。

近百丈长的集市，不到半炷香的工夫，吉日霖就走到头了。

一个衣冠锦绣的中年男人从帐篷里出来走向吉日霖，说，姑娘，我是王泰和，来自长安，你叫什么名字？

吉日霖大方地说，我叫吉日霖。

吉日霖，这个名字好，森林有雨就是吉日。

这样解释也可以。

我可以买你的马吗？你出个价格。

我的马不卖。

那，你的花豹可以转让给我吗？

我的猪猪也不卖。说着，吉日霖靠在猪猪身上。

猪猪？王泰和疑惑地看着花豹，然后一脸了然的样子，又说，哦，你的父母在哪里，能去拜访他们吗？

可以，但是，您有什么事情吗？

看你这么优秀，你的父母一定也很了不起。

算了，没必要，我们又不熟。说到这里，吉日霖脑海中闪现出父亲的火暴脾气。

她转过身补充说，你们第一次过这里吧，往前走，过了前面的黑风口，再往里走，不到三十里就到城里了。

说着牵着马，吉日霖带着猪猪离开了。

王泰和看着吉日霖的背影，右手捋了一下短而整齐的胡须。

向导喊了起来，起喽，一炷香后出发。他走向每一个帐篷，在帐篷外喊，起喽，一炷香后出发。听到喊声，帐篷里传来杂乱的声响，商队的人开始整理物资，打包后装上骆驼和马匹。有经验的商队很快就能准备好，新商队还在装包。第一支队伍已经跟着向导的骆驼出发了，直到最后一支商队跟着队伍出发，在这里卖货交易的农家和牧家也陆续折返了。卖完东西的人已经折返了，没卖完的人把物资装车，等待下一次赶来再卖。等所有人都走了，就只剩吉日霖、黑缎、猪猪三个活物。吉日霖站在山坳中若有所思。

这是吉日霖第一次见到王泰和，一转眼，两年过去了，王泰和又来到孛罗城。

吉日霖的马叫黑缎，因一身像黑缎子一样油亮发光的皮毛而得名。

这匹马本来是她母亲汉娜第一眼看中的，黑缎是离这里大约六百里的弓月城[⑨]里的一个叫麻里的驯马师送来的。麻里把黑缎送来的时候，黑缎还是小马驹，身材纤细溜长。汉娜走上前，说，海达，你看这马儿的皮毛像黑缎子一样，叫它黑缎不为过。她说着就抚摸它的鼻梁，黑缎傲娇地转过了头，轻轻地打了个响鼻，惹得海达哈哈大笑，说，人家看不上你。汉娜满不在意，跑过来当胸捶了海达一拳，海达顺势抱住汉娜扑倒在草地上。旁边的人见怪不怪，这两口子在光天化日之下胡闹不是一次两次了，他们都习以为常了。

黑缎突然跑向了在旁边玩耍的吉日霖，她拿着一块不规则、中间呈灰蓝色、发亮的东西，对着太阳看。吉日霖发现黑缎走向她，她坐在地上看着黑缎说，你是要和我玩吗？

黑缎很通人性地点点头。

仰躺在草地上搂着汉娜的海达，听到女儿和黑缎的对话，起身说，麻里，这匹马我买了。

麻里小跑过来说，您眼光独到，这可是万里挑一的良驹。这匹马自己选择了主人，这可不是我提前训练的啊。

行，喀布，去给他付钱。海达呼喊他的助理喀布。

喀布高声回答说，好的，这就去办。

海达坐起来，还没来得及起身，就看见吉日霖扯着黑缎的缰绳要上马，黑缎突然跳了起来往前跑，吉日霖也不示弱，立即在黑缎左边奔跑起来，双腿交替点了一下地面准备上马。突然遇到一个小坡，黑缎向左急转身试图把吉日霖甩掉，吉日霖在马的左侧脚尖点地后一跃而起，滑出一条弧线飞跃到马的右侧，飞身抱着马脖子的鬃毛，她的身体几乎飞了起来，两脚朝天，马跑了不到三个身位，吉日霖的屁股就落在了马身上。她双腿夹住马腰，黑缎又甩又蹬，依然没有把吉日霖甩下马，吉日霖此时像是马的一部分，粘在了马身上，任凭黑缎怎么折腾，吉日霖始终牢牢地控制住了它。黑缎嘶鸣了一声，前腿在空中踢了两下，当前腿站在草地上后，它驮着吉日霖在草原上狂奔起来，跑了一圈又一圈。碧绿的草甸之上，蓝天白云之下，一匹纯黑的马儿上，少女一身红装。

黑缎选了吉日霖，吉日霖也选了黑缎。海达盯着女儿，他想，这个结果好。黑缎，麻里卖一百金币，他知道海达在女儿喜欢的物品上从不讨价还价，但这个价格必须是公道的，要是故意抬高价格，海达这次同意了，却没有下一次的买卖了。所以，周边所有想和海达交易的商人，都会在心里掂量了又掂量之后再报价，只要报价，海达就同意，而且立即支付。

第五章　苏里路现身孛罗城　尚田其决心炼钢铁

吉日霖从来不喜欢在筵席上吃饭，尚田其宴请王泰和时，她正在后院玩耍呢。吉日霖手上拿着一块发亮的物件，引起了海达的注意，他问，你手上是什么东西？

不知道是啥，是我在黑风口山坳里捡的。

海达接过吉日霖递过来的东西——这是一块不规则的类似石片一样的东西，边缘排列着大小不同的圆球状的赭石色斑纹；“石片”一面颜色如玉，类似七里慈湖上空的浅灰蓝色，一面则是土黄色。

海达说，这个东西好看。

吉日霖说，是的，我捏在手上也不划手，就装在口袋里玩耍。

这个，我交给匠人打制成项链？海达看着吉日霖征求她的意见。

还是算了，这个糙不拉几的，不好看，你看这面都是土坷垃。吉日霖从海达手里收回了东西，重新装回衣袋中。

那上面的颜色非常特别，我还从没有见过这么美丽的颜色。海达说。

这只是我在黑风口商队埋锅做饭的地方偶然捡到的。吉日霖给父亲解释。

你要不然交给水晶坊的张小灵？小灵现在也是个厉害的匠人了，他跟师傅学了五年，听说手上功夫很不错。小灵如果能把这个做好了，他就出名了。海达说。

如果您同意，我自己去找小灵。

可以，你去吧。

吉日霖回到房间，小桌上摆放着一件不认识的物件，是那件长安王家清铜照子，她拿起来照了照，铜镜里清晰地映照出自己动人的脸庞。

她放下铜镜，躺在卧榻上，准备入睡。

她很想知道母亲的故事，无意中对铜镜说了一句，看看我的母亲。

铜镜中居然真出现了母亲的脸，她正在仓皇奔跑，后面跟着一个娃娃脸的男人，再后面就是她的父亲海达。

晨起，吉日霖看着铜镜，心想，那一定是个梦。

王泰和商队在孛罗城售卖从西方带来的胡椒和胡豆等东西，也采购了丝绸、锻钢等，王泰和还送给尚田其一只小鸵鸟。表面上，王泰和停留在孛罗城无所事事，其实他在和尚田其谋划下一步的行动。

小鸵鸟养在吉日霖的小院里，经常被花豹猪猪追得想上树。

这天，在集市上，王泰和发现一个卖草药的人，便和他攀谈。卖草药的人知道王泰和是尚田其的客人，这让王泰和很是吃惊。卖草药的人说，尚田其非常固执，你看他脚趾都是朝天长的，这是反骨。他想改变一个观念，至少努力了十年，为此，他失去了很多朋友。以前他有两个最好的朋友，最后都失去了。王泰和很好奇，这个人很熟悉尚田其，遂问他，尚田其怎么失去了最好的朋友？卖草药的人说，刺剌城的原城主叶那初就是尚田其最好的朋友之一，他前往长安之前来与尚田其告别，尚田其竟然连面都不见；而且，他们有二十年都没有见面了。王泰和猜测卖草药的人应该就是尚田其的第二个好友，问他怎么不跟尚田其联系。卖草药的人说，尚田其并不知道他还活着，出于过去的友谊他才想通过王泰和给尚田其带话，他们以前的敌人菲克，好像近期在孛罗城附近出现了，让他小心。说完，卖草药的人收拾起药袋，快步离去。

原来，卖草药的人名叫苏里路，他平时根本不卖草药，只是想通过王泰和将这个消息转告给尚田其。

从王泰和那里听到苏里路的名字，尚田其直呼不可能，他说苏里路已死多年，王泰和说他确实说他叫苏里路，并提到了他们的对手菲克，尚田其这才相信王泰和所说。

王泰和发现，尚田其自从听到这个消息，就变得焦虑和紧张。这里面的过往，当然是他不知道的。

看来，菲克准备复仇来了。叶那初的刺刺城沦陷，或许也是菲克复仇计划的一部分，下一步也许就是孛罗城了。

尚田其决定在原有基础上组建一支更加强大的军队，这意味着他需要更加强有力的经济支撑；而军队也不能闲着，如何养兵，这是一个问题。孛罗城外有铁矿，如果以养矿工为名养一支军队，不失为一种明智的决定。但这项计划，不能告诉其他人，只有铁矿负责人和他自己知道。尚田其想让海普去管理铁矿，但海普一走，刺刺城过于空虚也不行，看样子这个任务只能交给海达。但是，海达现在还没有能力承担训练军队的重任，他被汉娜拴住了腰。尚田其只好在矿工里面安插一个教头，让他先潜伏下来，摸清所有矿工的情况。

尚田其想到了拓羽。他是尚田其雪藏起来的一个厉害角色，曾经是孛罗城里一个不起眼的厨师。他的拿手好菜是焖全羊，做法是把整只羊放入铺满烧红的鹅卵石的地坑里，周围再盖上烧红的鹅卵石，然后用泥把地坑口封住。一个时辰后，这只带皮的羊就可以食用了，吃起来连汁带肉，香溢四里，只闻一下，便会口水如河。拓羽来到尚田其的密室，尚田其让拓羽以普通矿工的身份潜伏在铁矿里，关键时刻听候通知再亮明身份。拓羽听完以后，立刻领命。他带回来的几名锻工早早就被安排到矿上了。

自从汉娜的神觉蓝酒肆开张，海聪每天忙得不亦乐乎，平时都在酒肆里待着，帮汉娜忙里忙外。得知海达即将出城去打理铁矿，汉娜想出一个主意——孛罗城内的神觉蓝酒肆让海聪帮忙照应，她在城外铁矿边再开一家神觉蓝酒肆的分店。这样不仅能把矿工们从他家铁矿赚的钱再赚回来，而且还能和海达天天在一起，自己还能城内城外自由出入。海达听了直夸汉娜聪明。

说来也奇怪，苏里路和菲克，从此再也没在孛罗城出现过。

铁矿场里有一百九十九名矿工，加上海达，就是两百名。每个矿工都有编号，喀布的编号是一百，这是个完美的数字。海达身上，有一副用矿工名字和数字制作的纸牌，他每天任意抽取一个数字，那么，这一整天就会仔细观察这个矿工。最近海达抽到的两个矿工，一个是十二号，一个是二十号，这两个人，海达觉得深不可测。十二号其实就是拓羽，而二十号，就是菲克。海达对他们的背景一无所知，但海达的第六感很敏锐，他觉得他们不是普通人。有一个规律已经被海达发现，只要二十号矿工去神觉蓝酒肆，那么十二号矿工肯定也在神觉蓝酒肆，他们相隔很远，但能感觉到他们要么是一起的，要么是在互相监视。海达想找个机会将他们开除出矿工队伍以解除疑虑。海达是个直肠子，奉行不行就滚的策略，他的脑子里可没有那么多弯弯绕绕。

从和海聪偶然的闲谈中，尚田其知道了叶那初给他送了很多礼物，礼物都被放在小库房里，现在已被海达送给汉娜开酒肆了。尚田其对叶那初产生了愧疚，希望有一天能见到叶那初当面说清楚。

叶那初熟悉西域的民风民俗，被长安任命回西北任营田副使。这个消息震惊了尚田其，没想到时隔几年，叶那初摇身一变竟然成了朝廷官员，而且荣归故里。

原来，当年叶那初携带家眷前往长安时，那些送给尚田其的礼物都是他家的宝贝，他通过这种方式将财物送给好友尚田其，留下的刺刺城不过是一座三不管的空城，之前长安没有任命人来管理，留下来的副城主不得力，这里就滋生了一些恶势力。城里的老百姓纷纷带着家眷出走另谋出路。他们能去的也就是不远处的孛罗城。有钱的在新城区买了地基、盖了房子；没钱的只好在城外搭个棚子，白天去城里找个零工干，晚上在城门关上之前再回到棚子里。

虽然看起来风平浪静，没有外敌侵袭，但尚田其的备战神经一直没有放松。

一天，雪坤和吉日霖在神觉蓝酒肆喝酒，问，最近怎么没有见到吉日霜。

吉日霖说他伯伯海普带着一家人去了刺刺城。

吉日霜也去了吗？

是的，他们一家人都去了。

哦。

你可以去刺刺城找他们呀，不用这么伤感，那儿又不远，骑马一天就到了。

对，我可以去找他们。

正说着，王玉正从外面进来，看到吉日霖，走过来说，吉日霖姑娘，你好，好久不见。

吉日霖对这个青年男子没有不好的印象，回答说，你好，你家的事情都办完了？

我不太操心那些事情，都是我父亲在管理，他安排我做什么，我去做就好了。

你一看就是个公子哥，以后你要接你王家的大家业的。

我不想接，我想留在这里，我喜欢这里。

啊？吉日霖疑惑道，大公子，你是不是被羊油蒙了心，好好的长安不待，跑到这个鸟不拉屎的地方有啥好的。

你要是喜欢长安，我带你去，你去过长安吗？

没去过，那么远，我哪里有机会去。

只要你想去，我带你去。

哈哈，天真。吉日霖有自己的想法，对王玉正的说法未置可否。她要把黑风口的驿站先做起来。

正说着话，吉日霖一回头，雪坤不知什么时候已经离开了。

海聪过来给吉日霖加了一碟羊肉，说，刚卤的，还热着，好吃。

吉日霖对着海聪笑了笑说，谢谢小叔叔。

海聪摆摆手说，不用不用。你和王公子吃好喝好。

尚田其需要大量资金训练人手，还要制造足够多的兵器，才有信心面对外敌侵扰。

在这个关键时刻，拓羽回来了。尚田其大喜，双手合十，连说，感谢上苍，感谢上苍。

孛罗城在冶铁方面有一定的基础，但是要想用碳炼制百炼钢，技术还没有完全掌握，这次就看拓羽到长安学习的成果了。

尚田其迫不及待地招来拓羽了解情况，见了拓羽直接问，事情进展怎么样了？

我去看过长安的钢厂炼钢，只是看了，还没有实际操作，得动手才知道行不行。

好，你需要什么，你列单子，我全部满足。你需要一个助手吗？当然你也可以自己定助手。

在技术方面，即使尚田其是城主，他也没有权力让拓羽把那么重要的技术毫无保留地拿出来。他只得徐徐图之。

拓羽拿出一张单子，说，城主大人，您看看这个，什么时候准备好，我什么时候开始动工。但是，我得提前说，这不是一次能成的，几次能成不知道，不要在时间上限制我，我会日夜搞这件事的。

有你这句话就成。尚田其大度地说。

尚田其看了单子，需要三十名锻工、两座高炉，另一张纸上画了一座高炉草图。

这是我在长安就准备好了的。拓羽凑过来说。他看着自己的手笔很高兴。

你做得很好，很用心，说说看，你要什么奖励。

不要奖励。能让我去长安学习已经是我莫大的荣耀了，我奶奶也很高兴。

你奶奶在城外住吧？明天去把你奶奶接到城里来，城里的生活便利一些。

不用了，我奶奶可能不愿意来城里。

听我的，你奶奶老了，也该享受享受了，也是你该尽孝心的时候了。

好吧，我明天去看奶奶，跟奶奶说。

明天一定把你奶奶接来，我亲自安排给她办迎接宴。

不用不用。拓羽瞬间惶恐起来，尚田其突然而至的热情，让他有点接不住。

看着尚田其真诚而期待的眼神，拓羽说，好吧，我一定把奶奶接来。

随后，尚田其叫来海达，私下给海达交代了一个任务：务必掌握炼钢技术，偷也好、抢也好，核心技术必须由自己人掌握，才不至于被他人拿捏。

海达说，我是粗人，炼钢我抡锤还行，让我去偷技术，担子太重了，我觉得我不行。我建议让你孙女吉日霖去，女孩子去不会引人注目，还心细，吉日霖是个聪明的孩子，不用她干活，记住就行。

我记得吉日霖想在黑风口做驿站，现在怎么样了？尚田其突然想起这件事，就问了一嘴。

有一次，尚田其和儿子海达聊天还说起此事。尚田其不止一次地说，可惜吉日霖是个女孩子，如果她是男孩子，必定能打下一片江山。

海达说，女孩子打江山太累，有机会让她坐江山最好。

尚田其说，这话，我们之间闲说可以，可不能说出去，说出去，人头就没有了。

知道知道，我是成年人，不是毛头娃娃。海达说。

我给了她费用，汉娜也给了她不少银子，挣不挣钱我们都不在乎，只要她高兴就好，她经常一个人去黑风口。海达说。

你也操操心，女孩子一个人出门，不安全。尚田其看海达对自己的宝贝孙女这么不上心，有点不满。

不是我不操心，我和汉娜都操碎了心，她这个年龄的孩子哪像我们当初那么听话。海达急忙辩解。

好在她有花豹和黑缎，关键时刻，可以保护她。尚田其说完，继而又交代，你看到她回来了，让她来找我，我找她有事。

好的，学习炼钢的技术我就先不管了，您重新安排吧。

好了好了，我知道了，你快去找你的汉娜，快去你的神觉蓝酒肆吧。尚田其无奈地说。

好的。海达说完，人就不见了。

看着海达匆忙出去的背影，尚田其心里有了打算。

很快，在内城靠近城墙的一角建起了两座高炉，能不能在铁器上有提升在此一举，能不能在周围几十座城郭中独树一帜也在此一举。

高炉建成这天，孛罗城的人都来参观，要生产百炼钢的消息像风一样在草原上传遍了。

其他城郭的城主闻风而动，孛罗城在这个冬季又繁荣了起来。城主们陆陆续续来孛罗城和尚田其洽谈购买意向，并且口头商议将要购买的锻钢的数量。这让尚田其觉得这步棋是对的。他承诺，钢块的价格一定比从长安带回来的低。

让尚田其意外的是，预购百炼钢数量最大的居然是王泰和。

现在，尚田其把全部的身家都交给了拓羽。拓羽把钢炼成了，万事大吉；炼不成，再去长安学习。他也不会是笑话，无非是持续加大铁矿石的开采和冶炼。尚田其安慰自己。

表面上，尚田其不急不躁，每天都在等拓羽的消息。他还抽空去磨坊取了一袋小麦粉，拿了一盆羊油，牵了一只小山羊送去了拓羽奶奶家。其实，尚田其的内心早就着了火。

吉日霖来看尚田其。

尚田其说，丫头，你怎么这么长时间没来看我。

我去了黑风口，我那个驿站快建好了，我还想着等我建好了再请您老人家去赞美我。

哈哈，我看尚田其家族里，到最后最有出息的就是你了。

没有，一个女孩子能有啥出息，看到黑风口可以做事，我才主动去了。

对，你眼睛能看到东西，这是你的一大长处。丫头，我现在有件事情需要你秘密去做，你愿意去不？

啊？还是秘密的，我有兴趣，只要好玩就行。

好玩好玩，你玩好了，以后你能建一个比孛罗城更大更强的城。

我不要，我是个女孩子，不用有那么大的理想。

你是有能力的，我们做长辈的都能看到呢。

我还是喜欢玩，能好好玩就成。

你就当是玩，把这个玩好。

好的，我答应您，您交给我的任务我一定“玩”好。

说服了吉日霖，尚田其心里的一块石头落地了，再好的想法得有合适的人去执行才是好想法，反之就什么都不是。

于是，吉日霖以一个玩耍者的身份来到了拓羽身边，每天看他干活、给他递水，休息时给他讲笑话。

突然，有一天，高炉响起巨大的爆炸声，孛罗城的好多土房子里的土簌簌窣窣掉了一地，有些年久的房子倒塌了一半、窗户玻璃也碎了一地。爆炸现场一片狼藉，矿工四死三伤，拓羽也受伤了，吉日霖出去给拓羽买烧鸡，躲过了这次爆炸。

拓羽狼狈地给尚田其禀告此事，尚田其拉下脸，说，你太着急了，你先回家去把衣服换了再过来，你看你一身血迹，不知道的人还以为是我的责任。

拓羽立即转身回家，他也没搞清楚是哪里出了问题。他回家换了衣服后就去了高炉现场，现场死亡和受伤的矿工已经被抬走了，只剩下一堆杂乱的灰烬和碎砖块。

在墙边，他看到了一块风箱的碎片——一片老牛皮。是不是因为风箱承受不住高温的压力，才产生了爆炸？

他去另一个高炉查看了情况，推演了很多次，城里的铁匠都是这么用的，一点问题都没有，这是为什么？

唯一不同的是高炉比城里铁匠铺的高，高炉是他从长安带来的尺寸，他却没注意到长安冶炼场风箱的细节。

这时，吉日霖拿着烧鸡过来了。

她走到拓羽身边说，别灰心，我们一起想办法。给，好好吃一顿肉，没有啥事情是一顿肉解决不了的，实在不行就两顿。

这句话让拓羽陡然轻松了，他笑了起来，说，好，我再试一次。

好的，再试的时候，一定把安全考虑到位。

好的，谢谢你的安慰。

不客气呀。

二人一起去给尚田其禀报，尚田其说，这个结果在预计之内，现在的首要任务是把高炉重新建到城外，就是爆炸了也不会有多大损失。

最好建在铁矿不远处，炼铁方便，炼钢也近。拓羽说。

你明天去铁矿场选址。选好了，到账房那里取银两。

我还有一个想法。

你说。

死了四个兄弟，我希望能给他们家人多赔一些银两，让他们的母亲、妻子、孩子后半生有着落。对受伤的人也给予最好的治疗。房子损毁的也要给补贴把房子建好。

你放心干活，我已经安排好了。

拓羽从尚田其房间出来，吉日霖也跟着出来了。

你说风箱有问题，能不能换材料？如果还是用以前的材料，再做测试也没有意义，要更换鼓风箱的送风口的牛皮管。吉日霖对并肩前行的拓羽说。

用什么好呢？没有比牛皮更厚的皮了。

你不要再考虑什么动物的皮，考虑其他材质，能耐高温的。

拓羽眼前一亮。

第六章　尚田其酒肆偶遇菲克
吉日霖携友往黑风口

高炉的爆炸声引来众多关注，整个孛罗城的人都大为兴奋，议论纷纷。其中，王泰和比任何人都关心此事。他找到了正在处理城务的尚田其。

尚田其见他过来，一脸愧疚，说，实在抱歉啊，辜负了你的期望。

钢要是那么好做，那其他城郭都做了，正因为不好做才有价值，物以稀为贵嘛。王泰和宽慰尚田其。

你倒是会安慰我，我现在能说话的也就是你了，和其他人说不到一起去，不在一个层次上，我听到的都是抱怨和指责。

你是城主，是这里最有权势的人，就是有人跟你说，你选择性耳聋即可。

哈哈，还是你会安慰人。但是，我不这么想，现在的事情比以前多了不知多少，我很怀念以前悠闲的时光。以前，大家能各自尽心干好手上的事情，我几个月不来也不会有事，可现在的局势越来越看不清了。

城主有什么忧虑的事情，可以和我说说，看看有没有好的办法，人多力量大嘛。

尚田其欲言又止，说，算了，都是些鸡零狗碎的事情，说出来让你笑话，走，喝酒去。

王泰和说，你现在不想说，没关系，哪天想说来找我，我整个夏天都在孛罗城。

好，希望有机会和你推心置腹地说说话。

好啊，你放下一百个心，一切都会越来越好的。

借你吉言，走吧，去神觉蓝酒肆。尚田其做了一个手势。

二人并排走向神觉蓝酒肆。

在酒肆里，尚田其居然看到一个令他头疼的人，菲克。更让他意外和心惊的是，菲克居然和拓羽在一起喝酒，旁边是吉日霖。

菲克已经看到了他，尚田其没法撤回去，只得上前打招呼，菲克兄，好久不见。说着，他行了一个浅浅的揖礼。菲克笑着还了一个礼，说，我正在和拓羽小弟讨论高炉爆炸的事情，希望我的建议对他有帮助。

菲克兄一直是个脑筋活泛的人，你指导他绰绰有余。

对炼钢我不懂，但是我懂怎么做人。是吧？他转过头对着拓羽说了一句。

非常正确，你作为过来人，给年轻人传授人生经验是必须的。尚田其说。

对呀，你的宝贝孙女也非常认可我的想法，我们正讨论得热烈呢。

好，你们继续。尚田其说着就走开了。

汉娜看到尚田其到来，走到离他五步远的地方候着，见他们说完话，便把他们引到一间贵客室里。

尚田其是第一次来这里，感觉这里氛围很好。难怪海达不愿意出去，就守着酒肆。

汉娜亲自端上神觉蓝酒，还摆上了几碟干果小吃。

尚田其和王泰和面对面坐在贵客室里，门被关上了，隔绝了外面嘈杂的声音。

王泰和说，你儿媳妇的这个酒肆是孛罗城里生意最好的，不错不错，海达有眼光。

王泰和赞美他的家人，尚田其也跟上，说，你的一双儿女也是人中龙凤呀！我的孩子们都是小打小闹，开个小店；你的两个孩子，以后是要站到更高的位置上的，是被我们仰望的对象。

哪里哪里，你过奖了。王泰和弓着背说。他举起酒杯，说，来，干了，今天难得我们都有时间坐下来一起喝酒。

来，干了。尚田其也举起酒杯和他碰了一下，一饮而尽。

神觉蓝确实不错。喝了一辈子酒的尚田其毫无私心的赞美。

海达走进来，端来两坛酒，坐在了一边的位置上，他说，难得两位长辈光临小店，不胜荣幸，今天的酒我请了。

尚田其问了一句，我刚看到菲克了，他经常来吗？

菲克大哥呀，他经常来，他就在我的铁矿工作，是个矿工呢，工作能力强，现在还是个小头目呢，我还准备提拔他。他和拓羽在矿井就是好朋友，他们的工号分别是十二号和二十号。

听了这话，尚田其瞬间心惊。

菲克潜伏在孛罗城，隐藏在铁矿，这次大摇大摆地到神觉蓝酒肆，他到底要干什么。尚田其警惕起来。王泰和在旁边看到尚田其的表情，他发现了一点端倪，没有言语。

尚田其脸平平的，王泰和看到他右脸的肌肉抽动了一下，仅仅一下就被略懂中医的他捕捉到了。脸上肌肉不由自主地抖动，是因为紧张、刺激、疲劳等。他心里思忖，尚田其在紧张什么。

很快，高炉在离铁矿不到一里的地方建好了，这次，拓羽在走访了当地的一些铁匠师傅、土陶师傅后，重新做了设计。他在长安也不是白待的，多多少少带回来一些孛罗城没有的技术；但想要把长安的好办法拿来用，还要因地制宜。不然容易水土不服，就像那个爆炸的高炉，就是先例。

拓羽受吉日霖的启发，又在工匠们的建议下，画了一张新的高炉的图纸。王玉正听到这个消息，主动赶过来，发现了一些设计上的瑕疵，他在长安见识多，很快解决了问题。修改后的设计图出来了，这是一座很有意思的高炉，高炉里设计了火道，可以一边炼钢一边烧土陶，一个高炉具备两个功能。如果能实现，这将非常实用，拓羽在这里做出了创举。

从铁矿到钢块，是一个非常难的技术关，这个技术只有为数不多的匠人掌握。拓羽在长安学习了炼钢技术，还学会了大件土陶的制作，才能想出这个崭新的设计，用炼钢的火同时做两件事，一举两得。通过短暂接触，拓羽知道了王玉正的不凡，为了更好更快地推进炼钢，他虚心向王玉正请教。

这个图纸得到了尚田其的支持，施工的时候，他亲自过来监督。拓羽亲自带着匠人干活，一丝不苟；王玉正在旁边纠正；吉日霖把这些画面都画了下来。

目前的进展，尚田其比较满意。他现在还没搞清楚菲克是怎么回事，他安排海达去暗地里调查，一个月过去了，还没传来任何消息。

调查菲克的任务，海达交给了喀布，喀布每次汇报的时候，总是一句话——他说他以前淘过金，再也没有其他有用的消息。海达觉得这个没啥价值，也没有跟父亲说。他的心全部在妻子汉娜和女儿吉日霖身上。

吉日霖不小了，该有婆家了。他觉得就他现在认识的年轻人都配不上他的女儿。女儿生下来时那么小，怎么就长成大姑娘了呢。做梦一样，他不想醒来。

看到男孩子和吉日霖在一起，他就气不打一处来，冲动地想上前找事，却被汉娜按得死死的。而汉娜看了却很高兴，她觉得女人就应该是这样的，谁看了都会喜欢。看着男孩子对女儿献殷勤，她这个做母亲的很自豪。汉娜希望女儿能找到佳婿，还是让她的家族骄傲的女婿。做母亲的，总是对女婿期待很高。

吉日霖却没想那么多，她和雪坤在一起的时候，很放松；和王玉正在一起的时候，很快乐；和拓羽在一起的时候，很平常；这里面都没有男女之爱。她把他们都当哥哥了。

吉日霖天天跟着拓羽，并且用画画的方式记录拓羽的工作流程，在拓羽不清楚下一步怎么做的时候，她会拿出绘本，告诉他前面是这样做的，你看看现在的流程对不对得上。这座高炉的施工图纸很简单，拓羽几笔勾出轮廓，属于概念性的，里面并没有细节；所以，在施工的时候，他边做边改，一边商量一边施工，有不对的地方就推翻重来，因此，建造进度很慢。王玉正隔三岔五地过来看看，渐渐地，吉日霖知道，王玉正才是那个对炼钢懂行的人。

这天，王玉珠来找吉日霖，吉日霖拿出水果招待她，她看到了木桌上的铜镜，大吃一惊，说，妹妹，你这个铜镜是从哪里来的？

是我表舅送的。

你表舅是谁？

他以前是刺刺城城主，现在好像当官了，只是听说，还没见过面呢。你为啥问这个？

这个铜镜是我的。

啊？你的！吉日霖指着铜镜又指了指王玉珠，说，你是跟着铜镜找来的吗？

我还有一个一模一样的铜镜，那个铜镜能看到这里。你看后面的字——“长安王家清铜照子”。

原来你就是王姑娘，我看到铜镜后面的字的时候，一直在猜测，到底是长安哪个王家姑娘的铜镜，结果你就来了。

我也没想到我能来这里，可能是缘分吧。

我说呢，那天随便说了一句，铜镜啊铜镜，帮我看看我的妈妈，铜镜似乎就出现了我妈妈的样子和故事。那次以后，再也没出现过，奇怪不?！吉日霖满脸不可思议。

铜镜只有在正月十五、八月十五和九月十五的月圆之日才能有这种神力。这个秘密一定只能你知我知，不能告诉任何人，你要坚守秘密，不然不知道会发生什么事情。到现在为止，我父母也不知道铜镜的秘密。王玉珠说。

啊，这么严重吗？吉日霖很吃惊。

是的，你一定要遵守这个诺言，你发誓。

发什么誓呀，我从来不发誓，做就行了。还发誓，那是你们长安人做的事情，在我们这片草原上，从来不发誓，我们说出去的话就要对天负责。不会反悔的。而且，那天看到铜镜的画面，我也不相信呀，以为那是在做梦。

哦。王玉珠不说话了。

你喝水，要不我们去我家酒肆喝酒去。

王玉珠端起瓷碗，喝了一口水，说，我不太会喝酒。

那就不是酒，是水，走，咱们去喝水。吉日霖站起来。

王玉珠放下瓷碗，两个小女孩手拉手下楼去酒肆。

这个时间点，神觉蓝酒肆里人并不多，一个白衣男子独自坐在角落里。

王玉珠跑上前，说，哥，你怎么一个人喝闷酒？有什么不高兴的事吗？

玉珠，你怎么也跑出来了，把母亲一个人留在客栈。王玉正说。

我找吉日霖妹妹来玩，一天到晚在客栈里，闷得慌。

王玉正站起来给吉日霖行了揖礼，说，吉日霖姑娘好。如若不嫌，这边坐。他说着拉开椅子，邀请吉日霖和妹妹一起坐。

吉日霖说，好呀。

看着女儿带了一个女孩子进来，又和一个青年男子坐一起，汉娜来了兴趣，远远地打量着王玉正。嗯，汉娜点点头，微笑着给他们端上酒水和小吃，离桌前又端详了王玉正一眼。

对于母亲汉娜的小心思，吉日霖早已习惯，见怪不怪。她侧过脸对母亲做了个鬼脸，吐了个舌头，然后转身继续和王玉正兄妹喝小酒、聊天。

吉日霖笑点很低，王玉珠说到什么可笑的事情，她听了哈哈大笑。

王玉正支着下巴盯着吉日霖看。王玉珠说，哥，你的眼睛可以从吉日霖妹妹身上移开了，看看我，这里这里，我是你妹。王玉珠在王玉正眼前划拉着小手。

王玉珠吃自己哥哥的醋，惹得吉日霖又大笑起来，她觉得这一对兄妹很可爱。

最终，他们仨的话头绕来绕去，还是绕到了长安王家清铜照子上。王玉正得知妹妹的铜镜居然跨越千山万水到了吉日霖的闺房，直感叹这是何等的缘分呀！再看吉日霖时，他的眼睛闪闪发光。

正说着话，拓羽走进了门，吉日霖大喊，拓羽哥哥，这边这边。

拓羽看到了吉日霖，走来和在座的人一一见礼。拓羽和王玉正在长安就见过面，当初没有互相留下姓名，拓羽只记得他是位白衣翩翩的男子，经过从南到北的历练后，当初的白面书生看起来结实了，也更有魅力了。

拓羽坐下来，首先感谢了王玉正在长安对他的帮助，还有最近在高炉现场对他的指导，说他是个热心人；他是在他的介绍下才学会了做大件土陶的技能，还见识了官方的炼钢术。

王玉正谦逊地摆摆手说，区区小事，不足挂齿。

拓羽说，对你来说是小事，对我却是身家性命。

吉日霖说，你们一见面就说大事，可不可以说点小事。哎，拓羽，你的高炉的问题解决得怎么样了？

还在测试中。拓羽说。

希望尽快搞出来。我请你喝酒。吉日霖说。

喝酒倒是其次，你最近怎么没来铁矿？拓羽问。

我在忙其他的事，我过些日子要去黑风口检查一下驿站建设的情况。你这边如果有消息，我第一时间就回来了。

哦，要不是高炉离不开我，我就陪你去黑风口。

不用不用，我有黑缎和猪猪，你知道的，没有几个人敢靠近我。吉日霖自信地说。

对，那我就放心了。拓羽无奈地说。

王玉正说，拓羽大哥，你没时间，你先忙你的，我陪吉日霖去黑风口。

我也去，哥，带上我，我整天闷在客栈，都快不会说话了。乌鲁乌鲁，你看吧，再待下去，舌头都捋不直啦！王玉珠搞怪地说。

调皮，你是个女孩子，矜持一点，别调皮了。王玉正赶快制止。

吉日霖笑了。

拓羽说，如果你们兄妹俩跟吉日霖一起去，我就放心多了。

吉日霖说，七月，七里慈湖的蚊子吃人呢，可不是好玩的，蚊子特别认生，专咬外地人。

啊！我最怕蚊子了，如果一个地方有一只蚊子和三个人，那只蚊子就专咬我。

不怕，我带了避蚊香，不知道有没有用。王玉正说。

那可不是一只蚊子，蚊子来的时候，半边天都是黑的，所到之处，寸草不留。吉日霖挥着手说。

吓死人了，我还没遇到过这种情况，能不能避开？王玉珠说。

我觉得你是个长安小姐，蚊子会很喜欢你。我们从小被蚊子咬惯了，我们是熟人了，你和它们不熟。避是避不开的。吉日霖哈哈大笑。

那我还是不去了，我最怕蚊子，也最招蚊子。我去了，那么多蚊子专咬我，想想那个画面就可怕。王玉珠说着抱着胳膊直挠痒痒，仿佛真的被蚊子咬了一样。

拓羽说，玉珠，你别听吉日霖吓唬你，你要真想去，我给你一个建议——戴上围帽，穿裤子，别穿裙子，再抹上艾草汁。我明天给你带一瓶艾草汁过来，涂在衣服上、袖子上、脖子上，会起到一定的作用。你们最好是午时通过七里慈湖，遇到夜晚的蚊子，啥都不管用。

哦。王玉珠说，我回客栈，我问问我母亲是否允许我去。

哈哈，玉珠怕了。别怕。我给你带路，保证咱们在路上不和蚊子迎面相遇。这不是靠运气，这要靠我在这里生活多年的经验。吉日霖又想了想，说，要不要我给你们准备马车？

不用，我骑马。王玉正说。

玉珠小姐呢？

我也骑马。

可以，可以，你们自己准备马，还是我准备马？

我们自己准备马。

好的。你们等我消息，我出发的时候，会安排人给你们报信的。

好的。

对现在这个结果，拓羽满意，王玉正兄妹也很满意。

汉娜和海达早就从小库房搬到了孛罗城里的城府大院，他们自己花钱盖了两层小楼，木制的楼梯，不知道为什么，汉娜十分喜欢楼梯。汉娜要求仆人每天把楼梯擦得干干净净，不能有一丝尘土；漫长的冬天里要及时扫雪，楼梯上不得有任何不属于楼梯的东西存在。每次上下楼都感觉她的自豪和骄傲从衣裳里蹦了出来。她女儿的闺楼就在不远处，吉日霖对自己房间的私密性要求很高，作为父母的海达和汉娜不能进。海达斥巨资给闺楼做了全城唯一的飞檐，上面覆盖的是质朴的瓦片。

汉娜的钱箱，被她埋在了小库房丈余深的地下。她在小库房中间挖了大坑，把六个钱箱放下去，说是给女儿存的嫁妆。海达说，你不用怕，就是把钱箱从小库房抬到咱们睡觉的房子里光明正大地码放着也不会有事，你看谁会来偷你的。

幼稚，你啥时候能长大啊，财不外露，你不知道谁在暗地里算计着你呢，要不是我每次提醒你，你都死了好几次了。汉娜用老母亲一样的口气说。

好吧，随你，你怎么高兴怎么来吧。海达依旧是包容的态度。

汉娜的钱，除了她自己藏起来的部分以外，都给女儿去折腾。她说女儿是做大事的，钱给她不会错。

海达最近有一件烦心事：铁矿不断在出铁矿石，已经堆成小山了，冶铁的工作却推进很慢，块炼铁渗碳钢的数量看起来今天和昨天差别不大。拓羽为炼钢的事情也在焦灼。

尚田其问了海达几次，菲克有没有和一个叫苏里路的人接触，有没有陌生人来找他等问题。父亲的问题，海达自己上了心，亲自暗暗调查，也把同样的任务交给了喀布。

吉日霖带着王玉正兄妹踏上去黑风口的道路。

王玉正兄妹初来的时候，还是冬天，转眼已是盛夏。大半年的时间过去了，兄妹二人完全认不出他们现在走的路就是他们曾经来的路。

三人、三匹马、一头花豹。吉日霖黑马红衣，王玉正白马白衣，王玉珠棕马绿衣，在蓝天、白云、绿水间煞是好看。他们走了半晌，路过风、路过云。

王玉珠说，真好，风是柔的，空气是甜的。

王玉正深有同感，点头。吟起，万株相倚郁苍苍，一鸟不鸣空寂寂。

吉日霖哈哈大笑，说，啥叫“一鸟不鸣空寂寂”？别急，还没到森林呢，这才到七里慈湖边上，看，那边。她用手指着远方。

王玉珠又说，泉水涌涌，青草萋萋。

吉日霖看着眼前与天相接的湖水中间，青青的芦苇身姿柔软，遂说，“蒹葭苍苍，白露为霜，所谓伊人，在水一方。”

王玉正吟诵，“溯洄从之，道阻且长。溯游从之，宛在水中央。”

王玉珠看看他，又看看她，说，“陌上人如玉，公子世无双。”

王玉正和吉日霖都没搭理她，她调转话头，说，哥哥妹妹们，有没有吃的，我饿了。

吉日霖说，有，我带了肉干。

王玉正说，现在正是打猎的好时节，我们随便打几只野物烤了吃。

两个女孩子瞬间赞同。

三人策马欢笑，往前走。中午时分，吉日霖搭弓射下一只鸽子，王玉正也不落后，射中一只山鸡，王玉珠生火。三人处理猎物时，花豹猪猪叼着一只小鹿回来了，它把鹿放在吉日霖身边。

吉日霖很高兴，伸手揉了几下花豹的脑袋，用随身佩戴的小刀切下小鹿的一条前腿，招呼花豹猪猪把剩下的都拿走。花豹很高兴地叼着小鹿上了不远处的一棵枯树，把肉放在中间的一个树杈上，趴在树枝上独自享用。

王玉正砍了粗树枝，搭了架子，王玉珠捡拾了一捆干柴，吉日霖把鸽子、山鸡、鹿腿做了简单的处理后，都串在一根树枝上。王玉珠点燃了柴火。

肉烤多了，他们没吃完。王玉珠把剩下的肉又烤了烤，她说，烤干一些，我们带走。吉日霖想，看来，长安王家的千金也不是娇生惯养的，有点生活经验。

临走时，吉日霖把火堆的余火用水浇灭后，还用刀在地上剁了些碎土，用脚踢了一些土把灰烬埋上，才起身上马。花豹猪猪也从树上下来远远地跟在他们后面。

别说是九天，就是再过九十九天，拓羽炼钢中出现的问题也解决不了。高炉的第二次爆炸，被整个孛罗城及周围城郭又评头论足了一年零一天，被惦记的时间就更久更远了。因为人们一天就把一个月、一年说的话说尽了，他们的时间被拉长，如一坨棉花被摊平，如钢块被敲打延展成丝，孛罗城的一个月可以是他人的一年零两个月。拓羽大多时间在高炉边上琢磨，偶尔会去神觉蓝酒肆喝酒，去打听一下吉日霖他们回来了没有。

吉日霖和王玉正兄妹一路潇潇洒洒。

进山后，路两边瞬间凉爽了下来。太阳被高大的树木遮挡，吉日霖提醒兄妹俩警惕起来，这里可能会有强盗出没。

王玉正一听有盗匪，立刻打起精神，把背后的武器拿在手上，他是这里唯一的男人，有保护女人的职责，他自认为有能力保护眼前的这两个女人。

花豹猪猪也跑到吉日霖的身边，和黑缎并行。

太阳已经落在黑缎的肚子边上了，吉日霖十分清楚，如果再不找到一个安全的地方安顿下来，今夜会有危险。

花豹也警惕地嗅着空气中的陌生气息。突然，它站住，左前爪提起来了，悬在空中，没落下去。黑缎也感觉到不一般。

吉日霖拿出自己的武器，这把剑是她中原的师父用昆仑寒铁经过九九八十一天锻炼而成，削铁如泥。

草木晃动，众人的心弦也随之绷紧。一只雪兔跳了出来。王玉珠笑了起来，说，哎，你们两个，别草木皆兵，你们都是武功高手还这样，我这个弱女子都不怕。

吉日霖把手指竖在嘴上，嘘，别说话。说完，她扯着马缰绳往后退了几匹马的身位。她压低声音说，这个季节的雪兔都在山顶，它们下山非比寻常。

王玉珠赶忙收起笑脸，拉住缰绳往后退，躲在哥哥和吉日霖身后。

在他们刚才待的位置，一只北山羊突然跃了过来，一跃一丈余，王玉正拉弓搭箭，正满弓时，被吉日霖拉住。北山羊第二跃就跳过了他们眼前，消失在树林里。吉日霖的马又往后退了退，并没有发出声音，吉日霖的眼睛看向北山羊来的方向，大家都屏住呼吸。一群北山羊拼了命地往前冲，花豹眼精，往左一跃上了一棵树。

前方是一头高大的棕熊。

第七章　本江江暗中控制黑风口 尚田其与菲克酒肆大战

棕熊直立起来，警惕地看着他们三个人。马在他们胯下有点躁动，轻轻地扭动身体，就等主人一夹腿的指令，向前奔去。

主人们都没动，一动不动。

花豹猪猪在树杈上弓起了背，龇出了尖牙，准备进攻。

棕熊呼哧呼哧的喘气声十分清晰。

说实话，吉日霖虽然有黑缎和猪猪可倚仗，但在此时，她还是有点轻微的害怕。

“咻”的一声，两支箭从棕熊左右两边破风而来，直插棕熊身体。棕熊看向箭来的方向，摇头甩掌怒吼，“噗噗噗”，又来三支箭，照要害处插去。

跑！吉日霖喊道，轻抖缰绳，黑缎飞身一大步，跳出去一丈远，三人三匹马瞬间跑出了棕熊的攻击范围。后面紧跟着的是身姿敏捷的花豹。

一行人直跑得马身上都出汗了。王玉正兄妹跟在吉日霖身后。王玉珠在马上已经东倒西歪了，头发散乱，衣襟和盘扣也错了位，显得有点狼狈。吉日霖这才扯了马缰绳让马停住。马不停地打着鼻哧。

王玉正骑马上前，问吉日霖，刚才是谁救了我们？你知道吗？

不知道。不一定是救，或许是人家正在打猎呢，正好遇见我们。

那些人你看到了吗？王玉珠问哥哥。

没有。没看到人。

他们在树上，十分清楚地看见我们了。他们在射我们和射棕熊之间选择了棕熊，棕熊只有一头，所有的箭都用来杀熊了。这比用箭杀我们，成功的机会多得多。吉日霖说。

啊?! 王玉珠被吓住了。完了完了，我就不应该来，给你们当累赘。

有啥累赘的，你又不需要我们抱着，你自己骑马的呀。吉日霖说。

我们都跑了那么远了，不会有事的，再说了，还有哥哥在。王玉正拍拍胸口说。

我们下一步该怎么办？王玉珠心有余悸地说。

继续往前走，我们先到黑风口，那里有我的人，要比这里好得多。吉日霖安慰兄妹俩。她一个人独自去黑风口不止一次了，也没有遇到过今天的事情。

昨天烤的肉干派上了用场，王玉珠从褡裢中取出食物和水壶，分给吉日霖和哥哥。吉日霖接过来，坐在马上吃了起来。

吃了点食物，三人的气色好了些，精神也回来了一大半。

三人按照既定路线继续前行。

天空仿佛被一双大手缓缓拉上了帷幕，太阳准备休息了。他们三人也必须找地方休息。

吉日霖说，玉正、玉珠，我们再坚持一下，前面不远处有个山洞，我们今夜在山洞里休息。明早出发，中午就到了。

兄妹二人同时回答说，好的。

歇了一会儿，马儿喝了点水，也有精神了。

哒哒哒，旷野中留下一串马蹄声。星星上山时，一座山挡住了去路，吉日霖在前面带路，中间是玉珠，殿后的是玉正。

在山脚下又走了半个时辰，他们终于到了吉日霖说的山洞。

山洞在夜间显得很恐怖，像是张着大嘴的怪兽。

吉日霖跳下马，活动了一下胳膊、腿，从褡裢中取出火折子，点燃一支火把，牵着马带头进了山洞。紧跟在后面的是玉珠，玉正也点燃了一支火把，拿着宝剑神情紧张地跟在最后。

山洞很黑、很大，马进去一点不嫌小，火把的光照在山洞的墙上，有几只蝙蝠在洞顶撞了几下，发出声音，吓得玉珠放开马缰绳、跑到后面抱着自己的哥哥，颤抖地说，哥，我害怕。

别怕，吉日霖妹妹熟悉这里，她能在前面走，说明这里是没有危险的，只是你不熟悉。

好吧，玉珠双手紧紧地攥着哥哥，把哥哥胳膊上的肉都快掐烂了，依然没有平息自己恐惧的心情。

吉日霖全神贯注地在前面举着火把、牵着马引路，并没有关注后面的情况。又走了大约半个时辰，大家疲惫不堪，吉日霖还是没有停下来的意思。王玉珠脸上的泪水干了湿、湿了干，心里期盼快点到目的地，好休息，她现在十分想念她的床。王玉正扶她重新上马，让她趴在马背上，省点力气。

终于，吉日霖停下了脚步。她转过头说，我们今晚在这里休息。

王玉珠很安静，没有刚进山洞时的哼哼唧唧。王玉正打眼一看，这里是一处很宽敞的空间，月光从前面顶部的一个小洞洒了进来，照亮着整个空间。他寻了一块较为平坦的地方，把马背上的羊毛毡铺在地上给玉珠休息。王玉珠在哥哥的搀扶下，走到了地方，一句话都没说就倒在羊毛毡上，王玉正把自己的马鞍卸下来，牵着他和妹妹的马向光亮处走去。

到这里就走出了山洞，山这边与山那边全是大片森林不同，这里是大片草原。吉日霖在洁白的月光下梳理马鬃，这是一幅令王玉正屏住呼吸的画面，他放开自己手上的两根马缰绳，让它们自己去找水和草。

两匹马儿走开了，在不远处卧下，嘴一伸就可以吃到草。它们时而口鼻都接触地面，使头得到支撑而全身放松，马儿也累了；时而抬起嘴吃一口嘴边的青草。

王玉正向吉日霖走去，吉日霖看到他走过来，向他莞尔一笑。

他站定，看着吉日霖，想说的话堵在嗓子眼。

吉日霖回过头继续给她的黑缎梳理鬃毛。

王玉正终于想到一句话可以问，他说，吉日霖姑娘，你累不累？

还好，不累。

姑娘非同凡人，让在下自愧不如。

你过奖了。哈哈。吉日霖心里说，矫情。

已经很晚了，姑娘早点歇息。

你去吧，我一会儿就回去。

好的。王玉正一步三回头地走进山洞。这是贯穿这座山的一个山洞，那边进来、这边出去。

一夜安详。

王玉珠在浑身酸痛中醒了过来。哥哥和吉日霖都不在山洞里，她站起来，整理好衣服。天已大亮。

走出山洞，王玉珠没看到哥哥。她喊了一声，哥哥，吉日霖妹妹。

哥哥妹妹没回来，她的马跑了过来。这匹马四条腿膝盖以下是白色的，因而也被称为四蹄踏雪。马儿上前把头伸到主人眼前，玉珠用手抱住马头，把脸贴到马头上，用手摩挲着马鼻子。

玉珠进山洞，抱出马鞍，从褡裢中拿出肉干，吃了一小块，喝了几口山泉水，又洗了脸，摸出一把小梳子，梳理了头发。

她骑上马，准备去找哥哥妹妹。

正要放松缰绳出发，远处传来马儿奔跑的嗒嗒声。他们回来了。

哥哥，吉日霖妹妹，我正准备去找你们。王玉珠迎了上去，说。

幸亏你没找，这周围很大，到处都是路，你想往哪里走，你走出去，绝对是找不到我们的。吉日霖说。

啊！玉珠有点后怕，差点又坏事了。

你在原地等我们是最好的，你跑出去了我们找不到你，你也找不到我们，这就麻烦了。吉日霖说。

幸亏我们及时回来了。王玉正说。

哥哥，你们去了哪里？玉珠问。

我们发现了好东西。王玉正惊喜地说。

真的啊，太好了，说说看，是什么好东西？玉珠好奇地问。

现在不告诉你，回去告诉父亲后，再告诉你。王玉正凑到妹妹马边，神秘地说。

嗯？玉珠疑惑道。

吉日霖看两兄妹在说悄悄话，便轻夹马肚子，向前走去。

花豹猪猪看主人要出发，也从藏身的地方走出来跟在黑缎后面。

王玉正发现吉日霖已出发，示意妹妹跟上。三人、三马、一豹又出发了。

晌午，他们来到两座山的山口，马鬃马尾飘了起来。刮风是山口的常态。

吉日霖裹着湖蓝色的围巾，只露出两只眼睛。围巾随风飘动。

来到黑风口，吉日霖给兄妹俩指了休息的地方，她独自去了驿站工地。经过小半年施工，这里已经初具规模，虽然到处还是乱糟糟的。工头八鱼知道吉日霖来了，小跑着过来迎接。

八鱼，现在进展到什么程度了？什么时候才能彻底完工，能让客人住进来？吉日霖见面就问。

怎么也得到十月了。八鱼揣摩着吉日霖的意思，小心地试探道。

不行，十月就下雪了，怎么干活。吉日霖拒绝了八鱼说的完工期限。

可以干活，我们争取提前把外面的活干完，下雪了可以干室内的活。

能不能提前两个月完工？

现在人手不够，眼看着银子也不够了，还差青石地砖、砖雕、木雕，我们自己的工匠做不了，还有琉璃砖也不够，我正在找人去找琉璃窑订货。八鱼想在工程中增项加钱。

青石地砖、砖雕、木雕，我会安排孛罗城的工匠过来完成。吉日霖打断了他。

我得增加人手，才能努力按照您要求的时间完工，还得增加费用，不然工匠们的工钱我都发不下去了，就盼着您来了。八鱼转着小眼睛说。

嗯，你做个账目，我看完再定，两天后给我——你干了哪些工、还需要干哪些工、需要多少银子，都写清楚。还有，不准偷工减料。

不会不会，我是靠这个吃饭的，干不好砸了自己的饭碗，不划算。

好，你把账目算清楚。你挣钱我不反对，但是你也别看我是个女孩子就蒙我。

我从来没有把您当女孩子看，您可比我见过的很多男人强多了。

那是你眼穷。少说废话，把活儿干扎实，你去安排人做三个人的饭，我带了两个朋友过来游玩。吉日霖也不多说一句话，直接下了命令。

好的，好的，你们在这里玩好、吃好、喝好，我派我妻子和母亲来给你们做饭，我女儿也可以过来给贵人们打下手。工头八鱼谄媚地说。

我不管是谁，认真干活第一位，其他的少来。吉日霖并没有给他好脸色。

八鱼点头哈腰地说，一定的，一定的。

吉日霖看角落里堆了一大堆木料。问，这些木料产地是哪里？

就是本地的。八鱼用手指了一下前面的山，说，那座山上的，我们选的是雪线上面的松树和柏树，很不错，这些木头正在阴干，八月底就差不多可以制作使用了。

好，把木头处理好，做出来的成品一定要好。

好的，这个我懂。您放心。八鱼说。

吉日霖把驿站的每个点位都详细地看了，然后和八鱼商量对策。一个时辰后，她才从驿站工地回到休息的地方。

休息地也是驿站的一部分，是最先建造的部分，虽然还没有彻底完工，但基本具备了遮风避雨的功能。

王玉珠兄妹在各自的房间歇息，吉日霖分别敲门，把他们都聚在了饭堂。八鱼妻子和女儿还没到，到黑风口的第一顿饭，他们得自己动手。

吉日霖到后堂去看看有啥可以吃的，米面均有。

出后堂是后院。在后院，吉日霖发现了一个地窖，在这里的夏天存肉都放在地窖中，能放两三天，不会腐坏。

地窖深逾一丈，越往下走越凉爽。吉日霖找了一把厨刀顺着木梯下了地窖。下面是码放整齐的食物，肉干和熏肉在架子上挂了满满两排。吉日霖手中的厨刀没用上，她把厨刀别在腰后，双手分别拿了一块肉，仅靠双腿上了木梯。

三人准备自己做一顿饭，吉日霖对饭食并没有多高的要求。从小父母给她吃的都是最好的，她好像也意不在此。对于吃的，她总是按照剑术师父要求的去做，不得挑食，好吃的、不好吃的都要吃，好赖一肚子，吃个热乎就成。

王玉珠见吉日霖拿来了肉，她接过来，说，姐姐，你去休息，饭的事情交给我。

吉日霖和王玉正坐在茶桌前喝茶、等饭。

不久，饭香就溢了出来，王玉正进厨房看了看，出来对吉日霖说，马上好了，稍等片刻。

吉日霖点点头。

这时，八鱼带着他妻子和女儿进来了。

八鱼把跟在他后面的两个女人拉到吉日霖面前说，东家姑娘，这是贱内，这是我十六岁的女儿小鱼儿。以后她们给你们一天做三顿饭，小鱼儿做你的贴身丫鬟。

我不用贴身丫鬟。吉日霖转身问王玉正，你需不需要贴身丫鬟？

还没等王玉正回答，八鱼看到是个公子，大喜，赶紧拉着小鱼儿的手在王玉正面前跪下，说，尊贵的公子，这是我家小女小鱼儿，恳求您收她做您的贴身丫鬟。

吉日霖嘴角上扬，说，玉正，我觉得很合适，你一个人在遥远的大西北，是要有一个贴身的人服侍你。

王玉正瞪了她一眼，说，八鱼大叔，小鱼儿姑娘，谢谢你们的好意，但我散漫惯了，不习惯有人跟着我。

吉日霖想，长安来的王家公子在这里并不适应，这里山穷水瘦，他一定是见多了长安的莺莺燕燕，这个乡下的土姑娘，怎能入他的眼。

小鱼儿身材丰满，肩膀厚，两胸大，人不算难看，就是眼睛不老实，一双媚眼带丝，这让吉日霖有点不适。她直觉这个女人不是人，有可能是一种动物——狐狸，胖狐狸。

小鱼儿见王公子并没有要她当随身丫鬟的意思，觉得受到了侮辱，哭了起来，边哭边擦眼泪，泪水糊了一脸。

八鱼看着小鱼儿的样子，伸手就给了她一巴掌，说，哭什么，没用的东西。小鱼儿跌倒在地，八鱼对着王玉正说，您别生气，这是我大女儿，我还有个小女儿，非常机灵的孩子。等会儿我带她过来。还没等王玉正说话，吉日霖说，八鱼，别闹了，带你的家人回去。

小鱼儿却爬起来，大声地申辩，吉日霖小姐，我是第一次见你，但你所有的故事我父亲都讲给我听了。你今天不留下我，我回去就会被打死，我不想死得一文不值。你生下来就拥有最好的一切，而我生在这样的家庭中，是我的错吗？你和我一样都是女孩子，为什么你能拥有所有的爱，而我一无所有。这不公平！说完话，她跪在地上哭得更大声了。

吉日霖不语。

王玉珠不知什么时候站在了她哥后面，默不作声，也不知该怎么做。

所有人静静地看着小鱼儿。

八鱼一把拉起小鱼儿往外走。

王玉正喊了一声，小鱼儿。

八鱼一家人都转过身，满脸期待。

王玉正掏出一锭金，递给小鱼儿，说，这个给你，你把它用好，改变你的后半生。他转过头对八鱼严厉地说，不准你和你妻子抢她的金子，这是我给她的，懂了吗？

懂了懂了。八鱼弓着腰高兴地说。

八鱼带着两个不甘不愿的女人走了。

仅仅是来做个饭，都有那么多事情和要求，人的欲望真是深不可测。吉日霖说。

王玉正说，你完全可以留下她们给你干活呀。

她们心思不纯，我处理不来复杂的事情，越简单越好。你为什么不留下小鱼儿？吉日霖说。

留下她？

嗯。

要不，我把小鱼儿叫回来？

王玉珠在他肩膀上打了一巴掌说，哥哥，你找事吗？饭好了，我们去吃饭。这下好了，这几天我当你们的贴身丫鬟，给你们做饭。

哈哈。吉日霖笑了，说，不用你天天做，我们轮着做几顿，我很快就会找到做饭和服侍你们的人，你们都是长安的大小姐、大公子，可不能委屈了你们。

好的呀，我付钱。王玉正说。

好呀，好呀，我最不怕钱多的人，来，一顿饭一千金，拿来。吉日霖伸出一只手毫不客气地说。

强盗！强盗！一顿饭一千金，皇帝都没有这么奢侈，一千金的饭食够一个普通家庭吃一辈子了，你让我一顿饭吃完，罪过罪过。王玉正双手合十。

不急不急，你可以先不支付，等回孛罗城再给，我不急。吉日霖微笑着说。

好了，别说一千金的饭食了，快来吃免费的饭食，再不吃都凉了。王玉珠可不管他们二人斗嘴，她只想快点开饭，吃是生命中最要紧的事，其他的都是闲事。

吉日霖看着一桌菜，惊呼，呀！不看地方只看菜，我还以为是在长安呢。玉珠姐姐厉害了！

你没去过长安，怎么知道长安。王玉正笑着说。

那还不简单，看看，这些，这些，都不是孛罗城的菜式，不是长安的是什么？吉日霖指着菜说。

二位哥哥妹妹，你们先吃吃看怎么样再说。王玉珠说，这里食材不全，待会儿吃过饭，我去山上看看有没有可以吃的。

好，我带你们去。吉日霖很满意。

王玉正看了饭菜一眼，心想，这些就是普通的一顿熟食而已，并没有什么特殊的。他没说出来，拿起筷子吃了起来。

本江江的娃娃脸在汉娜心里，一直是一种令人恐惧的存在。现在，它是小鱼儿的恐惧。吉日霖不知道的是，本江江也在黑风口。他混在施工匠人中间，暗地里控制了整个黑风口。八鱼从吉日霖的住处回来，就把情况禀报给了本江江。

本江江很高兴，他抚摸着断臂，断臂阴天、下雨时还会折磨他。十几年了，他无时无刻不在寻求复仇，眼里逐渐蓄满了杀机。

他夜里经常会梦见他举着圆形兵器追汉娜、汉娜被海达所救、海达还砍了他一只手臂的画面，那是噩梦，追着他跑了十几年。

吉日霖是海达的女儿，也是汉娜的女儿，这是报仇的最好机会。他要让他们两个心痛、撕心裂肺的痛，就得折磨他们的女儿；他们痛，他就高兴。现在，他们的女儿就是他砧板上的肉，他想怎么宰怎么宰、他想怎么割怎么割，想着想着，他居然痛快地哈哈大笑了起来。

听八鱼说，王公子给了你金子，还说让你自己改变生活，你说说看，你的后半生是你自己的，还是我给你的。本江江把小鱼儿按在地上，问小鱼儿。

小鱼儿说，王公子是外来人，过几天就走了；你一直都在这里，我的命是你给的。你让我现在死，我现在就去死；你让我明天死，我明天就去死。金子在呢，我给你保存着，你啥时候要用，我给你送过来，我也没地方去花钱。

聪明，看你又肥又蠢，没想到你还有脑子嘛。本江江对小鱼儿的回答很满意。明天把金子带过来，我看看长安的王公子给你的金子长什么样。

本江江踢了小鱼儿屁股一脚，说，滚，去找八鱼过来。

小鱼儿连忙从地上爬起来，小跑着出了门。

不久，八鱼小跑着来了。

夜里，风没停，时不时刮起地上的尘土形成小旋风，嘶嘶地聚起来又散开。

临时休息室里，王玉正兄妹和吉日霖进入了梦乡，奔波两天，今天终于能好好睡一觉了。

墙角出现一个黑影，无声地往前挪动，走到三人睡觉的小院门口，刚要上前，从地上站起来一只花豹，向他龇了牙齿发出低沉的警告声，来人吓得一个踉跄就往回跑。花豹并没有追，看着那个人跑远，重新卧在门边。

这个人是八鱼，八鱼看到一只花豹——花豹铜铃大小的眼睛在夜里往外冒着绿莹莹的光，吓得他腿软得差点没跑回来。

他立即把情况禀报给本江江。本江江说，意料之中，那么好拿下，就不好玩了。你继续监视他们，有什么情况立即告诉我。

好的，我这就去安排监视的人，我总是出现会引起他们的怀疑，这些人可是见过世面的人，精着呢。

去干活。本江江不想听他唠叨。

天明，吉日霖先起了床，在院子里舞剑。王玉正听到动静后起身，拿起剑，和吉日霖共舞了起来。王玉正是苍龙剑，吉日霖是玄风北剑。吉日霖的剑比王玉正的苍龙剑手感更沉一些，这是吉日霖把苍龙剑拿在手上的感觉。王玉正把吉日霖的剑拿在手上感觉沉甸甸的，舞起剑来，力道很大，剑风呼呼作响。好剑！王玉正赞道。

王玉珠起床看到他们俩在舞剑、切磋剑术，没打扰他们，径直去厨房做早饭。

吃了早饭，三人骑马出门，在驿站尚未安装大门的门口遇见了八鱼。八鱼上前问，各位小姐公子，你们这是要去哪里？

我们要去山里。王玉珠毫无心机地回答。

吉日霖接着说，我们不一定去山里，先走走看看。

好的，你们注意安全，要不要给你们准备午饭？吉日霖旁边的花豹差点让八鱼吓瘫，他哆嗦着靠墙蹲下来。

吉日霖说，可以准备。

八鱼说，好。我以前只是听说吉日霖姑娘有一只勇猛的花豹，这第一次见，真把我吓得半死。

你以前见过吗？

没有没有，我属老鼠，最怕大猫了。

嗯。吉日霖一抖马缰绳，他们三人出发了。

拓羽这边，他现在完全两耳不闻窗外事。刚开始，他还能抽时间去神觉蓝酒肆喝喝酒，思考一下炼钢的问题，打听一下吉日霖回来了没有；渐渐地，他就钻了进去，白天晚上都在做炼钢的活计。心里着急的尚田其尚且能忍，没去打扰他，私下里，他出高价继续寻找匠人，话已经传出去一个月了，还没有合适的人来揭他发出的人才榜。这张人才榜在孛罗城贴了好几张，人们围着看完，议论几声，就离开了。

尚田其做事向来不会只做一种准备，重大事情，都会准备后手，不可能把身家性命交给一个人。但是对如何把钢炼出来，他丝毫没有办法。

其他的问题，他列出来，一一解决。

尚田其准备和菲克见一面，他让海达把菲克约到神觉蓝酒肆。

之前，他让海达去调查菲克，海达给的消息对他来说没有价值。“卧榻之侧，岂容他人鼾睡”，他要用男人的方法解决他，第一次没让他死，那就让他死第二次。

菲克人长得高，手长、脸也长，鼻子比其他人都长。嘴巴很大，眉毛浓密，眼睛居然看起来是方的。单看他脸上的每个器官，都还能说得过去，但是凑一起后，却散发着戾气，让人不敢靠近；小孩子看一眼，直接被吓得哇哇大哭。

他的身体却和大多数男人一样，没有什么特殊之处，他的长脑袋和身体配合起来就显得头重脚轻。

菲克如约来到神觉蓝酒肆的贵客间，推开门，尚田其还没到。他没进去，就在门口等。汉娜过来招呼，菲克大哥，您先进去，我给您上酒。您喝些什么呢？

我是尚田其请来的，客随主便，他让我喝什么我就喝什么。菲克很随意地说。

没事的，您先进去，城主约的您，他一会儿就到了。

不急不急，我就在这里等。菲克坚持着，没进去。

一盏茶的工夫，尚田其到了。他身披城民熟悉的那件纯黑色的大袍子，面部骨骼突出。菲克靠在墙上打量着尚田其，尚田其看了他一眼，菲克感觉他的眼睛里冒出锋利的东西，这种眼神会让初次见他的人不寒而栗，人的面相会随着自己的内心发生变化，正所谓相由心生。菲克想起尚田其年轻的时候，可不是这样。

菲克并没有站直给尚田其行礼。

尚田其看到菲克，爽朗地打招呼，行了揖礼，菲克兄，好久不见，近来可好。

托你的福，我还活着。菲克这才还了揖礼。

走，菲克兄，里面请。尚田其在前面引路，进了贵客室坐在主位，并招手让菲克进来坐他对面。

菲克笑了笑说，你保证这里没有陷阱？

菲克兄说笑了，这里是酒肆，是公开场合，又不是我家。都是老朋友了，我没必要隐瞒你，我家确实有很多陷阱。说完，尚田其自顾自地笑了起来。

菲克站在门口，若有所思，依然没进门。

汉娜端了酒水上来，看到菲克站在门口，便说，菲克大哥，怎么还不进去？我看到城主不是已经在里面等您了吗？

没事，你先上酒，我就进来。菲克说。

汉娜说，您让一下，您堵住门了。

菲克向旁边让了一个身位，放汉娜进去。

汉娜上完酒，很快就出来，出门时对菲克又说了一句，现在好了，菲克大哥请进。说着她做了一个礼让的动作。

菲克抬脚进门，坐在了尚田其指定的位置。

菲克一脸平静地等着尚田其开口，因为这场见面是尚田其发起的。

尚田其看着菲克，突然笑了，说，真的好久不见啊。

是，久到过了两个世界，地上地下的遥远距离。

不知道你还是不是以前的你？

是以前的我，但是有变化。

没有变化就成石头了，石头不变。

你就没变，你就是石头。

尚田其举起酒杯，说，先喝酒。这是好酒，孛罗城最好的酒。

菲克端起酒杯说，这次能喝上酒，真是三生有幸。

这次一定能喝上，来，孛罗城的神觉蓝酒管够。

这是你的孛罗城，还不是我的孛罗城。

你想要什么？

我想要你的全部。

全部吗？

对，全部。你当初剥夺了我的全部，我失去全部后的心情，你也得体验一下。菲克说的时候，语气很平和，不像是在说自己的事情，而像是在给尚田其讲其他人的故事。

凭什么？

凭我掌握了你的全部，你的全部！我有的是时间，我不着急，你要打起一万分的精神，除非你能再杀我一次。

出个价。

你给自己估个价，然后给我那个价。

一条枯命。尚田其拿出一锭银子，说，我的枯命就值这个价，埋掉就成。

好主意，你埋过我一次，我再埋你一次，我们扯平。

可以，扯平。

不行，这些年我受的罪，你还没有受，我受的罪也得还给你。

那就是谈不通了。

谈不通。

二人同时举杯，喝下一口酒，并同时抽出自己的武器刺向对方。

菲克的刀更快一些，尚田其被刺中左肩。

尚田其和菲克留在外面埋伏的人听到里面的动静，都往贵宾室冲，到门口，双方的人打了起来，顿时，神觉蓝酒肆乱作一团、乒乓作响。菲克一剑未中，立即补剑，尚田其恢复了速度，和菲克纠缠起来。

当海达带着喀布和几十名矿工从铁矿赶到酒肆的时候，菲克和尚田其二人都不见了。酒肆里一片狼藉，汉娜带着小二在整理桌椅。汉娜简单给海达说了大致情况，海达安排带来的矿工一起收拾，汉娜给每个矿工赏了一杯神觉蓝酒。

海达交代汉娜，遇到打架，自己先躲开，不要往前凑热闹。

汉娜嗯嗯地答应。

第八章　吉日霖被掳智脱困　小鱼儿义救兄妹俩

吉日霖带着兄妹二人出发了，三人、三马、一花豹，沿着一条窄窄的牧道走。

虽然这里在风口的范围内，但这里完美地避开了大风，生机盎然，满目苍翠。而且，今天还是难得的大晴天。

他们走到一个山的转角，突然与一队人马迎头相遇。牧道很窄没有避让的余地，谁给谁让道？

吉日霖看了他们一眼，共有十一个人，看着装和肤色，她判断对方是当地马帮。她扯动马缰绳，向旁边山上挪出牧道，给对方让路。

在这样小的牧道上，两边都是山，打起来根本没有施展的空间。对方可以出三个人对付他们三人中的一人，这是很危险的事情，即使花豹勇猛，也架不住两箭。所以，吉日霖在判断了双方实力后做出了让路的决定。

王玉正也看出来了，虽然他一人能打三个，但妹妹玉珠不行，最弱的男人也能伤害到妹妹。

因此，他赞成吉日霖的决定，玉珠向来听哥哥的，现在哥哥怎么做她就怎么做。

在三人的注视下，对方一个一个地从他们旁边通过。双方交会时，对方的人不断地打量着他们三人，吉日霖和王玉珠是两个美丽的女孩子，吉日霖如火焰、王玉珠如湖水。王玉正暗暗地握紧了剑，随时准备出剑。对方的马发现了隐藏的花豹，腿都软了，乱了队形。在前面走的人只好打马快走，其他人立即效仿，这才稳住队形。

他们十一个人走了之后，吉日霖重新回到牧道上，往前走，走出这座山不久，就看到一片白花花的湖面，十分耀眼。

王玉珠打马上前，跳下马，在湖岸边抓起一把白色的颗粒状的东西。

吉日霖说，这是盐卤。

啊！我说昨天做饭这么好吃呢，原来与这里的盐有关系。昨天我在厨房就看到了煮好风干的干净盐卤。玉珠高兴地说。

这么大一片盐湖，是很大的财富。吉日霖小姐，你在这里开驿站，很有眼光。王玉正对吉日霖竖起大拇指。

这些东西不是我来了才有的，它们千百年来都在这里。吉日霖没有多喜悦。她露出罕有的紧张，刚才那拨人虽然过去了，但是直觉告诉她，来者不善。

吉日霖说，王公子，做好防御准备。

王玉正很清楚这是什么意思，对正为新发现而欣喜的玉珠说，上马。

玉珠说，哥哥，你看这里。她抛起一把盐卤颗粒。

快上马。王玉正厉声说。玉珠立刻意识到问题有点严重，她快步跑向自己的马。

就在这个时候，远处来了一队人马，向这边呈扇形包抄。刚才远看还是黑点，现在人形已经能看清楚了。

王玉正对吉日霖说，我们冲出去。玉珠，你跟紧我们，你在中间，我殿后，跑！

瞬间，三匹马、三个人向来人迎面撞去，这一下把对面的人搞蒙了。花豹在三人侧边跑，对面的马居然跑向两边让开了一条路，迎面相对的双方在照面的一瞬间就已拉开两三个马位。对方反应过来后立刻搭弓射箭，第一波箭被殿后的王玉正用剑挡开，显然，这伙人对他们三人很熟悉，因为有三支箭直冲花豹猪猪而来，花豹敏捷地走位躲开了利箭。

三人冲向那条唯一出山的牧道，只有从这里出去才不至于被围困；来到山的中间，后面的追击依然没有放松，这时突然有个娃娃脸挡住了他们的去路。

这张娃娃脸上抬头纹和眼袋很明显，但是确实是一张娃娃脸，让人看了，有一种说不出的怪异感。

两天后，孛罗城的海达、汉娜、王泰和、尚田其分别接到消息——吉日霖和王玉正兄妹被扣押了，人在黑风口，让他们准备一万两银子来赎人。落款是八鱼。

八鱼，孛罗城里没人知道他。海达、王泰和、尚田其派出的探子也没有打听到他的任何消息。他仿佛是凭空从地上冒出来的。

王泰和一边筹集现银，一边派出最得力的精干人手，连夜去黑风口救人。阿娟听说一双儿女被扣押在黑风口。她熟悉黑风口，她就是从那里来到孛罗城的，她知道黑风口鱼龙混杂。当初，她觉得一双儿女和吉日霖一同前去，完全可以自保，看来，她是低估了黑风口的危险了。她立即穿好紧身衣，准备出发。王泰和拦着，说，我已经派了功夫最强的人去黑风口了，你就不要再添乱了。我现在就出发，带上所有现银去，根据情况再决定怎么做。

我跟你一起去，你不让我去，你走了我还会去的。阿娟并没有听丈夫的话。

王泰和说，那就一起出发，不要耽误时间。

二人带人快马加鞭前往黑风口。

出发之前，王泰和安排随从带上辎重在后面跟着，以备不时之需。

尚田其也想去黑风口看看，到底是哪个不长眼的人胆敢在他尚田其的地盘上动土，但是他一走，城就空了，这很危险。他派出海聪继续在集市和街道察看有没有什么可疑的。他继续回到地下迷城。

王泰和的妻子阿娟是吏部尚书的大女儿，作为吏部尚书的女儿，从小的各种训练必不可少，她也习得一身好武艺，要不怎会跟着丈夫走南闯北。

黑风口驿站最大的一间大厅里，本江江身边站着八鱼，对面是被五花大绑捆在一根粗大木桩上的吉日霖和王玉正兄妹，后面站了两排手执武器的大汉。

本江江走到吉日霖身边，踮起脚用手抚摸吉日霖的脸，吉日霖扭头闪过，本江江哈哈大笑，说，果然是你娘的女儿，够火辣。

王玉正说，你有种就朝我来，为难女孩子，下贱，不是男人。

哈哈，我就下贱怎么了，我就不是男人怎么了，别急，我会好好招呼你的。本江江得意地说。

说着他拿起了马鞭，朝王玉正呼过去，“啪啪”左右甩了两鞭子，王玉正的衣服和血肉一起翻了出来。

哥哥！王玉珠吓得大叫。

哈哈，丫头叫得好听，再叫一声。本江江又反手给了王玉正一鞭子，王玉珠很是心痛，却咬住嘴唇，没敢再叫。

话说呢，你们两个孩子和我无冤无仇，是你们自己撞到我手上的，我不收下来都不好意思。谢天谢地呀，送到嘴上的肥肉，不吃就浪费了，是不是？他转过头看着八鱼，并把这句话的答案给了八鱼。他说话的语气很慢，好不容易等他住嘴了，八鱼连忙点头如捣蒜，说，本江江大人说得是。

嗯，如果我没算错的话，孛罗城的人已经在来的路上了。八鱼，这里交给你，我出去几天，过几天回来。

啊？您这就走啊，这里怎么办？您还没拿到赎金呢。

赎金到了，你先放起来。

他又走到吉日霖面前，说，汉娜和海达的女儿，放在这里的话，可惜了，我让你在路上伺候我。他又朝手下说，把她捆在马背上，连夜出发。

你们去哪里？

你最好不知道，知道了命短。

好的，我不知道。八鱼往后退了一步。

不久，本江江带着一队人马出了驿站，冲进了暗夜里。

八鱼看着本江江带着人走远了，转身回到大厅，把捆着王玉正兄妹的绳子解开，说，王公子，王小姐，请恕在下无能，没能在关键时刻救下你们。

王玉正说，你是吉日霖小姐花高价请来的，你怎么能背叛她。

不存在背叛不背叛的问题，没有确立主仆关系，就不存在背叛。她给的活儿我都干了，而且是认真地干了，你觉得哪里出了问题呢？

王玉正说，我的马在哪里？

干什么？

我要去解救吉日霖小姐。

别想了，你出不去。说着八鱼使了一个眼色，从暗处立即走出几个大汉把王玉正围在中间。八鱼说，你好好在这里待着，我可以不绑你，但你如果想找事，我会继续把你捆起来。

王玉珠对哥哥说，我先给你包扎一下，看，还在出血。她转头对八鱼说，八鱼大哥，我去哥哥房间里给他拿件衣服换一换。

八鱼想了想，说，你个弱女子，谅你也翻不了浪，你去吧。

王玉珠擦干泪水，小跑着出门了。

在满是杂石和木料的走廊上，玉珠遇见了小鱼儿。

汉娜得知宝贝女儿在黑风口驿站受到袭击，对方要十万赎金，她急得一下子就着火了，一边让人拿出自己的私房钱，一边嚷嚷着要和海达一起去黑风口营救女儿。海达坚决不让她去，说她去了会影响他。他这次去主要是救女儿，不是去玩的，到时候他还得分心照顾她，这样容易出错。汉娜觉得海达说的有道理，自己一点武功都没有，啥忙也帮不上，只能添乱。她只好站在桌边抹眼泪。海达看了，只得上前抱了抱她。

三个孩子被人扣押在黑风口的事情，很快传遍孛罗城，孛罗城里关心的人和看笑话的人纷纷来到酒肆打探消息。

神觉蓝酒肆里来人增加了好几倍，海聪过来帮忙。尚田其还没有摸清楚情况，他来到紫桐树下，他要看大青石的眼睛，去了解全城的动向。

尚田其首先把大青石的眼睛转到铁矿，在铁矿的高炉下，他找到了拓羽，他还在埋头干活，突然他一脸惊喜地对旁边的人说了什么，旁边的人高兴地跳了起来。

他用手在大青石上划拉了几下，找到了神觉蓝酒肆，看到了很多人，他仔细地看着那些人脸，竟然看到了菲克。

菲克说过他知道他的一切，联想到眼前发生的事情，尚田其心里一惊，有了各种猜测。

尚田其不知道菲克现在在哪里住。当初他混在铁矿、当一名矿工的时候，他住在铁矿；但他的二十号工牌，已经被海达交给了新来的矿工。每个岗位都是定岗，少一个人，环节跟不上，影响工作效率。

喀布被海达匆匆带去了黑风口，铁矿的开采工作，海达交给了正在研究炼钢的拓羽。让海达信任的人没有几个，要是他有几个儿子就好了，他和汉娜折腾得也够多的了，可自从生下吉日霖，她的肚子再也没有过动静。

八月的孛罗城天气炎热，城外的石头升腾着热烟，人们到孛罗河边感受流水带来的些许凉气。汗水湿透了男人女人的衣服，小男孩则在河边嬉闹游玩。西边的天空暗了下来，来风了，不一会儿，孛罗城上空笼罩着黑色的重云，被风吹皱的孛罗河把一道道波浪朝岸边推去。突然，一声惊雷划破天空，啪啪地扯着弯弯折折的白线一样的雷电震撼着大地，一只隼展开翅膀在重云下面盘旋着，天空黑沉沉的十分可怕。城周的三百眼泉水，突然咕咕地冒出来了更多的水，不久，城外的很多地方被泉水覆盖。父母们呼喊着孩子们快点上岸，被酷夏的干热烤焦了的大地上落下了第一滴雨点儿，“嘶”的一声不见了，接着，更多的雨滴落在地面上，还没等孩子们从水里出来，一道耀眼的光芒照进这片水面，紧跟着就是咔嚓一声炸雷，还没上岸的小孩，把头扎进水里。“哗”——一场大雨已至，刚才差点热晕的人们瞬间被雨水冲走了暑气。

城里的神觉蓝酒肆点了灯，刚才还在外面坐着的人被突然而至的大雨淋湿了全身，纷纷顶着大雨跑进酒肆。门口长长的廊道里站满了人，酒肆大厅的座位、贵客室都坐满了，柜台前也站满了人，乱哄哄的场面让汉娜心烦意乱，她心里又惦记着女儿和丈夫。在双重压力下，她出错了。

有人趁乱起哄，还有人打了起来，砸了几只陶制酒壶和酒杯。巨大的声音让人纷纷后退，最后莫名地演变成群殴。混乱中，汉娜的后脑勺不知被谁重击一棒，晕倒的汉娜被人扶到了后面的厨房里。

混乱中，汉娜似乎看到了菲克。

城主尚田其带着守卫急匆匆赶到酒肆，他下令把酒肆围起来，找到带头闹事的人，严惩。

人跑了一半，没跑掉的人被守卫抓住一一快速审问，两个问题：第一个动手的人是谁？是谁带头闹事的？

这两个问题其实可以合并为一个问题，但是，尚田其就要守卫问这两个问题，而且做了笔录。最后，所有答案的指向是，长脸长手的菲克。菲克的特征明显，人看一眼就记住了，何况上一次在酒肆打架的是菲克和尚田其，他为此在孛罗城出了名，认识他的人不在少数。

看来，必须和菲克有个了结了，尚田其准备再次出手。

尚田其在酒肆的厨房里找到了汉娜，昏迷着的汉娜衣服凌乱，斜倚在墙角。尚田其吩咐找个女的过来帮忙，小厮到旁边门面找了伸着脖子看热闹的豆腐西施过来。豆腐西施叫惠文，是从外城嫁到孛罗城的女人，她有家传做豆腐的手艺，这里又有很优质的盐卤，她就在孛罗城开了一家豆腐坊，生意很不错，养活了一家人。

她看到平日里嚣张的汉娜现在衣服凌乱的样子，心里有点窃喜，但是很快意识到，汉娜也是女人，给女人丢脸不是她想看见的。于是，她给汉娜简单整理了衣服，还试着探了探鼻息，确定她还活着。她给门口的看守说，我去拿个东西过来，不要让人进去。

豆腐西施回到豆腐坊，翻出一床小褥子，上面有发酸的豆腐味道，她拿上褥子从后门进了酒肆，朝看守点点头走了进去。她扶起汉娜，把她扶到一间贵客室的矮炕上，上面有靠垫、炕桌。她挪开炕桌，找了一杯水，给汉娜灌了进去。豆腐西施大喜，能喝进去水，人就能活下来。豆腐西施给汉娜盖好了小褥子，出门去找守卫。

她高兴地让守卫告诉尚田其，她把汉娜救活了。她美滋滋地想：我救了他儿媳妇，他会给我什么赏赐呢？再说了，海达矿主回来也会赏赐我的，我得提前想好了我要什么，到时候直接告诉他们。如果他们给的赏赐我不喜欢，或者是家里没用的东西，那就没价值了，还不如不要，这样先落个人情，以后在关键时候让他们一家人再还这个情分。如果他们要给赏赐就要给我最需要的，或者最值钱的。豆腐西施在这边美滋滋地想着美事。

汉娜醒了，头很蒙，不知道自己在哪里，看着那么陌生的环境，她吓得大声喊叫，妈妈，妈妈。继而，她号啕大哭起来。

豆腐西施一听，汉娜醒了，走过来说，汉娜掌柜的，你醒了，太好了，是我救的你。你不知道刚才太乱了，太可怕了。

啊？掌柜的？大姐，你是谁呀？你认识我吗？

啊？你不认识我吗？我是隔壁的豆腐西施呀。

豆腐西施？汉娜眼睛空洞，里面没有光。

经过几天的寻找，菲克消失了，孛罗城的内城、外城都没见到菲克，尚田其甚至派人去了铁矿，也没见菲克的影子。

玉珠姑娘。小鱼儿轻声喊。玉珠转头看到了藏在走廊一根石柱后面的小鱼儿。

小鱼儿？玉珠疑惑地问。小鱼儿点点头，向她招手。玉珠狐疑地走到小鱼儿跟前。

你要和你哥哥尽快逃走，本江江要了赎金后，他安排了八鱼把你们都杀掉。小鱼儿说。

我为什么要相信你，你和八鱼是父女，你们是一伙的。王玉珠说。

八鱼不是我父亲，我的亲生父亲就是被他杀死的。

你的故事讲得挺好的，但我不信。

不信也没关系，我就是被八鱼拐来的姑娘，加我一共有八个姑娘。我为啥叫小鱼儿，因为每条鱼儿都是他的姑娘，一二三四五六七八条鱼儿，我是八鱼儿，八鱼与养父同名，就叫小鱼儿了。

王玉珠打断她的讲述，说，你别和我讲你的故事，我不想知道你的故事，和我没有关系。

和你有关系，因为只有我能救你们。你们的时间不多了，你们吃的饭里有毒，到今天下午就会毒发，你们会连走路的力气都没有，为啥八鱼能给你们解绑，因为他知道你们没力气。你现在走走看，腿上有没有力气？

玉珠暗中尝试了一下，果然一个小台阶都迈不过去。她大惊，骂道，你们是强盗！

小鱼儿说，先别着急，你现在走不动了，我帮你给你哥拿衣服，我再拿些跌打药给你哥。你坐在这里别动，我会在他们出来找你之前，把衣服给你拿过来。

玉珠心下更急了，腿却迈不开，浑身僵硬，一着急，眼泪下来了。

小鱼儿立即跑开了。不一会儿，她抱着一个布包走到玉珠跟前，说，这是给你哥找的衣服，不知道对不对？

都行，哪一件都可以，我们快回去。玉珠说。

小鱼儿看玉珠迈开步子很困难，便走过来一手搀扶着她，她突然有一种不明原因的愉快心情。王玉珠试探着使力迈开一步，虽有点吃劲，但还能移动。

二人走回大厅，玉珠看到哥哥坐在椅子上，上衣被本江江抽了两鞭子撕开了两道口子，沾了血迹的衣服耷拉下来，露出了一大片腹部。王玉珠迈着缓慢的步子到哥哥身边，把衣服递给哥哥，她和哥哥互相搀扶着进了旁边的房间，玉珠站在门口，让哥哥自己换衣服。小鱼儿端来一盆水，说，先擦一下血迹再换衣服吧。玉珠接过盆，小鱼儿离开。玉珠走进房间，递给哥哥一块布，让哥哥自己擦。

八鱼见小鱼儿和玉珠一起来的，眼珠子转了转，问，你们怎么在一起？

我去菜窖取肉，在走廊上遇见的。

哦，去吧，把饭做好，一会儿过来给他们喝点水。

好的，我这就去。小鱼儿乖巧地说。

看着小鱼儿离开大厅，八鱼走到王玉正兄妹的房间说，你们换好衣服了，过来喝口水。

王玉正把破掉的衣服换下来，穿上这套灰色的衣服。

公子颜如玉呀。八鱼把能想到的好词都用给王玉正。

公子勿怪，我也是无奈呀！我一个老老实实的农户，哪有什么能耐，我的家人都在本江江大人手上，请千万莫怪我呀。八鱼一脸诚恳地说。

我和妹妹浑身无力，你给我们下毒了。

不是我下的毒，是本江江，这些毒都是要大价钱的，我就是一个小工地的小头头，能有啥钱。我就是个吆喝了大家干活的人，我干事也是受了东家的指挥，我自己能干什么。八鱼辩解。

不急，大水过后留下石头，你是大水还是石头，马上就知道了。王玉正说。

啊？八鱼并没有听懂什么石头、什么水的意思。

本江江心情好极了，最近的事情都按照他的预设发展，没有出什么岔子。为此，他准备了十年，他每天都在算计，以至于他的眉头一直紧锁着，双眉中间有深深的川字纹，嘴角朝下，只有在得意地哈哈大笑时，他的娃娃脸才显露出来。

现在，他身边的马背上就是吉日霖——他的仇人的女儿，她现在昏迷着，趴在马背上。出发前，他给她喂了一粒药，是让人浑身瘫软的药。

吉日霖可不像她妈妈那样，虽是个丫头片子，但从小就被师父训练长大的，实力不可忽视。给吉日霖吃药，也是为了求万全。

当天在山洼里围困吉日霖和王玉正，本江江亲眼看见了吉日霖杀人时的狠辣，他的人一波一波上去。一波倒下，再派出去一波；第一波二十九人，被王玉正和吉日霖悉数斩杀；第二波三十五人，吉日霖浑身都是血迹，在杀到第五个人时，终于因为体力不支，中箭摔下马，被俘。王玉正也是同样，第二波对战时中箭被俘。玉珠第一个就被俘了，就这样，三人都被捆住手、拖在马后面，回到了黑风口的驿站。

趴在马上的吉日霖已经恢复了大部分体力，她身上有师父们给她的东西，都是保命的，关键时刻用的。

在衣袖里有个隐蔽的内袋，里面有一颗解毒丹。她趴在马上的时候，趁着本江江不注意，吃了解毒丹，她闭着眼睛等待药起效。

从黑风口去往孛罗城的路，最恐怖的就是遇到大风天，特别是走到七里慈湖这段，前面路段的风是从东向北刮，到了这里，风会从西向东刮，刮过去就是湖水，这一段必经之路大约有十里。如果在这段路遇到大风，大概率人和马都会被刮到七里慈湖里，冬天是这样，夏天也是这样。

吉日霖的黑缎十岁了，眼睫毛露出了白色，本江江有意把这匹马占为己有，无奈黑缎不认他，尥蹶子踢他，恼火的本江江把它拴在马桩上打了一百鞭，打得黑缎奄奄一息。

这次给吉日霖骑的是一匹老实的、年龄大的走马，跑不快，本江江自己骑了一匹被驯服的烈马。假如吉日霖想跑，马的速度受限，追杀她是没有问题的。

吉日霖趴在马背上，眼睛余光看到了花豹不远不近、悄无声息地跟着。她从马背上坐了起来，整理头发衣服，本江江看到吉日霖坐了起来，立刻打马过来问，你醒了？

醒了，要喝水，要去解手。

不行，就在马背上喝水，马背上解手。本江江并不打算给吉日霖松绑。

我又不是男人，怎么在马背上解决。吉日霖说。

她看到河边有一丛芦苇，她指着芦苇说，你看那儿，我去那儿。

本江江跳下马，走到吉日霖马前，把她直接拽下马，吉日霖从马上摔了下来。她没吭声，站了起来，让本江江给自己解绑，本江江说，你是有能耐自己解绑的，为什么自己不解？

我没有能力自己解绑，请本江江大人帮助一下。吉日霖说。

本江江使了个眼色，后面有人过来给吉日霖解绑。

上箭。本江江下令两个人拉弓上箭对准吉日霖。吉日霖向那丛芦苇走去。两支箭就在身后瞄准她。

“哒哒哒”，南边的方向传来激烈的马蹄声，本江江一看不好，立即上马，把自己红色的袍子给了一个随从穿上，指挥他往西跑，一队人往回跑，自己则去芦苇丛找吉日霖。东边被七里慈湖挡住了去路。

走进芦苇丛的吉日霖，看到了她的花豹猪猪潜伏在这里，一人一花豹很有默契。

花豹驮着吉日霖跃出了芦苇丛，和刚刚赶来的本江江几乎撞了满怀，本江江的马紧急刹住前蹄，嘶嘶叫唤，本江江“嗖”的一声从马头上飞了出去，只一瞬，花豹猪猪就带着吉日霖冲出去十几米，等本江江从地上爬起来搭箭时，吉日霖已经跑出了他的射程。

本江江碰到赶来的随从，换上随从的马，打马向孛罗城奔去。

来人是王泰和和阿娟以及他们的随从，看到吉日霖骑着花豹跑了，遂派两人去追穿红袍的人，又派出两人去追往西南方向去的人，下令格杀勿论。

小鱼儿给王玉正兄妹端来茶水，他们兄妹俩一天半没吃饭了，八月天干热，从木棂格窗户吹进的风热烘烘的，烫脸。

王玉珠白净水灵的皮肤被风吹得发痒，她不停地用手挠，脸上留下一道道的红印。王玉正说，妹妹，你忍忍，别抠了，脸都破相了。

哥，实在是痒得难受，恨不得挖出血来止痒。

八鱼大哥，能不能让我妹妹洗个脸？

八鱼一看，玉珠确实不是装的，就安排小鱼儿端来一盆水让她洗脸。这几天被本江江高强度使唤，八鱼也累了，他对两名看守说，你们看着这两个人，我去吃顿饭啊。两人答应说，八鱼大哥快去吃饭，有酒呢，喝点酒解解乏，我们看着你放心吧。

八鱼跛着脚出门了。小鱼儿端来一盆水给玉珠洗脸，洗了脸后，玉珠感觉舒服多了。

小鱼儿又端来两杯水，递给王玉正、王玉珠兄妹喝，看着他们喝完，她坐在旁边削土豆。她把厨房的东西带过来了，边照顾二人边干活。

一大盆土豆削完了，小鱼儿端起大木盆，说，公子小姐，你们稍等，我一会儿就做好饭了。你们觉得时间差不多了就自己到厨房来吃饭。

王玉珠看到小鱼儿给她使了一个眼色。她试着抬了下腿，腿上的力气回来了，动了下手，手上的力量也回来了，看了一眼哥哥，哥哥正闭着双眼。她看看两个看守，两个看守正在打瞌睡，她用脚踢了一下哥哥，哥哥睁眼，玉珠把手动了动，示意他也动一动。

他们同时看了看刚刚喝过的茶水，立即明白了刚才小鱼儿话中的意思。

他们蹑手蹑脚地穿过走廊，来到厨房，小鱼儿看到他们来了，拿出一盘油饼给他们吃，说，快吃几口，这边的饭还未熟。

王玉正说，谢谢你。

不客气，王公子，能为你做点事情，我死了也值得了。小鱼儿红着脸说。

玉珠说，感谢你救了我们兄妹。我会感谢你的。

不用感谢，这是我自愿做的，长这么大，只有你们把我当人看。王公子那天送我金子，让我改变今后人生的话，是我晦暗生命的一束光。小鱼儿说完，背过身子继续干活。兄妹二人没看到，此时的小鱼儿已经泪流满面，不管怎么样，她说出了这几天一直想说的话，心情舒畅得无以复加，这是她生命中第一次有这样奇妙的感觉。

玉珠脱下自己的翡翠手镯，弯腰蹲下来，和小鱼儿并排蹲在地上，她把玉镯递给小鱼儿，说，小鱼儿，你我认个姊妹吧，这是我送给你的见面礼。

小鱼儿摆手拒绝，说，不可不可，我也戴不住这么贵重的玉镯，我戴上，认识我的人会以为是我偷的，不能戴，和我的身份不匹配。

王玉正说，没有什么匹配不匹配的说法，我说匹配就匹配，戴上吧，这也是我和我妹妹的心意。

小鱼儿愣住了，看着王玉正说，王公子，你觉得我可以戴这么贵重的玉镯吗？

王玉正微笑着点点头。

小鱼儿再次红了脸，想了想，郑重地说，玉镯留在我这里的结果也是碎掉，与其让这么美好的东西碎掉，不如我现在就不收了。说完，她坚定地把玉镯推给了玉珠，她站起来，深深地给兄妹俩鞠了一躬说，谢谢你们，让我觉得自己还是个人。

小鱼儿说，你们的马在后院的马厩里，你们快逃吧。

好！王玉正拉着妹妹的手就跑开了。小鱼儿在后面喊，骑上马出门向右一直跑。

小鱼儿看着他们，嘴角微微上扬。她知道接下来她身上会发生什么事。

第九章　王家发现铁矿产　本江江菲克联手

王泰和带着妻子阿娟向黑风口一路快马加鞭。

海达带着喀布也在奔向黑风口的路上，幸运的是，海达在半路上遇到了迎面而来的吉日霖和她的花豹猪猪。吉日霖看到父亲，从花豹背上跳下来，喊了一声，父亲。

海达翻身从马背上下来，带起地上的尘土飞向吉日霖，他前后左右看着宝贝女儿。吉日霖说，我没事，不用看，我们赶快回去，是本江江干的，他是来复仇的，他向孛罗城去了。

海达骑上马，吉日霖骑上花豹，向孛罗城奔去。路上，吉日霖给海达说了本江江控制了黑风口驿站和在牧道上围堵他们三人的事情，以及王玉正兄妹还被困在驿站的事情。海达说，我看到王泰和和妻子阿娟带着很多人朝黑风口去了，我们去了也帮不上忙，现在你母亲一个人在孛罗城，她可没有任何战斗力。

本江江就是要找你和母亲报仇，他明说了的。吉日霖说。

我们快回去，最好能赶在本江江之前回到你母亲身边。

驾，驾，驾，众人打马赶路，一时间，尘土飞扬。

王泰和赶到黑风口后，在一片正在施工的工地上找到了负责人八鱼。八鱼了解到眼前气度不凡的男女正是王玉正和王玉珠兄妹俩的父母，脸上立刻堆满了笑容，说，难怪他们这么优秀，他们拥有如此优秀的父母，这就不奇怪了。但是，很抱歉，你们的儿女已经走了，你们带来的赎金放下后，就可以回去了，等本江江大人回来，我会交给他的。

放屁，没见到孩子，你们还有脸要赎金，赎金是赎人的，不是赎你一句话的。王泰和毫不客气地说。

王泰和点点头，后面走出一个大汉，直接上前砍下八鱼的一条手臂。八鱼发出杀猪般的嚎叫声，你们不讲规矩。阿娟上前用剑指着八鱼说，快说，我的孩子们在哪里？不说，这条手臂也没有了。

八鱼的脸都变形了，哭丧着说，你杀了我我也是这句话，他们真的走了，不信你问小鱼儿。

谁是小鱼儿？

我的女儿，小鱼儿放他们走的。

小鱼儿在哪里？阿娟急问。

把小鱼儿带上来。八鱼捂着冒着鲜血的手臂哭丧着脸说。

有两个人把浑身不成样子的小鱼儿拖了过来。八鱼说，小鱼儿放走了你们的孩子，你问问她，你们的孩子朝哪条路走了。

阿娟上前试了一下小鱼儿的鼻息，很微弱，有进气没出气的状态。她安排了随队郎中诊治，几根银针下去，小鱼儿吐了一口鲜血后，悠悠醒来。看着眼前亮衣华服的二位，又看到了八鱼狼狈的样子，她明白了情势，闭上眼睛休息。

阿娟轻声问，姑娘，是你救了我的一双儿女，我很感谢！你知不知道他们去了哪里？他们现在会不会有危险？

他们不会有危险，他们去的地方没有人。小鱼儿断断续续地低声说完了这句话。

是哪个方向？我们刚来的路上并没有遇见他们。王泰和急问。

他们没有回孛罗城，他们出门右拐了，往更远的北方去了。

你为什么要让他们去北方呢？那里没有人烟，去了也是个死，你不知道吗？

是的，我知道，但他们不会死在人手上，他们有可能活下来，往孛罗城走，一定会遇到人，遇到人就不好说了，我是为了救他们。那些人太坏了，王公子太善良了，斗不过坏人，只好把他交给大自然了，我还藏了他的指北针，我说那是条最近的路。

啊？小鱼儿的这个观点，让王泰和觉得匪夷所思。阿娟也惊着了，她拉着王泰和说，泰和，快，我们去追。

王泰和转手给八鱼心口补了一刀，转身跟上阿娟。

小鱼儿被银针吊着的那口气渐渐弱了下去，不一会儿，胸口的呼吸起伏停止了，她微笑着去了她认为快乐的地方。

出门右拐。他们打马奔去，王泰和与阿娟对能不能追上他们的孩子，并没有十足的把握。

王玉正和王玉珠跑了一天，到了晚上来到一座不高的山下，远方可以看到一湖水。他们以为那是七里慈湖，他们想第二天过了七里慈湖就到孛罗城了，就能见到他们的父母了。

夕阳在地平线上缓缓落下。在这个角度看到的太阳比他们在任何地方看到的都大。这种感觉，玉珠说了出来，王玉正也这么认为。他们马鞍的褡裢里还有一些肉干，可以暂时应急。王玉正的身体还没有完全恢复，王玉珠骑马跑这几个时辰也已是极限。他们看到一块有水的地方，翻身下马，坐在草地上，休息片刻。玉珠打起精神，站起来说，哥哥，我们快点捡拾一些干柴，不然这荒郊野外的，有野兽怎么办？

王玉正说，是的，我去捡，你休息。说着，王玉正起身去捡柴火。

王玉珠找了几块石头，把石头围拢成一个灶，等待哥哥把柴火拿来就可以烧点开水喝了。喝了几次生水后，玉珠总感觉自己肚子胀胀的，屁多。

她必须喝到热水。

刚才西边的天空还是亮亮的红红的，一个没注意，天就黑了下来，刚才还只有一两只蚊子在她身边嗡嗡叫，突然一大团蚊子把她包围了，吓得玉珠挥舞着双手大叫起来，哥哥，哥哥，快回来。蚊子把我吃掉了。

王玉正听妹妹在喊“哥哥，快回来”。王玉正跑步回来，迅速把抱着的柴火点着，蚊子才消失，天黑了，白天滚烫的地面现在一片冰凉。

玉珠脸上、眼皮上、嘴唇上、耳廓上都被蚊子叮咬了，最严重的是后背。玉珠找了块大石头，在大石头上使劲蹭背。王玉正索性砍了一棵树过来，劈了几段，生成两堆火，他们二人坐在中间，蚊子也过不来。有勇敢的蚊子刚冲过来，就被火舌舔走了。

二人很快就睡着了。天光大亮，两堆火冒着青烟，王玉正醒了，玉珠没醒，他推了推妹妹，说，玉珠，快醒醒，我们该出发了。

玉珠没动，王玉正把妹妹的身体扳过来，发现妹妹双颊通红，嘴上起了大水泡。他用手背试了试她的额头，烫。妹妹发烧了。

本江江为什么没有杀了吉日霖？后来他说，他是想留着她当面在汉娜和海达面前折辱她，让他们两口子心痛。但是，他可能低估了海达一家人，也高估了自己多年的准备。

他的计划是一个连着一个、一环套着一环的，不会有误，他有这个自信。

刚才见吉日霖逃脱了，他没有恋战，转身往孛罗城赶。他准确地预测了，听到吉日霖的消息，海达会第一时间往这里跑，那么城里就会空虚，拿下汉娜是轻而易举的事情。此时，他的马跑得快飞了起来，但他还是觉得太慢。他隐隐感觉，背后有追兵。

随从的马跟不上他的速度，他也不等，冲在最前面。他见到汉娜要先砍她一条手臂，要在和他同样的一侧手臂上下刀。风在耳边向后吹去，他心里很燥热，不停地抽打马屁股，喊着驾驾，驾驾。

来到孛罗城，他早就准备妥了文书，顺利进了城门，一刻都不耽误地直接赶往神觉蓝酒肆。

每个人心中都装有秘密，此时的本江江，心里装着一个魔鬼。

酒肆在最繁华的地段，前面是店面，后面是十大缸已酿熟的酒，还有十缸已经下料了，就等发酵成熟。

本江江熟门熟路地来到酒肆，让他意外的是，酒肆关门了。他拿了十两银子从旁边的豆腐西施嘴里买了一个消息，汉娜在家。他立即摸到她家，人还是不在家。

扑空了，汉娜在哪里？他得尽快控制住汉娜，不然他多年的计划就失败了。本江江在路口东张西望。海聪走过来问，你是谁？从哪里来？到哪里去？来孛罗城做什么？

本江江一看是个傻子，就哄着他说，小哥哥，我们猜个游戏，有糖吃。海聪很高兴，拍着手，说，耶！耶！有糖吃，有糖吃。本江江说，我要找神觉蓝酒肆的汉娜掌柜，你知道她在哪里吗？

在酒肆。

不在。

在家吗？

不在。

哦，那一定是去城外摘神觉蓝花了。

啊，你能带我去吗？

不行，我今天不能出城。你自己去，出城门直走，左拐，再右拐，再直走，再直走，走着走着就到了，可以看到一大片开小黄花的地方，那就是神觉蓝花，你可不准告诉别人，掌柜要打我的。

好的，我谁也不告诉，给，这是糖。海聪接过本江江手中的一截树枝，塞进嘴里舔了起来。

本江江转头给了海聪一脚，把海聪踢翻在地，海聪哇哇大哭，你是坏人，坏人。

看着本江江走远了，海聪从地上站起来，拍了拍身上的尘土，去找尚田其。

本江江立即出城，进出城门的人马众多，本江江戴了防沙头巾裹着脸，与匆匆进城的海达和吉日霖擦肩而过。海达和吉日霖进城后立刻去找汉娜。

酒肆里没有人。他们从酒肆出来，豆腐西施出来了，对海达说，海达矿主，吉日霖姑娘，那天是我救了汉娜。

太感谢了，吉日霖拿出十金，说，这是谢谢你的。你拿上，你知道我母亲去了哪里吗？

那天下大雨，酒肆人太多，太乱了，有人打架，砸了店，后来是在厨房桌子下面找到汉娜的。我给她穿好衣服，她喝了一碗水，吃了半块豆腐就走了，我以为她回家了。她没说汉娜衣衫不整的事情，对这十金，她本想客气一下不收的，但是十金沉甸甸地压在手掌心，她的手腕都快承受不住了。她长这么大，第一次把十金拿在手上，这种感觉，让她忘了继续往下说。等她从金子上抬起头，吉日霖他们已经走了。她本想说，汉娜好像不记得自己了，也不记得很多事情。这句话还没来得及说，她突然发现，有几个男人直勾勾地盯着她手上的十金，吓得她赶紧把金子藏进衣服里，回店、关店一气呵成，连夜带着丈夫和婆婆出城了。

家里也没有人。问海聪，海聪也不知道。他们立即去找尚田其，说明了情况，海聪也跟着进来。海聪说一个娃娃脸的老人在找汉娜，被他支到了城外神觉蓝地里。海达问，啥神觉蓝地？我们怎么不知道。

你们都不知道，就我和二嫂知道，她带我去的。海聪说。

啊！快去，我们去找我母亲。吉日霖说着，就要离开。

你们稍等，我问问大青石。他们几人随着尚田其来到了大青石处，问大青石汉娜在哪里。出现的镜像是汉娜躺在几个木箱子上，有散落的金银，还有大量的碎土，这是哪里？他们一个一个过来仔细看画面，都没有辨清楚是哪个地方。

画面转换的时候，海达吃了一惊，让父亲停下来，说，我好像知道是哪里，但不太确定。他左右摇晃着脑袋看，终于他心里了然，知道她在哪里。

海达跑了出去，吉日霖跟着，海聪也跟着，尚田其捋了一下胡须，陷入沉思。

妹妹发烧，对王玉正来说不是好兆头，他放眼看了看四周，一个人影都没有，他发现了水边的薄荷草，艾草。艾草是个好东西，他拔了几棵艾草，找了两块合适的扁石，把艾草砸碎敷在妹妹被蚊子叮咬的大包小包上。

太阳出来了，戈壁的白天酷热，晚上又很冷，温差很大。他扶起妹妹，准备继续往前走，必须找到郎中，昨晚烧的水还有一点，他给妹妹喂了一粒解毒丹。

在熄灭余火的灰烬中，王玉正发现了一块很漂亮的东西，他惊喜地拿给妹妹看，玉珠，你看，这是什么？玉珠睁开眼睛看了一眼，闭着眼睛说，这是陶块，这里为什么会有陶块？

王玉正高兴地说，这是天赐呀。这个品质不亚于皇家陶土矿，我们脚底下可能有一个巨大的陶土矿，这里能出最好的陶瓷。

玉珠一听，睁开了眼睛，说，哥，我没有白白被这里的蚊子叮，发烧也值了。

别瞎说了，你能站起来吗？王玉正问。

可以，你扶我一把，我起来给你搞点吃的。玉珠挣扎着说。

不用，我们随便吃点肉干，喝点水就可以了。

王玉正在火堆的灰烬中用树枝翻了翻，看还有没有更好的陶土凝结块，还真找到一块嫣红色的陶块，只有陶土里含金，烧陶才会出现嫣红色，说明这一带有金矿，这让他如获至宝。

王玉正把火堆余烬中能拿出来的陶块都抠了出来，装在马鞍的褡裢里，又用宝剑挖了一些土壤装了两袋，准备继续出发。

海达在大青石的眼睛里看到的是小库房的那个木架子，那个曾经是汉娜刚来时睡的床，海达记忆犹新，仿佛年轻的汉娜向空中抛金币的样子还在眼前。他跑去了小库房，推开门，眼前的景象让他惊呆了。

小库房中间有一个巨大的深坑，看不清下面的具体情况，海达让人点了火把过来。

很快，三支火把被拿过来，吉日霖身姿轻盈，手拿一支火把跳了进去。下面有五只木箱散落了一地：两只箱子完好，其他的箱子有的盖子掉了、有的破碎了，里面的金银和落下的土混在一起，不知道有多少。

汉娜的半个身子被土掩埋，一动不动。吉日霖喊，妈妈，妈妈。又朝上喊，父亲，母亲在这里，话音未落，海达已经跳了下来。父女二人把汉娜从土里挖出来，担心这里的土还会坍塌，海达让人找来绳索。对开铁矿的海达来说，这样的事情不少见，很快，汉娜被拉了上来，海达把小库房的门上了锁，背汉娜回家。

汉娜在土里面被埋了三天，她气若游丝，能重新回到人间，靠的是她顽强的生命力。

本江江在海聪指的神觉蓝地里走了快一个时辰也没见汉娜的身影，

他边走边咒骂。神觉蓝的植株有半人高，一个人藏在里面，根本不容易被发现。他几乎翻遍了神觉蓝地，也没找到人，这才意识到，他被那个傻子骗了。他恨得咬牙切齿，举刀左砍右砍，砍了十几株神觉蓝植株。

他从神觉蓝地往外走，准备再次去孛罗城找汉娜和那个傻子算账，却被一个人拦住去路，这个人正是消失不久的长脸长手的菲克。

菲克抚须，缓慢地说，本江江老弟，我知道你在找汉娜，汉娜不用找，我已替你报了仇，她现在是死是活都不知道，即使是活的，也活不好。

你做了什么？

我给了她后脑勺一棒子。不死也傻了。菲克说着附在本江江耳朵边，叽叽咕咕了一会儿。

本江江听完，顿时喜形于色，哈哈大笑了起来。

菲克斜眯着眼说，我替你报了仇，你该怎么感谢我，啊？

感谢你，我可没钱。

我不要钱，我要你这个人。

我这个人没问题，你怎么要吧，你说。

我要拿下孛罗城，把尚田其打败，我让你当孛罗城的城主。

啊！孛罗城城主，这个可以。本江江一听更乐了。

我们说定了，你现在把你所有的人都遣散，我这里有些钱，你给他们发些钱，需要的时候再请他们出来。让他们住在孛罗城给我们打听消息。

这个可以，不费劲。本江江答应得十分痛快。

菲克说，走，到我的地方喝酒，庆贺我们的合作达成。

二人到了菲克的住处，这是一个隐蔽的山脚下的牧人的房子，牧人不在，这里没人会注意，下坡的地方有一条小溪流过。

酒桌上，两个人互相敬酒，达成了一致的目标，并击掌为盟。

两个月后，汉娜醒了过来，人变了样子，不再开朗活泼，整天就是干活，对她热爱的神觉蓝酒肆也变得漠不关心，对金银也没有从前的热爱了。她把仆人的活儿都抢着干完了。

神觉蓝酒肆关门了。后院十大缸的酒已经成熟了，溢出的酒香飘满了半个孛罗城。每天来看酒肆是否开门的人不在少数，其中就有本江江的人。

几个月后，汉娜的肚子却显怀了，她怀孕了。她上次怀孕是十七年前。海达天天陪着汉娜，关注着汉娜肚子里的孩子。第五个月的一天，汉娜肚子里的孩子有了胎动，汉娜惊了一下，她忘记了当初怀吉日霖的感觉，胎动带给她的震撼让她重新找回了活下去的信念，心里渐渐滋生出一丝喜悦。她胖了起来，胖得都看不见自己的脚。

很快，冬天到了，汉娜高耸的肚子从乳房下面渐渐下降到小腹，有经验的妇人说，汉娜快生了，海达很高兴，天天寸步不离地跟在汉娜身边。

尚田其安排人拿小缸把神觉蓝的熟酒全部分装，搬运到他的地下迷城存放。

对了，说到地下迷城，尚田其想到了小库房里的坍塌事件，原来，这些钱箱都是汉娜的，她为了不引人注目，把钱装进了五个大钱箱，还安排人把库房中间挖了个五米的深坑，把钱箱埋进去，又填上。这本是汉娜准备应急的钱，将来也可以给女儿丰厚的嫁妆，不至于让女儿在夫家抬不起头，证明她的女儿有娘家有依靠。那天，迷糊的汉娜凭着记忆来到了很久没打开的小库房，进去后，坐在房子中间，她用手挖、找来工具挖，挖着挖着，“轰”的一声，地面塌陷，她掉了下去。后来，尚田其猜测，下面是地道，五箱的金银分量不轻，再加上汉娜蹦蹦跳跳引起的震动，把支撑地道的土震松了，从而直接压垮了地道。加之尚田其好几天都不在地下迷城，才没有发现这个垮塌，导致垮塌下来的土差点要了汉娜的命。

尚田其安排人秘密把这里清理出来，用排列密集的圆木铺垫，把这个空洞填补上，并把土里的金银全部找出来装满五个木箱。尚田其准备把钱还给汉娜，虽然他一直不喜欢这个儿媳妇，但她酿出了他喜欢喝的神觉蓝酒。不喜欢有千万个理由，而喜欢就需要一个理由。

王玉正扶着妹妹准备上马，偶然回头往后看了一眼，远远地有一个几十人的马队，中间是一辆四匹马拉的马车，正向这边奔跑而来。他不知是敌是友，便立即骑上马，拿起武器，准备迎战。

等他们过来，发现是父亲的旗号，玉珠哭了，说，是父亲母亲来找我们了。说着她软绵绵地趴在马背上，再也没有丝毫的力气。

王泰和翻身下马，阿娟从马车上跳下来，王泰和从马上抱下玉珠，把她抱上马车，阿娟跟着上了马车，让玉珠躺下。阿娟看着宝贝女儿被蚊子叮得满脸红肿，痛喊我的玉珠呀，说着紧紧地抱着女儿哭了起来。

王玉正正在给父亲讲述这片土地的神奇之处，他拿出那片嫣红的陶片，说这是烧了一个晚上的火堆余烬里出现的东西，说完，还指着两堆余烬，带父亲走到余烬处。王泰和向四周看了看，觉得山那边有异样。他说，这里不仅有陶土矿，还有其他矿，你看那个山的颜色，那片大地的颜色，都与我们见到的不同。

我们去看看。王玉正建议再往前走走，去实际踏勘一下。现在一家人聚在一起了，到哪里去都是一样的。他们的辎重够生存一个月。王泰和同意了。王玉珠在母亲的陪伴下，经随队郎中治疗，又吃到了可口的热食，下午就好多了。年轻人恢复得就是快。

他们继续往前走，车马的速度就放慢了，一路上，一家四口人坐在马车里，王玉正将这一路的情况一一讲给父母听。阿娟递给兄妹俩一人一颗白色的药丸，说是给他们清除体内余毒。不知道那些坏人用了什么不合常规的猛药，会不会给孩子的身体留下后遗症，这是阿娟这个当母亲的担忧。

傍晚，他们选了一处背风的高处扎帐安营，玉珠美美地睡了一个饱觉，醒来心情大好。她和母亲唠唠叨叨，把这些天的经历都给母亲说了，说那个娃娃脸不是好人，欺负吉日霖妹妹，还把吉日霖带走了，不知道带到了哪里。

你不用担心吉日霖妹妹，他有海达这个矿主父亲，还有尚田其这个城主爷爷做后盾，他们有能耐救下吉日霖。再说了，吉日霖还有一只花豹在保护她，她定能逢凶化吉的。别操心了。这几天妈妈给你做好吃的，把你养得胖一些。

好嘛好嘛，我不操心了。我觉得吉日霖妹妹挺好的，她比长安的王公贵族家的小姐们真实多了，我喜欢她。哎，妈妈，你觉得吉日霖能不能和哥哥凑一对？说完，她握拳将两个大拇指相对抖动了几下。

阿娟微笑着说，小孩子多事，婚姻一定是父母之命、媒妁之言，没有你们自己说可以就可以的。

哦。玉珠听出了母亲的意见，真为哥哥担忧，她看出了哥哥对吉日霖的特殊感觉。玉珠想，但愿这种感觉是错误的。

她转移话题，说起了八鱼的假女儿小鱼儿，她也很担心小鱼儿现在是啥情况，准备回去路过黑风口的时候再去找找小鱼儿。

王玉正向父亲说了在黑风口的一个山边有一片盐卤湖，规模不小，这里又发现了陶土矿，若能把这边规划好，可都是国家财富，不可被个人独霸。

王泰和说，等这次回到孛罗城，我就给皇帝上表这边的情况，请皇帝定夺后续。

阿娟说，我也给父亲写信禀明这边的发现。

他们一家四口带着随从一百零八骑继续前行。走了大约五十里，王泰和随身佩戴的一块磁石轻轻地跳动了一下。

王泰和以为是马行走时带动了磁石，没在意，又走了十里，磁石跳动得更欢了。王泰和跳下马，拿出磁石，悬在空中，磁石转了几圈后，一头南一头北地定住了。原来，在王泰和身上的这块磁石，一直在找它的方向，所以他感觉磁石在跳。但在孛罗城和在黑风口它都没有跳动，这里有名堂。王泰和很兴奋，叫来儿子，说明了情况——这里可能有铁矿。王玉正立即叫来人，就地挖掘，挖了没多深就看到了硬石，把磁石一放就吸在了上面，看来，这个铁矿的品质还是很高的。王泰和吩咐人掩埋了挖出来的洞，带着磁石继续出发，走了六个时辰，磁石跳动的幅度依然没减弱。王玉正说，我们走的不知道是铁矿的中间还是边缘，这都走了六个时辰了，这该有多大呀！

王泰和很兴奋，阿娟却说，你给皇帝奏报的时候，千万别说马跑了六个时辰都没找到边缘的话，朝堂上没有人相信这句话，你就是欺君。

那怎么写？王泰和问。

你就写发现这边有一座铁矿，不明储量。皇帝是否愿意派人来勘察，那是他的事情。

王玉珠说，这么大的铁矿，我们家悄悄占上，不是以后千秋万代的富贵都有保证了吗？

不是，富贵大到了极致，最终的结果都是零，都是空的，我们只拿我们能拿得住的，双手能接得住的，超过双手的范围的都会漏掉。万不可心生贪念，上苍给一个人的财富是定量的，这么大的铁矿，别说一个家族，就是一个国家拥有了，都会是世界上最富有的国家。我们看看可以，别动心思。这些话，阿娟是给孩子们说的，也是给王泰和说的。

王泰和点点头，说，夫人说得极是。孩子们要切记。

王玉正兄妹行揖礼，说，谨遵父亲母亲教诲。

王泰和在一张地图上画上标注，上写四个字：铁矿待查。本想写“大铁矿”，他停顿了一下，没写那个“大”字。

这次，营救一双儿女的行动完美落幕，孩子们安全回归，经过几天的休整，兄妹二人恢复很快。王泰和和阿娟很欣慰，准备返回孛罗城。

马背上，王玉正看着眼前无垠的土地，想起小鱼儿的话，那是条最近的路。是啊，她给他指了条最近的财富之路，这条路，是他给她金子的回报。

拓羽的炼钢依然进展不大，为了提高高炉温度，他安排锻工上山伐木制作木炭，制作木炭也是个技术活，一炉好的木炭非常难得，前面也烧了不少木炭，但总是达不到拓羽的要求，火候的控制全靠师傅手上的感觉。火大了，就烧成灰了；火小了烧不透，烧出来的木炭里面还有生木。经过不断调整烧木炭的炉子，昨天才烧了一炉让拓羽较为满意的木炭。

这些木炭已经放凉，今天就要派上用场。高炉点燃了，块炼铁已经准备好了，拓羽的方法是：把块炼铁放在炭火中加热吸碳，提高其含碳量，然后经过锻打，既除掉杂质又渗进碳，从而得到钢，这种钢被称为块炼铁渗碳钢。

这种钢的质量并不够好，但也是常用的钢。炼这种钢，碳渗进多少，分布得是否均匀，杂质除掉的程度等，都非常难掌握，而且生产效率极低，成功率还不高。

拓羽炼制渗碳钢，勉强能掌握技术，十块里能成功三块。

高炉的风箱和气密箱是易损物件，有时候一块渗碳钢还没完成就坏掉一个零件，他们的工作成果真的拿不出手，别说是卖了，自用都不够。

尚田其看到成果，没表扬也没批评，看了一眼就走了。拓羽很忐忑，好在这些天吉日霖总是抽时间来一趟，给他灰色的心情增加了一些色彩。

严冬再次封锁了孛罗城，城外的长尾巴老鼠也回来了。

孛罗城和夏天一样热闹了起来，人多了，管理就麻烦，这家的狗、那家的猫，总有处理不完的家庭官司。

尚田其正被城务缠身的时候，王泰和回到了孛罗城。安顿好家属后，王泰和来找尚田其。

吉日霖每次从铁矿高炉回家的时候，总是看一眼神觉蓝酒肆，没人经营的酒肆，才几个月就显得破败了。以前有多热闹，现在就有多荒凉。豆腐西施也没开门，对于每天都要吃一块豆腐的城民来说，没了豆腐就像是吃饭没了灵魂一样。

有人给尚田其提意见，再引进做豆腐的匠人，满足大家吃豆腐的需求。

尚田其发出了招人告示，几个月过去，仍没有音信儿。

这么小的事情也让尚田其分心，他很恼火。他的关注点还是那两个——菲克的人和拓羽的钢。

菲克消失不见了，尚田其派出去的人没抓到他。菲克在暗处，尚田其在明处，在明处的尚田其每夜都要去地下迷城睡觉，或者去紫桐树上睡觉；反正每天睡觉的地点更换，三天不重样。灯下，穿黑袍的尚田其的影子落在地上就是一个灰袍人。

反观菲克在牧人家隐藏起来，白天出门穿上牧人的衣服，手执羊鞭放羊，倒是活得快活。他在牧人中打探孛罗城的消息，关于他的对手尚田其，他掌握了个七七八八。

王泰和给尚田其说了这次去黑风口的经过，不少事情尚田其已经知道了，王泰和说的时候，他并没有好奇地追问。

王泰和把发现陶土矿的消息直接告诉了尚田其，盐卤湖的事情王泰和估计他已经知道了，而且一定有人在开采，因为孛罗城的人、黑风口的人都在用盐卤炒菜。大铁矿的事情，他闭口不说。

王泰和说，本江江逃脱了，他当时派了人去追穿红袍的人，他以为那是本江江，没想到是他调虎离山；另一队追往西南方向的人，逃脱一人，那个人就是本江江，已经到孛罗城了。

是的，吾儿海聪和他照过面了，现在又消失不见了，我已经安排了城门口加紧排查，只要他露头就打。尚田其说。

这个人狡猾得很，一定要用非常规手段才能一举拿下。

对于菲克，尚田其有点不明白，总觉得哪里不对。他们在塔图金矿淘金的时候，双方并不陌生，都很熟悉对方的特征。菲克除了长脸长手的标志以外，就是那双看似方形的眼睛；而出现在孛罗城的菲克，虽然气质很像，也是长手长脸，但是眼睛是圆的。这一点，他在孛罗城第一次看见他的时候就有点怀疑。尚田其之所以相信菲克就是菲克，是因为这个菲克知道关于菲克的一切，尚田其所有的问题，他都能回答上。

他把这个疑问告诉了王泰和，让王泰和拿个主意。

王泰和说，简单，你去一趟塔图金矿，找到那个帐篷遗址，往下挖，看有没有遗骸就知道是不是了。

哎，别说，这主意好，我抽时间去看看到底是不是他，挖出来就知道了。

嗯，王泰和回应了一声。

王玉正和吉日霖每天都到铁矿的高炉前关心、询问拓羽。

拓羽看着吉日霖每天和王玉正泡在一起，心里不爽，有时候会为一件小事怼王玉正。王玉正刚开始还觉得很不好意思，以为自己做错了事情；时间长了，脸皮也就磨厚了。

有一天，王玉正发现拓羽看吉日霖的深情的眼神，作为一个男人他了解这个眼神的内涵。而看吉日霖对拓羽保持着不远不近的距离感时，他心里又莫名喜悦起来。

反正，拓羽不高兴他就高兴。但是也不能显现得这么没气度，让吉日霖小看自己，他积极在拓羽面前表现自己的学识，并试着帮他解决问题。

在看到高炉的问题后，王玉正想到高炉的风箱、气密箱可以用烧制的土陶代替现有不耐高温的木头和动物皮革。这一下点醒了拓羽，拓羽立即找到土陶匠人，画了两幅画，一幅是风箱的接口用一个圆形套管，能顶得住风箱的高压高温；第二幅是气密箱，也是同理。

很快，定制的土陶管送来了。拓羽把这些替代上去，一试，果然好用，高炉的温度提升了五度，使经过煅烧的块炼铁变成钢的时间缩短了两个工作日。

高炉的效果趋于完美，拓羽很高兴，打算开始打制百炼钢。百炼钢在长安也算是新工艺。拓羽在遥远的北方能不能成功也存疑。所谓百炼钢，就是将块炼铁反复加热、折叠、锻打，使钢的组织细密、成分均匀、杂质减少，从而提高钢的质量。用百炼钢制成的刀剑质量很高。

当他把这个消息告诉尚田其的时候，尚田其大喜，立即通知，举全城之力锻制百炼钢。

第十章　王玉正对吉日霖暗生情愫
尚田其百岁宴本江江作乱

吉日霖和父亲海达商量，她要把母亲的神觉蓝酒肆打开，重新开张。海达没同意。他说，将来有一天，你在黑风口的驿站开起来了，你可以在驿站把神觉蓝酒肆开起来。海达心下的意思是，别折腾了，一个女孩家家的，到年龄是要出嫁的，到时候这些都是夫家的。最终爱女的海达也逃不过家里要有儿子的观念。

他对汉娜肚子里的孩子是不是儿子关注起来，他非常希望是个儿子。儿子就可以继承他的铁矿、汉娜的神觉蓝酒肆、汉娜的私房钱等。女儿被他们培养得那么优秀，最终所有的成果都是夫家享受了，唉。

炼制百炼钢的现场热火朝天，围观的人密密麻麻，闻讯而来的外城人也在默默观察。尚田其今天可谓扬眉吐气了，有好几个大商人来洽谈购买百炼钢的事宜，都被尚田其拒绝了。他说，这里出产的百炼钢全部被长安来的王泰和包圆了，如果想买，请找王泰和商量，大批的人又奔跑着去找王泰和，而王泰和已经预知这个情形，已闭门谢客。

阿娟坐在王泰和身边，听着外面的吵嚷声，不语。丈夫有自己的主见，她从不插话，除非丈夫问她，她才回答。

王玉正站在母亲身后，玉珠站在父亲身后。

这时，仆人过来通知吃饭，他们起身，穿过走廊来到餐桌前。

这是一套独立的上房，有后院，还有议事厅，很适合王泰和这种人在这里处理事务。

饭桌上，四人认真吃饭，始终无话，这是很罕见的。以往，他们一家人总是有说不完的话，现在这四个人各用各的脑袋想自己的事情。

放下筷子，王玉正说，父亲，母亲，我说个事情，你们觉得吉日霖怎么样？

啥怎么样？

就是如果，如果……王玉正脸红透了。

王玉珠抢过话题说，如果吉日霖妹妹做我嫂子怎么样？

王玉珠如果不帮着哥哥把心里话说出来，凭哥哥那个死样子，磨磨唧唧的，猴年马月才能有消息，时间长了，如果吉日霖结婚了，哥哥就后悔了。

啊？是你的意思吗？阿娟问。

是的。王玉正此时才确定自己的心意，说，我刚才还在犹豫，刚才妹妹说，她要结婚了，我心里突然一疼，对，揪心地疼。我说，是的，父亲，母亲。

我还是那句话，吉日霖是好姑娘，有魄力、有胆量，是个奇女子，如果你们结合，她会是你最得力的助手，能使你获得更大的成就。王泰和说。

我不需要她辅助我，她本身就光彩夺目，她自己就能获得比我更大的成就，为什么要成就我呢？我可以成就她呀。王玉正认真地说。

阿娟看了一眼王泰和说，我儿是天底下最优秀的男人，哪个女孩子遇到你，是天底下最好的姻缘。

王玉正说，母亲又谬赞了，您看儿子哪里都好。

我说的是真的，我以女人的眼光看你，你是真不错的。阿娟丝毫不隐藏自己对儿子的赞美和喜欢。

王泰和说，玉正，你心里要有谱，如果吉日霖嫁给你，她是要到长安去的，你留在这里也不是长久之计，春末我们回长安。

再有不到十天就要过年了，冬末的时间没几天了，王玉正用眼神向妹妹求助。

王玉珠很恼火，自己的事情自己不争取，非要她这个当妹妹的在中间斡旋。

王玉正想留下来的心思，妹妹知道，但是她故意不说出来。而父母也不会主动询问他。离春末还远，到时候再说吧，王玉正心里嘀咕着。

王玉正兄妹向父母告退，出门了。王泰和夫妇坐在炕上，不语。直到天黑上灯，仆人过来说，开饭了，阿娟才收回心思，下炕，准备穿鞋出门去吃晚饭。王泰和说，你的意思是同意玉正和吉日霖交往？

你越是反对，他和你的距离越远，我们都是过来人。

你带着孩子们五天后先返回长安。我按照设定的归期出发，我还有一些事情没处理完。

你加紧处理，我和儿子女儿说一下。

阿娟从小在官宦家庭长大，她嫁给王泰和这个商人是下嫁，但她所受到的教育，仍然是丈夫第一。

他们二人走在一起的时候，阿娟比王泰和高一点、瘦一点。王泰和外表不精明，年轻的时候很普通，到了中年，反而看起来有了贵气，气度不凡。最主要的是，王泰和至今没有纳妾，过着一夫一妻的生活，这让长安那些曾经嘲笑她嫁作商人妇的贵妇们不再多语了。

拓羽这边每天依旧待在高炉边，虽然百炼钢的名声传出去了，风箱与高炉的连接套管也做好了，预期效果不错，但是又遇到一个新问题——炉壁掉渣，或者凝结，这个问题大大影响了温度的稳定性。每次清炉都要花两三天时间，冷却、清炉、修补炉壁，然后点火预热，到达预定温度都需要时间。

王玉正除了和母亲缠磨外，就和吉日霖来铁矿的高炉这边。

这天，仅仅工作了几天的高炉又停了，远远地看，高炉不冒烟了，孛罗城的人窃窃私语，高炉不知道又发生了什么，没看到冒烟了。

王玉正和拓羽爬上已经凉火的高炉，喀布也在忙前忙后，海达也在，他今天趁着汉娜睡着了，匆匆过来看看。

王玉正仔细观察炉壁使用后的状况，不时用手掰下凝结块，发现有的地方有，有的地方没有，凝结不均匀，这就验证了用不同砂泥质做炉衬，在炉壁材料性能中的表现有异。不同部位的炉衬侵蚀度不同，炉衬参与冶炼，炉衬脱落与炉内温度变化和炉底冻结有直接关系。

想清楚了这一点，王玉正建议拓羽重新做炉衬。他在长安的时候，听说过中原一带已有铁质炉壁，是在炉壁内外两面用黏土或者沙泥质炉衬保护炼炉本体，炉渣对炉壁的侵蚀表现为表层侵蚀和随空洞侵蚀，程度自挂渣向炉壁、自风口向炉口和炉底逐渐减弱。那么风口、炉口、炉底的温度不会一致，要想取得更高的温度，他建议把煅烧膛提高一尺，这一段是温度最高的。

王玉正想起来他从黑风口那边带回来的两袋陶土，放在他的房间里，他把这事儿给拓羽说了。拓羽说，那还等什么，快去拿呀。吉日霖说，我和你去。说着二人出门，牵出黑缎，二人骑马不一会儿就到了孛罗城，城门口的人认识他们。他们骑马进城，来到王玉正的住处，阿娟从窗棂里看到了王玉正带着吉日霖进了自己的房间，不一会儿拿了两袋东西，又匆匆出门了。

到了高炉边，王玉正找到一个容器把陶土全部倒进去，用木棍碾碎，经过细筛，再碾碎，再过更细的筛，喀布、吉日霖、拓羽都过来帮忙，干起来也很快。把所有的陶土磨碎后，加水搅拌，用手指捻，感觉很细腻了，放置一晚，明天再加本地的细沙混匀后均匀地涂抹在炉壁上，在干透之前不断均匀洒水，为的是不要干裂，小小的高炉只能站两个人，拓羽是少不了的，他亲自干。

按照王玉正的建议，拓羽对高炉进行了好几项小改造。三天后，高炉里的凝结块的问题、炉温不稳定的问题，似乎都有了解决办法。

今天就是试炉的时刻，所有参与和没参与的人都很紧张。

高炉联结了一个烧陶的炉，这边的火连着那边的炉，一炉两用，里面烧制的是陶管，是高炉的易损件，多烧一些存放起来。烧陶的炉空余了很大地方，热爱陶瓷的王玉正在土陶坊手工制作了几个大型的土陶，小心翼翼地端来烧制。陶窑关窑后，王玉正很满意，大肚子小口的土陶没有在烧制过程中炸裂，也没有裂缝，从窑里拖出来，大家都很惊叹，从来没见过这么大的土陶缸。王玉正说，这个半人高的土陶缸，装水、装粮食都很好。拓羽安排人到王玉正说的地址取回来两车的陶土备用。

百炼钢产量依然很低，每一炉生产出的让拓羽和王玉正满意的百炼钢仅有几块。

仅仅这几块钢，很快就被铸剑工匠做出了宝剑。显然，用百炼钢武装一支军队的想法，尚田其还要经过等待才能实现。

虽然建了两个高炉，真正使用的也只是一个，另一个站在旁边成了风景。

既然百炼钢还要等待，那么，尚田其要做的事情就是先下手为强。他在城里城外发出通缉令，通缉菲克和本江江，赏金千两黄金，无论死活。这么重的赏赐，他不信没有人前来揭令。

发了通缉令后，尚田其决定出门一趟，去塔图金矿看看被埋在帐篷地下的遗骸，确认一下菲克和苏里路到底死了没有。

去塔图金矿一个来回需要五天时间，他把孛罗城交给谁合适呢？

最放心的人就是海聪了，但海聪天天玩，交给他行不行？但是想来想去，也只有海聪。他甚至想到过让王泰和来，但是马上又否定了这个想法。他叫来海聪给他交代了事情，然后又叫来吉日霖，交代了任务，他们的任务要坚持到他回来才算结束。

吉日霖答应了，她的任务是处理城务，海聪的任务是继续搜集陌生人的消息，必要时有先斩后奏的权力。

吉日霖和海聪感到了事态的严重性，打起了十二分的精神。

汉娜生了一对双胞胎儿子，中年的海达再次当爹，全家人都沉浸在幸福之中。

汉娜看了一眼儿子，不愿意自己喂母乳。海达很快找来乳娘喂奶。三天后，汉娜的奶水憋了回去，肩膀肿胀了起来，疼了三天，用草药热敷了三天后，渐渐软了下来。她并没有恢复成以前的汉娜，海达并没有在意，毕竟她的年龄在那儿放着呢，不是小姑娘了，他认为她是这个年龄的女人该有的样子。海达也不再那么黏她了，二人不自觉地保持了距离。

自从通缉令出来，菲克和本江江就不太出门了，整天窝在帐篷里，冷得打哆嗦，眼看着快过年了，该买些年货了，也出不去门，菲克很恼火。但是，他又笑了，搞得本江江莫名其妙。

尚田其带着随从，秘密向塔图金矿出发。

到了地方，他想找到当时的地方。但是，三十年过去了，找到原址不是容易的事情，他在路上还计划着来了就能找到，来了才知道，变化很大，眼前的场景和记忆完全连接不起来，在几里地的范围里，尚田其找了一天也没发现。他们当晚就在塔图金矿安营扎寨。

尚田其很懊恼，他想，如果叶那初在场，可以帮他回忆回忆，现在跟着的这些人一点有用的建议都没有，叶那初可是当初的见证人、参与人，他不记得谁记得。

又找了一天，尚田其都想放弃了，他鼓励自己再找找，那么远跑来，没有结果空手回去算个啥。

又找了一个时辰，眼看着太阳偏西，要是再找不到，就只能放弃，打道回府。

突然，脚下一块黑色的木头引起了他的注意，当初帐篷是被烧掉的，支撑的是木头，一堆灰烬里有烧透的，也有没有烧透的。这根木头就是没烧透的，经过三十年，这根木头经过春夏秋冬、冰霜雨雪保留住了当时现场的状态。

尚田其用脚踢了几下，从旁边树上扯下几条干树枝，抓成一把，组成一个扫帚。他在地上扫了扫，露出一圈黑色的土地，与其他地方有着明显的分界线。

尚田其下令让随从从黑圈开挖。

挖了不到半米，出现了一块彩色地毯的一角。那天的场景再次在尚田其眼前掠过。菲克进门，踩进陷阱，拖下苏里路，大喊救命，倒入黄土，踩实，出门，点火，火焰跳跃，他们去搜金子，拿下孛罗城。一转眼三十年，做梦一样。

尚田其怔怔地看着正在挖掘的随从，随着地毯的出现，地毯上面就是人骨，两个人以不同的姿势摆在这里，只剩人骨，有挣扎的样子，衣服还是当初的衣服，二人的衣服都没变。他记得很清楚。被削尖的木头还在，有的腐了，有的还跟新的一样，尖尖的、仍然锋利。

这样看来，菲克和苏里路在那天确实没出来，他们在当天就死了，那么，现在的菲克又是谁呢？

尚田其让人把二人的遗骨装起来，在不远处找了块向阳处，把二人的遗骨重新埋进土里；把衣服和地毯从原地掏出来，点着烧了，直到所有的东西变成灰烬被风吹走，他才站了起来。他办完这些事情，月亮都上山了。

尚田其心里的抑郁，随着菲克和苏里路的骸骨一起再一次埋进了土里。

拓羽忙极了，忙得没有时间想念吉日霖，虽然看到吉日霖和王玉正在一起跑来跑去，有那么一瞬间的不快，但很快就会烟消云散。一枚被敲打起来的铁花溅在他的小腿上，裤子上立即出现一个燎着的小洞，他抖抖裤子，继续干活，他的手上、腿上，甚至脸上都是烫疤，整个人毫无美感可言。凭什么人家吉日霖能看中自己。乱想。他警告自己。单纯干活，啥也别想。

吉日霖看到了拓羽的小动作，拿过拓羽的陶杯递给他，示意他喝点水。拓羽接过水，一口喝完，把陶杯递给吉日霖，一句话没说。

王玉正端着一个陶杯走过来，说，吉日霖小姐，你也喝口水，都忙了一天了。

吉日霖接过陶杯，浅喝了一口，说，谢谢。

王玉正接过陶杯，径直把剩下的水喝完了。

吉日霖吃惊地看着他，说，你喝了我的水，你没有杯子吗？要不要我给你买一只？

不用不用，刚才渴了，忘了，给，还给你。王玉正慌忙解释，急忙把杯子递给吉日霖。

在一边看到此景的王玉珠着急地直跺脚，说笨。

鲜花一样的汉娜在孛罗城盛开了十五年后，日渐萎靡。穿的衣服松垮垮的没了支撑，胸像一个装了半袋水的水袋一样吊在肚皮上，她不再饱满，眼中秋水一样的光亮暗了下去。她经常头疼，经过孛罗城最好的郎中号脉，判断是血瘀症。她吃了几个月的中草药，满院子都是中草药的味道，海达觉得他身上都是草药味。然后就是针灸，汉娜自己就会下针，所以后面都是她自己扎针。

汉娜经常坐在自己院子门口发呆，抬头看着白云，一看就是大半天不动，不知道在想什么，吉日霖很担心母亲这个样子。偶尔，汉娜会给自己的合谷穴、血海、太冲、内关扎上针，待半晌，然后自己取针，近端远端的穴位反复扎。

这天，她自己扎上针，在门口坐等云起，云犹未起，她先困了。

王泰和从这里路过，看到汉娜，汉娜用右手四个手指第一个关节外侧抵着嘴唇，闭着眼睛，似乎是睡着了。旁边有仆人守护。

吉日霖走过来，说，妈妈，来，我们回屋，到床上去睡觉，您坐在这里睡着了。汉娜站起来，被女儿扶着进屋。吉日霖看到王泰和说，您要不要进来坐？

王泰和说，不坐了，我还有事，下次。说着他抬步就走。

走了两步，王泰和转过身，看见汉娜进屋的背影，那种熟悉的感觉又来了。

这不是第一次，上一次这种熟悉的感觉，王泰和觉得是错觉，没多想，但是这次的感觉是真的，他又站在路边，品了半天，也没找到记忆中的痕迹。

吉日霖帮着母亲把针灸针拔掉，这次她没反对，任凭女儿操作，一些头疼脑热的，吉日霖小时候就跟母亲学过，虽然没有学精，但是简单的下针、拔针没问题。

尚田其从塔图金矿回来，向全城高调宣布，不久，他将为庆祝自己的一百岁生日举办一场隆重的寿宴。整个孛罗城大为兴奋，纷纷议论。他的生日是九月十五日，还有五个月。

尚田其是孛罗城的传奇，无论老人们怎么说，年轻的一代都相信尚田其的地下迷城里全都是塞满了金银财宝的地道。尚田其受人尊重不完全是因为他的身份，还因为他的外貌——他九十岁时是现在这个样子，一百岁时还是这个样子；三十年前是这样，三十年后还是这样，大家暗地里称他为老乌龟。他的保养术就是每天要么在迷城快走，查看每一个细节；要么就去爬紫桐树，和金色的小鸟说几句谁也不能说的心里话。有时候有影子跟着，大多数时候他的影子不在。

也有人说他一会儿天上一会儿地下的，不合天理。他很少见太阳，所以脸显得很白。因为尚田其和海达一样出手大方，为此，绝大多数人愿意包容他的刻板。叶那初当初就是这样包容他的。说起来，他没有几个亲朋好友，叶那初出走了，苏里路不小心被他活埋后成了死敌，而仇家菲克死而复生。幸亏孩子们长大了，还有了孙女吉日霖和吉日霜。两个双胞胎孙子，他还没给起名，按照王泰和的意见，先叫了大宝和二宝。

在没有生大宝二宝之前，最得尚田其欢心的就是吉日霖，他想打破常规，让吉日霖做继承人。

别人只看到了海聪的傻，尚田其却看到了儿子海聪的大智若愚。成大事者必然不拘一格，不能中规中矩，而海聪能利用他的傻里傻气在别人毫无防备中完成目标。他在小儿子海聪和孙女吉日霖之间犹豫。现在有了大宝和二宝，他的想法又有了些许变化。

尚田其虽然回到了孛罗城，但他并没有立即去找吉日霖接手城务，他去塔图金矿一来一回也有七天时间了，七天里，孛罗城的日常照旧，太阳照样升起，各家店面照常开门营业，没有什么大的变化。唯一的变化是，吉日霖把城主府打扫得一尘不染。

多年前，尚田其也有很长时间不出来处理城务的情况，大家习惯了，有了纠纷就暂放，等尚田其出来再处理积压的城务。都是些家长里短，没有严重到头破血流，就可以放一放；放的时间一长，就像一个小伤口，时间会愈合它。

现在不比以往，来孛罗城的人多了，也杂了。人心隔肚皮，永远看不清。

寿宴的时间快到了，整个孛罗城比以往更热闹。孛罗城民一觉醒来，在中心广场上堆满了搭大小帐篷的绳索和支柱，用长绳索围了一圈当墙，开出了一个通往大路的特别入口，帐篷一个一个支起来了，其中有个棚子特别大，大到把场地中间的那丛白桦树都包裹在了里面，树枝上挂满了红灯笼，棚内是宴会的主桌，广场北建起了一个硕大的露天厨房。孛罗城所有餐馆跟客栈的厨师全被请来了，城民的兴奋之情涨到了顶点。

宴会的前一天，天空突然阴云满布。这下城民全都焦虑起来。但是到了第二天，天色又晴朗起来。

让尚田其感觉不爽的是，他昨晚非常意外地得了风寒，发烧且浑身疼，他的指定郎中给他住的屋子点了艾草叶熏了半个时辰，煮了药，让他喝了发汗睡觉。

城里的在籍城民都收到了邀请，城外居住的牧人、刺剌城的几位重要人物，也收到了邀请。

孛罗城今天全部放假了。

尚田其亲自站在绳围栏的入口处欢迎来宾以及不速之客，给所有来宾及闲杂人员派发礼物，后者指的是从后面绳围栏钻出去绕一圈又从入口进来的人，孛罗城就尚田其过生日不收别人的礼物，反而给来宾送礼物，他的慷慨大方让所有人印象深刻，以至于城里的老人嘴里都流传着他的故事。一般情况下，尚田其送的并不是什么贵重之物，但是城里的小孩子乐此不疲。

但是，今天不同，今天的礼物好得非同寻常，小孩子兴奋得都忘记了吃饭，礼物是一年前尚田其在长安定制的。待尚田其把所有城民招呼完，礼物也发完了，有人手上有两三样礼物，说明他已经转了两三圈。终于，城民全部进门入席。大家在一起唱歌跳舞，还放了烟花。烟花是拓羽负责的。看着城民欢呼雀跃，尚田其深感不安，他突然意识到，他深爱着孛罗城的城民。那是他奋斗了这么多年的所有，没有这些城民的支撑，他什么都不是。

闺房中的吉日霖看着长安王家清铜照子里映出的画面——爷爷的宴会场中，她看到了爷爷左手里捏着一块金币，他用右手手指摩挲着，这是他自己铸造的唯一一枚金币——一面写着孛罗田宝，是他尚田其私用，并没有写孛罗通宝；一面是他的画像。用途仅为遇到难解之事时抛上天空，是问天意的一个道具。见过这枚金币的人很少，吉日霖在她五岁的时候见过一次，后面再也没见过。这次爷爷过一百岁生日，是她第二次见。

尚田其走路轻快，上了为他准备发言的高台。孛罗城的城民们，大家好！他说完这句话，发现昨夜风寒的副作用来了，嗓子哑了。大家吃惊地抬着头看他，他的嗓音完全不像他。他使劲清了清嗓子，吐了一口痰后，哈哈大笑，说，和大家开个玩笑。城民们哄堂大笑，气氛变得很愉快。

我老了，虽然我看起来不老，你们觉得我只有五十岁吧，哦，不，不，五十岁，是在我五十年前，但是我内心深处开始感觉我老了。台下有人说，一点都不老。谢谢我的城民和我爱你们一样爱着我，这么多年来，我过着一成不变的生活，我需要一些改变，我得把孛罗城的故事写下来。

为啥要写？孛罗城好好的，又没有灭亡。一个人问。

不是灭亡了才写，而是趁着现在是孛罗城最繁华的时候，写下来。

有人说，真的听不懂。

孛罗城怎么可能灭亡呢。谁再这样胡说，就打死他。只是我想问问天意，这是我的金币，今天给大家展示出来，我当着所有城民的面，公开抛金问天意。金币一面是字一面是画像，画像朝上，我就留下来继续，如果是字朝上，我就离开。

大家都很紧张，孛罗城这么多年的繁华，与尚田其的个人魅力和智慧分不开，所有人都习惯了他的治理，还有每年他的生日宴会、他送的生日礼物，等等。

我的城民们准备好了吗？台下一阵寂静，娃娃嚼食物的嘴停止了嚼动，闭了嘴。

尚田其把金币夹在双手中间，合十，然后双手用力向空中抛去。金币在城民的注视下上天后，缓缓落下，“咣”的一声。大家都捏了把汗，远桌的看不清楚，近台的人伸过脖子看，那枚金币上是一张尚田其的侧脸，圆眉弓、大鼻子、厚嘴唇。他曾给工匠说，我的嘴唇哪有这么厚，但工匠认为非常有特点，坚决不改。

吉日霖的心落地了。她从闺房走出来，拉着母亲往城中心广场走，她也想让母亲参加爷爷热闹的生日宴。

汉娜没有拒绝女儿的牵引，跟着她就走。

广场的喧闹声已经听到了，吉日霖微笑着想象着和爷爷见面的情形。八岁起，她就不再在爷爷面前撒娇了。她是个大姑娘了。

街角转角处，突然一群持兵器的壮硕男子堵住了二人的去路，吉日霖大惊，她一个人倒不怕，但现在她还带着迷糊的母亲，会顾此失彼。她立即抽出腰间的佩剑，她的师父们给她做了各种场景预设，这是其中一个——在她毫无准备的时候遇到紧急情况如何自保。吉日霖一手扶着母亲，一手执剑转着圈想看清对方的脸。里面居然有一张娃娃脸——本江江。

本江江知道今天九月十五日，是城主的生日宴，全城的人都会参加，除了广场，孛罗城就是座空城。他以牧人的身份躲过守卫检查，在城里埋伏下来，就等一个时机。本江江没想到在偏僻处巧遇汉娜母女，他正愁要不要去汉娜家里找一找，他原本预计着他们都会在宴会上，没想到他们直接送到眼前了，本江江在心里膜拜了一下老天，说，老天帮忙。

吉日霖似乎听到了他的心声，说，一个人不能把好处全部占尽，老天不会帮你。

本江江扯开了蒙在脖子的围巾，说，哈哈，这可是百年难遇呀，你们母女俩凑一块儿送到我手里了，不是老天帮我，是什么？

笑话，你恶事做尽，老天不收你，都是老天不公平。

恶事？你问问你该死的爹妈，我这条胳膊是怎么没有的？

汉娜抬头看到了本江江的脸，顿时簌簌发抖，蹲在地上，吉日霖用手拽也拽不起来。

眼看着本江江的人在往前收缩包围，吉日霖噘起嘴，咻，咻，吹了两声口哨。几个呼吸的时间，嗷的一声响，随着声音，一只花豹从他们头上跳下，来到吉日霖身边坐下，坐起来和吉日霖差不多高，它低下头，让吉日霖抚摸了自己的额头，威风凛凛地扫视着众人。

本江江他们立即跳开，收起手中的兵器，从身后拿出弓和箭。拈弓搭箭对准二人一豹。空气在这个时候静止了。

突然，从外部出现两只花豹，上前对着这些人开始撕咬起来，一口咬住，抛向空中，顿时，惨叫声一片，吉日霖看了一眼花豹猪猪，猪猪点点头。吉日霖明白，它带着家人来帮她了。花豹猪猪从黑风口回来后，就很少回家，原来是早已经成家了。

本江江把随从推上去，他自己躲在后面，乘机向吉日霖这边射了两箭，一箭被吉日霖用剑挑开，一箭射中在地上的汉娜。一看射中了汉娜，本江江兴奋起来，准备再次搭箭，却被扑过来的花豹猪猪一口咬中喉咙，动弹不得。花豹猪猪看着吉日霖，等她下令——咬死还是留下，吉日霖用手往下按了按，花豹猪猪明白了，把本江江丢在地上，用脚踩住他的胸口。不一会儿，那些人跑的跑、伤的伤、死的死，没有了战斗力。

此时，正好王泰和从宴会出来，遇见这个场景，立即上前查看汉娜的伤势，利箭穿插在左胸，嘴里正在出血。王泰和拿出自己珍藏急用的止血丹，揉开蜡封，把蜜丸掰成小粒，让汉娜躺在吉日霖腿上，他给汉娜喂药，药被从嘴里涌出的血冲了出来，一点都没喂进去。汉娜右小腿上的一块胎记，引起了他的注意，这是一块非常特殊的铜钱大小的胎记，它像是一幅地图。妹妹出生时，他已经八岁了，王泰和见过这块胎记，父母亲经常猜测，这块地图一样的胎记，到底意味着什么呢？不料，妹妹两岁时失踪，父母为此痛心疾首，很长一段时间缓不过来，后来，父亲娶了新人，母亲去庵堂做了落发女尼。一家人分崩离析，就是因为在那个阳光灿烂的下午，妹妹突然消失不见了，之后家里的一切都发生了变化。他反复确认了汉娜到底是不是妹妹，妹妹叫王安荷，母亲的老家是山东泰安，跟着父亲来到长安，只生下一儿一女，为他们起名泰和，安荷。安荷生于荷花盛开的六月，以安荷为名，却是那么的不安。王泰和的心里在震荡，这个汉娜难道是我的妹妹？是王安荷？阴差阳错，他们兄妹在这里以这种方式见面，老天太残忍了。

喀布气喘吁吁地跑过来。他的顺风耳听到了吉日霖吹口哨唤花豹的声音，吉日霖出啥事了？他立即从宴会中放下筷子出来，走了好几个巷道，听着动静走到这里。

看到眼前的一幕，站住了，他不知道此时他上前能做什么，看着吉日霖满脸苍白，他转身跑步去找海达过来，顺便给尚田其城主报信。

不一会儿，海达、尚田其从宴席上过来，尚田其还带着十几名守卫，守卫把花豹脚下的本江江捆绑起来。

本江江一点不惧，哈哈大笑，说海达你听着，你当年砍我一只胳膊，我现在报仇了，我也让你感受一下痛是啥感觉，本来这支箭是射向你们的女儿的，是汉娜命贱，用身体挡住箭，真的是太爽快了，哈哈，我现在死了也值了。

听了这话，王泰和听懂了本江江话中的含义，在场的人都听懂了，那箭上有毒。

王泰和、海达大惊，尚田其走到被捆着的本江江身前，在他身上搜索着，本江江呸了一口，说，我没有解药，你杀了我也没有，汉娜今天死定了。海达恶狠狠地过来一刀砍断了本江江一条腿，大喊，快拿出解药。本江江杀猪般地嚎叫，尚田其厌烦不已，一刀割去本江江的舌头。本江江的声音换成了支支吾吾，满嘴血沫子，喷在尚田其身上、脸上。尚田其抹了一把脸，血就糊满了脸，显得很恐怖。他一刀一刀把本江江的衣服切成布条，也切到了本江江的肉，一条一条翻出来。本江江看着魔鬼一般恐怖的尚田其，露出了惊恐的眼神，发出了哀求的声音。不久，本江江的气息渐渐淡了下去。

汉娜嘴唇发紫，吉日霖身上的解毒丹、王泰和身上的止血丹，都拿了出来，他们希望汉娜能喝进去一粒。喀布端来一碗水，吉日霖说，妈妈呀，求您把药喝了，来喝药。或许是血流干了，汉娜不再吐血，一口水带着药丸滑了进去。

王泰和哭着说，我可怜的安荷妹妹。海达也哭了。郎中来了，建议把汉娜用简易担架抬回家。

混乱中，没人注意到王泰和叫汉娜安荷妹妹，只有喀布注意到了。

第十一章　汉娜变成王安荷　尚田其雪天独行

两岁的王安荷胖嘟嘟的，人见人爱。她迈着小短腿蹒跚学步，她是昨天才迈开第一步的，今天还没走稳就着急要出门，八岁的王泰和在旁边护着妹妹走路，母亲姬右爱和父亲王学孟坐在廊柱下面，微笑着看着一双儿女。那个画面过去了快四十年了，王泰和依然清晰地记得。

晚上，从学堂回来的王泰和吃了饭，一家人一起逗妹妹玩。母亲抚摸着妹妹右小腿上的奇特胎记对他说，这个胎记，你要记住，这是你妹妹，无论在任何时候，这都是你记住妹妹的标识。王泰和听了母亲莫名其妙的话，不好反驳，只好先答应，说，我记住了。

刚学会走路的安荷很顽皮，很喜欢到处探索。有一天，王泰和放学回到家，一家人正慌里慌张地到处找妹妹，墙角、狗洞、草丛、假山，甚至是水井都派人下去捞了一遍。王安荷，他的妹妹，就在那个阳光灿烂的下午，不知去了何方，从这个世界彻底地消失了。

三十八年了。王泰和鼻子酸酸的止不住眼泪，他仰天痛哭，妈妈呀，您的安荷在这里，您听到了吗？她在这里。妈妈呀，您在天上保佑她好起来、活过来吧，我还没和她相认呀。

王泰和失态地跪在地上，泪流满面。

王玉正和王玉珠兄妹在宴席上没看到吉日霖过来，一个不注意，父亲不知什么时候离开了，母亲也起身走了。他们很奇怪，站起来走出了广场。走到街道上，看到喀布匆匆地走过，他们拦住他，问是啥情况，喀布说了一句你们快去吉日霖家，就跑开了。

兄妹二人往吉日霖家跑，路上遇到了跪在地上的父亲，他们上前搀扶起父亲，问，父亲，您这是怎么了？

兄妹二人从没见过刚强的父亲如此脆弱的样子，他满脸泪水，泣不成声，说，玉正玉珠，你们的姑姑活着，她，活，着，啊。他双手伸向天空，老天爷呀。

兄妹二人震惊了，从小他们就听父亲讲过，他们还有一个姑姑，如果哪天姑姑回来了，你们一定要善待她。这些话都在他们的耳朵里生了茧子。在这遥远的地方，怎么会有姑姑，是谁？

王玉正说，父亲，来，我扶您起来，我们回家，慢慢说。

不，不，不回，我要去看看你们的姑姑。说着，他站起来，甩开王玉正的手，踉踉跄跄地往前走，突然，他回头对儿女说，你们快到客栈把我们最好的药、把谢郎中带到海达家，快去快回。看着兄妹俩愣住了，王泰和大吼，快去呀！别耽误！哦哦，兄妹二人拔腿就跑。王玉正跑得快，王玉珠跟在后面，跑回了家，匆匆忙忙地翻箱倒柜。阿娟来问，是啥情况？玉珠简单说明了情况。阿娟立即找出自己最贵重的雪莲解毒丸，这是她自己留着保命用的，这次出门总共带了四颗，在黑风口给儿女一人一颗，剩下的两颗，她毫不犹豫拿出一颗递给王玉正，说，这个也拿上。走，我和你们一起去。说着出门，走路已经来不及，她叫上谢郎中带上医疗箱，四个人骑着马向海达家奔去。

海达家的庭院里围满了人。

尚田其没有杀死本江江，给他吊着一口气，尚田其问了一个被抓回来的随从，那个人看到本江江残破的样子，还没等尚田其问话，就把他知道的关于本江江的一切事情都交代了。然后，满脸是血的尚田其带着守卫前往本江江在外城的隐藏点，在这里并没有找到菲克。桌上的一杯水还热着，证明菲克刚才还在。尚田其四周寻找，帐篷后面就是山石，延展空间不大。难道是躲到山上了？尚田其到后山仔细观察，并没有看到脚印，他确定人没有往后山走，他回到帐篷里，用刀这里摸摸、那里戳戳。

突然，下面一声空响，这个声响让尚田其断定这下面是空的。

尚田其用刀尖咚咚咚地敲打，听声音。他查看一个小炕桌下面，移开炕桌，露出一块木板，掀开木板，是一个向下的地道。关于地道，他通晓。尚田其有着全孛罗城最大的地下迷城，这个地道不如他一个厕所大。

他点着一根火把扔了下去，火光把下面照亮了，显然，下面不是尽头，地道向前延伸出去。得有人一探究竟。尚田其派了一个人下去探路，许久没动静，又派了一个下去，还是许久没动静，尚田其准备自己下去探探，刚要伸脚下去，又收了回来，他在上面喊，桑山，桑山你怎么样？活着没有？活着就吭声。下面没声，他又喊，李东明，你活着没有？声音是传出去了，但是没回音。他立刻肯定里面有情况。他看到旁边有一眼泉，吩咐人直接把泉水引到这个地道里。不久这个地道会充满水，地道会塌掉，里面的人休想出来。除非另有出口。

汉娜在迷糊中看见一位温柔的女子拉着她的手，她说，我的女儿，我的安荷，我来了，我是妈妈，我是妈妈呀，你睁开眼睛看看我。汉娜从没有感受过如此的温暖，她很想靠在她身上，她身上的味道对她有着不可抗拒的吸引力。她扑过去，抱着她，含着泪说，妈妈，妈妈。

妈妈说，我的女儿，你要坚强，你要活下去，我们还会团聚的，说着就推开了汉娜。

汉娜哭着大喊了一声，妈妈！她睁开了眼睛。

她身边的谢郎中大喜，对门外的人喊，海达夫人活过来了。大家都拥了进来，海达握着汉娜的手，汉娜对海达说，我见到我妈妈了，我见到我妈妈了。我妈妈把我推了回来。

王泰和上前抓住汉娜的手说，妹妹，我是哥哥。他说着眼泪又出来了，妹妹，这么多年，你受了多少委屈啊！妹妹，我的安荷妹妹，你受苦了。

我叫安荷，对，我叫安荷，刚才母亲叫我安荷。汉娜，不，现在我是王安荷。

对，安荷，王安荷，安荷妹妹，来，过来。王泰和让王玉正和王玉珠来到汉娜身边，不，王安荷身边，对兄妹二人说，叫安荷姑姑。兄妹二人规规矩矩地鞠躬喊了声安荷姑姑。

王安荷哽咽着，满脸疑惑，满脸欣喜，复杂地张了几次口，才喊出了那声迟到了三十八年的哥哥。

哎，妹妹。王泰和的泪水一串一串地跌落，他用手背擦也擦不干，阿娟红着眼递给王泰和一个手绢。王安荷说，嫂子，玉正，玉珠，好孩子。她想坐起来，但是伤口限制了她的活动，王泰和说，妹妹，别动，好好养着，我们陪你。

好。王安荷说完，身体放松了下来，不一会儿，她就睡着了，睡梦中，她微笑地流着眼泪。

海达在旁边呆住了，他的妻子汉娜变成了王安荷，变成了长安的贵小姐，有着强大的娘家，他有点不适应。他不知道，等明天汉娜，不，王安荷醒来后，还是不是他的妻子。

吉日霖很高兴，母亲变成王安荷后，她觉得母亲会更强大，以后会活得很好。因为，名字里藏着人的气运。

第二天早晨，王安荷在海达的注视下醒了过来，她看见了窗外的阳光，看见了窗外的白桦树，看见了飞檐上闪亮的琉璃。空气是甜的，风是柔的。

名者，命也。自从汉娜的名字变成王安荷，她整个人都变了，身体还是那个身体，但是身体里的灵魂变了——那个汉娜死了，活着的是王安荷。

王安荷能活下来，谢郎中说，奇迹呀，没有心跳那么长时间，还能好好的，天助也。

尚田其百岁生日宴的当天，他杀了人，还见了血。

本江江第三天死了，尚田其安排人把他埋在城墙边上的一棵树下当肥料。

现在，最纠结和焦虑的就是王玉正了，他暗恋的吉日霖变成了表妹，他们成了表兄妹，这是做梦都没想到的。他走了几千里，从长安到这里，就是为了认下这个表妹。这让他觉得匪夷所思。

王安荷恢复得很快，过了半个月就能下地，再过半个月她不再只喝肉汤，她可以吃下一整块羊蝎子肉。

她又变得快乐起来，每天哼着孛罗城的民歌，亲自打扫卫生。她又酿了十大缸的神觉蓝酒，她计划重新把酒肆开起来。她到酒肆去看过好几次了，去年在酒肆发生的事情，在王安荷脑海里模糊得找不到影子，那段记忆似乎被人为删除了。

旁边豆腐坊的掌柜换了人，是个驼背又瘸腿的鳏夫，他点制的盐卤豆腐比上一家豆腐西施做的更有味道，每天的豆腐都卖光。豆腐小李，是孛罗城城民给他起的名字，小李看上去年纪不小，不知道为什么叫他豆腐小李。

神觉蓝酒肆，尚田其没有租出去，一直留着，当王安荷第一次打开酒肆大门时，酒肆里面很整洁，显然，在她来之前，有人打扫过了。她走到后厨，一种非常厌恶的感觉涌上心头，她吩咐仆人，把后厨全部拆了重做，增加贵客室的数量。酒肆左边的店面一直空着，王安荷让海达去一起盘过来整体打造，再次开张的神觉蓝酒肆，一定不是以前的样子。无论从规模还是从装饰来看。

改造工程，王安荷交给海达亲自负责，不允许偷懒，海达对夫人的话从来就是言听计从，他按照王安荷的意思踏踏实实地重新开始。

高炉还在照常进行，拓羽知道了王玉正和吉日霖居然是表兄妹关系，感叹真是造化弄人呀。谁能想到是这个结果，但是，这个结果让拓羽心里舒畅了一天。整整一天，他都是微笑着干活，喀布看了他的表情，讥笑，你有病啊。拓羽听了，哈哈大笑。

王泰和也很高兴，他找到了失散多年的妹妹，这抚慰了他多年不安的心，也抚慰了母亲的在天之灵，他修书一封，把王安荷的事情详细地告知了长安的老父亲。

他心里充满喜悦，看一眼妻子阿娟，微笑一下；又看一眼，又微笑一下。阿娟说，你要想笑，你就大笑。哈哈哈哈，王泰和放声大笑起来，直到笑得肚子疼，最后却演变成放声大哭。阿娟并没有劝阻，王泰和哭够了，洗了把脸，把阿娟拥在怀中，说，这么多年，我的心终于轻松了，你看，我的眉头都松弛了。今天心情好，你去安排一下，让孩子们都回来，我要和他们喝一场大酒。

好的，都依你。

阿娟从王泰和怀里出来，出去安排。她吩咐仆人去高炉处把兄妹二人叫回来。兄妹二人回来后，她安排王玉正拿上盖了王泰和印章的请帖，去邀请海达一家五口过来，两家人一起吃一顿饭。

王玉正带着难以言说的心情拜访了海达，递上邀请帖，海达交给王安荷，让王安荷决定，她看了很高兴，眼睛闪亮。她安排仆人去叫吉日霖回来一起去，又问，大宝和二宝要不要抱过去？海达说，两家人第一次正式认亲，大宝二宝太闹，再说现在俩小孩睡着了，强行抱起来，孩子闹觉，谁都不安，等下次吧。

王安荷同意，他们一家三口带着一坛上好的神觉蓝酒，出发去王泰和的住处。

几里的路程，王安荷差点把鞋子跑掉，她的心又一次在哆嗦，她使劲把嘴唇抿成一条缝。吉日霖看到了母亲的不安，她猜不出为何刚刚接到邀请的母亲还露出孩子般的笑容，现在又是一脸抑郁的样子。一刻钟前和一刻钟后，仿佛相差了十岁。

他们来到王泰和住的客栈时，王安荷有点气喘吁吁。她始终低着头，王泰和在门口候着，王玉正接过海达手上的神觉蓝酒，抱了进去。海达拍了拍王安荷的后背，王安荷才稳住了心神，展开笑颜，对王泰和说，哥哥，我们来了。

一声哥哥，又让王泰和湿了眼眶，说，妹妹，欢迎你到哥哥家来，这里虽是客栈，也是我们暂时的家。欢迎你回家。

哥哥啊。王安荷拉着哥哥的手放声痛哭了起来。王泰和理解这种情感，他也放开了，痛哭了一场，把体内多年累积的思念都哭了出来，王安荷伏在哥哥肩膀上哭了很久才安静下来，惹得在场的人都热泪盈眶。

王安荷用袖子擦了眼泪，从哥哥肩膀上抬起头，说，我好了。

王泰和说，走，去吃饭。

说着，他带着众人走到餐桌，一一安排了座位。

王泰和举起了第一杯酒，他说，今天，是我和妹妹相认的日子，是个大喜的日子，第一杯酒敬我在天的母亲，希望母亲在天之灵保佑妹妹从今以后的日子顺顺当当，所想皆所愿，所愿皆所成。说着他朝地上洒下第一杯酒。他再次斟满酒，说，第二杯酒，敬给我的妹妹王安荷，她两岁就离开父母，不知道受了多少苦、流了多少泪，才能活到现在等着我这个当哥哥的来见面。感谢你活着。说着他把酒端到妹妹跟前，和妹妹碰了酒杯，王安荷一口就喝了下去，王泰和也仰头喝了酒，同时把眼泪也咽了下去，这几天他似乎把一辈子的眼泪都流完了。这不是悲伤，原来，人喜悦的时候也会流很多眼泪。王泰和斟了第三杯酒，说，这第三杯酒敬我的妹夫海达矿主，你把全部的爱给了我妹妹，让她在茫茫人海中有了依靠，你救了她的命，也救了我。说着他举起酒杯给海达鞠了一躬，海达赶紧站起来，说，哥，应该的应该的，我是她男人，应该这么做。以后我有做得不好的地方，您打我。王泰和哈哈大笑，二人碰杯，干了酒。酒是好酒呀。

然后，王泰和问了吉日霖的生辰八字，给王玉正兄妹排了序，王玉正是大哥，王玉珠是二妹，吉日霖是最小的妹妹，王玉正和王玉珠表情复杂地接受了这个小表妹。

吉日霖高兴地大声喊，玉正哥哥，玉珠姐姐。妹妹。他们互认。

王安荷心里的一点纠结消失了。她叫了声，哥哥。哎。她叫了声，嫂子。哎。

尚田其借自己的百岁生日引诱敌人——具体是不是百岁，只有他自己知道，他的目标是把菲克引出来，没料到，却引来本江江，还知道了本江江和菲克二人混在一起。虽然儿媳妇汉娜，不，王安荷，死里逃生，虽然他亲自一刀一刀杀了本江江，虽然他亲眼看着菲克藏身的地道被灌满泉水，但是他至今还是没有拔出他心里的刺——菲克活不见人死不见尸。菲克没有找到，那是隐形炸药，不定什么时候会爆炸。上次在神觉蓝酒肆没有斩杀他，是他太仁慈了，那样好的机会，不会再有了。他为此懊恼不已，为自己的妇人之仁以致留下隐患而恨自己。

他下令守城卫士加紧防范，对进出城门的人认真查验身份，发现有嫌疑者格杀勿论。

他有时想离开孛罗城，去更远的远方重新开始，如果没有菲克的事情闹心，他说不定真就走了。但是，在这个节骨眼上，他又变得非常不情愿出门，孛罗城的地下迷城和那棵紫桐树的居所让他愈发留恋，多年来都不及现在这般留恋。他想尽可能细品自己在孛罗城的这个秋天，他知道，等冬天来临——至少他喜欢冬天，可以在孛罗城漫长的冬季看漫天的雪花，天地相融，不分彼此，却又泾渭分明。

事实上，他已经暗暗打定主意，要在一个特别的雪天，要在他真正百岁的时候，离开。

他摩挲着手里那枚独一无二的金币，露出微笑，心里渐渐稳了下来。

他走进地下迷城，信步来到紫桐树下，从树洞往上走，一直往上走，走到了树的顶端树屋，这次，金色的小鸟不知去了何方，从这里看到的是深邃的蓝天，干净的蓝天；往下看是白云，白云随风快速飘走，一团一团的，感觉会有神仙从里面走出来，大团大团的云朵变换着各种造型，一会儿是马队，一会儿变成一只巨大的狮子，一会儿又是一座城郭。每次，他上树屋，都会盯着游走的白云，它们从不重复；透过白云往下看，是大地，只能看到孛罗城一圈小小的细线，人更是看不清。

他往前看、往后看、往下看，不一会儿，他就瞌睡了。他躺在云端的树屋上沉沉地睡着了。

吉日霖八岁之前经常过来叽叽喳喳，不知为什么，八岁后就没来过了。虽然他们偶尔见面也很亲近，但是总感觉没有小时候的依赖感了。他希望他被吉日霖叫醒，而不是在树上不知白天黑夜地傻睡，直睡到像一摊软泥。

仲秋的一个傍晚，汗水湿透了王安荷的衣服，她走上楼梯，上了最高的一层楼，远眺，太阳透过孛罗河上空沙滩一般的云朵向大地洒下光柱，投射在草场、村庄和孛罗河两岸的山峰上。

王安荷到二楼乳娘房间去看大宝二宝，两个儿子和她并不很亲近，她在不在都是一个样。乳娘有两个：大宝的乳娘神情很冷淡、很严肃，大宝跟她一样不爱笑，他想哭的时候，一看到乳娘严肃的脸，立即止了哭。乳娘穿着新衣服，头发裹起来，她和丈夫生了儿子，儿子在家给婆婆带，她却把奶水喂给其他人的孩子，家里人很高兴、很自豪，因为奶水钱能养活她一大家子，而且过得很滋润。乳娘叫慧大娘，她两条腿耷拉在炕沿上，用她那圆鼓鼓的乳房喂着快要睡着的大宝。王安荷说过几次，不要让他含着奶头睡觉，孩子不饿就不要喂他。慧大娘说，我把你的孩子喂好喂饱，其他的你就不要管了，你又没亲自喂过孩子，把王安荷噎得差点一口气没上来。

二宝的乳娘，有一双无忧无虑的眼睛，爱笑，鼻子两侧的妊娠斑还没有消除，她每天逗得孩子哈哈大笑，孩子也长得眉眼弯弯，始终是喜庆的样子，很是招人喜欢。她叫细妹，是慧大娘家的远房亲戚。当初，海达选人摸底的时候，细妹说她和慧大娘是从南方的泉州过来的，孛罗城实在太小，两三个人，就能扯上亲戚关系，孛罗城初建的时候，也是亲戚带亲戚过来安家的。城里的一半人是原住民，一半人来自五湖四海，这么多年过去，通过嫁娶往来，城里半数以上的人都能扯上关系。

王安荷想把大宝的乳娘换掉。晚上，海达从铁矿回来，她和他商量此事，海达不以为然，说，你看大宝长得胖胖的、没病没灾的，我觉得慧大娘带得挺好的。

你没看大宝整天都不笑一次，就是慧大娘整天拉个脸给整的，孩子模仿能力很强，你看二宝就不一样，活泼可爱，多好呀。

海达说，一胞九子，子子不同，正常的，你看，我们兄弟三人也完全不一样。

我不管，我就要把慧大娘换掉。我不喜欢她，她会影响大宝。

好好好，听夫人的，我明天就去找乳娘。

王安荷这才闭了嘴。

过了一会儿她又说，你说吉日霖有没有长心思，她现在快十四岁了，该找婆家了。本指望王玉正当女婿，结果二人现在变成了表兄妹。真是可笑。

我也没想到，你居然是长安王家的大小姐。

啥长安大小姐，我就是一个傻子，被你救了。你说，如果你当初没救我，我现在会在哪里？

说不上，每个人都有命。

嗯。也许吧，你不救我，我的人生似乎真的有很多种可能。但是，这辈子就这一种可能了，因为你确实救了我。

哈哈，听到这句话，海达开心起来。她说得对，他是她的唯一啊。

吉日霖整天和拓羽在一起。王玉正来的次数好像不多了，其实，他每天也来，但并没有多大的存在感，待一会儿就回去了，每次都和王玉珠一起骑马过来，只不过不再像以前那样热情地凑过来参与商议。他现在很少发言，别人问他，他只点头，不发表意见。别人不问，他就一句话也不说。

拓羽心里知道，他眼看着王玉正在不远处用余光瞄他，他就和吉日霖凑得很近，窃窃私语，王玉正听不到他们在说什么。这是拓羽的小心思，拓羽给吉日霖说的都是问题，吉日霖不时要记录，忙得不可开交。

高炉的效果依然不稳定，产出的百炼钢也很少。拓羽的鼻尖有几滴亮晶晶的汗水，他半闭着眼睛，心里在亲她，给她说着他都说不清楚的情话，他们二人在孛罗河边散步，苍鹰在天空盘旋，明月从七里慈湖的山上升起，太好了，太好了。他不由自主说出声，吉日霖以为他太累了，走到拓羽身边坐下，扭头看着他，说，拓羽哥哥，你这些天太累了，要不休息休息。

不用休息，休息也休息不了，我现在满脑子都是咱们这个百炼钢怎么提高产量，需要解决的问题实在太多了。进展太慢，我心里很着急。

不要着急，有些事情不是急能急出来的。要有机缘，要不这样，我们与其在这里自己蒙头搞，不如去一趟长安学习炼钢技术。

对，这个建议好，学习是正确途径，但是谁愿意给我传授技术啊，这些技术都是师傅独自掌握、秘不外传的，教会徒弟饿死师傅。

对，你要是掌握了最好的炼钢技术，你传不传给别人？

不传。

谁的技术不是费了九牛二虎之力、几代人不断努力得来的，哪里有那么容易的事情。

就是，你都这么想，长安的师傅也会这么想。

还是我自己摸索吧，靠谁都不如靠自己。

你可能想错了，你靠不了自己，如果不是我爷爷给你财力的支持，仅仅靠你，能出来吗？你知道你现在花了多少银子了。

一说到银子，拓羽气就短了，如果没有城主的银子支持，他眨眼间就会变成流浪汉，饭都吃不饱，更不要说炼钢。

拓羽的脊柱塌了下来，吉日霖拍拍他的肩膀说，我和你开玩笑的，你别介意，别生气。

拓羽往旁边移了移，他瞬间认可了他们是两个世界的人，需保持合适的距离，吉日霖和王玉正才是天造地设的一对。他，拓羽，仅仅是个干活的下人。

他坚定地把吉日霖占据他脑海的地方清空，他要老老实实干活、好好炼钢，掌握最强的炼钢技术，到哪个城郭都有饭吃。

吉日霖感觉到了拓羽的距离感，也就是这几句话之后，之前不是这样的。之前吉日霖能感受到拓羽的逐渐靠拢，现在他须臾之间弹开了，她能感受到。

女人的直觉值得信任，这很神秘，根本说不清楚。

王玉正对他们二人的奇异表现很感兴趣，王玉正怕羞，有着敏感的神经，见到吉日霖，他就矜持起来。他这种态度，被吉日霖和其他人误解为优越感的表现。他觉得自己的表现简直太糟糕了，觉得自己是茫茫戈壁中的一峰骆驼，被风沙包裹住了。

吉日霖无意中看了王玉正一眼，他立刻露出了标志性的迷人一笑。

大雪在孛罗城城民的美梦中来了。

尚田其打了个哈欠，将自己的长腿在柔软的皮毛中伸直，他的房间不冷不热，很舒服，但是待久了，他会感到寂寞，太孤独了。他不仅觉得疲倦，而且还心生厌恶，他总是给自己找事，让自己显得忙碌、快乐、不寂寞，但是他的百年中，能记得的全部是孤独。

他用手挥了挥，萦绕在他周围的是菲克即将到来的报复，叹了口气，挥挥手是挥不掉的，就像苍蝇蚊子挥不走一样，除非打死它。

人生本来就充满着不可预测，任何人都没有办法避免。

尚田其从角落里摸出个酒瓶，大口喝酒时也大声地咳嗽起来，不停地咳嗽使他苍白的脸上泛起了一种生病的嫣红。酒瓶空了，他就从衣袋最隐秘处拿出那枚金币，反复抛上、用手接住，但是他并未张开手看，到底是哪一面朝上。

他的脸上有了一些皱纹，好像是昨天一夜长出来的，每一条皱纹都贮藏着他的忧患和不幸，只有他的眼睛，始终是年轻的。

他推开光滑的木门，从紫桐树里走了出来，向孛罗城走去。灰袍人的影子跟着他。雪是今年的新雪。身后是一行足迹，他很少在冬天的雪后出门，他只在小院里走，因为冬天的足迹容易暴露自己。

这次是例外，他的脚印很深，他走得很慢，从这里到孛罗城城门口要走十里路，他走得精疲力尽。但是他却不想停下来休息。他觉得自己是荒原中最可怜的那个人。

路上遇见一只在昨夜风雪中冻死的小动物，皮毛上沾染了雪花，他看了一眼继续赶路，手缩在衣袋中，手中握着那枚金币，手指反复翻转着那枚金币。金币被他摩挲得发烫。

他为什么没有女人？

他有女人，他似乎突然醒悟，他的妻子，海普、海达、海聪的母亲，叶那初的表妹。他有很多年没见她了。

这个时候，尚田其的脚步停在雪地里，他突然想起了那个叫芦草的女人。同床共枕十年，他却没有给她任何理由就把她流放到他的一处夏牧场里。她没争辩，就像她的名字芦草，也没有关注她，如草芥一般。就是因为叶那初击败了他，他就把内心的耻辱发泄在无辜的芦草身上。唉。他叹了口气，继续往前走，远远地，他看到孛罗城城门。他准备回去看看那片草场上的芦草还在不在，这么多年了，他没去看过她，也没有问过她。不应该呀。人到了一定年龄，就会想起年轻时候的荒唐。

他的孩子们都是乳娘带大的，所以海普、海达、海聪对于母亲的印象很模糊，三个儿子小时候问他要过母亲，但被他暴力打断了想法，直到汉娜到来。不，是王安荷，他还是不习惯叫王安荷，他对汉娜有着深刻的印象，汉娜带来了神觉蓝酒——现在的神觉蓝酒，似乎就是孛罗城的象征了，到孛罗城去神觉蓝酒肆，似乎成了一个必然。吉日霖的快乐和放松，是他的三个儿子所没有的。因为有母亲的关怀，他在吉日霖身上感受到了什么是孩子的筋骨。尚田其感觉没有母亲的孩子没筋没骨。

神觉蓝酒肆在遭遇变故后重新开张了，他还没去过，想到这里，尚田其决定现在就去，一刻也不耽误。

王安荷的神觉蓝酒和汉娜的神觉蓝酒是不是一种酒？待他品尝后才能见分晓。

第十二章　尚田其寻找芦草无果
吉日霖接待持节使团

城门口的守卫是新来的，不认识尚田其。他拦住了尚田其，尚田其掏出城主令——用金和银交叉编制的圆形手掌大小的东西，中间是一个钢质的张着大嘴露出尖牙的熊头。仅仅这个熊头，就凸显出制造匠人高超的铸造技术。

城主令和城门口的孛罗城的标志、孛罗城城旗的标志一样，所有人都认识，守卫立即退后恭敬让行。

一般情况下，尚田其进出城都带着随从，这次罕见的单独出门。

从城内的入口进入地下迷城，从城外的紫桐树出口出来，又回到出口，绕一个大圆，走一遭，回到起点。尚田其突然觉得，人还不是一样，忙碌一生回到起点，它就是圆，就是个轮，出发点和终点是一个点，而且是一个朝向，无论是从起点出发，还是从终点出发，始终要回到那个点。这就是轮回。

看明白了一些，想清楚了一些，他脚步轻快起来。有些事情该放一放就放一放，没必要锱铢必较。菲克的事情放一放，由他。他现在愿意坐下来和菲克谈一谈，无论他是真是假，他都愿意给他补偿，愿意给苏里路补偿，愿意给叶那初补偿。

无债一身轻啊。他似乎已经看到他们握手言和的场景了。他现在放开了，让这些所谓的仇人来找他。他等着。

他现在还有一件重要的事情要去做，就是去看看芦草——他的妻子、孩子们的母亲、吉日霖吉日霜的奶奶。他真的残忍地剥夺了芦草作为女人的权利。

太阳下山了，尚田其进入地下迷城，他走的道儿只有他一人知道，现在看，这个地下迷城显得悲伤、忧郁、凌乱不堪，他在一个个熟悉的房间穿过，天井的光透露出夕阳的余晖在渐渐消失，阴影逐渐从屋角蔓延开来，室内渐渐暗了下来。他抄近路，走到紫桐树下，开启了他的天青石，他轻轻抚摸着它，向天青石询问，天青石啊天青石，你能告诉我芦草的情况吗？然而，天青石仿佛成了没有生命的石块，没有任何回应。他的眉头微微皱起，他又加重了语气，几乎是带着一丝急切，天青石，天青石，你看看我的芦草，她究竟是什么情况？天青石依旧无动于衷。他的心中不由生出几分不安，难道是天青石不再认得芦草？还是芦草真的遭遇了什么不测？

他关闭天青石，牵来他的宝骑，踏雪而去，去那片放逐芦草的牧场。

孛罗城的人已经习惯找吉日霖来处理城务。尚田其乐得放手，让年轻人上。

吉日霖在处理城务方面展现出了过人的智慧。

一人一骑。尚田其在苍茫雪原中留下漫长的、孤独的脚印。进入树林，他那种落寞的、懒散的神情突然发生了变化，变成一张年轻的神采飞扬的脸，身姿轻快矫健。他的耳朵、鼻子、眼睛，他身上的每一块肌肉都活跃起来。十年前，他亲自把芦草送过来，送进树林后面的那片牧场。

当时在牧场的帐篷里，芦草递给他一杯酒——一杯苦酒，芦草径自一饮而尽，尚田其只浅尝一口，“呸”地吐了出来。他当时想，我永远不会再来。仅仅十年，他迫不及待地来了，骑着马向她而来。

他给她的一生灌下了太多的苦酒，这次是要喝掉那杯他吐掉的苦酒。

昔日，还在吗？昔日，还能回去吗？

那天，尚田其去了神觉蓝酒肆，专门品尝神觉蓝酒，果然，汉娜的酒和王安荷的酒不一样，非常的不一样。

芦草的苦酒也变了吧，十年了啊。

冰雪中的世界，虽然与春天大不相同，但他经过这条路，心里仍不禁感到一阵阵刺痛。

财富、权势、名誉和地位都比较容易舍弃，回忆却像沉重的枷锁，永远也抛不开、甩不脱，如影相随。

又飞奔了一个时辰，尚田其远远看到了那顶帐篷——白色的帐篷，红色的顶子在白雪中一眼就看见了。

距离帐篷还有半里地的路程，尚田其选择下马，放开宝骑的缰绳，宝骑在雪地中走了几步，伸出舌头啃食了几口露出雪面上的干草叶。然后，它默默地跟在了主人的身后。尚田其徒步向那顶帐篷缓缓走去。积雪深厚，没过了他的膝盖，他艰难地在雪地中一步步前行，不久便喘起了粗气。突然，一阵寒风迎面吹来，直灌入他的喉咙，让他忍不住剧烈地咳嗽起来。那咳嗽声在寂静的雪原上回荡。直到咳嗽终于停止，他才又继续向前走去。在这片雪原上，并没有看到其他人的足迹。

他清晰地记得当初来到这里时的景象，四周环绕着各种他叫不上名字的山花，空气中弥漫着淡淡的芬芳。如茵的草原，柔软而舒适。草原延伸至远方，与天际相接。

他走近看，帐篷的红顶如今已斑驳。

尚田其走到帐篷门口，门口被白雪覆盖，依然没有任何足迹，也没有人迎出来。他皱了皱眉，咳嗽一声，敲了敲门，门没锁，轻轻一推，门开了，里面一只小动物忽地从他脚下逃窜而出。帐篷里没有一丝人的温度。

这里没有他要见的人，人到哪里去了？

他沉吟片刻，出了门，在马背褡裢里找了半截绳子把门鼻子拴上。

他环顾四周，茫茫白野，那个叫芦草的人在哪里？一片寂静，没有人告诉他。

他骑上马继续往前走，这是一片有几座山的牧场，他希望能从其他牧人嘴里找到关于芦草的只言片语。

终于，翻过一座山后，他看到一顶帐篷，帐篷上有炊烟升起。他打马奔跑起来，一只狗“汪汪汪”地跑过来恐吓他，让他退出它的领地。

尚田其勒住马缰绳，有狗的帐篷一定有牧人，那只狗跑到离他六丈远的地方站住，狂吠。这是一只体格健硕的牧羊犬，是那种敢于和狼打架的优良品种。他并没有让狗停止吠叫，狗的吠叫其实就是一个通知，人很快会到。果然，不一会儿，他远远地看见有人推门出来，呼唤他的狗回去。狗听了主人的命令，放下尚田其跑回去了。尚田其下马，牵着马缰绳向帐篷走去，那只狗已经被主人拴了起来。

尚田其拿出一块肉干扔给狗。他站住，问站在门口的一个男子，你好，你知道一位叫芦草的女人吗？十年前在前山住。他用手指他来的方向。

芦草？这个人疑惑道。

对，芦草。

没有，以前有一位叫芦花的女人，在前山住了几年，走了。

芦花？走了，去哪里了？

不知道。

尚田其心里一痛，突然莫名地像是被扎了根针。

他抹了一把自己的短胡须，说，这里还有其他人吗？

没有，就我一人。

哦，大哥，能给我一杯水喝吗？

你等着，我去给你拿。

真正的牧人都很好客，看到陌生人会邀请他进帐篷，并会给他吃一顿肉。尚田其对这个牧人的身份起了疑。

他接过牧人的水，做了一个喝水的动作，送到嘴边又放下说，大哥，我能进去烤烤火吗？我从雪地上走过来，半条腿都湿了，脚冻得没了知觉，眼看着天要黑了，人在雪原上会冻死的。

嗯，进来吧。牧人犹豫了一下，同意尚田其进门。

尚田其做好了防御准备，走进帐篷。帐篷里的炕上有一个人脸朝里躺着，看不清是男是女。牧人主动解释说，我母亲，生病了。他忘了，刚才他说他是一个人。尚田其并没有拆穿他。

尚田其坐在帐篷的火炉前，烤着双手，没再看炕上的那个人。

他的裤子、鞋子沾满了白雪，遇热化成水，裤子在火炉前生出了白气。他拧了拧裤脚的水，继续在火炉上烤火。

海聪依旧在孛罗城闲逛，吉日霖有时来城主府处理城务，他就站在门口听，却从不上前参与。最近他听说，长安的皇帝派人来边疆巡视。吉日霖已经安排好了接待工作。

王玉正隔天去一次铁矿，看看工作进展，拓羽显得很疲惫，憔悴了不少，原先英俊的脸变得刀削一样棱角分明。吉日霖只要不去城主府，就去铁矿记录炼百炼钢的每一个细节，在她的闺房里，记录本已经和她的身高一样厚，摞在梳妆台边上。

缘分就是这么神奇，莫名来到她梳妆台上的长安王家清铜照子，预示着她和长安王家有关系，果然，她是长安王家小姐的女儿。

自从这层关系明确，她的母亲找回自己的名字——王安荷，母亲就变了，和之前完全是两个人、两个灵魂。经过调理，她消瘦的身体渐渐圆了起来。吉日霖的两个弟弟大宝二宝也有了名字，是舅舅王泰和起的。王泰和经过再三琢磨，给大宝取名海旺田，二宝取名海旺格。他的私心在“旺”字上，他把王姓放了进去。他希望妹妹王安荷能有长安王家为倚靠，不再是孤零零一个人在这里奋斗。

大宝二宝自从有了海旺田和海旺格的名字后，人也发生了变化，他们成长得很快，大宝的乳娘还是换了。不知什么原因，乳娘慧大娘生了一场病，立即被海达辞退，他重新找了个乳娘。在寻找新乳娘的空当里，由二宝的乳娘细妹照看，两个孩子都放在她的房间。二宝看大宝一脸严肃，小心爬过来，摸摸他的脸，却被大宝一巴掌打在脸上，二宝号啕大哭，反手还击了他一巴掌，两个宝儿一起大哭。细妹把二宝抱开，笑着说，你们是亲兄弟，见面就打，那怎么行，说说看，谁先动手的？二宝用胖嘟嘟的手指着大宝，大宝也用手指着二宝。哈哈，大宝，二宝是弟弟，弟弟没有打你，我都看到了，弟弟只是摸摸你的脸。不是打。来，你也摸摸弟弟的脸。细妹把二宝抱在大宝身边，用他的手轻轻地摸了摸二宝的脸，说，你看，这叫摸脸，不叫打脸。大宝似懂非懂。

这件事被王安荷知道了，她对细妹的做法很赞赏，给她加了月钱。大宝的新乳娘叫蓝姐，王安荷没见人只听到名字就觉得她们是一家人，她喜欢“蓝”这个字，她的神觉蓝酒，就有个“蓝”字。人很快就到了，利利索索、干干净净的一个女人，吉日霖很满意。她安排蓝姐和细妹把两个孩子放一起带，让两兄弟白天一起玩、晚上一起睡。

神觉蓝酒肆的规模比以前大了一倍，小二有五个人，后厨有两个人，王安荷坐在柜台后面只管收钱。她每天的日常就是把她的神觉蓝酒做好。收入上去了，人却没有以前累。

她很喜欢这种生活，她找到了亲哥哥，有哥哥撑腰就是不一般。想欺负她的人都要掂量一番。

哥哥王泰和本来是要在去年入冬之前回长安的，但因为和她相认，耽搁下来，雪下来后就不宜出远门，他们一家人都留下来了。

王安荷隔三岔五地带一坛神觉蓝酒去哥哥的住所，和哥嫂喝一杯。晚辈们有时也会和他们聚在一起，海达很少参加这种家庭聚会，他经常在铁矿忙碌，有时会住在铁矿。

吉日霖的花豹猪猪年龄越来越大，行动迟缓了起来，她希望它晚上不要回去狩猎，她给它养老，虽然猪猪有了它的家庭，也有了两个孩子，但两只豹孩儿已经长大离开了它。她的马——黑缎还在盛年。吉日霖哀伤，她、花豹猪猪、骏马黑缎，都是生命，但它们的生命比她短多了。既然如此，为什么要来到她的身边?!吉日霖从来没想过，它们会老得如此之快，她都还没长大。

原来，相聚之日已走在告别的路上。

天完全黑了下来，不远处的山隐入了黑暗，天空中此起彼伏地像鞭炮一样亮起了星星。尚田其并没有要走的意思，他给牧人几两碎银，说是今夜留宿的费用，牧人说，银子不收。尚田其直接问，你想要什么?

如果可以，我想用我的马换你的马。

换马?为什么?

你的马跑得快。

你放牧，要快马没用。

有用，如果来狼了，快马跑得快。

尚田其直视牧人的眼睛，说，你住在这里多久了?

十年。

十年中你的慢马没遇到狼吗?

没有。马老了。

那么以后的十年，你的慢马也不会遇到狼。

会的，因为，我就是狼。

你怎么证明你是狼，而我不是狼。尚田其站了起来。他的高个子把顶上油灯的光线遮了一大半，帐篷暗了一半。

牧人露出一张狼脸，他抬头看尚田其，也看到一张狼脸。

牧人一笑，恢复了人脸，说，请坐，坐下来说话。

尚田其坐了下来，牧人说，你打算今夜住在这里吗？

下雪了。尚田其答非所问。

来神觉蓝酒肆喝酒的人，每天都很多，这里是南来北往的人说八卦的好地方，各种肤色、各种方言的人在这里碰面，大家可能互相听不懂话却能神奇地交流，都因为酒，不喜欢酒的男人不多。海达就不喜欢，因为神觉蓝酒是他家的，他不缺，也就不喝。

今天，最大的贵客室里来了十个人喝酒，看着装是从外地来的。他们承包了这间贵客室，说，以后的十五天每天都会来，他们预交了定金。

这些人风尘仆仆地来到酒肆，状态却还不错。在这样的严冬过来，可不是好玩的，首先能安全经过黑风口、七里慈湖边的三十里路就不一般。

吉日霖的黑风口驿站已经开张了，路过的商队在这里打尖，比以前条件好太多了，起码可以不用担心突然而至的狂风吹走帐篷。

住在温暖的驿站里，有热食，还能互相走动，商队之间也会提前展开一些交易，完成交易的商队不再前行，带上新的货物回转。当初驿站初建时的工头八鱼、小鱼儿都不见了。

现在驿站的站长是小灵，就是给吉日霖做琉璃项链的那个。

当初，吉日霖在黑风口游玩时，在商队撤走之后，在余烬里捡到了那块蓝色的琉璃，她在手上把玩了很久，找到首饰匠小灵把那块琉璃打造成了项链，根据剜脏去绺的原则，小灵把那块琉璃设计成了一朵祥云，经过打磨后包银，又用金做了链子。这条项链吉日霖至今一直戴着。一来二往，二人成了好朋友，黑风口驿站需要一名管理者，吉日霖第一时间就想到了小灵。

吉日霖在小灵首饰店找到小灵，他正在埋头打磨一块石头，吉日霖走上前默默地看，小灵手上是一块灰色的石头，已被打磨得光亮。她坐在他对面，等小灵抬头跟她打招呼，小灵放下手中的活儿，抬头说，吉日霖姐姐来了。

和你商量个事情，我想让你去黑风口管理驿站，我那儿缺人，我又不能常去，得有一个信得过的人帮我。我想了想，除了你，我没有可以相信的人。报酬你自己报个数字，我都同意。你这个店，我也想过了，这个店所有的东西，我全部买了，你搬到黑风口驿站，那边也免费给你一个门面，除了管理驿站，你还可以把你的家人都接过去，搬家费用我全出。

吉日霖能想到的，全是小灵有顾虑的，没等小灵问，她一口气全部说完。

小灵停顿了半刻，说，你都替我想到了，这么周全，我还有啥说的，去哪里都是吃饭，听你吩咐，我去黑风口吃饭。

太好了，我就知道你一定能帮我，你是我最好的朋友。

朋友？

对，朋友，你是我最好的朋友。

好，我知道了，既然我们是最好的朋友，那我听你安排，全都答应你。太好了太好了，吉日霖高兴地跳了起来。她停下，又说，我还有一点要求，就是一定要有自己的驿站卫士，要有自我保护的能力，开支从盈利中出。

好的，我正好有几个兄弟，我把他们叫上一起守卫黑风口驿站。

尚田其终究靠实力在牧人帐篷里睡了一个风雪夜。

一夜很安静，面向墙躺着的人一夜都未曾翻身。尚田其睡得很深。

他和芦草新婚时，二人手拉手在草原上奔跑，芦草的发丝轻扫他的脸颊，蓝色的裙摆随风飘动。他们玩累了就在厚厚的草地上睡觉。

第二天，从不睡懒觉的尚田其醒来时，天光已大亮。帐篷里空无一人。

他起身，穿好鞋子，推门出去，外面也没人。雪地里留下了两行不同方向的清晰脚印。

他的芦草在哪里？

尚田其正在张望时，山脊那边出现了一个人，他穿着厚厚的动物皮毛，走近才发现是这个帐篷的主人。他戴着手套，手里有一条穿着绳子的大鱼。

牧人走过来，说，我昨天下的饵料，昨夜一场雪，大鱼要出来换气，钓了条大的。这条鱼有四尺长。鱼鳞在阳光下泛着五彩的光芒。

一会儿吃烤鱼。牧人说。他把鱼扔在帐篷门口，狗闻到了味道，走过来耸动着鼻子闻了闻鱼，走开了。尚田其很好奇，这条狗不吃鱼吗？

吃。

它怎么没下嘴吃？

我没有同意，它不能吃，吃也是我先吃。

哦。

狗似乎听懂了，转头回到狗窝。

二人吃了烤鱼，半条鱼扔给狗。雪停天晴，尚田其准备出发，牧人告诉他，再往前走十里，有另一户牧人，你可以去问问你的芦草或者芦花。

尚田其始终没有搞清楚，这顶帐篷里面靠墙睡觉的那个人是谁。牧人并没有解释，那个人早晨却不见了。

他吹口哨，并没有听到他的马回来的声音。尚田其看着牧人，再次吹响口哨，有马在不远处的欢叫声，是他的宝骑。雪地上除了两行不同方向的脚印，昨夜的雪掩盖了所有痕迹。

宝骑跑来，尚田其给它套上缰绳，骑马转身离去，离开前，他在炕桌上放了几两碎银。这一夜并没有发生什么，看来是尚田其多疑、多虑了，难道是人老了，对外界事物的判断不再准确？

尚田其继续按照牧人的指路方向出发。

他离孛罗城越来越远。

吉日霖在高炉前和拓羽忙碌的时候，有人骑着一匹马飞奔而来，告诉她皇帝派的人即将接近孛罗城。

吉日霖飞身上马，立刻进城，迅速安排孛罗城规格最高的仪仗队出城十里相迎，吉日霖身上有一个尚田其交给她的豹符，必要时可以调动他的地下兵团以应对可能出现的任何危机。

吉日霖带仪仗队在雪地上行跪拜礼，远处缓缓而来的一队人马中走在最前面手持符节的男子，是一位气宇轩昂的、留有胡须的中年男子。

持节使团提前三十丈下马，持节使让他们平身。吉日霖抬头起身，与持节使再次行揖礼、互相介绍。持节使名叫肖蔼宸，吉日霖走在前面引路，带持节使团进入孛罗城，顿时礼乐齐鸣，迎宾大道两边是欢迎的城民，他们很好奇长安皇帝派来的官员长什么样。持节使手执的符节，节身为竹竿，约五尺长，上端饰有以牦牛尾制作的三重节旄，旄须染为赤色，拿在手里很是显眼。竹柄上有个铁牌，上面铸刻着皇帝的玺记，这是身份和权力的象征。

吉日霖在城主府大厅为持节使团安排了洗尘宴。

有史以来，孛罗城第一次来了这么高品阶的中央官员——持节使。他可以代表皇帝行使相应的权力。沿路各城郭无不敬重有加。肖蔼宸带领三十六人从长安出发，经天水、敦煌、星星峡、伊吾卢、北庭，来到孛罗城。一路上遭遇了不少侵扰，都被肖蔼宸的政治智慧化解，并建立了友好关系。肖蔼宸持节使给每个城郭都带来了皇帝的礼物，双方达成羁縻协定。这是皇帝用来维持边疆稳定的有力武器，使边疆各族人民与中央保持一致，是国家统一治理的特殊政策。

肖蔼宸看是一位年轻的女子来接待他，煞是惊讶，遂问，吉日霖姑娘，冒昧问一句，为什么孛罗城派出你一个女子来接待我们？

我受城主尚田其委派代管城务，他回来就还给他。

你是他什么人？

孙女。

哦，既然能派你干这么重要的事情，说明你有这个能力。

也不完全是，我从小就受五个来自中原和长安的师父教诲，学之不及万分之一。

你有男子的气概、谦逊的胸怀，难怪尚田其愿意把城务交给你代管。

这都是暂时的，我毕竟是女子，将来是要嫁人的，嫁人后，夫家不一定乐见我这样抛头露面。

小姑娘很清醒，好样的，我看好你。你今年多大？

十五不到。

小姑娘如是男儿身，必将为国家建功立业。肖蔼宸抚着胡须露出赞赏的神态。

吉日霖躬身再行揖礼，说，小女子乃乡野粗鄙女子，不堪登大雅之堂，能在此安度时日，已是我愿。

持节使肖蔼宸高兴地说，赏。

持节使随从抬上长安的好物相赠。这是持节使精心挑选的长安城中的诸多瑰宝，作为珍贵的礼物隆重赠予各城郭。这些礼物代表着朝廷的尊贵与恩泽。

吉日霖也准备了孛罗城最好的礼物回赠，在上百种礼物中，一块百炼钢引起了持节使肖蔼宸的注意，他快步走向这块最不起眼却闪着内敛光芒的百炼钢，拿在手里，沉甸甸的，翻面查看，用手指敲敲。吉日霖明白了，持节使懂百炼钢，遂上前介绍。

她说，孛罗城周围有品质高、藏量大的铁矿，炼制块炼铁渗碳钢的技术较为成熟，能制造箭镞等武器。但是在百炼钢技术和产量方面还有待突破，还不能满足孛罗城的使用，更别说交易了。

肖蔼宸说，姑娘果然见识广博。

我每天都在铁矿那边的高炉记录百炼钢的炼制过程。

可否让我去看看？肖蔼宸很好奇，在这遥远的边疆居然也藏龙卧虎，一个女子尚且如此优秀。果然万不可以平常之眼观看边疆。

宴席上，吉日霖除了奉上本地美食，还特别上了神觉蓝酒。喝了一路寡味淡酒的一行人，立刻被这浓郁的香气席卷了各个感官。这酒犹如大自然恩赐的瑰宝，散发出独特的魅力。它仿佛汲取了大地的精髓，在口腔中舞动出令人陶醉的旋律。

细细品味，初时的辛辣迅速被甘甜的回味所取代。那种甘甜，如晨曦中的露珠，晶莹剔透，让人心生欢喜。它在口腔中弥漫开来，仿佛为味蕾带来了一场美妙的盛宴。这持久的回甘，让人感受到生活的甜蜜与美好。瓶盖一经打开，便散发出馥郁的气息，神觉蓝的花香令人心醉神迷，仿佛可以穿越时空、唤醒尘封的记忆，给人带来无尽的愉悦与满足。

宴后，吉日霖把肖蔼宸一行人安排到最上等的客栈休息，并安排守卫守护安全。

尚田其依旧未出现，吉日霖有点着急。

她回家后，就看到舅舅王泰和一家人坐在客厅等她，母亲王安荷也回来了，他们都好奇地询问接待持节使肖蔼宸的情况，想知道接待宴席上的每一个细节，甚至每一句对话、每一个不易察觉的表情。特别是王泰和，问得很详细。

最后才得知，王泰和和持节使有乡谊，他问明了持节使肖蔼宸的长相身高后，确定是他。

他决定去拜访他，并让吉日霖明天晚上邀请持节使肖蔼宸一行到神觉蓝酒肆，他要宴请同乡，以尽地主之谊。

在孛罗城待了两年多了，今天遇到同乡，王泰和很是欣慰。不仅是商人在边疆走动，长安和边疆很多方面都在走动。他们二人，从小在咸阳长大，肖蔼宸中了举，他却落榜了，随后投入商界，周游诸国经商；在娶了吏部尚书的大女儿后，有了庇护，也算在长安落了脚扎了根。

第二天，吉日霖打起精神，来客栈接持节使肖蔼宸一行，她带他们行走在孛罗城的大街小巷，在冬季还能有热气腾腾的洗浴室，这让肖蔼宸赞赏不已。然后他们就来到了神觉蓝酒肆，持节使肖蔼宸的随从指着酒肆招牌，心里了然，原来昨晚喝的好酒出自这里。大家都很高兴，鱼贯而入。

吉日霖进门，路过柜台，母亲王安荷指了指贵客室方向，吉日霖点点头，进到贵客室。她依次序安排所有人一一落座。

今天除了舅舅王泰和，表哥王玉正也被他父亲带来了，与官家建立联系。他合体的装扮、出尘的气质很是惹眼。他盯着吉日霖有礼有节的安排，她落落大方地对每个人示以微笑，他的眼睛、他的心被吉日霖牵着，此时，他忘了她是他的表妹。

第十三章　尚田其孛罗城备战　吉日霖避嫌居幕后

尚田其耳朵发烫，不时打喷嚏。

他知道有人在议论他，除了孛罗城的人，就是他的仇敌菲克和苏里路在说他。

他在雪原上转了几个时辰，依然没看到一顶帐篷。他可能被骗了，当他意识到这一点时，他又走出了几十里地。他带的肉干眼看就要见底，再不找到一顶帐篷，他今天就要交代在这片雪原上了。

他原来是那么喜欢下雪，可当他在雪地上真正走了三天三夜，他又厌恶了起来，他现在想念他的紫桐树，想孛罗城的神觉蓝酒。

鼻头冻得发红，手指已经发木得不太灵光了，从头巾里滑落的额头鬓角的白发，被他哈出的白气结成了白霜。

从早晨出来，到现在，日头已偏西，他没喝一口热水，只抓了一把雪吃。

他向四周看了看，一个人影都没有，只有他的马和他自己，他喊了几声，觉得没魄力；深呼吸了一下，放开喉咙，“嗷，嗷，嗷”，声音并没有他想的那么洪亮，他坐在雪窝里，突然眼泪流了出来。他一巴掌擦去，站了起来，又走了几个时辰，还是没有见到人。从白天走到黄昏，从日落走到日出。

这里太安静了，比孛罗城的地下迷城还安静，比云端的紫桐树更安静。

他放开喉咙喊，芦草，芦草，芦草。

他睡着了，做了一个梦，他在孛罗城的地下迷城通过小孔看着城外的动静。芦草在他身边，穿灰袍的影子也在。

拓羽很固执，吉日霖提出的几个问题，他都不以为然，总是按照自己的想法钻研，导致工作进展缓慢，好几次被吉日霖骂，说他钻牛角尖，不会走捷径。吉日霖一直在琢磨，要不要派拓羽去长安学习炼钢技术。

当初爷爷交给她的任务就是跟着拓羽把他的技术拿下来，尚田其常说核心内容必须自己掌握，她是个听话的孩子，不会忤逆长辈的意思。她亲自跟着拓羽在高炉前操作，虽然手劲赶不上男子，但毕竟自小有童子功，练过功夫，差也差不到哪里去。

两个人在一起干活，手难免在无意识中有触碰，吉日霖没有特别的感觉，她很专注；拓羽就分心了，而且有点心惊肉跳，工作起来就会缩手缩脚，看起来有点猥琐。

王泰和与持节使肖蔼宸在这里作为同乡见面，让二人感慨不已，多次互相敬酒。王玉正几次上前劝阻父亲少喝点酒，却根本拦不住。天高皇帝远，他乡遇故知，喝一场大酒似乎不为过。

持节使团的酒量经过一路的饮酒，已经练出来了，两斤的酒坛，一人两坛，房间一角已经垒满空酒坛，王安荷还在不断上酒。持节使团来了十八个人，加上吉日霖、王玉正父子，共二十一个人，这一场宴请总共喝掉了五十坛酒。

看着王玉正，肖蔼宸很感慨，孩子不经看，稍微不注意就长大了，原来只是听说王泰和有了儿子，没想到都这么大了。

肖蔼宸说，泰和老弟，你记得我们的同窗杜牧吗？他进士及第后一路升官，现在已是监察御史。当初我和他在一个场合中偶遇，他给侄儿写过一首诗——《冬至日寄小侄阿宜诗》。我觉得不错，我把这首诗借来送给玉正子侄。

王玉正躬身行礼表达感谢。

肖蔼宸接着说，这首诗很长，我选其中几句送你，“旧第开朱门，长安城中央。第中无一物，万卷书满堂。家集二百编，上下驰皇王。多是抚州写，今来五纪强。尚可与尔读，助尔为贤良。经书括根本，史书阅兴亡。”

王泰和起身端起一杯酒，说，感谢蔼宸兄厚爱，送予犬子金玉良言，让他此生受用。回头有时间把全文抄写与我，我将带着孩子们一同学习。

肖蔼宸很高兴，好说好说，我明日誊抄下来送你。

一夜尽兴，宾主皆欢。

深夜，吉日霖安排卫士把持节使团的所有人扶进他们的住所。吉日霖这一天的工作终于结束了。她走在回家的路上，王玉正自动护送，其实王玉正也喝到了八成酒。

一阵冷风吹过，吉日霖打了个哆嗦，今天光紧着招呼人，自己没顾上去小解，现在一放松一冷，就特别内急。她立即快速向家跑去，后面想偷偷握住吉日霖小手的王玉正抓了个空，只见吉日霖话都没说，踮起脚几步就没影了。王玉正很失落，手伸在空中半天没收回去。这下他喝的八成酒就成了十成了，彻底醉了。

阿娟了解儿子，儿子今天摇摇晃晃回家，一路上都在指责吉日霖。

他说，你走也不等等我，为什么不说话就走了。你难道不知道我心里有你吗？虽说你是我表妹，表妹也可以当妻子啊！他们都是坏人，好好的，为啥就认个表妹呢。不好不好。他一夜又哭又闹，酒醒了，脸色苍白，不记得昨夜的闹腾。

阿娟和王泰和商量儿子的事情，说再等等。王泰和说，别急，现在还不知道吉日霖的态度，我去和妹妹说她女儿的事情，我们刚刚相认，若为此疏远了，这是我所担忧的。

好吧，我们再等等，看两个孩子自己的态度，如果他们自己能解决，无论是聚在一起，还是散在两处，都是好结果。

是的，多关注玉正，及时纠正，别让儿子走偏了啊。

好，我会的。

王玉正糟心得很，他长这么大，从没遇到过让他这么纠结的事情。他不住地敲头，用头撞墙，把墙撞得咚咚响。仆人慌忙跑去禀告夫人。

王玉正听到母亲的声音，急忙洗了脸，梳了一把头发，拿一本书窝在被窝里看，是一本兵书，是他的床头书。

阿娟进来看了一眼，什么都没说就出去了。

王玉正见母亲走了，起床坐在书桌前发呆。

不一会儿，他立即站起来，骑马向高炉飞奔，只是为了见一眼吉日霖，啥都不图。

吉日霖正带着持节使团参观高炉。吉日霖简单地把头发束起，没有佩戴任何首饰，在一众男人中间用干净利落的话语讲解两座高炉的情况。她对每一个细节都很熟悉，对每一个提问都能说出让人信服的答案。持节使团的男人们都露出敬佩之情。王玉正跟在后面，觉得这样的吉日霖像太阳一样光芒四射，这是他在长安脂粉堆里没有感受过的。心里的爱慕之情愈发强烈。他头晕晕的，眼睛怎么都无法从吉日霖身上移开。

吉日霖带着拓羽，她隆重介绍了拓羽的好学上进和对炼钢的痴迷。她提了一个请求，由持节使肖蔼宸介绍拓羽去中央学习炼钢，学成归来后为孛罗城服务。

肖蔼宸说，难得吉日霖小姐有心，我回去就起草文书，向皇上奏报。

好的，期待您的好消息。

拓羽没想到这个瞩目的时刻，他没有推荐王玉正，却把唯一的机会给了他，他心里很感动。

尚田其在他的草场里没找到芦草，那个像草芥一样的芦草消失在了这片草原上，不见了。

他醒过来时，是在他的紫桐树下，是他的马驮着几乎没了气儿的尚田其回到了地下迷城的城外入口。

他在雪地上爬进院子，拉开光滑的木门，进了树洞。

自建了孛罗城地下迷城后，他从不从这里走出去，也不从外面走进来，这条道儿只有八岁的吉日霖知道。

他看到天青石，他想启动天青石问一问。抬起的手又放下，他突然啥都不想知道。他回到地下的小窝，喝上热水，钻进皮毛，伸直双腿，很快就睡着了。

吉日霖从高炉回到家，家里坐着吉日霜、海普伯伯，让她惊喜意外的是还有一人——雪坤。除了父亲和爷爷之外，这个在吉日霖成长过程中第一个接触的男人，虽然比她大了许多，但是十岁的吉日霖觉得这个男子很美好，既能容忍她的暴脾气，还教她一些常识。有一次，她把雪坤带过来和姐姐吉日霜一起玩耍，结果雪坤被沉静的吉日霜吸引，得知吉日霜去了刺刺城后，立刻追了过去。现在，他是海普的女婿，对海普的指挥言听计从，他们快有小孩子了，吉日霜抚着肚皮对吉日霖说，你快当姨妈了。

当姨妈吗？吉日霖难以置信地哈哈大笑，说，我还是个孩子，怎么就当姨妈了，真让人难以接受。

吉日霖突然想起刺刺城的马，就问，大伯，你们的刺刺马发展得怎样了？

很好。最近几年剌剌城的草场风调雨顺，草场很厚，所有牧人的家畜都兴旺。我这次来就是为了在孛罗城卖一些马、一些牛羊。

可以啊，咱们孛罗城集市后面的骡马档口已经搬到了城外去了，城内的地方太小了，牛马进城，少了还行，多了就是孛罗城的灾难——一路留下动物粪便，苍蝇蚊子滋生，对城民的身体有伤害。城外就好多了，在孛罗河边不远的骡马市，明天是开市的日子，大伯可以去看看。

海普赞道，我听说你在代管城务，没想到管得这么好。

没有没有，我就是小孩子过家家，玩的。

哈哈，你这性格，谁都会喜欢你。

不对，有人不喜欢我。

谁？

不说。吉日霖笑着说。

你不说就是没有。海普喜欢和这个侄女逗着玩，她小时候，海普经常逗她，吉日霖是他的开心果，他希望吉日霜也生个像吉日霖一样的女儿。

尚田其终于缓过来了，他这段时间的心情莫名的无常、无解。

他稳定了情绪，从地下迷城走出来，城民给他行礼，他微笑着接受，这才是他要的生活。他还要继续为之奋斗，不能放弃。

他回到城主府，吉日霖跑着过来，她见到尚田其，本想像以前一样挂在他脖子上，想了想，止住了脚。她行了大礼，逐一告禀事务，有建议、有问题、有处理结果，尚田其对他不在孛罗城时吉日霖的治理成效很满意。

尚田其说，现在你可以去玩了，我来管理城务。

谢谢爷爷。说完没等尚田其回答，她就像撒开的鸭子一样一路跑向自己的闺房，她想好好睡两天两夜，最近太累了。

快过年了。所有人都在准备年货，孛罗城里充满了喜庆的红色。

尚田其以孛罗城城主的身份和持节使肖蔼宸见面会谈。肖蔼宸拿出一个文本，意思就是中央政权和边疆城郭形成羁縻的协定。带来的礼物已由吉日霖代收，吉日霖也送了回礼。孛罗城每年象征性地给长安纳贡。

尚田其第一次遇到这种情况，他说，容我想两日，待我思索完备，再与持节使大人回复。现在正值过年，您也可以感受一下西北小城的过年氛围。

肖蔼宸爽朗地说，尚田其城主爽快，今天我请你喝孛罗城的神觉蓝酒。

尚田其摆摆手说，这里是孛罗城，理应我请，哪敢让持节使大人破费，说定了，我们去神觉蓝酒肆。

吉日霖睡了两天两夜，是被饿醒的。她消失了两天，王玉正就疯了两天。

尚田其看了羁縻协定后，同意了这个协定，在文本上盖上了孛罗城城印，盖上自己的铜纽印，尚田其和肖蔼宸二人握手言庆。经过肖蔼宸的不断努力，长安朝廷羁縻之方，今天又加了一座城——孛罗城。

正月十五，持节使要离开此地，继续前行。前一天，尚田其摆宴欢送，席间持节使肖蔼宸私下和尚田其咬耳朵，说皇帝今年秋天要征选，你可送孙女吉日霖去皇宫，假以时日，她当了皇后，你这孛罗城就飞黄腾达了。

万万不可，吉日霖的性子我知道，她虽有智慧，却不堪去做鸡毛蒜皮之事，放在后宫，不出一年就凋谢了。她是野丫头，就让她在这荒漠中老去吧，感谢大人厚爱，此事莫再提。

肖蔼宸笑着说，明白了明白了，城主果真对这个孙女疼爱有加。

谢谢，谢谢。他给肖蔼宸行了抱拳礼。

吉日霖和王玉正坐在对面，正在窃窃私语，肖蔼宸了然，点点头。

肖蔼宸又说，城主大人，我沿路听到一个消息，有人正在纠集兵力想要攻打孛罗城，城主一定要做好防范呀。我过一段时间从姑墨回来，再与你商议此事，有什么问题可八百里加急发我，我将在第一时间赶到。

谨遵持节使命令。

尚田其觉得，该来的还是要来，该做的事情不能放下，事情不是你放下它就不存在了。事情还在，他必须面对，他对要攻打孛罗城的人，猜了个八九不离十，是他。

自从知道自己梳妆台上的长安王家清铜照子在正月十五、八月十五、九月十五这三天可以回答一个问题，吉日霖就期盼着，后来因忙碌起来就错过了，昨天的正月十五就错过了。这几天，她和城主爷爷尚田其招待持节使肖蔼宸，仅送别宴就办了三场，爷爷要求她务必参加，不准请假。所以，忙碌了一天的她没时间回闺房，等回到闺房时已经过了子时，正月十六了。这一年的这一天错过，只能等下一个十五之日。

海普在孛罗城外的骡马集市联系了买牛羊马的商家，预定出了一些刺刺马，商家答应会去刺刺城买马牛羊，他又采购了一些武器带回刺刺城。尚田其答应买一千匹刺刺马来充实兵力。

大宝二宝五岁时，王安荷把酒肆交给细妹，王安荷着实觉得细妹是个能干事的。其实，王安荷最好的人选是吉日霖，但是海达不同意，现在吉日霖天天在外面忙碌，再让她管理酒肆，以后婆家都不好找，这都快十五了，要尽快订婆家，要不就砸在自己手上了。

王安荷不认同，她认为女儿要找自己喜欢的、爱她的男人才行，绝对不能凑合，凑合的日子还不如一个人过。

他们两口子当初热烈讨论过的雪坤被内向的吉日霜抓走了。吉日霜都快生孩子了。自家那么优秀的吉日霖还没有订婚。海达有点愤愤不平。

对此，吉日霖一点都不急，她忙着呢。

这不，她又参加了城务会，尚田其亲自主持，王泰和带着王玉正兄妹、海达、喀布、拓羽等二十多人参加会议。

会上，尚田其宣布了持节使肖蔼宸传达的消息和要求：第一孛罗城已和长安达成羁縻协定。第二在孛罗城做好防守。他说，一个菲克、一个苏里路不可怕，可怕的是他们联合不知真相的城郭来攻打，然后实施瓜分孛罗城财富的野心。

与会人员心惊，这才安稳了几年啊，怎么会有打仗的事情。

大家你一言我一语地议论起来，尚田其站起来双手按了一按，人群立马安静了下来，他说，我们现在要整理库存，要知道我们有多少武器、多少能打仗的人、多少匹战马、多少粮食，万一对方围攻，我们又能守多长时间。

尚田其把这个任务交给了海达，并指定在座的十人协助。

吉日霖站起来说，我建议在孛罗城周围设一定数量的瞭望台，随时观察来这里的人员，还要防范乔装之人混入孛罗城。

对，吉日霖说得非常好，建瞭望台的任务交给王玉正和吉日霖，你们俩共同负责；防止敌方人员混入孛罗城的任务交给拓羽，你这边高炉炼钢的任务暂停，你和城卫队队长一起去每家每户核对记录信息，凡是没有孛罗城登记证的人，全部劝出城，不听劝者，可使用武力劝出。尚田其说。

回到地下迷城，尚田其就忙碌起来。忙碌起来的他有着不错的精气神，无论面对怎样的结果，他都准备好了。

王泰和要带着阿娟和王玉珠回长安，玉珠闹着不想回，她想在这陪伴哥哥，他们都回了，就剩他一人留在这里，连个说话的人都没有。阿娟说，你哥他还有吉日霖妹妹和王安荷姑姑、海达姑父、大宝二宝，这些都是他的家人。玉珠欲言又止，她挠挠头，说了一个字，哦。

最终，玉珠拗不过父母之命，坐上了一峰骆驼出发。这是一支比来时更为庞大和壮观的驼队，驼峰起起伏伏，慢悠悠地前行，一路走回长安，就到了夏天。

王玉正留了下来，阿娟和王泰和知道王玉正的心思，没有多劝，但对于女儿，她不小了，该回长安定婆家了。而王泰和必须回长安，并不是因为这里即将发生战争，而是他要回长安给皇帝汇报重要情报。

吉日霖和王玉正来请示尚田其，经过七天的踏勘，他们一起手绘了一张地图，要在孛罗城周围三十里地设七个瞭望台，起烽火台和军台的作用。每个瞭望台将设置五名到十名士兵守卫，对小股敌人能够做到迅速出击，把萌芽状态的小火苗第一时间扑灭。尚田其称赞并同意，资金很快就到位了。王玉正找来匠人施工，每天给高额的工钱，工期赶得很快，大家都知道这是为了自己而干，不是仅仅挣几个钱的事情，还关乎身家性命。

拓羽带着守卫每家每户核实信息，还真搜出了三名可疑人员，他们说不清楚自己住哪里，也说不清自己是不是城外牧人，被劝离了孛罗城。

这样的阵仗让有些百姓慌了神，有几家城民套上马车、牛车，拉上行李出城投奔亲戚去了。刺刺城的一千匹马送到了。尚田其让地下迷城的一千名士兵，骑上这一千匹刺刺马，在城区威风凛凛地游行了半天，使城民看到了力量、增强了信心，稳住了要离开孛罗城的城民。

吉日霖和王玉正天天在一起，泡在工地上，周围三十里的地方，每天都要看进度，保证质量，吉日霖很晚才回家。

王安荷很担心，这是自己的宝贝女儿，其他人都把她当男子用了，女儿不戴首饰、不化妆，每天素面朝天，有时脸都没洗就出门了，眼看着皮肤不娇嫩了、黑了、糙了。她有心劝阻，见到吉日霖就想唠叨几句，但她了解女儿的心性，那样说还不如不说。她有时候都怀疑，小时候给吉日霖那样的教育对不对，把一个女孩子培养得一身才华，好像也不是那么回事。

瞭望台的图样是王玉正根据他在其他地方看到的印象手绘而成，他把图样给匠人看后，匠人把承重、地基、泥土与黏土及中间支撑的配比根据实际情况做了调整之后，他又重新绘制了图样，交给匠人分派下去，统一施工。

六月，瞭望台施工完成，尚田其亲自到每个瞭望台查看验收，虽然他已在孛罗城的地下迷城的小孔中查看过无数遍，但是亲自到场是不一样的。女孩子很注意细节，他没注意到的细节，吉日霖都关注到了。距离每个瞭望台六十余丈内必有一个泉眼，这让以后驻守在瞭望台的守卫生活上有了保障，他们就能坚守下来。

拓羽用了不到半个月的时间就完成了每户的核查工作，他手头就没多少事了，尚田其把他调到铸剑工坊，负责把高炉煅制成功的百炼钢制作成在战场上杀敌的锋利宝剑。这些百炼钢，尚田其本来计划产量能上来，除了自给自足，还可对外售卖，以增加孛罗城的财力。设想很好，现实却远非如此，目前的产量只能先紧着自家用。

海普的女儿吉日霜生了一个儿子，海普让人给尚田其报喜，他当祖爷爷了，还带话说了一件事——孛罗城有人领着家眷到剌剌城落户，要父亲注意这个情况。

尚田其接到消息，沉吟半晌，让来人带话，要海普一家人注意安全，防范陌生人，还让他作为代理城主要注意布防，做好防守工作。这里十里八乡的都知道剌剌城城主是孛罗城城主的儿子，很容易被攻击。

接到父亲的指令，海普没有犹豫立即部署，在剌剌城城墙上增加了守卫，并实行夜间关闭城门、宵禁。

自从王安荷把酒肆经营交给细妹后，她的主要工作就是酿酒、调整配方，根据不同年龄调整口味和纯度。她有了时间，每隔一段时间就推出一款新口味的神觉蓝酒。最近，她灵感爆发，如有神助地调出了一款神奇的神觉虹酒，这个酒是在她加了一种特殊的物质后，变成了彩虹一样的颜色，带着点后舌根不易察觉的甜美味道——是鲜花刚刚盛开的味道。这款对标神觉蓝酒的神觉虹酒深受女人们的欢迎，她们纷纷来酒肆喝酒，因为，神觉虹酒在等她们。测试成功，她封存了十个酒缸，待六个月后再打开。

如此，她有了更多时间照顾大宝二宝，孩子们天天变化，他们显现出不同的性格：大宝沉稳，隐忍；二宝活泼，灵动。都是她的孩子，她一样地爱。

每天回家，她都要去孩子房间看看，现在是蓝姐照看两个孩子。蓝姐穿着一双旧鞋，衣服是王安荷给她的。海达只要回家，第一时间就去抱抱儿子，和儿子们玩一会儿。

尚田其对海达、海普说，他们的刺刺城和海达镇只要有愿意来孛罗城落户的，他都同意。

这天，海达回海达镇发布了告示，大意为：最近时局有点紧，海达镇的居民愿意去孛罗城居住的，海达镇可以开证明，保证能落户孛罗城。这是一个好消息，有不少人心动了，一时间，往孛罗城迁徙成了一道风景。尚田其把土地分配给前来落户的居民，带家眷者优先。孛罗城的人口在半年里增加了一倍，这让尚田其始料未及，却也是意料之中。

孛罗城变成了巨大的工地，原木、雕木、青砖、土块被从城外运输进来，城门口熙熙攘攘、一派繁华。大兴土木带动了孛罗城每个店面的生意，店主们每天累得半死不活，第二天依旧迷糊着双眼干活。生意最好的就数神觉蓝酒肆和小李豆腐坊。豆腐小李根本忙不过来，他雇了个亲戚，两个人一起忙活，才勉强应付下来。

铁矿的开采还在继续，海达减少了产量，因为他的一些矿工转化为孛罗城的士兵，开始拿军饷。

矿工里转变最大的两个人，一个是拓羽，一个是喀布。

拓羽走了研究这条路，只对锻钢有兴趣，只对吉日霖忠诚。

喀布走了管理的路线，他熟悉铁矿工作的每个环节，甚至每个细节，他心里也只有吉日霖。

拓羽是尚田其的心腹，却只佩服吉日霖。

喀布是海达的心腹，却也只听吉日霖的。

这个格局就变得有趣了，尚田其是城主，吉日霖却有着城主的威信。只要是吉日霖下达的命令，很快就能执行下去。当吉日霖意识到自己有僭越的嫌疑的时候，她立即回家，不再出现在公开场合。她得收敛锋芒，即使是自己的亲爷爷，越位也是不行的，得有边界感。尚田其有做不完的事情，快要颓废的心情变得精神起来了。

自吉日霖摆正自己的身份后，她轻松了很多，每天带着两个弟弟，教他们拳脚功夫，她每天早晨把两个弟弟从睡梦中揪起来，跑步、练马步，然后读兵书给他们听。王安荷觉得那么小的孩子，是不是应该先给他们讲讲故事，或者读读诗歌。吉日霖不同意，她觉得男孩子就应该有刚性、有血性，从小磨炼意志力，要有不怕困难的勇气和战胜困难的力量，不能把他们当奶娃娃看。

王安荷想说，你不也是一个孩子。

吉日霖很享受每天迎着朝阳、带两个小不点跑步锻炼的生活。

滞留在孛罗城的王玉正，应该不是滞留，是他自愿留下来的，被尚田其安排了不少工作，相当于副城主的岗位。他每天在新建成的瞭望台巡查，发现问题并及时给予纠正，特别是在人员配置上，他花费了不少心思。每个瞭望台的配置是五人一小组，五个人中设置了组长、副组长，他给每个人都排了序，并将名单贴在瞭望台内的显眼位置，让每个守卫清楚自己的职责；如果在战争中发生伤亡，就按照排序依次实施指挥权。

他要求，守卫每天都要操练，不能懈怠，保持随时能战斗的状态。每天早晨，他带着这些人操练，跑步三十里。守卫没想到他们瞧不上的白面书生王玉正——有人也叫他玉书生，跑起步来，比他们坚持的时间还长，射箭比他们更远，且剑法精妙。军队里，向来是强者为王，王玉正作为头领得到了守卫们的广泛认可和尊敬。他们一致认为王玉正是他们的领袖，愿意服从他的指挥和领导。这种认可和尊敬是他在长安没有经历过的，他似乎很享受在孛罗城的待遇。

王玉正好些天没有见到吉日霖了。前段时间，他们一起建瞭望台，那是一段美好的日子，每天他都在愉悦中醒来，在快乐中睡去。她在他身边的日子，他看什么都是美好的。但是，现在他被城务困住了，尚田其城主对他一点都不见外，直接把他当自己人使唤。尚田其怎能不知道王玉正的想法呢，他都是祖爷爷辈的人了。

拓羽在铸剑工作坊用百炼钢铸剑，在铸剑的过程中，拓羽发现，虽然工作流程一样，但是出来的剑却都不一样，这就和百炼钢的内在成分有关系，他一头钻进了铸剑的研究中。他每天的心思都在上面，因为太过专注，目光都有点呆滞了，人显得有些痴痴的。别人跟他说话，总感觉和他交流有困难，因为你不知道他到底听到了没有。

窗外昏暗下来，是一片云彩遮住了太阳，吉日霖躺在床上盯着窗户，她的心很敏感，她能感知到王玉正表哥、拓羽，甚至是喀布对她的异样的感觉，她不能回应任何一个人，回应其中一个人就会伤害其他人，一个方案就是，他们中谁都不选。

第十四章　王玉正为吉日霖铸剑
奇遇神秘寒泉玄厉石

王玉正心里藏着一个秘密。

他经常去铸剑工坊，看到拓羽在发疯一样地铸剑，有很多剑整齐地排列在一个长长的案几上，这些剑再经过淬火、开刃后就能被当成武器放进武器库里，这是给城卫们的武器。

王玉正想给吉日霖送一个礼物——一把拿得出去、还让吉日霖拒绝不了的上好宝剑。这天，枕着双手仰面朝天的他一个鲤鱼打挺跳起身，进了父亲在这里存放货物的库房，他记得去年在葱岭一带买了一些昆仑玄铁，不知道还有没有剩的，他进去翻找，还真找到了一块昆仑玄铁。

王玉正要做的这把宝剑有这些特征：可以弯转起来，围在她腰间，似腰带一般，从腰间抽开时，若乎一松，剑身即弹开，笔直如常。向上空抛一方手帕，从宝剑锋口徐徐落下，手帕即分为二，削铁如泥。

王玉正当初跟着长安铸剑师鸦九先生学了一年铸剑，却没有亲自打制过一把剑。但他很有信心，他在心里把打制这把剑的过程模拟了很多遍。

王玉正准备锻制一把他心中的理想之剑，如今所见之剑都配不上他心里圣洁的吉日霖。包括拓羽铸的剑，他都看不上，他要亲自为吉日霖铸剑——一把非常锋利而且柔软的剑，这个世上只配吉日霖的唯一的一把宝剑。吉日霖经常出门，会遇到很多不可预测的危险，这把隐身在她腰间的宝剑可以在她需要的时候，护她周全。

孛罗城目前只有拓羽有一个铸剑工坊，王玉正需要借用拓羽的铸剑工坊才能实施他的想法。他安排人在铸剑工坊里建了一个新剑池——他的专属剑池，等他把寒泉带回来使用。拓羽很惊奇，跑过来看。

这天，王玉正出门了。他要寻找一眼泉，一眼合适淬火的泉。

孛罗城周边有三百眼泉，他要在三百个泉眼中选中一眼泉，如果他运气够好的话。

这眼泉必须水寒如冰，明净如琉璃，冷澈入骨髓。

王玉正选择的第一眼泉就在从孛罗城去铁矿的路上，他熟悉这条路，闭着眼睛都能通过。

对这眼泉，他很熟悉。很多次，他的马会在这里停下喝水，他也去喝水。这次是带着目标去看，他担心因为太熟悉会漏掉细节。

王玉正从驿站出来，随身带着一个水袋，如果有选中的泉水，他要装一袋水回去。

他骑马前行，马自然而然地在那眼泉找水喝，王玉正下马蹲下来看这眼泉。他用手试了试，撩起一抔水在空中，看水的透明度，用手指感受水温；然后又捧起水喝了一口，并没有什么特殊的。这只是第一眼泉，迈开第一步，就要走到底。

王玉正开始了他探寻寒泉的路。

这三百眼泉，水温各不同、水色各有异，他甚至在泉水中抓到过鱼，以前只是听说，现在真的抓到大鱼让他很惊喜。不久他就发现了规律：他只在城北的泉水中发现了鱼，其他方位没有；而且北边的泉水更冷，这种冷水里的鱼肥硕滑嫩，很好吃。王玉正称呼北边的泉叫冷泉，本来他想叫北泉，又觉特征不突出，北边的泉多的是，北边以北也多有泉，不一定是冷泉。思量之后，他把此泉起名为冷泉，但是，冷泉离他要的寒泉还有距离。

在一处草丛里，他发现了一眼泉水，这眼泉很是奇特，泉水周围是滑溜溜的薄冰，探手下去试温，有刺骨之感。这是一眼难得的冰泉。这冰泉还不是他想要的寒泉。

三百眼泉，王玉正用了二十一天走遍了。他的记载是：孛罗城城周，泉两百八十八眼。冷泉一十一，鱼出。冰泉一。

他继续往北方走，经过一个马站，来到一座山下，放开马缰绳，由马信步吃草，他边走边寻找，又走了三十三里路，迎面扑来一种特殊的气息，这种气息吸引着他，他有种难以言表的喜悦。

他拨弄着脚下的杂草，突然，一阵寒气袭来。八月的天气，走进这里，立刻感到凉爽；再往前走，他感到了冷；再往前走，似乎有一种力量，推他离开，不允许异物走近。王玉正听说过一些神奇的故事，当遇到神物，须焚香沐浴、三跪九拜行大礼，神物才能允许人进去。

幸亏王玉正准备充分，马褡裢里有沉香，他一个口哨唤来他的马儿。在外无法沐浴，但是可以净手净脸，然后焚香行跪拜礼，做完这套庄重的仪式，他站起身，向里走去。果然，那股力量撤离了。王玉正顺利往里走。

从外看，这里没有什么不同，土地的颜色、植物的种类，甚至土地上的沙石都是和外面一样的。假使有人妄图进入，就会被一种无形的网隔开，难以跨越。一些动物却可以自由进出。

旁边的植物叶子不动，王玉正却能感受到风，风似乎是从他身上发出的，向两边扩散，因为他看到风跟着他，他走，风也走。直到风把他带到一个巨石下。这块石头有三头骆驼摞起来那么高，从另一侧看，是一个门，有框无门，里面是一个空的小石洞，站一个人绰绰有余，石洞中间有一眼泉，发出令人窒息的寒气，让人感觉仿佛掉进了冰窖，而石头上方太阳正大。

王玉正心跳加剧，直觉告诉他，这泉就是传说中的寒泉。

他三步并两步来到泉眼边，跪在地上，伸出双手抚在泉边，不顾浑身哆嗦，掏出水袋，把袋子伸进了泉眼，不知过了多久，泉眼干涸。王玉正立即扶起水袋，拧好盖子，背起水袋就跑，似乎有人在追他。他持续地跑出了这边地界，呼个口哨唤来他的马，飞马回铸剑工坊。路上，背后有各种声音，他不敢回头，有人提醒过他，如果遇见神物，不可回头，一旦回头，你的神物就消失了。他的背后，那眼泉慢慢渗出了水，不一会儿，渗满了泉眼，却不溢出来。

回到铸剑工坊，王玉正来到他的专属铸剑池，小心拧开水袋的盖子，把寒泉的水全部倾倒进去，只见随着一股细细的水线流进剑池，剑池的水开始旋转，先是一个小漩涡，漩涡逐渐一圈圈扩大，直到充满整个剑池。漩涡中的水越转越快，直至旋出一个巨大的水柱，直冲云霄，宛如一条巨龙升空，尾部点了一下，消失在天幕。王玉正不明所以，心中有疑，他急忙跪地，伏下身子，心中默念：巨龙归位，寒泉生成。巨龙归位，寒泉生成。

良久，天空乌云汇聚，云心冲下来一股细细的水线，直流进剑池中央，发出震耳欲聋的声响，似千军万马踏过大河，接着是一阵兵刃对接的铿锵之声，声声入耳。跪在地上的王玉正只感觉狂风四起，乱石击打在他身上，顿时，王玉正全身的白衣被乱石击打得衣不蔽体，满头满脸是血。王玉正心惊，不敢动作，不知过了多久，微风袭来，柔软如丝，王玉正顿感心神舒畅，他小心抬起头，周围一片阳光，乌云中的一束光直射剑池，剑池水已满，只见水寒如冰，明净如琉璃，冷澈入骨髓。

王玉正大喜，一脸血迹。他把手指放进寒泉，全身伤口肉眼可见地愈合。一个更加帅气英俊的少年出现在人们面前。这是寒泉剑池认主，只认王玉正。看到此情此景的人，对王玉正投去了尊敬的目光。

王玉正开心极了，他忍住了想大笑一场的愚蠢想法，眨眨眼，一脸沉稳地给大家行揖礼，说，叨扰大家了，请各位见谅。

如是，他给吉日霖打造的软剑指日可待。寒泉的问题解决了，就等他选择吉日动手铸剑。

剑胚的材料是昆仑玄铁，那块上好的玄铁。

孛罗城还有一个鲜为人知的秘密就是块炼铁渗碳钢的地下交易，在孛罗城地下迷城的一个角落——虽是一个角落，也有一万平尺。块炼铁渗碳钢虽然还没有实现量产，但是已经可以做一些有效而高价的交易，增加孛罗城的收入。

这种块炼铁渗碳钢含杂质很多，还不能直接用来打制武器，还需要匠人反复煅烧、折叠、敲打，把里面的杂质提纯，才能使用。

仅仅是把铁矿石研磨成铁矿粉就是一项巨大的工作，海达把工人分成两部分，一部分采矿，一部分研磨铁矿粉，然后才能交给拓羽炼制块炼铁渗碳钢。

刺剌城的马交易所得来的收益被海普用来修筑刺剌城的基础设施。

刺剌城，他虽然只是代管，但他对刺剌城倾注了全部的感情和心血。这一点吉日霜看得明明白白，虽然有自己的丈夫雪坤协助父亲，但还是显得势单力薄，她一介弱女子，很多时候有心却使不上力。海普希望将来还给叶那初的刺剌城是一座安定祥和富裕的城郭，而不是像他刚来时那样混乱，时有抢劫发生。

刺剌城和孛罗城相比就要逊色得多，刺剌城的内城面积大约一万平尺过一点，仅仅是孛罗城地下铁和钢交易市场的面积。户六十，口两百一十八，胜兵六十八人，而孛罗城里胜兵众多，是周围三百三十里、五城八郭中最大的城。

雪坤被海普授命去管理刺剌马，这项工作决定着刺剌城的生存质量。

因为人口不多，海普让每家都出一到两人做城务工作，因此，在家里的均是妇孺，青壮男子都有工作可干，并可养家，刺刺城从表面看一片繁荣，人人安居乐业。

吉日霜却有忧愁，她从小和吉日霖一起向内地的师傅学习，吉日霖学习的兵书和武功多一些，而她学女红和道德礼仪多一些。给她传授知识的是长安后宫里的管事婆婆，她修养在家后，在全国各地走走，被长安的商队推荐给了尚田其。

因此，吉日霖和吉日霜是一棵树上的两片完全不同的树叶。

吉日霜的忧愁来自对未来的不确定性，她现在所赖以生存的刺刺城归属不确定，假如叶那初将来收回去，他们一家人该去哪里，假如回孛罗城，那里还有没有他们一家人的位置。

看着满地乱跑的儿子，抚摸了一下又鼓起来的肚子，吉日霜不再像以前那么沉稳，露出了焦虑的神色，眉头也锁了起来。她很怀念和吉日霖在一起的日子。

吉日霖还没有把自己嫁出去，不知道她在等谁。

王玉正在去铁矿的路上遇到了拓羽。

王玉正礼貌地行揖礼，说，拓羽哥，你是去铁矿吗？

是的。

我和你一起去。

二人路过寒泉，拓羽上前看了看寒泉，说，很普通嘛，并没有坊间传的那样神秘。

本身就不神秘，都是被一些八卦的人闲说的，不当真，不当真。王玉正摆摆手。

哦，是吗。拓羽的语气有点变化。

王玉正感受到拓羽带着一点不友好的语气，挑起眉毛说，嗯，你进来的意思是找我麻烦吗？

有点那个意思，我劝你别对吉日霖抱有任何不切实际的想法。拓羽挺直脊背继续说，你是长安公子，我奉劝你尽早回去，别在这里添堵捣乱。你什么都有，你有家族倚仗，我什么都没有，我没有倚仗就是最大的倚仗，你听明白了吗？拓羽知道寒泉是王玉正用来给吉日霖铸剑的，心里不悦。

自从寒泉认主后，王玉正的性情发生了一些变化，他变得冷酷起来，不再谦让或遇事先后退。现在的他会争取属于自己的那份东西。

对于拓羽和他争夺吉日霖，他有了很大信心。

二人争执间，尚田其的命令到了，令拓羽把所有铸成的剑送到地下迷城的地下交易市场。

拓羽收到尚田其的指令不敢耽搁，丢下一个狠狠的眼神，转身去铸剑工坊。

王玉正见拓羽走了，他走到寒泉剑池边闭上眼，仔细感受了一番寒泉的气息。

等拓羽用伪装的马车秘密把铸剑工坊所有的铸剑都送往秘密交易市场时，已是卯时，天快亮了。他与尚田其派来的人做了交接后，即回家歇息片刻，顺便看看奶奶，他已经很久没见奶奶了。奶奶已搬进城里住，被尚田其安排的人照顾，奶奶很高兴，也有些担心，她担心自己会被坏人拿来要挟孙子。

奶奶听到动静，爬着起床，身子比前两个月反而消瘦了。拓羽看到奶奶有点迟缓的动作，心里很难过，他暗自下决心，以后要多回来陪陪奶奶。

拓羽小步跑上前，扶着奶奶说，奶奶，小心点。

奶奶嘶哑着嗓子说，拓羽啊，我没事，你怎么这么早，不，这么晚回来，出什么事情了吗？

没有，没有，我今天工作结束得早，想您了就回来了。

哦，吓我一跳，我以为你出事了。

不会出事的，我是乖孩子。

对，你从小就是个乖孩子，很少让我操心。自从你父母不在了，你一夜就长大了，那个时候你才五岁。

五岁已经记得很多事情了。

好孩子，你快去睡一会儿，我去给你做点饭。

奶奶说完，小心下炕，去灶头轻手轻脚给孙子做饭。

拓羽本想起床帮奶奶干活，但是被奶奶宠爱的感觉又让他浑身瘫软，一眨眼的工夫，就踏实地进入了梦乡。有奶奶在身边，他的睡眠总是很好。他在尚田其的地下迷城睡觉的时候，睡眠非常浅，一点点小小的动静就让他惊起，这样连续的紧张导致他经常莫名地头疼。头疼最剧烈的时候，他靠以头撞墙缓解疼痛。

今天，拓羽回到奶奶身边，沉沉睡去，外面的动静，他完全没听到。

一觉睡醒，拓羽感觉自己耳聪目明，浑身轻松。他喊，奶奶，奶奶。

平时这个时候，奶奶总是踮着小脚，很快就会出现了。但是，今天，拓羽坐在炕沿等奶奶像往常一样过来哄哄他，奶奶却罕见地没出现。是不是出门了？拓羽穿好鞋子，准备出门寻找。他从小父母不在，缺少父母的爱，奶奶既当父亲又当母亲，把他拉扯大。当初他们在城外住，日子过得虽然苦了点，好在那里有大片的野地，夏天有野菜吃，秋天可以去麦田、稻田捡拾一些遗落的麦穗、稻穗来果腹，冬天可以去七里慈湖摸鱼，拓羽的成长还算顺利。后来他幸运地被城主尚田其看中，在他手底下学习，随着渐渐长大，他得到尚田其重用。家里的日子就好过多了，他和奶奶也能正常地吃肉吃大米了，不再饥一顿饱一顿。奶奶总说，拓羽赶上了好时候，能吃饱饭了。

推门出来找奶奶，一眼望到底的小院儿，拓羽并没有在灶台找到奶奶。灶头里还有点余火，看样子，奶奶离开有一阵儿了。他急忙像小时候一样出院门儿，站在门口，希望奶奶很快从不远处的街角一步一摇地走过来。

吉日霖接到堂姐吉日霜的来信，信中说她儿子的琐事，说她现在怀孕的感觉，轻描淡写地提了一句雪坤，还问了吉日霖的婚事，以及对剌剌城的担忧，洋洋洒洒好几页纸。

吉日霖和吉日霜的通信并不多，离雪坤追随吉日霜去剌剌城已过去四年了。吉日霖也已十六岁了。

她的黑风口驿站，小灵管理得还算正常。母亲王安荷的神觉蓝酒和神觉虹酒依然卖得很好，这个酒也被运到驿站去售卖，供不应求。王安荷这边，天天都在酿酒坊忙碌，她雇了几个人一起搞，比方说翻拌酵头的体力活让工人做，而给大麦高粱加酒曲的事情她亲自做，最后从窖池里出酒时，她指挥别人装坛，用黄泥密封写上日期。她只是动动嘴皮子，很少自己干，每天也累得很。她腰间天青色的玻璃瓶是她的法宝。这是孛罗城里唯一一个奇特的瓶子。瓶口用绳纹固定，她在上面拴上绳子不会掉落，很结实，小口圆肚子的设计使里面的香料气味不易散发出去，香味的纯正得到了极大的保护。

这两年，尚田其增加了神觉蓝酒和神觉虹酒上交的税钱，是以前的两倍。因为是自己的公公，酒销量也大，她的收益也不少。不出几年，王安荷已经是孛罗城最有钱、交税钱最多的那个商人。

孛罗城内外的小股势力，看到孛罗城建成使用的七座瞭望台后，想要进攻孛罗城的计划均暂时搁置或完全放弃，除非人多、粮草多，多到在孛罗城下能熬半年，才能攻下孛罗城。也有些势力在不断测试孛罗城的底线在哪里。

王安荷很着急，她现在每天带着吉日霖去酿酒坊，给她传授酿酒知识。将来如果她不在了，女儿也可以很好地生存，有了酿酒技术傍身，到哪个城郭都可以活下来。在繁华的时候要看到衰败的可能，任何一种事物都有生命周期，将来，神觉蓝酒也会死亡，被别的什么更好的酒替代。这是王安荷对吉日霖的口头语。吉日霖听得耳朵都长茧子了。她绝对不相信神觉蓝酒会消失。

王玉正这边，一把柔软的剑毛坯打制好了，这是他每晚加班加点打制的，白天铸剑工坊忙碌，没有他的工位，拓羽允许他在不影响工坊工作的情况下使用，工坊只有晚上的时间属于他。

在一个月圆之夜，王玉正将软剑在寒泉淬火后，一把发着蓝光的软剑基本完成了，为了不张扬，王玉正把剑围在自己腰间隐藏了起来，没有人对他腰间的东西产生怀疑，那个样子看起来就是一个漂亮的腰带而已。吉日霖见到他，对他腰间多了一条闪亮的腰带并没有询问，也许是吉日霖的脑子也没反应过来。

王玉正还没有把剑送给吉日霖，因为剑还没开刃，开刃需要一块上好的玄厉石才行。

昆仑玄铁铸剑，寒泉水淬火，最后一道是用玄厉石磨剑开刃。

王玉正要去寻找一块天上掉下来的石头，只有天外来石的硬度才适合做玄厉石。

王玉正问了孛罗城的老人，哪里石头最多，老人说，除了孛罗河，要数在孛罗城东北一百里的怪石沟，那里有很多奇形怪状的石头。王玉正听了，决定去看看，怪石沟可能有玄厉石。

王玉正来到寒泉剑池边跪下，给它磕了头，说，寒泉剑池仙子保佑我此次出门寻得玄厉石，做出最好的宝剑。

剑池里的寒泉水微微震动了一下，一池碎波。

吉日霖的聪明可不是说说的，她把母亲的酿酒技术完全掌握了，这个灵性的姑娘一点就透，而且还能举一反三，母亲王安荷自愧不如。孩子的优秀是母亲的自豪和骄傲。

神觉蓝酒肆旁边的豆腐小李，去年和今年都没什么变化，连衣服都没变。时间在他身上没有留下任何痕迹。

新户的房子逐渐在孛罗城里盖了起来，他们举家迁户地搬了进来。

每天晚上，街巷的灯光亮到很晚，店家才结束一天的买卖，等最后一家灯光暗下来的时候，天都快亮了。起得最早的就是豆腐小李，他晚上不开门，只在早晨中午售卖豆腐，下午早早就回家歇息了。

为了城里的安全，尚田其最近爱上了一项活动——他安排一千名士兵骑一千匹刺刺马在孛罗城缓慢通过，引得众人沿街驻足观望，他自己骑着马带领这一千铁骑在城外大道上驰骋，扬起的尘土遮天蔽日，士兵们身穿护心铠甲，上面刻有饕餮纹、云纹，护心镜是孛罗城长着獠牙的豹符，背后有箭囊弓箭，左胯有拓羽打制的宝剑或宝刀。每个人都显得高大威猛。七座瞭望台的士兵伸长了脖子看，满脸羡慕，也期盼着能骑上高大的刺刺马威风凛凛去战场，而不是每天待在这小小的瞭望台东张西望。

坐在孛罗城最强壮的马上俯视周围，尚田其很享受，他一脸正义和威严，接受城民们的仰慕。他手心攥着一枚金币，唯一的一枚独属于他的金币。金币在他手心发烫了，他换了一只手握住。他似乎对这枚金币产生了精神依赖，只要金币在手上，他心里就安稳；只要这枚金币在他手上，他就能变强，即使上刀山下火海都不怕。

他不再向空中抛金币问天，即使抛了伸手接住，摊开手也不看金币的正反面。反正解释权归自己，他怎么高兴怎么来。

寻找玄厉石的王玉正遇到了困难，他找到了怪石沟，这里到处是各种造型的石头，大的是一座小山，小的有拇指大小，造型中有熊、有虎，有鸡鸭、有男人、女人，还有小孩子的模样，还有城堡，更有大大小小的山洞。他觉得玄厉石一定在山洞里，既然是神物，一定不会轻而易举得到。他选了一个山洞走了进去，他计划一个一个找，找遍怪石沟。走了九十九个山洞后，他现在进入了第一百个山洞，这个山洞不大，却很深，他走走停停，山洞里有微弱的光线，让他能看清洞里的样子，走了不知几个时辰后，他发现自己在山洞里迷路了，怎么走都回到原点。他在出发的地方做了标记，走一圈，依然是原点。

看着四周差不多的景物，他想退出山洞，不再往前走。他检查了方位，认定了方向回转，没想到，他又回来了。现在的他，出口找不到，入口也找不到。他的马儿在洞外，听不到他的声音，他没办法向马儿求救。吃的喝的都在马鞍的褡裢里。他不死心地又走了几圈，最终还是回到了原点。他索性在原点躺下来休息，这里没有水、没有吃的，再不出去，他就交待在这里了。奇怪的是，这里并没有其他任何生物来过的痕迹，难道这个山洞仅仅就他一个人进来过吗？

躺在地上的他看着洞顶，脑子飞快地转圈，他没有吉日霖的脑子，但是他可以想象假如吉日霖遇到此事会怎么做。

他想起建设瞭望台初期，吉日霖每天都陪着他干活，他现在想着那个时候，觉得他可真傻呀，不知道多和吉日霖说说话，一门心思就在图纸和匠人身上，笨啊，多好的机会，让自己白白浪费了。

他想着吉日霖，眼睛看着洞顶，突然，上面有小东西掉进了他的眼睛，而且是掉进了两只眼睛，一定是灰尘，他想。有点痒，王玉正揉了揉眼睛，没想到，眼睛越揉越痒，不揉眼睛还痒，极度不舒服，他使劲揉，恨不得把眼球揉出来，眼泪一直在流，手背上都是眼泪。过了一会儿，眼睛不痒了，眼睛却越来越胀，王玉正把手放下来，眼前一片黑，他努力睁大眼睛看，还是一片黑，他想是不是天黑了，今晚在此将就一夜，明早再想办法。

他闭上眼睛，准备睡觉，突然，他听到一个细小的声音，这是一个虫子爬过他手背的声音。他睁开眼睛，依然看不到，但是他能感受到。眼睛里有东西在胀大，用手一摸，两只眼睛肿得像拳头一样大了。

自己的心跳声像打鼓一样，惊得他跳起来。

所有的声音都被放大，安静的山洞热闹起来。王玉正看不见，只能听。

有一个声音说，我们把这个人带出去，省得他破坏我们的东西，他的眼睛生成了石头，你看他都走了一百圈了。

就是，走了一百圈，也算他有诚意。

他现在眼睛里装着石头，看不见，我们带他出去。

这两个声音，显然是他们刻意让他听到的。

王玉正立刻点头同意，表明他听懂了。

你既然听到了，便跟着我们。

好的，我跟着你们。

别看啊。一个童音说。

他看不到，他的眼睛被石头蒙住了。

原来眼睛里是石头，王玉正立即双手摸了一下眼睛，果然硬如石头。

只听到一个男声说，跟着我们。说完，他就朝一个方向走。

王玉正仔细辨别声音的走向，他跟着声音挪出了第一步，见没有人反对，他就往前走。

这边这边。

王玉正跟着指示，走了不知多长时间。那个声音终于说，停下。

王玉正站住脚，只听声音说，听我指挥，蹲下，好，手摸地，往前摸，对，摸到水了，把头伸进去，两手接住眼睛，对，眼睛眨一眨，双手上的东西别扔，把双手的东西合在一起。好，站起来。

王玉正听话地站起来，他确实来到了洞外，脚下是一眼泉。在王玉正站起来的同时，那眼泉以肉眼可见的速度消失了，一圈摇曳的青草迅速覆盖了刚才的泉眼，他洗眼睛的那眼泉了无踪迹。他的眼睛不痒也不痛了。

他这才发现，手上有一块石头——纯黑的石头，散发着油脂般的光泽，各种声音消失了，他现在只能听到风声和树叶摇曳发出的声音，却听不到那个声音了。他到处找寻，只见一大一小两只蜘蛛在树上看着他，他不确定，刚才是不是蜘蛛在对他说话。他握着手上的黑石，对它们说，谢谢。

那只大蜘蛛摇了摇前肢，一定说了什么，王玉正却听不懂了。他给它们鞠了一躬，说，再次感谢。然后吹了口哨，他的马很快出现了。他怀里装着从他眼睛里长出来的黑色石头，这不是玄厉石是什么。这个经历让王玉正相信，只要有坚定的信念，老天都会帮你。

骑在马上的王玉正隔着衣服又摸了摸玄厉石，摸了摸缠在腰间的软剑，嘴角露出一个帅气的笑容。今天，阳光灿烂。

出了怪石沟，找回来路，他立刻头也不回地打马驰骋。

第十五章　吉日霖拒绝二人示爱
寒星吉日绵绵剑终成

王玉正再也不想和吉日霖保持这样模糊的关系，他要挑明这件事，感情再藏就长霉了。他要让吉日霖选择，明确地选择他，然后带她回长安。

他从怪石沟出来回到铸剑工坊，从怀里拿出眼睛里长出来的玄厉石，开始给软剑开刃打磨，“噌”的一下，发出悦耳的金属声，他的胳膊上起了一层鸡皮疙瘩，他兴奋起来。“噌噌噌”，王玉正听到这个声音，就知道这是一把上好的宝剑，昆仑玄铁打造、寒泉淬火、眼睛里长出的玄厉石磨剑，仅是这些就是把好剑。

三十三天后，这把世界上最锋利的、最软的剑将横空出世，它只配吉日霖。

从城外回到城里，王玉正挑了个合适的时间来到吉日霖家。

王安荷看到王玉正到来，很高兴，赶紧安排仆人摆饭上酒，上神觉蓝酒。

吉日霖从闺房出来，王玉正定了定心神，站起来对王安荷、海达、吉日霖、大宝二宝说，姑姑，姑父，表妹，两位表弟，我今天来，是为了向吉日霖求婚，请姑姑姑父把表妹吉日霖嫁给我。

大宝二宝高兴地拍着小手说，好耶好耶！

王安荷示意仆人把大宝二宝带下去，两个孩子闹腾腾地离开了。

场面安静下来，没有人先开口，几个人你看看我、我看看你，王玉正一脸期待地看着每个人的脸色，吉日霖的脸渐渐红透了。

你非常勇敢，能留在边疆这么长时间，我们也看到了你的诚意。王安荷说完这些，停住了，她看看海达，希望海达能把剩下的话接住。

海达却装傻，一副仔细聆听的样子。

王安荷只好继续说，婚姻大事必须得到父母的同意和祝福。

我父母尊重我的意见，我留在孛罗城，他们是支持我的心意的。王玉正坚定地说。

王安荷说，我和吉日霖的父亲也明白你的心意，但是我们心里有一个障碍没有翻越，那就是，你们是表兄妹，是至亲，结婚会不会违背纲常伦理。

吉日霖点点头表示同意。

王安荷又说，你父母没有直接向我提出来，也没有给我写信，估计也是有同样的顾虑。

王玉正说，我可以不要孩子。

一直不说话的海达说话了，但你不能剥夺吉日霖做母亲的权利。

王玉正说，历史上有很多表兄妹结婚，也生了孩子的，都没有问题，我们不是第一例，也不会是最后一例。

王玉正把问题又推给姑姑姑父。

王安荷和海达同时看向吉日霖。王玉正也看向吉日霖。

在几个人注视下的吉日霖说，你们都看着我，我惶恐了。她看着王玉正，心里不确定地说，玉正哥哥，你回长安会有更好的选择。相比长安来说，孛罗城就是荒郊野外，我们是两个地方的人，地理上有距离，心理上有隔阂，你回长安会有更好的选择。

王安荷和海达对视了一眼。

王玉正说，将军赶路，不追野兔。我的目标就是吉日霖妹妹，我知道我要去哪里，我会手执利剑、身披铠甲，一路前行，不会留恋这世间的花花草草。

王玉正的决心让王安荷很动容。

海达抢过话题说，玉正，我给你父母写封信，让他们过来一趟商量一下，你先别急。说完，他看了一眼吉日霖。吉日霖没有作任何表态。

王玉正看着吉日霖的态度，很失落，他说，吉日霖妹妹，你好好想一想，我不会逼你的，我今天先回去，你认真考虑一下，我终于说出来了，我没想过你马上同意，说出来比窝到心里好受多了，我现在能做的就是等，等你的消息。

看着王玉正走出大门，一家三口还是没说话，各有心思。

吉日霖来到神觉蓝酒肆，她现在思绪有点乱，特想找个人说说话。

她来得有点早，酒肆里还没有几个人，细妹看到吉日霖进来，热情地过来问，小姐您喝酒还是喝茶？

喝茶。

王玉正从长安带了茶叶给吉日霖，母亲王安荷喜欢喝茶，吉日霖跟着母亲渐渐学会了喝茶，还喜欢上了喝茶。酒肆为了使南来北往的人有归属感，除了卖自酿的神觉蓝酒以外，还卖茶水，竟然也培养出了一个喜欢喝茶的小群体。

茶水端来了，吉日霖喝了一口，温度刚好，茶是一种甜玉米的味道，是她喜欢的味道。

她东张西望，看看有没有熟人。没有。

这时，喀布进来了。他站在酒肆门口扫视周围一圈，看到了独自坐在角落的吉日霖，很高兴。喀布长大了，做了铁矿的二把手，管理着一百多号人。他见到吉日霖不再像以前一样容易脸红了。

他走到吉日霖对面的椅子前，大大方方地坐下，说，吉日霖妹妹，怎么一个人，有什么心事吗？可以和我聊聊。

吉日霖笑了，和这个小屁孩聊什么。她的那些个事情能跟他说吗。

笑什么，我在你眼里就是个小屁孩吗？你忘了我可比你大几岁的。喀布不满地问。他感觉到了吉日霖还是和他保持着不可逾越的距离。

没笑什么，没察觉呀，你都长大了。我以为你还是那个帮我上树摘果子的小喀布。吉日霖笑着说。

那个小喀布早就长大了，你从什么时候开始不关注我了啊，我现在是个大男人了。

没结婚就是男孩子，不是大男人。吉日霖说。

你要是同意，我马上结婚。喀布说出这句话，把自己吓了一跳。

我同意不同意，有关系吗？你得问你父母，你父母同意才行。吉日霖说。

我没有父母，即使有，他们也肯定同意。

是吗？说说看，是谁家的姑娘？吉日霖来了兴致。

没有谁家的姑娘，那个姑娘就是你。喀布说完这句话，脸腾地一下红了，像被蚊子叮过一样。他完全没想到今天话赶话，把他想说的话毫无保留地说出来了，他感到既痛快又刺激。

吉日霖惊呆了，杯子拿在手上定住了。这是什么情况？

随即，吉日霖笑了，放下杯子，说，哎，你是不是在铁矿吃铁沫子吃多了，说胡话呢。

没有没有，我清醒得很，我知道自己配不上你，我也没想过要啥结果，我只是把想说的话说出来了而已，从现在开始，你就忘了我刚才说的话，当刚才的事情没发生过。

啊？这一迅速的变化，让吉日霖没跟上。

好了好了，别想了，你今天不喝酒，改喝茶了？喀布岔开话题。

噢，今天不想喝酒，我喝茶。

我今天要喝酒。他朝柜台的细妹喊，细妹姐姐，给我这边来一坛酒。

好。细妹从柜台的一个大酒缸里，舀出酒盛进一个小酒坛里，让小二送过去。

喀布拿起酒坛，自顾自地倒出半碗酒，举起酒碗说，你不来一碗？

不来了，我今天喝茶。吉日霖重复了一遍。

好，我喝酒。说完，喀布端起酒碗一口气喝干，又给自己斟满酒。

吉日霖端起茶壶给自己倒茶，然后喝了一口。她本意是出来找个人说说话，结果又遇到一个难以应对的麻烦。最近她八字走背，事事不顺，遇到的都是糟心的、不好解决的事。她怀疑她的脑子不知被谁给借走了，转不过来了。

喀布举起酒碗，说，吉日霖妹妹，今天难得遇见你，又能和你坐一桌，我简直太幸福了，来，干一杯。

吉日霖举起茶杯和他的酒碗轻轻碰了一下，说，别想了，好好喝酒。

别想了？她是让他别想啥？别想她，还是别想啥事？喀布接收到的信息是别想她。

喀布点点头，说，我以后再也不会想了，我就想我自己。

这样就对了。喀布的话得到了吉日霖的赞赏，喀布本人却一点都高兴不起来。他又给自己倒了一碗酒，然后端起酒碗仰头灌了下去，直到浑身酒气。

吉日霖看了后，站起身出门、回家、睡觉，留下喀布一人继续喝酒。

喝了茶，吉日霖的脑子很清醒，翻过来倒过去地睡不着。她想到了她的长安王家清铜照子，她起床来到梳妆台前，把铜镜翻转过来，平日里，铜镜都是背面向上放着，因为她的床正对着梳妆台，有面镜子照着床，她睡不踏实。

翻过来镜面对着自己的脸，她对着镜子说，我将来的夫家是谁？

一张模糊的脸，她正要仔细看清楚的时候，镜面上的画面消失了。原来今天是九月十五，此时正是子时，一天和另一天在这个时间节点上交接，一息后，就是九月十六了。

这让吉日霖懊恼不已，她应该早点想起来问一下，不至于拖延到现在。再等照子有信息，要到明年的正月十五了。

铁矿的高炉要复工，尚田其命令拓羽立即加快高炉炼铁，现在铁矿的矿石采集已经积累到了一定的量，需要立即被转化为物品售卖，拓羽每次到铁矿，远远地看到那座山，裸露的部分显出红褐色，这就是远近闻名的铁山。这要开采多少年啊。

拓羽根据王玉正的指导意见，安排人多炼些木炭，要大规模的搞块炼铁，需要大量的木炭、石灰石等。

王玉正正在专心致志地磨剑，还有十天就要完成了。

尚田其听说后很好奇，到底是什么样的宝剑值得王玉正这么费时、费力、费心，他准备去看看。

尚田其身边跟了一个人，很奇怪，多年来，他总是独来独往。这个人和尚田其一样，也穿大袍子——灰色的大袍子，把脸遮了一半。

尚田其来到铸剑工坊找到王玉正，他正在埋头磨剑，这是一把长二尺三的长剑，只有一个指甲的厚度。王玉正手上的一块通体黑色的玄厉石，引起了尚田其的关注。他说，玉正，你这油石不错啊。这不是油石，这是玄厉石。王玉正头都没抬起来地说。他继续干活，“锵，锵，锵”的金属摩擦声，让人产生一种敬畏感。

原来的长安玉公子现在头发乱如鸟巢、脸色蜡黄、脸颊凹陷、极度消瘦。拓羽说，王玉正在这儿坐了一个多月了，自从坐下来就没站起来，吃饭也是端起碗就放下了。喏，这是昨天的饭，没动，再这样下去，他会死在这里的。

拓羽在旁边默默地学习王玉正的每个动作，这对他的铸剑有了很大的启发。他暗地里对王玉正做事的执着有了一些敬意。

尚田其小心地问，王公子，你做这把剑是要送给谁吗？

尚田其很希望听到王玉正说送给他。

王玉正喃喃地说，最好的东西要给吉日霖。这是吉日霖的。

他嘴里说着，手里的活儿依然没停，“锵，锵，锵。”

送给吉日霖？为什么送给她？尚田其问。

有坏人，她可以杀坏人，保护自己。王玉正依然没抬头，眼睛贴在软剑上。

哦，尚田其有点高兴，送给吉日霖，她值得，但是一个女孩子需要这么好的剑吗？他疑惑。

原来这么长时间里，王玉正做的所有事情，就是为了给吉日霖赠送一把自己亲自打制的宝剑。

尚田其说，你把这把剑做好以后，还做同样的剑吗？

不做了，做好这把剑，我就回长安了，下次来还不知道是什么时候。这是全世界唯一一把最好的软剑，只配吉日霖，其他女人都配不上。

尚田其听完这句话，不知是喜是忧。

你用铸剑工坊那么长时间，耽误了拓羽的铸剑进度。尚田其停了一会儿说，为了弥补损失，你可以继续磨剑，但是，条件是十天后，你得把这块黑玄厉石交给我。

尚田其看中了王玉正手上的黑色玄厉石。既然不能求剑，那要这块磨剑的玄厉石也不错。

可以，我拿着也用不上了，玄厉石送给您，正好也彻底断了以后我还能做软剑的想法。王玉正毫不犹豫地答应了，只要不耽误这把剑的制作，什么都行，要命都可以，何况只是一块石头。虽然这是从他眼睛里长出来的石头，但是如果不用，也就失去了作用。

王玉正想了九天九夜，给软剑起了一个名字——寒星吉日绵绵剑。

尚田其要拓羽开工的原因，是他近期接到了不少订单。不仅仅是周边城郭，还有更远的一些城郭，它们需要定制一些铁剑、铁杖、铁锥、铁鞭、铁锏、铁枪等武器。这就需要拓羽加快生产，块炼铁已炼制了一大堆，堆在高炉边不远处，现在需要加快炼制块炼铁成为渗碳钢的速度，然后炼制更值钱的百炼钢。

尚田其很着急，但是，他知道每一块百炼钢都由无数个流程组成，快不起来。

很快，长安来的王公子给吉日霖打制一把软剑的消息传到了吉日霖这里。吉日霖本就有一把玄凤北剑，是她师父送的，她没想换一把剑，为此并没有上心。

吉日霖想来想去，对王玉正还是没有表态。随着年龄增长，吉日霖的花豹猪猪已经消失了，她的马黑缎被吉日霖好好地养在马厩里，感觉它的精力也不如以往了，吉日霖只偶尔在闲时骑上它去城外遛一圈，黑缎的皮毛不再像以前那样光亮耀眼，变得普通起来。

今天，吉日霖拿了把刷子来到黑缎面前，给黑缎刷毛，黑缎的眼睛不再湿漉漉地看着她，它的眼睛有些浑浊，看吉日霖的时候，吉日霖和它的眼睛对视，她总是捕捉不到黑缎的眼神。吉日霖不知道黑缎是看不清还是看不到。

给黑缎刷了全身的皮毛，又给马鬃马尾都进行了梳理，吉日霖牵着黑缎，走出城，她没骑着它。她走在前面，缰绳握在她手上，黑缎跟在后面，和吉日霖以同样的速度走着，她和它是相通的。

第十六章　菲克假扮豆腐小李　吉日霖拒绝王玉正

这天，突然有一个人拎着一个人头到城门口，来人说，当初尚田其的通缉令写“杀菲克者得金一千”，现在我把菲克的人头带来了，要来领走这一千金赏金。

尚田其听到这个消息时，正在和灰袍人说话，那个人愣了一下，尚田其说，你要不要一起去看看？

不用，我就在这里等你的消息。

好的，不勉强你，你等着，我去去就回。

尚田其跟着通信之人来到大厅，只见那个人衣衫褴褛，浑身散发着臭味，所有人都离他几米远站着。

来人见到尚田其，说，你就是城主吧，这就是你悬赏的头，我带来了，快给我一千金，我要去洗浴。为了堵这个人，我几天几夜没吃没喝，他终于被我抓住了。

打开看看，尚田其说，货是要验的。

来人打开盒子，盒子里的血迹已经变黑了，人头上的头发被血迹凝结成块状，尚田其看了一眼，看不清人脸，他不确定。

把脸摆好给我看。

来人把脸摆出来，人脸已变形，尚田其还是不确定这是不是菲克的脸。

正在犹豫间，来人不耐烦了，说，你想要赖吗？我带来了，你叽叽歪歪的，赶快付钱，老子要去大吃一顿。

尚田其看了来人的样子怒火中烧，但是他脸上依然带着笑，说，怎么可能，我们这么大的孛罗城，怎么会说话不算数呢。

算数就赶紧付钱，老子要走了。

这个人头，我不能确定就是菲克的，我还得找认识他的人来辨认一下。

赶紧找人来认。

我那个朋友还在另外一个城，我通知他过来，或者我们一起去。

那么多事情，你们就是骗子。来人扯起嗓子吼了起来，惹得外面挤满了看热闹的人。

突然，一个棒子打在来人小腿上，来人忽地跪在地上。尚田其抬头一看，是王玉正。他已是最近一段时间远近闻名的玉公子。

尚田其没想到温文尔雅的玉公子，今天上来就使出了暴力。

王玉正说，胆敢在此叫嚣，就是无视城规，立即乱棍打死都不为过。你揭榜后几年都没有交差，有效期两年，你随便杀个人，割了人头说是被悬赏之人，我们还没有验收是不是真的，是不是你杀了其他人过来滥竽充数。

不是的，不是的，你诬陷人。来人急辩。

有没有诬陷，你心里最清楚。现在你老实交代，这个人是谁？你是怎么杀了他的？

来人一听，立刻狡辩，这个人就是你们悬赏的人，不会错的。

尚田其走到王玉正身旁说，你从哪里看出来这个人不是杀菲克的人的。

王玉正侧过脸，附在尚田其耳边说，你看这个人就不是练武之人，虽是多日未进食，但他没有练武人的骨气，手上没有半点力气，我听说菲克不是一般人。现在给他上刑，立即问明由来，速战速决，不可让他在这里乱吼乱叫，扰乱了城中秩序。

来人，把此人押起来。尚田其命令。

我是来领赏的，城主大人为什么要把我押起来?

老老实实交代，这个人是怎么死的，不说就上刑了。尚田其风轻云淡地说。

啊，不不不，别上刑。城主没有信誉，说好的一千金，现在不给了，还要上刑，大家评评理，现在真是没有讲理的地方了呀！苍天呀！大地呀！他边喊边哭，想煽动看热闹的人的情绪。

围观的人窃窃私语、指指点点。

王玉正说，我再问一遍，你老老实实说，免得受皮肉之苦，还是那个问题，你杀的这个人是谁?

我没有杀人，这个人就是你们悬赏的人。

好的，来来来，我找个人核对一下，是不是悬赏之人，父老乡亲，谁愿意过来做证。我这边有悬赏公告的底样，我现在在你们当中找两个人，一个人念公告，一个人来核对地上这个人头是不是悬赏之人。

很快，人群中走出来了两个男人，一人念着悬赏公告的底样，一人找了根木棍把人头的头发挑开，露出全脸。有人伸过头来查看。

当读悬赏公告的人念：菲克，方形的眼睛，长脸长手。地下人头的脸型是圆形的。围观人群唏嘘起来，这人是哪里来的骗子，想骗孛罗城的钱，没门，我们的眼睛是雪亮的。

来人一听，立即矮了半截，脸扭曲得变了形。他还想说什么。

尚田其说，这个人是你杀的。在哪里杀的?这个人是谁?现在不是上不上刑的问题，是杀不杀你的事情。

来人听了，跪在地上，说，我承认，我承认，这个人是我杀的，是草原的牧人，牧人一家和另一家相距很远。我即使杀了人，草原那么大，死一两个人，几年都不会有人知道。

是哪片草原？

从这里走六十里。

尚田其心里一惊，问，这个人住在哪里？

一个红顶子帐篷。

尚田其去年冬天才去过那里，去找他十年前抛弃的芦草，草芥一样的芦草。

你知道这个人是谁吗？

我哪里知道是谁，我也没问他叫啥名，再说了，语言也不通呀。

你为什么杀他？

也没啥，就是想借他的马，他不借，我就把他杀了。

啊？

王玉正说，你还杀了谁？你杀了几个人？

几个人，记不清了，不爽就杀。来人轻蔑地说。

有几个带着孩子的女人，赶紧搂紧自己的孩子，一个女人说，这个人该杀，不杀放出来就是祸害。

该杀，该杀，该杀。众人举着拳头喊。

王玉正说，你今年杀了几个人？

今年杀了五个人。一些家里死了人的围观者就要扑过去打他。

尚田其问，你叫什么名字？

叫什么不重要，二十年后还是一条好汉。哈哈哈哈，来人狂笑。

来人，上刑，待他交代清楚所有罪行后，明日处斩。

行刑后，尚田其得到一个惊人的消息，他是菲克的弟弟。算起来，苏里路如果在世，也和尚田其差不多年龄了。此人看起来有四五十岁的样子，怎么成了菲克的弟弟？

此人高声说，尚田其你等着吧，将来有一天，你要和孛罗城一起被埋进孛罗城的土里。

尚田其猜不出此人为什么这样说，为什么在这个时间点过来，有什么深意吗？

王玉正说，你先管好自己，你马上小命不保。

哼哼，我三天不回去，就会有人来攻打孛罗城，踏平孛罗城。你们等着吧。

围观的人一惊，面面相觑，他们刚刚在这个城里稳定下来，又听到要打仗的消息，心里凄然，这可怎么办好呀，没有太平的环境，老百姓哪里来的安稳日子。

王玉正站出来说，别听此人妖言惑众，我们修筑的瞭望台大家都看到了，我们还有最强的军队，即使有人来攻打孛罗城，我们也不怕，来一个灭一个，来两个灭一双。

来人还想说什么，被王玉正啪地打了一个嘴巴，牙齿都飞了出来。一个城卫脱下自己的布袜子直接塞进了此人的嘴里。

这个人被押进牢房后，尚田其安排了人晚上继续审问他，明天午时三刻在城门口行斩刑。

这个消息很快传遍了孛罗城。当天中午，神觉蓝酒肆旁边的豆腐坊没开门。来买豆腐的人以为豆腐小李去了酒肆，进酒肆询问。细妹说，我在忙着，没注意到豆腐小李往哪边走了，是不是中午到城门口看热闹去了？

当时我在场，没见到豆腐小李。

哦。那就不知道了。

我明天再来。

好的，明天见。细妹对每个人都很热情。她奉行进门就是客的道理。

豆腐小李和他的雇员在他们在孛罗城的小院子里，小院里乱七八糟的，似乎从来没被整理过，要想顺利通过院子还不容易，左躲右闪才能通过。墙角有两袋黄豆，两个半人高的圆肚子陶缸，里面的卤水还剩半缸，另一缸还没解封。

进了房子，驼背瘸腿的豆腐小李站了起来，是个高个子，他揭下脸上的装扮，不是菲克还是谁，长脸、长手、方眼睛的菲克。

雇员说，太烦了，我们什么时候能光明正大地走出去？

成大事者必然要忍受常人难以忍受的苦。菲克说。

雇员也把脸上的装扮撕下来，露出真脸，是苏里路。

菲克说，你这张脸没人认识，你可以随便出去。

苏里路说，当初尚田其把我们活埋，我被埋得浅，救了你。你还不感谢我。要不是我，你可真就变成白骨了。

幸亏你想得长远，找来两具尸骨代替我们在里面迷惑尚田其。听说他去年真去了塔图金矿。

走一步看三步吧，如若不是这样，我们早就变成渣渣了。

对，我们俩算是难兄难弟了。菲克说。

你兄弟也太嚣张了，把自己人头送给了尚田其。苏里路说。

所以，今晚我们要把他救出来。菲克说。

如果救不出来，我们这么多年隐姓埋名可就前功尽弃了。

不救，尚田其明天中午就处斩他了，有更好的办法吗？

没有，如果强行劫狱，以我们的功夫，几息间就会被杀，没用的。

你如果不去，我自己去，我自己的弟弟，我自己救。菲克说。

最好是智取，一把年龄了，不要冲动。苏里路说。

好，我想想。

快点想，一夜可是快得很。

菲克眼睛扫到房间角落里还有今天没卖的豆腐，心里有了主意。

二人对视一眼，心领神会。

菲克重新装扮上，挑起豆腐担子出门了，走在路上，还卖了两块豆腐。他们走到牢房门口，有一个小守卫正在打瞌睡。他们二人走上前说，小兄弟，累了吧，你们为了孛罗城的安全辛苦了，我们是孛罗城的商家，今天专门过来给你送一些豆腐吃，算是我们的心意。

小守卫不认识他们，问，你们是开店的吗？

对，我们的店就是神觉蓝酒肆旁边的豆腐坊，喏，这里，我还带了一坛神觉蓝酒，你们辛苦了，吃豆腐、喝酒，解解乏。

我们不能喝酒。

制度是人定的，既然是人定的，人就能修改。昨天没喝，明天不喝，今天喝一点，不违反规定。

哦，这样啊。那你们等一下，我去喊我的头儿来问问他。

除了头儿，还有几个人。

就我们两个人，其他人在前面的地下牢房审人呢。

审的啥人呀？

就是今天在城主府大吵大闹，明天要被问斩的人。

哦，小兄弟，感谢你啊，这坛酒，你和你的头儿一起喝，这边你把门锁上就行了。安心喝酒，也没啥事的。

好的，我听你们的。小守卫很高兴。

小兄弟有前途。临走，豆腐小李称赞了小守卫一句。

小守卫锁好门，抱起酒坛，拿起豆腐，找他的头儿去了。

豆腐小李和雇员走到小守卫说的地方，只听里面惨叫连连，菲克的脸变了一下，脸颊肌肉不停地抽动。

豆腐小李放下担子，二人蹑手蹑脚地往前走，这是一间半地下的牢房。天还没黑，余晖正好照进去，从外面看里面一览无余，里面有四个人，一个人坐着记录，两个人站着，另一个人被绑在一个粗大的圆柱上，嘴里塞着东西。坐着的人问一句，一个人把受审人嘴里的东西扯出来，那个人却不回答问题，吐出满嘴的血迹，大骂，又被人立即用布条塞了嘴。

豆腐小李激动地想上前，被雇员扯住，雇员轻声说，急什么，莽夫。

在别人的事情上都能冷静，遇到自己的事情总是被这些软肋控制，豆腐小李稳下心神提醒自己。他迅速观察四周，看从哪里能找到防守漏洞，找到漏洞才能找到突破口。他和雇员用眼神交流，不时点头，比画着手势。

在地下牢房的几个人，压根都没注意到外面的动静。今天得有明确的审问结果，不然明早不好交代。

此时，尚田其正在和灰袍人下棋，也是啊，这么大的地下迷城，不可能就尚田其一个人在里面游荡，灰袍人是谁呢？

突然出现的灰袍人让王玉正警惕起来，这边疆小城孛罗城，可不是像表面看的那样诱惑人。王玉正在这里待了几年，看到了孛罗城的人看不到的一些异常。比如说，那个豆腐小李，王玉正直觉有问题，但是又找不到切实的证据。王玉正神经敏感，总能捕捉到一些不正常的蛛丝马迹。

这个想法在大脑中甫一形成，他立即骑马出门去找吉日霖，得把这个消息告诉吉日霖，让她有所准备，因为神觉蓝酒肆旁边就是豆腐坊，而且吉日霖经常去酒肆，和豆腐小李打照面的机会很多。

王玉正一路跑到吉日霖家。吉日霖果然不在家，他立即去酒肆找她，在酒肆，王玉正找到了正在喝茶的吉日霖。

吉日霖不爱说话了，她以前总是叽叽喳喳，现在却显得心事重重。

王玉正坐在她对面，看着她的眼睛，把对隔壁豆腐坊的猜测和担忧说了出来。

吉日霖没有接话，她感觉王玉正瘦了很多，她想问问是什么原因。她知道一句话叫关心则乱，想到此，她闭了嘴，看向窗外，这个角度正好可以看到街面，有几个买豆腐的人没买上，过来酒肆询问，柜台的细妹一一解释，没见着豆腐小李。

王玉正看着吉日霖，吉日霖躲避着王玉正的目光。天畔已有霞光，但已失去了颜色。

回到驿站的房间，王玉正倒下就睡着了。软剑已磨好，此时就围在他腰间。在酒肆，他几次想把腰间的软剑抽出来，但总觉得气氛不对，他要等一个时机再把剑送给吉日霖。

几天后，王玉正在神觉蓝酒肆见到了吉日霖。

吉日霖还没完全想好王玉正和她的关系。

她两手交叉放在膝盖上，脊背挺得端直。桌上刚刚续上了一杯热茶，她从左手中抽出右手，端起陶杯，喝了一口，说，玉正哥哥，我喜欢孛罗河、喜欢七里慈湖，甚至喜欢黑风口的风，喜欢这里世世代代的生活方式，非常喜欢。你知道吗，神觉蓝花开的时候，遍地金黄，还有草原上的椒蒿气味，山底下的白桦树，我都喜欢。

你要说什么？王玉正警觉地问。

吉日霖眼中含着浅浅的泪光。我在想我们是不是不应该这样。

我们应该怎样呢？王玉正摸了摸腰间的软剑，放下手。

我不知道，我是在这样的野地里长大的，像北山羊一样在山间奔跑是我的秉性，如果我和你去长安，玩玩儿可以，但是绝不能长久地待在那里。这个社会对女人总是有很多很高的要求，我再三考虑过，即使去了长安，我也做不到守在你的后院度过余生，我一想到这个结果，心里就难过，我们都不小了，可以为自己考虑未来，而不是被父母安排未来。我觉得，哥哥这个称呼不要变，你觉得呢？

吉日霖这些天一直在考虑这件事，眼看着回避是回避不了的，就得直接面对，当面解决，快刀斩乱麻。她怕自己对王玉正的感情有松动。

听了吉日霖的话，王玉正很失落，他谨慎地开口，说，吉日霖妹妹，这些都是你单方面地说服你自己，这样预估未来，我觉得是不负责任的，未来有多种可能，不知道是谁说的你到长安就只能待在后院。

不是谁给我说的，我知道长安的富贵人家，谁不是娶几个女人，这，我是不能忍受的，没几天我就疯掉了。我是宁折不弯的，过不了多久，我就把自己搞死了，与其委屈地死在遥远的长安，让这片广袤的土地埋我不好吗。

吉日霖做了个手势，把孛罗城周边都包括进去了，她今天就得把话说开、说透。

王玉正下意识地感觉到，他刚才的话并没有达到目的，并且感觉到吉日霖马上就要对他关闭以前半掩的心门。

他想对吉日霖说，我就娶你一人，不会娶其他人。你看我父亲就只有我母亲一个女人，并没有三妻四妾。但他眼前突然出现了爷爷的脸，父亲是单传，到他这里也是单传，爷爷希望孙子王玉正长大后能子嗣繁荣，他从小就被爷爷灌输了要为家族增丁的观念，等回了长安，就不由他了。他本想推心置腹和吉日霖谈谈，但是他却闭了口，他什么都承诺不了她，他也不能长久地留在这里，他在这里，就是为了积累基层经验，回长安后再通过姥爷等名士举荐，继续往上走。这是他内心的隐秘，他感到非常懊恼。然后，他聚精会神地望着西边天空深蓝沙滩一样的云，吉日霖看着东边的晴朗天空，二人面对面静静地坐着，各想各的心事。

第二天，王玉正醒来，意识到他犯了一个错误——软剑没送出去，又原封不动地带回来了。他用右手拇指和食指抠了抠两颗门牙，回想吉日霖昨天说的每句话，却想不起来她说那些话的表情。并且，后来的很多天，他一直很不愉快地想起这件事，为那天准备不充分的见面而懊悔不已。

还是要和吉日霖搞好关系，别因为这件事，两个人不说话了。想到此，玉玉正立即动身去姑姑家，如果吉日霖不在，他就去神觉蓝酒肆找。想好了行程，他就出发了。

吉日霖在家，正在她家的白桦树下看一本兵书，他正要上前打招呼，她的两个弟弟大宝二宝过来缠着她，要她带他们出去跑步。吉日霖答应，好好好，我们现在就去。她说着起身放好书本，就准备出发，一转身，看到王玉正，说，玉正哥哥来了，你先坐一会儿，我带他们去跑步，一会儿就回来了。

好的，你们去吧，正好这里有书，我看看书。

好的，我们出发了，走。

吉日霖说着带着大宝二宝出发了。

看着他们三个人走远了，王玉正坐在刚才吉日霖坐过的椅子上，还有温热留在上面。他闭上眼睛，闻到了淡淡的香气，他把头靠在椅背上，居然很放松，差点睡着了。过了一会儿，他睁开眼睛，环顾四周，这个院子他经常来，今天看起来格外不同。他拿起小几上摊开的书，正要看，海达回来了，他见王玉正坐在女儿专用的椅子上，愣了一下，说，玉正来了，吃饭了吗？

吃了。

有什么事情，需要我帮你做的吗？

没有没有。

你父母不在，这里就是你的家。

谢谢姑父。

不客气啊，你先坐着，我安排做饭，中午在这里吃饭。海达说着就进厨房了。

王玉正在后面说，姑父，少做一点啊，我最近吃不了多少。

半个时辰后，吉日霖带着大宝二宝回来了，吉日霖脸色微微发红，王玉正赶紧站起来，给吉日霖让座。

没事没事，你坐。

我坐这里，你坐你的专座。

哈哈，啥专座，我每次坐这里，也没说是专门给我坐的呀。

大宝二宝喘着粗气，说，姐姐，我们去喝水了。

去吧，乖啊。

噢，我们乖呢。大宝二宝笃定地说。

看着大宝二宝扭着肥屁股走了，吉日霖回到自己的专座上。王玉正坐在旁边，正要说话，海达过来说，开饭了，走，去吃饭。

吉日霖先站起来，对王玉王说，去吃饭，今天有什么好吃的？

家常饭，做了一条鱼，说是从北泉那边抓的，很稀少，今天玉正过来，特别做的。海达献宝一样地说。

我是沾了玉正哥哥的福，不然哪能吃得上。吉日霖开玩笑地说。

海达说，你从小啥没吃过，玉正吃得少，你就让着他。

哈哈，好好好，我让着他。

王玉正看着父女俩斗嘴，觉得很温馨。他和父母亲相处向来都是规规矩矩的，没有一点趣味。

饭桌在窗前，一丝丝阳光像金色的针一样透过放下来的窗帘，投射在桌布上，各式菜肴的味道压倒了窗台上一盆神觉蓝花幽雅的香气。

王玉正若有所思地看着神觉蓝花，整盆花开得很密，黄色的小花，只有指甲盖大小，一丛丛地开，不大的花盆开出了气势。

海达用手擦着额头上的汗水，他那两只疲惫低垂的眼睛不停眨巴，注视着在桌布上随着窗帘晃动的太阳光斑。最后一道菜是那条鱼，北泉里的鱼，红色的、做熟的鱼。菜上齐了。

吃饭吃饭，海达露出闪亮的白牙，招呼王玉正动筷子。

看着坐在饭桌对面的吉日霖和王玉正，海达心里五味杂陈。

王玉正背着双手去了一趟吉日霖家，除了吃一顿饭，啥都没有往前推进一步，又没有更好的选择，这是一种揪心的烦恼。温润如玉的公子，有时也会无缘无故地发火。

第十七章　菲克苏里路逃离孛罗城　吉日霖收下吉日绵绵剑

王玉正胯下的马使出了最大的力气，在七个瞭望台之间奔跑，一团团的汗珠从马鞍下往外滚落，马上的王玉正还在用马鞭抽打马屁股。七个瞭望台在他眼里变成一个，他头晕得要跌下马，他就像喝醉酒的当地牧人，牧人们在马上东倒西歪，但是怎么都不会摔下马，到家门后牧人才滚下马，倒在草地上呼呼大睡。牧人们骑马都是童子功，只要骑在马上，就和马融为一体了。王玉正不是，他从马上摔了下来，头朝下摔的。

头疼欲裂的王玉正倒在一眼泉旁，他闻到了从西北方向吹来的夹杂着椒蒿和神觉蓝香的风，这让他想昏睡一场。七里慈湖那边，忽远忽近地飞驰着蓝色的闪电，要下雨了。

离他最近的瞭望台出来两个城卫，把他扶进瞭望台休息室。

雨下来了，大团大团的云雨，细密地梳过这片土地。

这场秋雨一过，孛罗城城里城外的树叶子就要落下一大部分，孛罗城将迎来尚田其最喜欢的冬天。他不会延长这个秋天，他希望这个冬天来得更早一些。孛罗城的生命会在冬天延长。

吉日霖在王玉正的事情上，虽然有自己的主见，但是需要一个人来确定一下。她来到紫桐树下找爷爷尚田其。她想把这件事告诉爷爷，让爷爷帮她出出主意，她父母说话总说不到点子上，每次说到正事，他们总是顾左右而言他，每次的沟通都不彻底，结果就是重新回到原点。

不把这些缠身的事情搞利索了，吉日霖心里就仿佛窝着石头，压得慌。她希望智慧的爷爷能给她一些建议。

吉日霖骑马出城来到紫桐树下，自八岁以后，这是她第一次过来。

门口那根不起眼的拉线还在，她拉了拉线，里面连着一个金属小铃铛，响起来传得很远，吉日霖连续拉响了三次，才隐约听到动静。

尚田其从另一个房间听到了铃响，没有人知道从外面进来的方式，除非是吉日霖。他快步走向紫桐树，推开光滑的木门，看到了自己的孙女吉日霖。尚田其很高兴。

吉日霖没有像小时候一样，一见面就挂在爷爷脖子上，她现在是大姑娘了。

尚田其带吉日霖一起上树屋，树屋在云端。头顶上是一片干净天空，脚下是匆匆飘过的白云。

爷爷，我有个烦恼，我和玉正哥哥的关系处理不清楚。您觉得应该怎么办？

我作为一个外人来看，你的个性确实不适合去长安，王玉正现在没问题，但是架不住时间的消磨，在那样的环境下，能保持初心，不容易，很多时候，人们会忘了出发时的诺言。我的建议是，你遵从内心，如果你能接受王玉正回长安后的变化，你就可以去长安；接受不了，还是三思而后行。

我是山上的北山羊，关不到笼子里。吉日霖说完这句话，坚定了自己的选择，不选王玉正。她要把这个事情明白地告诉王玉正，让他抓紧时间回长安，不要在这里消磨时间。

拿到了心里想要的答案，吉日霖轻松了很多。

和爷爷做了告别，吉日霖从紫桐树上滑下来，骑上马，马不是黑缎，是一匹火红的刺刺马，高大英俊。

她要去酒肆找王玉正，正式摊开了说明白，不用大家模模糊糊地虚度岁月。

再说那晚审问大闹城主府的人，有三个人，除了记录员王二，他是文职人员，穿一身皂衣，还有两个专职审问人员张三和李四，张三是个胖子，李四是个高个瘦子，各穿一件黑色滚红边的衣服。

当豆腐小李和雇员出现在牢房附近，就被潜伏在这儿的王玉正发现了，王玉正的直觉不是没道理的，这不，果然有情况。

只见二人鬼鬼祟祟地问明情况，又把小守卫哄骗进去，然后挑着豆腐担子，摸到了关押犯人的审问地。

让王玉正意外的是，他们居然真是豆腐小李和雇员。

他藏在隐蔽处耐心观察，想看看还有什么名堂，只见前面的两个人窃窃私语，指指点点。天黑了下来，人影模模糊糊地能看清，因为牢房的光透出来照亮了一大片。

豆腐小李总感觉背后有人盯着他，他立即回头看一眼，把他后面的每一个角落扫视一番。雇员问，怎么了？

我感觉有人发现了我们。

这儿黑咕隆咚的，鬼都没有一个，我们赶紧开干，这里蚊子起来了，不能待在外面，要不就回。雇员轻声说。

我眼皮子跳得厉害，我们回。豆腐小李说了一句，他立即挑起担子快速跑开了，跑的时候，个子一下长高了，几大步就不见了踪影，雇员连滚带爬地跟着他。

这一切都被王玉正看在眼里。

第二天一早，豆腐坊正常开门，有两担昨天的豆腐买一送一也卖掉了，城民说，买回去给马吃也好啊。

王玉正把看到的情况如实告诉尚田其，建议尚田其下死手，把豆腐坊给端了。

尚田其沉吟半晌说，他们在认真地挣扎生活，何不留一条活路让其苟且偷生呢，好多时候，不点破，以便将来江湖好见面。

妇人之仁。王玉正心里说。

尚田其忘了海达对本江江没有下死手时他的愤怒，当初他也说了四个字，妇人之仁。他叫来海达和王安荷，他要特别交代一下这两口子，除了自己要加强防范以外，还要点对点防范，说白了就是防范酒肆的邻居豆腐小李。

这人是菲克。当尚田其把这句话说出来时，明显地感受到王安荷浑身颤抖了一下。

海达说，我们记住了，会加强防范的。

好，你们回吧。尚田其挥挥手。

回家后，海达叫来女儿吉日霖和儿子大宝二宝，把尚田其交代的事情一一给他们都说了。王安荷一直不言语。

王安荷说，我们回海达镇吧，别在这里了。那边的神觉蓝酒肆我也得去看看了。

也好，我们全家都去，大宝二宝都长大了，也让他们去认认路。海达同意。

那是我们自己的地盘，怎么安排我们自己说了算。王安荷说。

吉日霖说，她要和王玉正见个面，把事情说清楚，随后把自己的处理意见告诉了父母。海达和王安荷没意见，同意女儿的做法。

依然是在神觉蓝酒肆，吉日霖和王玉正见面了。

王玉正有点变化，前几个月圆润的下颌变得锐利起来。

吉日霖把自己的愿望和想法和盘托出，王玉正几次想插话，都被吉日霖打断，她今天不接受反驳，她一口气说完了。最后她总结了一下，说，我上面所有的话都是我这几天深思熟虑的结果，希望你能支持我的意见，我们还是好兄妹。等你大婚，我一定前往长安祝贺。

王玉正听了，心中掀起一片汪洋，又如七里慈湖的大风刮过，他感觉自己跌入七里慈湖爬也爬不上来。

细妹看到这边的异常，安排小二续茶添酒，顺便观察这边啥情况，她是掌柜王安荷安插在这里的小钉子，时刻关注吉日霖动态，随时禀报。

这边的两个人都很冷静。小二并没有闻到火药味。

停了很久，两个人都有点不自然了。王玉正开口说，吉日霖妹妹，这样的结果也很好，我上上下下、左左右右考虑了无数遍，你是对的、理智的。我准备准备，下雪之前，就要返回长安了。

我送你，我父母他们要去海达镇，我去一趟黑风口驿站看看。那里是你的必经之路，我正好送你过去。吉日霖表达了歉意和诚意。

不用，我可能提前出发。王玉正拒绝了吉日霖。

好吧。吉日霖心情有点复杂。那就提前祝你一路顺风，希望你出发前，我能折柳[10]送你。

出发前，王玉正要为孛罗城做一件事，去会会豆腐小李和雇员。

这天，他独自来到神觉蓝酒肆，桌上摆着神觉蓝花盆，这个花的热烈和娇嫩简直让人难以置信，那么小的花朵，却能在人肚子里产生那么火辣灼热的感觉。太奇妙了。

从这个角度，透过琉璃窗户，王玉正正好可以看见自己的马。它正在摇头晃脑，顺着它的眼光，看到了不远处的一匹母马，它的马正在向母马示好。

不时有城民进旁边的豆腐坊买豆腐。生意看起来养活两个人是可以的。当初豆腐西施在的时候，可是养活了一家人呢。

午饭后，店家都该休息了，豆腐小李也准备锁门。王玉正走上前，把铁锁拿在自己手上，打开了已经关上的店门，说，菲克大哥，我们去里面说几句话。

雇员睁大了眼睛。王玉正说，苏里路大哥，你也一起，我们说说话，我是带着诚意过来的，你看，我并没有带武器。说着，张开双臂。

二人看看街道上的行人，豆腐小李还朝一个打招呼的客人点点头。

王玉正双手扶着两边门框，看着他们进门后，关上门，把锁朝里挂上。

豆腐坊里能坐下三个人的位置还真没有，王玉正只好站着说，豆腐小李弓着背，雇员双手垂着站立。

王玉正看到他们的姿态，笑了，说，菲克，苏里路。

二人一震。

王玉正说，菲克你可以站直，苏里路你也可以把手放好，以你们最舒服的方式站起来。

他继续说，我来这里并没有告诉尚田其城主，仅仅是我个人的想法。

二人紧张起来，王玉正似乎看到两只野狗做出了进攻的动作，随时准备龇出犬牙。

别紧张，别想着能杀我，你们都是老头了，不是我的对手，我放心关门，是对我自己有信心，也知道你们有啥能耐。那天，你们在牢房外面准备劫人，我和拓羽就在你们后面。你们的感觉是对的，不仅我一人在，还有城主埋伏的人，如果你们出手了，你们现在已经在乱葬岗被动物啃食了。

二人听了，冷汗直冒，庆幸自己的理智战胜了仇恨，捡得一条命。

城主为什么没杀我们？苏里路疑惑地问。

按照我的意思是要杀了你们以绝后患，按照你们这些年给孛罗城制造的麻烦，死一千遍都够了，对不对？你们心里有点数吧。王玉正说。

二人你看看我，我看看你。

就在前两天，我和城主讨论，到底要不要围剿你们、杀死你们。

二人心里一紧。他们现在这个年龄，和谁争都是笑话，他们死过好几回了，知道好死不如赖活着的道理。

你们能活到现在，完全是因为尚田其城主的妇人之仁，不然，你们哪里有活路。

二人的肩膀塌了下来。

现在，只有我和城主一家人知道你们就是菲克和苏里路，如果放你们出去，一千个人要杀你们，毕竟，你们的人头可值一千金。

你为什么不杀我们？菲克说。

这是孛罗城的事情，我只帮忙，不添乱，懂了吗？如果你们添乱，我不介意杀了你们拿赏金，对不对？

苏里路说，公子大度，我们这个年龄，活一天少一天，只要城主给我们活路，这么多年的打打杀杀，谁都赢不了，何不和解？

别想和解的事情，你们和尚田其城主最好不见面，到死都不要见面，大家互相知道彼此的存在，都活得长一点不好吗？

听公子安排，公子大义。菲克说。

你们好好卖你们的豆腐，不要想着仇恨，仇恨也是你先有问题，菲克，你说是不是？从自己身上找找原因，是不是自己也做错了，对吧。王玉正做思想工作还是有一套的，他让大家放下武器，达成思想和解。不见面大家就都有面子。

王玉正强势地告诫了菲克和苏里路二人，虽然语气并不友好，但这是他出发回长安之前唯一能为吉日霖做的事情。

第二天，豆腐坊的豆腐小李和雇员没上班。

他们收集到所有的钱财后逃离了孛罗城。尚田其在城门后杀了那个和菲克有关系的人。菲克不相信尚田其能放过他，傻子都知道，“卧榻之侧，岂容他人鼾睡”。换作是菲克自己，他也不愿意。这就是人性。谁能突破人性的掣肘呢?

以后的好几天，豆腐坊都没开门，街坊都在议论这次豆腐坊为什么又关门了。听到豆腐坊关门的消息，王玉正只是微微一笑，他并没有告诉尚田其他和豆腐小李洽谈的结果。

尚田其又发布了一条消息：招会做豆腐的匠人来经营豆腐坊。孛罗城的人喜欢豆腐，城外的人也来买豆腐。城民喜欢的就是最大的事情。作为城主，他得给城民做这件事。

吉日霖准备去黑风口驿站时，多日不见的王玉正出现了。剑磨成后，是能清晰照见人眼的宝剑，今天他沐浴更衣，带着宝剑，来到神觉蓝酒肆打听吉日霖的去向。细妹说，她今天没来，昨天也没来，可能在家，听说她这几天要去黑风口驿站。

太好了，王玉正听了很高兴，这把剑正好能在危险时用上，他用手摸了摸腰间的寒星吉日绵绵剑，心里充满了喜悦。风是甜的，空气是柔的。

坐在角落的拓羽看着王玉正正大光明地来找吉日霖，又羡慕又恨。

王玉正一路打马来到吉日霖家。吉日霖正在闺房里躺着看书，最近天渐渐冷了，坐在院子里，地上的凉气让她坐不了多久就得进屋。

进了院子，看到了王安荷，王玉正行了揖礼，问，吉日霖在吗?

王安荷说，在楼上，你上去，还是我喊她下来?

她的闺房我就不进了，我在这里等她。王玉正礼貌地说。

好的，我喊一声。说着，王安荷就朝楼上喊，吉日霖，吉日霖，玉正来找你了，你下来。

噢，知道了，我这就下来。吉日霖听到母亲喊，应了一句。

马上就能见到吉日霖了，王玉正很激动，心跳得很快，脸有点发烧。他还有点忐忑，这把剑吉日霖会喜欢吗?

吉日霖从楼梯上走下来，王玉正五官瘦削、衣服整洁，他双眼盯着她，一眨都没眨，他担心眨一下就错过了她的身影。王安荷看到王玉正的表情，笑了一下，走进了屋子。

吉日霖下了楼梯，指挥他坐下。她坐在那把高靠背的椅子上，说，今天怎么有空过来了？

王玉正有点结巴地说，我想送给你一份礼物。

是传说中的一把剑吗？吉日霖问。

这句话让王玉正无语了，张着嘴说不出话来。

不是剑，那是什么？吉日霖看着王玉正的表情问。

是剑，是剑，王玉正匆促回答。

剑在哪里？她看了看王玉正身后，他身后并没有随从捧着剑。吉日霖又看看王玉正，他手上也没东西，问，啥东西，这么小的吗？

王玉正说，我有点紧张，你见过那么多好东西，这个不算啥。

别卖关子了，拿出来吧。吉日霖笑着说。

受到鼓励的王玉正手伸向腰间，一抽一抖，一把宝剑在手，发出冷肃的声响。

吉日霖吓了一跳，往旁边跳了一步，指着宝剑不可置信地说，这就是礼物？你给我的礼物？

对的，是的，我用了九十九天的时间打造出来的。

这几个月，你一直在忙碌，就做这件事啊。

对，你喜欢吗？给，你拿在手里试试，合适不？王玉正满心期待地把剑递给吉日霖。

见过无数宝物的吉日霖一眼就看出这是好东西。

这把宝剑只能配你，任何人都不配拥有它。王玉正深情地说。

这宝剑的内外装满了王玉正的所有期待。

吉日霖手握宝剑试了试手感和分量，向前刺了几剑，又做了几个砍削的动作。王玉正朝剑上扔了一条丝巾，丝巾落到剑上，一分为二，飘然落地。

王玉正从吉日霖手中取下宝剑，对吉日霖说，举起双手，吉日霖听话地举起了双手。王玉正把宝剑从她腰后左边穿过，他左手在她右边接过剑身，把剑尖和剑柄在她腹前汇合，剑柄上有一个小卡口，把剑尖穿过去，咔嗒一声，刚好卡上。

这个动作，刚好被进门的拓羽看到，二人如此亲热，让拓羽酸涩不已。

王玉正看了拓羽一眼，没搭话，和吉日霖说，你按一下这个扣，剑就能展开，抖一下，就成了一把锋利柔软的宝剑，平时就裹在腰间。吉日霖见拓羽进门，打了招呼后，就低头琢磨剑，抽出来合在腰间，又抽出来合在腰间，玩了好几次，终于对王玉正说，这是我见过的最好的剑，我喜欢，叫什么剑？

寒星吉日绵绵剑。

寒星吉日绵绵剑。吉日霖重复了一遍。

对，寒星吉日绵绵剑，在寒夜里最闪亮的星，愿吉日霖姑娘有着绵绵不绝的力量。王玉正说。

吉日霖用手轻抚剑身，在自己大拇指上划过，一丝血渗了出来，她把血迹抚过剑身。王玉正不知道这是什么仪式，吉日霖解释说，这是我的剑术师父送我玄风北剑时传授给我的，一把新剑认主的方式。现在，这把剑是我的了，我要了，谢谢玉正哥哥。多少钱？我付给你。

这是无价的，这把寒星吉日绵绵剑只属于吉日霖，不是卖的。王玉正有点恼怒地说。

拓羽说，这是把好剑，我也可以给吉日霖打一把最好的剑。

吉日霖说，拓羽，我已经有了这把剑。你别花银子了，一把好剑要不少银子。

一说到银子，拓羽就不吭声了，他确实没有银子买一块上好的百炼钢。

看到吉日霖接受了这把剑，王玉正心里很高兴。

王玉正的表情把拓羽激怒了，他拔出剑，要和王玉正打一架，无论谁输谁赢都解气。

吉日霖一看，事情有点僵，说，行了行了，你们好好的，别闹，拓羽，我收下玉正哥哥的剑，你们别吵了。

二人都不作声了，王玉正看了拓羽一眼说，你们聊，我回了。说着他抬脚就走。王安荷赶出来说，玉正，吃完饭再走啊。

不吃了，以后再来。王玉正礼貌地回复，快步走了。

王玉正走后，拓羽和王安荷过来看吉日霖的宝剑，一致赞叹真是一件难得的宝物。拓羽虽说也是铸剑师，但至今还没打造一把让自己骄傲的宝剑，一对比，拓羽立即觉得自己矮了一截。再一想王玉正的家族势力，他拓羽几辈子都达不到，他一辈子努力赶到的终点，却是王玉正的起点。这就是人生的不公平。

唯一公平的是，人生下来就走向一个终点，每个人都一样，没有例外。

王安荷看到宝剑，知道是王玉正花几个月时间打造出来的，他执着的劲儿，感动了王安荷。

王安荷看见吉日霖吃饭的时候，没有把剑解下来，足以看出吉日霖对剑的喜欢，她说，吉日霖，你吃饭可以把剑摘下来，勒不勒啊？

不勒，以后这个宝剑就长在我腰上了，我不会轻易拿下来，我要适应一下，让它和我的身体成为一体。能感受到我的情绪，那才是宝物。

拓羽看着吉日霖腰上闪亮的宝剑，说，这把剑太亮了，容易引起别人的注意，最好有条布腰带遮一遮。

欸，拓羽说的有道理啊，回头我给你找条布腰带。王安荷说。

不用母亲操心，我房里有的。

好吧。我不操心了。欸，你哪天去黑风口驿站？不要一个人出发，要带些人去。

是的，我要带些物资，还有神觉蓝酒。吉日霖说。

要不，我和你一起出发，一路也好有照应，你带物资走得慢，看好天气，我们就可以出发了。

你铸剑工坊那边能走开吗？现在不赶工期了吗？吉日霖问。

拓羽无奈地说，对，城主不一定给我准假。我这边时间确定不了。

王安荷建议说，你玉正哥哥不是要回长安吗？顺路可以一起出发。

好的，这个可以，吉日霖同意了母亲的建议。

王玉正回到驿站，尚田其在等他。尚田其说，我等你半天了，你把宝剑送给我孙女了？

是的，亲手送给她的，她很喜欢，很高兴。王玉正夸大其词，并没有说拓羽也在现场的事情。

那就好那就好，我那个孙女眼界高，能让她看上的一定是上好的东西，一般好的东西她不会在意的。

还好吉日霖看上了我打造的宝剑，这增加了我多少信心啊。当吉日霖说她喜欢那把宝剑时，我都觉得我是天下最厉害的铸剑师。

你确定是我见过的最厉害的铸剑师，我再也没有见过像你这样的，为了铸剑去向大自然要神力。玄厉石你答应送给我的，说话算数吗？

王玉正说，我说话算数。说着他从内衣口袋掏出玄厉石送给尚田其，尚田其接过玄厉石，王玉正瞬间眼前一片黑，什么都看不见了。

王玉正立刻明白了，玄厉石不能离开他，王玉正说，城主，快还给我，我的眼睛看不见了。

啊？说啥呢？你都答应给我了，怎么又反悔了呢？尚田其不相信。

尚田其以为王玉正是舍不得，刚走到大门口，只见王玉正倒在地上翻滚，痛苦地大叫。尚田其返回，看王玉正不像是装的，他把玄厉石放进王玉正怀里，王玉正立即不痛了，他一脸泪水，说，我知道了，这是我的眼珠子，这是从我眼睛里长出的石头，我在用我的眼珠子给吉日霖小姐磨剑，再也不会有第二把剑了。

尚田其很感动，这位翩翩玉公子对自己孙女用情至深，再不会有第二个人了，这让他自愧不如。到现在为止，他还没有找到他如草芥一样的芦草。他有时候朦胧间觉得那个面朝墙躺了一夜的人就是芦草，那个牧人说的芦花，就是芦草。一想到芦草，他就觉得晕晕乎乎，眼睛看到的东西模糊不已，面前横亘着浓浓的雾气，在雾气后面隐隐约约地有芦草的身影。

第十八章　王玉正吉日霖建酒窖
海达携妻儿回海达镇

孛罗河水浩浩荡荡，日日夜夜不停息地从孛罗城边绕过，向东流向七里慈湖。正是九月下旬，城里城外的野草树木刚开始变黄，地里的粮食基本归仓，还有稀疏的几个农人在地里侍弄庄稼，有牧人把牛羊赶进收了粮食的地里。

这天，吉日霖准备好物资，出发去黑风口。拓羽知道了，嚷嚷着要跟着去，尚田其没准假，他这边的活儿都是急活儿，订货商家都催了很多次了。

从块炼铁渗碳钢到兵器还有很长一段距离，但是，相较于从铁矿石到兵器的距离要短得多，这是那些商家愿意等的原因。

现在的太阳并不灼热，空气中甚至有点凉爽，已经六岁的大宝二宝被海达当作未来的希望养着，要学习基本功，要学习诗词，被姐姐吉日霖逼着天天跑步，并让请来的老师给他们读兵书。

孩子们很认真，每天的锻炼让两个孩子身体很结实，海达说，男孩子就要糙一点，磕一下碰一下没事的。两个孩子穿衣服更是随便，不像是城主的孙子，倒像是在乡野长大的孩子。尚田其支持海达的做法。王安荷也不多说，儿子是他的，他爱咋地就咋地。

姐姐吉日霖如果发现大宝二宝偷懒，拿起戒尺真打，所以大宝二宝就怕这个姐姐，还想方设法讨好姐姐。王安荷不止一次说，你打的时候，象征性地打一下，别下狠手。吉日霖说，我一般不打他们，打了就不一般。哈哈哈。

王安荷也无奈。

现在吉日霖的物资准备好了，三驾马车，五匹骆驼，装得满满当当的。

王玉正已经习以为常，他跟过大大小小的商队，在全国各地跑。他指导随从如何把物资捆扎结实不散架。这是技术活儿。不会捆扎的人，走出十里地就要重新捆扎，散架了的物资重新捆扎要耗费很长时间。还有些物品是易碎的。

到黑风口的马程是一天半，现在是运输队、骆驼和马车一起，速度就要慢很多，在路上要住两个晚上才能到。

王玉正跟着吉日霖，还有海达派出的三名护卫——他们是远近闻名的镖师，这些人就是过着刀口上舔血的生活，对待雇主也讲江湖道义。

这次出门，王玉正很高兴，没有人打扰他，他能单独和吉日霖待好几天。他带上了父亲给他留下的两名护卫，他们是从长安来的，这次回长安，他们也很高兴。两名护卫都姓林，一个叫林小林，一个叫林大林，简单来说就是一个大林一个小林，他们是堂兄弟。

一路上，大林唱起了长安民谣，是一首热情似火的情歌，那种露骨的表达，让吉日霖对长安有了新的认识，她想，有机会一定去一趟长安。

小林听着大林的歌曲，眼泪流了出来，大林立即闭嘴，问，怎么了？小林拉着哭腔说，哥，我想家了，我想回家。一声“我想回家”把大林的眼泪也引了出来。小林含着眼泪，扯开了嗓子唱，一点飞上天，黄河两边弯，八字大张口，言字往里走，左一扭，右一扭，西一长，东一长，中间加个马大王，心字底，月字旁，留个勾搭挂麻糟，推了车车走咸阳。

小林唱完，王玉正给吉日霖解释说，这是我们长安的一种面食。

一个人对家乡最大的记忆就是食物，从小养成的记忆一辈子都忘不掉。吉日霖说，把食物编成歌儿传唱，让人忘也忘不掉，有机会你给孛罗城的神觉蓝酒也写一首歌。

好呀，等你将来去长安开神觉蓝酒肆，我一定给你写首歌。

吉日霖抿嘴笑了。

第三天早晨，他们到了黑风口驿站，驿站已经小有规模了，客房有一百一十七间，吃饭的地方宽敞明亮，最重要的是她在这里开辟了一个交易市场，里面有骡马市场和物品交易市场，有些驼队走到这里，卖完货还能买上新货带回去，不仅内地的人过来交易，连一些大鼻子、白皮肤、黄色头发的外邦人也在这里歇脚。

王玉正一路上看了盐卤湖，还站在驿站高处向西眺望了那个巨大的铁矿，不知父亲是怎么给皇帝奏报此事的。他想起在这里遇到的凶险和被善良的小鱼儿所救的事。王玉正向吉日霖问明了小鱼儿的墓地，带上一坛神觉蓝酒去了后山。

大林小林寸步不离他，王玉正说，你们别跟我那么近，可以离我远一点，我看不到你们、你们可以看到我的距离就可以了。

两个武夫没明白他家公子的意思。

吉日霖想，这位也是个多情的，幸亏自己和他只是兄妹关系，要是夫妻，真要有打不完的官司。她暗自庆幸。

孛罗城的牧人中有人见到过菲克，他以前在牧人家里躲过，有几个牧人认识他，当他们从孛罗城飞快地跑出来时，有人诧异于豆腐小李原来有那么高的个子，他每天蹲下走路，也真是有功夫，难为他了。有人很同情他的遭遇。

菲克骑马时，出城的时候蹲在马上，出城后立即恢复了长条形，骑在马背上，驾驭马的技术娴熟。

当时，在塔图金矿，他可是靠着抢劫淘金者的金子发的财。捉鸟的反被鸟啄了眼睛，最后他抢劫的所有金子反而被尚田其一洗而空，还设计把他埋了。

其实苏里路作为他们的朋友突然被埋，那也是活该，毕竟就是苏里路出卖了消息让菲克得逞的。因此，世界上没有一件事情是无缘无故的。

苏里路的出卖，尚田其知不知道，菲克猜不出来。他们年轻时的恩怨，不知何时能化解。但愿大家能再次坐在一起喝一场大酒，把这些事情都掰开了嚼碎了然后咽下去。

菲克和苏里路过了几年安稳的日子，他们是喜欢在孛罗城卖豆腐的生活的——安稳而快乐，每天看着自己辛苦挣来的钱，不多但觉得这才是自己的钱。回想以前大把大把抢钱、然后又胡乱花掉的日子，他们觉得钱这个东西，来得快的，去得也快；反之，来得慢的，反而能存些钱，就像开的这间豆腐坊。

他们两个人也不知道要去哪里，任由马儿奔跑，走到哪里算哪里，他们并没有明确的方向。

王玉正去看了小鱼儿的坟茔，给它添了土，小小的坟茔没有墓碑，再过几年，这里就会被风吹平，然后隐入尘埃，销声匿迹。一个普通人在这个花花世界就彻底无影无踪了，唯一能记得她的可能是她曾豁出命来救过的王玉正兄妹吧。王玉正安排人给墓前立了石碑，刻下了“小鱼儿之墓”，落款是王玉正立。他在墓前久久站立，风吹乱了他的发丝，在脸颊上飘来飘去。

驿站里，吉日霖跑前跑后地指挥，五峰骆驼、三驾马车的货物，是个不小的数字。小灵带人一起卸货，把货物搬运到指定位置。这里的神觉蓝酒已经断供了，现在来了两大缸，从马车上卸下来是个难干的活儿，里面是酒，陶缸又易碎，虽然陶缸外面捆扎了麻绳，还糊了黄泥，但保护成这样也怕磕碰。两缸酒在十几个人肩挑手推下，终于安全落地；他们又在酒缸下面放原木，一点一点前后更换原木，一个时辰后，才把酒缸放到指定位置。有好奇的住客前来打听，知道是神觉蓝酒到了，很高兴，很快整个驿站的人都知道了，他们对晚上神觉蓝酒的开坛仪式很期待。

小灵是驿站的管理者。空闲时间，他研究加工首饰的技艺，因此，每年都有新花样出来，最近他根据神觉蓝花朵的样子设计出神觉蓝花朵的耳饰，在驿站也销售得很好，还有不少预定的订单。

吉日霖一直戴着她捡的、又被小灵打磨过的琉璃项链。王玉正看到过，他有一块嫣红的琉璃，正好小灵在，他准备交给小灵，让小灵加工成一个首饰，具体是项链还是耳坠，由小灵根据材料设计，他准备回去送给玉珠妹妹。他也想过送给吉日霖，但是又觉得太廉价，送不出去。

妹妹一定长大了，按照母亲的意见，可能也说了婆家。说到婆家，他心里很担心妹妹在婆家受欺负，妹妹是个善良的姑娘，不太会为自己争取利益，这次回去他要好好教教她。

吉日霖看了看天空中的云，今夜风不大，她准备晚上举办一个神觉蓝酒的开坛仪式。

吉日霖虽然很熟悉这里，但是一段时间不来，总是多少有点变化。她重新查看了周围环境，小灵在她身后跟着，走到一个小广场处，这里是一个走廊和几个房间形成的方形空间，吉日霖目测了一下，一边是五个骆驼身位的长度，一边是三个骆驼身位的长度。她计划在中间点一堆篝火，在走廊上摆上神觉蓝酒和一些菜品，来客可以随便吃喝，还可以跳舞唱歌，尽情玩乐，每个人只需提前交十两银子。她让小灵把通知发下去，只有交了银子的人才可以进入篝火开坛宴。小广场四周已经被围了起来，只有一个进出口。

很快，预定就满了。因为预定规则是这样的：前三十人是十两，第三十人后就是三十两，第四十人后就是四十两，第五十人后就是五十两，以此类推，大家吵吵闹闹的，最后定出去一百个席位；之后不再接受定位，给再多钱都不行。

那些出门晚归的人没预定到，只能远远地站着，羡慕去吧。

王玉正也参加了篝火开坛仪式，觉得很新奇，他是在长安见过大世面的，也不由得称赞吉日霖活泛的脑子，他可从来没这样想过。就是放在长安，这场活动也是很精彩的存在呀。他心中对她又增加了一重敬意。

篝火开坛宴的篝火，是几棵围堆在一起的枯树。缝隙里填满小树枝，两支火把往里一杵，干柴忽地点燃了，火苗往上跳跃，互相碰撞，似乎是几个手拉着手的小朋友在玩闹。来自五湖四海的人们唱起歌跳起舞，南腔北调的可能听不懂，但是，快乐不分南北，喜欢喝酒也不分东西。

人和物都安定下来，吉日霖还在处理驿站的一些杂务，比如哪个地方需要改造啦，哪个地方需要扩建啦，哪个地方需要翻新啦，饭菜要加一道什么菜啦，她都要找到具体负责人一一落实。她已经会酿神觉蓝酒了，她计划在这里建一个地窖，专门酿酒。说干就干，她安排人购买大陶缸。王玉正听说了这件事，说，你与其买大陶缸，还不如我在这里建一个陶窑。你忘了，大陶缸的烧制，我是祖师爷呀，技术还是我从长安带过来的。

吉日霖很惊喜，毫不犹豫地答应了王玉正的请求。

他们两个人忙了起来，一个安排挖地窖，一个安排起窑炉；一个往地下走，一个往地上走。真是无缝对接。

吉日霖来黑风口驿站的时候，母亲王安荷把她的宝贝——装神觉蓝酒香料的圆肚子玻璃瓶，交给了她。母亲说，你用得上。果然是这样。

出发前，吉日霖并没有特意规划要来黑风口驿站建酒窖酿酒的事情，来了以后她发现这事非做不可，母亲早已预料到了。

她由衷佩服母亲的预见性。

这个圆肚子玻璃瓶，吉日霖觉得神秘、好看，她在孛罗城找了玻璃作坊，让匠人制作同样的瓶子，她准备用来装酒。母亲的神觉蓝酒用的是土陶酒瓶，她准备改用这种圆肚子玻璃瓶，还要在里面放几朵神觉蓝花，从外观上一定是赏心悦目的。

王玉正不是随便决定建陶窑的，他早就发现离这里不远处就有很好的陶土矿。这是基础，其他的事情都好办，没有陶土矿，再好的技术和想法都是空的。

王玉正选的窑址在山边一个背风处，黑风口风大，找到一处背风处不易，王玉正对窑址有很高的要求，他是长安官窑的管理者王泰和唯一的儿子王玉正，想到这里，王玉正挺直了脊梁，这是谁都比不了的，是唯一的。

他按照以前在官窑学到的知识，一丝不苟地建窑，吉日霖按照他报的计划，把费用一一拨付给他。这一折腾，把驿站的半年所得全部砸进去了。

王玉正心想，这样的做法，看样子是挣不上钱了，想要挣钱就得先砸钱，何时是个头呢。

吉日霖安排人去附近的城郭采购大麦和高粱。每个人都忙起来了，甚至一些驿站的住客也加入到义务劳动中，反正他们闲着也是闲着。对吉日霖来说，免费的劳动力不用白不用，给他们一顿饭二两酒就可以了。在参加义务劳动的人眼里，饭钱也是钱，这也算是挣钱了，大家皆大欢喜。

陶土、黏土、沙土都拉来了，虽然进展很慢，但是每天都能看到希望，进入十月，眼见就要入冬了，得加快进度。王玉正没日没夜地干了起来。此时，他重新体会到当初为吉日霖打制那把寒星吉日绵绵剑时的心情，这个陶窑也是为吉日霖修筑的，想到此，他莫名地觉得心里充满了幸福和干劲。他吹着口哨快乐地干活，惹得工人笑他傻，他也不解释，他满心的欢乐，他们不懂。

一支由十五辆马车组成的车队每天往这里拉各种土料。王玉正安排匠人建窑炉。这个窑炉内部空间要大、进口也要大，不然大泥坯放不进去。为了火温能回旋从而使窑炉内温保持稳定，他在窑炉里设计了几个参差的台阶，形成回旋火，还盘了两个小窑炉，专门烧制陶杯陶坛。这种从零开始、全部都按照自己的想法做事的经历，对他来说是第一次。以前都是师傅和父亲给指导，没有自己的思想，他只做他们的手，而不是脑，当时觉得是没有脑子地干活，现在想来，脑子还是记住了。他现在看着匠人们按照自己的吩咐干活，不知道他们带不带脑子。

王玉正带领工人盘了一个大窑炉、两个小窑炉。这边干活的人，吉日霖从周边找了二十个人给他，三个窑炉同时下地基，三组人一起开干，速度很快。一天一个样，三天封顶，两天内外做保温层，糊上耐高温的胶泥，这种胶泥是多种土加草渣加糯米汁的混合物。糊上后，王玉正安排专人不断喷水，胶泥不能干裂，还砍了树枝把胶泥盖起来，不能曝晒，曝晒干裂就前功尽弃了。王玉正不敢离开半刻，他担心某个匠人没用心，致使全体返工，他关注着每一个环节，生怕有一点点差池。他这些天吃喝拉撒睡都在这个工地上。

黑风口的风的威力可不是开玩笑的，不出几天，白面书生王玉正就只有牙是白的了，手和脸都变成了茶色。

吉日霖也好不到哪里去，为了挖酒窖，她在后院里又开辟了一块地，她量了尺寸，计划放进去三十个大酒缸，至于王玉正那边能做多少个酒缸，先不管，这得有未来十年的计划量，十年以后如果驿站扩张，到时候再同时扩张酒窖也不迟。一排十个大缸，三十个大缸就得三排，一个大缸占地近一丈，就得三十丈，每个放大二尺，就是更大的一个数字。她在靠戈壁的这边预留了空间，留给以后扩建用。

黑风口驿站可不是建在黑风口的中间喝风，而是选了一片多年来各路商队休息的地方，离风口还有几里地，是自然形成的一个驿站雏形。只不过吉日霖看到了这片地能从地上长出银子的潜质，并在合适的时机投资了这片土地。

吉日霖亲自干活，现在天热，杂粮混合起来捂上很快就发酵了，然后加发了芽的麦子共同搅拌，再搁置一天，充分搅拌后再搁置一天，就制造好了酒曲。再把麦子和高粱浸泡、蒸煮，拌上制作好的酒曲和稻谷一起搅拌。然后蒸馏，在蒸馏过程中，吉日霖才添加她的玻璃瓶里的香料，那是她的酒好喝的法宝和秘密。

这一套流程下来，够吉日霖累的。

王玉正和吉日霖自从那天分工以后就各忙各的，二人忙得没时间见面也没在一起吃一顿饭。

但是，王玉正心里很满足，他自认为他做的事情是有意义的，他计划帮助吉日霖做完她需要的陶缸、陶坛、陶杯，他就回长安。他要高高兴兴地回长安，而不是像前面那样心里不清不楚地回。

为了制作那么大的陶缸，比孛罗城的还大，他动上了脑筋。

这里的山上有大量的胡杨树、紫桐树、白桦树、红柳，戈壁中还有很多白梭梭。他看中的是红柳和白梭梭，它们的枝条柔软，他要按照陶缸大小先编织一个大大的枝条缸，糊上适量的陶土，在外面再编织一层枝条，两层枝条中间是一寸半厚的陶土，这就制作好了陶坯。这样烧制和运输都很方便。他为自己的金点子暗暗佩服了一下自己。

他立即派出一队人马去割红柳和白梭梭的枝条。

一切进展顺利。

吉日霖的酒曲制作好了，就等酒缸了，一旦开始蒸馏就要用上酒缸了。这天，她叮嘱工人继续搅拌加了酒曲的粮食。她洗了手，准备去看看王玉正这边的进展，她也好安排她这边的进度。

来到窑址，她远远看到一个脏兮兮的年轻人在指挥干活，走近一看，原来是王玉正，等王玉正转过脸，二人一看对方的脸都用手指着脸，哈哈大笑起来。

二人像照镜子一样，都变成了黑娃，王玉正很感动，一个姑娘为了自己的事业可以不管形象，亲自干活，这在长安贵女圈里是不可想象的，他越来越觉得吉日霖是可贵可敬的。

而吉日霖心里也在翻腾，长安王家的公子在这里混得满脸黢黑，和一个匠人不相上下，她也为王玉正的能屈能伸而打心眼里佩服。心里升起一种奇异的不一样的情愫，这让她诧异不已。

酒窖的建造，已经按照尺寸往下挖了四米，在方形的周围又砌了一米高的墙，上面是榫卯的木质结构，带飞檐的那种，将来也是驿站的一道风景，也是能长出银子的重地。她请来了孛罗城最优秀的木匠过来干活，人多干活快，她现在的全部任务就是赶工期，酒窖先放两个大缸进去，新酿的酒要保存继续发酵半年才能开启，等到时候有了三十个酒缸，就可以把储酒的年限拉长，一年的、两年的、三年的，甚至十年八年的。这样就把神觉蓝酒的时间线拉长了。

海达带着王安荷、两个儿子及儿子们的师傅们，一起出发回海达镇。海达镇的大多数男人都在铁矿当矿工。所以，在白天，海达镇很少看到男人。因此这里的神觉蓝酒卖得并不好，反而是神觉虹酒卖得好，神觉虹酒是专门给女人喝的。海达镇形成了一个独特的现象：白天，女人喝神觉虹酒；晚上，男人们喝神觉蓝酒。一黑一白，一虹一蓝，不用哪个人来调整，市场自然而然就形成了。

孛罗城缺了汉娜，不，王安荷，整个孛罗城好像缺了点颜色，以前汉娜穿着最艳丽的衣裙，走在街巷就是一道风景；后来，汉娜变成王安荷，着装发生了巨大变化，和这里普通人家妇女的衣服别无二致。

吉日霖十岁前，还动不动一身红装，习武以后基本就是着男装，到现在也很少穿女装。头发上更是没有任何发饰，一个布带把头发高高拢起就行了，她说每天都爬上蹦下的，头饰叮叮当当，烦人，妨碍她活动，因此，她就不喜欢那些花花绿绿的首饰在头上、手上。她仅仅戴了一个由自己捡的琉璃块制成的项链。一直戴着，也不是什么金银宝石，不值几个钱，它就是一块从火堆余烬中拣出来的带颜色的琉璃而已。

从孛罗城出发，经过高炉，经过铁矿，翻过一座山，才能到海达镇。踏上海达镇的土地，马车上的王安荷放松下来，她身边坐着两个儿子，快六岁了的男孩子精力旺盛，在马车里一刻也不得闲。他们在马车里练习打拳，嘿嘿哈哈，嘿嘿哈哈。拳脚并施，马车颠动，他们一会儿摔倒了，一会儿头磕在车檐上，捂着脑袋大哭，王安荷脑仁都疼，说，海达，把你儿子放到后面的车上去，吵死了，我睡一会儿。海达笑着说，儿子嘛，就是这样。我觉得我儿子很好，一点都不吵。

说是这么说，海达还是立即停下马车，把两个儿子抱到另一辆马车上，车上是他们的师父。海达叮嘱师父，如果两个儿子不听话，就打屁股。

平日里，海达不是在采集铁矿、背铁矿，就是在砸矿石，然后看着匠人把矿石粉和木炭倒进炼炉里，然后呼呼地拉风箱，还加一些白色粉末进去，再加进去木炭，等它们都融化以后，继续加温，看着差不多后就撤掉风箱，等冷却后，从炼炉里取出一块块疙里疙瘩的块炼铁渗碳钢，现在已经有了不少块炼铁渗碳钢，全部交给拓羽制作百炼钢，打制兵器。

海达镇的神觉蓝酒肆生意确实赶不上孛罗城，仅能维持店面费用，王安荷也没想在这里做多大生意，稍微有点进账，哪怕一天进几厘几分都可以。

海达镇的神觉蓝酒肆仅有四张桌子，以前海达夫妇没来的时候，由他任命的一个副镇长的妻子觉柯在管理。觉柯，很奇怪的名字，王安荷第一次差点没读出来，这个女人待人接物没多少经验，客人进店后不主动招呼，要来要走都由客人，既没有欢迎也没有送别，反正一副爱来不来的样子，海达每个月给她二两银子，相当于她丈夫在铁矿干活的工钱。

这次回海达镇，王安荷就是要整顿神觉蓝酒肆，她带回来两大缸神觉蓝酒和一缸神觉虹酒。她看了酒肆的流水账，给觉柯结了银子，就让她回家了。

大宝二宝在这里好像更自在，漫山遍野地疯玩，让带他们的保姆跟不上、抓不住。

海达一家人都在为神觉蓝酒的事情奋斗，这不，王安荷在忙酒肆的整顿，海达在喝神觉蓝酒，吉日霖在黑风口建神觉蓝酒窖，大宝二宝刚刚打破一坛神觉蓝，被海达一顿巴掌打得哇哇大哭。这一家人在这个瞬间做的事情，都与神觉蓝有关。

谁也没想到，当初海达从羊圈救回的汉娜，居然在关键时刻用神觉蓝酒、神觉虹酒，拯救了孛罗城的经济，稳住了孛罗城的城安。

第十九章　王玉正烧成大陶缸　李公公携圣旨赐婚

海达带着王安荷和儿子回了海达镇。海普和女儿吉日霜、女婿雪坤在刺刺城。吉日霖在黑风口。他们都走了，孛罗城只剩下尚田其和海聪，而海聪和尚田其也很少见面。海聪不像小时候那样闲逛了。他整日在家读书，偶尔出来到城墙上面走走，远眺一下七里慈湖、七个瞭望台。海聪看书很快，记得也快。孛罗城的书他快读完了。

这一天，天将破晓，尚田其上了城墙，凭栏眺望。

群山在他的两边，刚开始显露出它们的峰峦，最高的山顶上已经下雪了，山身中间隐没在黑暗中。云雾飘来散去，七里慈湖的轮廓随之显现。曙色从孛罗河左前方升起，洒下一抹红霞，不久，就照亮了孛罗城以及城外的村庄，炊烟像一根白柱子或一条白丝带从地上升到空中。尚田其向右边看去，却看到一个人——海聪，他的小儿子，此时正缩在城墙的地上瑟瑟发抖，他可能睡着了，一本书在旁边摊开着。尚田其对孩子们没有多大感情，孩子们从小就没了母亲，能长大都是幸运的，想想那个时候他在忙什么，结果却想不起来一件足以放弃孩子的重要事情。

尚田其脱下自己的大袍给海聪盖上，下了楼梯，回到地下迷城。

尚田其知道豆腐小李的事，却还是放走了他，他想，都一百岁的人了，放下吧。

第二天听说菲克和苏里路逃跑了，他很惋惜，他应该大度一些，和这两个人早点见一面，大家好好喝一场酒，在人的一生中，帮助过你的人，你不一定能记住，但是，曾经害过你的人你一定不会忘。这也是人性。都是死过几次的人了，何不走向新生呢。

他亲自看过菲克和苏里路的骸骨，现在就算见到了真人，他还是不相信这两个人就是菲克和苏里路。

现在，眼见都不一定为实。

王玉正培养了七个瞭望台的三十五名守卫，打下了良好的基础。有好几次，敌方派出先遣队，都被瞭望台的守卫及时发现，拦住去路，为城里的大部队迎战赢得了最佳时间。他们受到尚田其的亲自表扬，每人分了一只羊、一袋稻米作为奖励。

吉日霖那边的酒窖建造遇到了瓶颈，王玉正做的第一个大陶缸在炉中爆炸了，几乎被炸成了粉末，打开窑炉，只见一炉灰渣分布在各个地方。好在另一个还在，等炉温降下来，几个人把剩下的一个陶缸抬出来。这是一个内外都有胡杨枝条痕迹的大陶缸，事先编织的枝条都已变成灰烬，只留下印记。试水一夜没有漏水后，王玉正准备抬进地窖。他派人去请吉日霖过来验收。

吉日霖很快就来了。

阳光下的大陶缸，感觉还是炙人，吉日霖甚至还能感受到它刚出炉时的温度。

枝条的印记一条一条的，很有艺术感，吉日霖很喜欢，她爬上梯子往里看，里面有几处釉色是浅浅的红釉色，如果里面全部都是红的就好了。吉日霖说。

王玉正也爬上去，探头往里看，果然发现几处美丽的红釉。这是在陶土矿的余烬中发现的那种红釉。王玉正解释说，有红色就说明这里的陶土含金。这让他很高兴。

他用右手拇指和食指抠了抠两颗门牙，毫无征兆地，王玉正有了抠牙这个动作，他自己并不自知，他说，那还是陶土和黏土的配比有问题，这次我加大陶土的配比，重新制作两个陶缸，我大概知道问题所在了，问题出在陶土粉碎度不够细，要用更细的筛子过滤，再增加陶土浸泡时间，让陶土完全吸收水分，细腻到没有任何结块才成；然后就是和泥，要把陶泥和得光亮，还要反复摔打，排尽里面的空气。这些活儿，我前面是安排给匠人干，还是不行，我得亲自干，你先回，我今晚不睡觉了，开干。

不行不行，现在去睡觉，明早再干，眼看着起风了，你也干不成了。吉日霖说。她心里说，这个长安玉公子在这里辛劳图个啥呀。

那就抬到室内去干。说着，王玉正安排工人把陶土铲起来装袋运到室内，晚上干。

起风了，冬天毫不犹豫地走来了。

现在，这个唯一的大陶缸到底用不用，王玉正的意见是再等两天，就两天。小灵一直跟着王玉正跑前跑后地忙碌，给他当助手。小灵有自己的店面，还管理着驿站，因此，他眼睛看到的都是活儿，干不完的活儿。有些事在王玉正还没有想到的时候，小灵已经干完了，这让王玉正刮目相看，也佩服吉日霖用人的眼光。

第一炉的成本太高了，除了陶土的运输，还有木炭的烧制，制作陶缸比在孛罗城买一个都贵。

起风了，还不算大，所以生活工作暂时不受多大影响。

为了确保万一，王玉正设计了一套流程，每个人就完成自己的工作，一套流程下来，效率提高了，在谁的手上出问题，谁就承担责任。

大家吃了一顿羊肉后开干。

吉日霖不再过来看，她觉得如果频繁过来看进度，是不信任的表现，就放手让他干，干好了，他会第一时间通知她的。

吉日霖耐下性子，干自己的活儿。她的酒窖的出入口很大，足够八个人抬起直径两米的大陶缸放进去，在地窖的出口部分的半墙上安装了几扇小窗户，用于通风，现在木匠也在赶时赶点地制作雕花飞檐，进展也快。吉日霖唯一担心的就是他们可不可以在雪下来之前完成室外工作。

雪下来，风就来了，出驿站、回孛罗城就是一件不容易的事情，搞不好今年冬天吉日霖就被困在这里了。

海聪不太会喝酒，当他在城墙角睡醒，迎着晨曦等到朝阳的时候，脚下踩了东西，拿起来一看，原来是城主父亲的大袍子，他从小没喊过父亲，喊了一年妈妈，妈妈就不见了。他们兄弟三人都喊尚田其为城主，和孛罗城城民一样称呼，他们从小没有觉得有什么不对，似乎就应该是这样，直到吉日霖出生。她和海达和王安荷的关系，让海聪知道除了城主之外还有妈妈和爸爸的称呼。

孛罗城还在梦乡里，早起的几个店面升起了炊烟，太阳冲破云层从山那边跳了出来，像一个橘红的蛋黄，大地和远山都盖着厚厚的纱，很快，大地就亮透了。

海聪经常不回家，也没人过问，他像个流浪汉一样，这里睡一觉、那里睡一觉，有时候身上脏兮兮的，被人抓回去洗干净又放出来。他发现当个傻子，活得要自在得多。他心里装了一个女孩子，那是他奢望不了的存在，她曾经给他擦过嘴，还给他好吃的，也不嘲笑他，带他到泉水边洗手洗脸。

他站在城墙上，看着初升的太阳，心中的太阳也升起了。

他以后不能再傻了，他要争取自己的东西。

两个编织好的胡杨枝条与一块一块的陶土严密地结合着，两层枝条密实地围着大陶坯，被小心地放进窑炉。点火，封炉，等一天一夜，夜里，雪下来了，王玉正很担心雪在窑炉上融化后，会影响炉温，而且在高温下，雪的冷却可能会使窑炉整体爆炸。

一整夜，王玉正没睡踏实，总是竖起耳朵听有没有爆炸声，还好一夜没听到爆炸声，天一亮，他迅速起床去看窑炉，远看，窑炉四周两三米的地方一片雪花都没有，窑炉安然。雪停了。

王玉正后面就是吉日霖，她也一夜未眠。她看到王玉正从自己房间出来往窑炉方向去了，她静静地跟在后面，没有打扰他。

小灵也来了，站在吉日霖身边，工人也来了，匠人也来了，每个参与工作的人都对今天的开窑充满期待，这种经历是他们人生中的第一次，非常新鲜。

王玉正走到窑炉前，用手试了试封门砖的温度，能下手，他拿起锤子敲出第一块砖，工人们纷纷上前，吉日霖也上前拿下一块封门砖，很快，就露出了两个漂亮大缸，外面呈褐色，里面的颜色看不清。

大家站在窑炉门口等陶缸温度完全降下来。

吉日霖决定，第一炉的陶缸放在驿站院子中间盛水，这第二炉的陶缸抬进地窖，开始蒸馏酒、装酒。剩下的酒缸到明年由小灵负责烧制，让他用半年的时间烧制二十八个大陶缸。

小灵满口答应，表示可以胜任这个工作。吉日霖很满意。

现在酒窖的事情即将收尾，王玉正该准备出发了。虽然他错过了最佳出发时间，但他还是挺快乐的。他到搅拌场和蒸馏室去看一颗颗粮食是怎么变成酒，又是怎么变成神觉蓝酒的。现在驿站的客人有口福了。他们可以喝到头酒，头酒是吉日霖从蒸馏设备中接下来灌在酒坛里的，她欢迎能喝酒的人到蒸馏室参观，接上一杯热热的头酒喝，这种体验很受驿站客人欢迎。开头酒的时候，大家排好队等待喝一口头酒。王玉正觉得，只要吉日霖想把东西卖出去，她能把戈壁的石头也卖出去。在吉日霖眼里，能长出银子的地方太多了。

其实，吉日霖跟着母亲学习酿酒，自己只微微品一下，从不主动喝酒，她喜欢喝茶。

所以在驿站休息的时候，吉日霖喝茶，王玉正喝酒。二人倒也不冲突，各喝各的。

吉日霖一直在帮王玉正看天气，看哪天适合出发。终于在这天，她告诉王玉正，后天早晨他们可以出发。近七天不会有雪天，最适合出发了。王玉正点头。

吉日霖给王玉正准备了路上一应吃穿用度，给他的保镖大林和小林换了强壮的马匹和骆驼，准备送他们回长安。

第二天半夜时分，驿站大门突然被粗暴地敲响，也不知道是哪个商队错过了时间，现在才赶到驿站。开门的小灵想。

门打开，是一支华丽的队伍。小灵立即把他们让进来。有小二把马车和马匹接过来牵拉到后院，小灵把这些人让进大厅里，先让他们坐下歇息，然后安排上房。

其中有一人看样子是传说中的公公，另外几人是商队的人，还辨不清来路。正好吉日霖在，小灵说，各位客官稍等，我去请掌柜过来亲自招待贵客。

其中一人点点头，一个小姑娘在男人后面东张西望。

吉日霖睡着了，刚才听到了动静，也听到了小灵招呼人进来，她想客人很快就会被安排房间去睡觉，赶了一路，躺在温暖的床上是行脚人最幸福的事。她准备翻个身继续睡觉，却听到小灵的敲门声，说，吉日霖姐姐，来了重要客人，您出来看看吧。

好的。这样的事情，吉日霖是拒绝不了的。

吉日霖立即爬起来，穿好衣服，系好王玉正送的寒星吉日绵绵剑，洗把冷水脸，把头发梳好扎起来就出门了。

隔壁住的王玉正也听到了动静，立即穿好衣服跟着吉日霖，向大厅走去。

来到大厅，她大吃一惊，居然是王泰和、阿娟和王玉珠来了，还有坐着的一位官家。吉日霖的出现让王玉珠很高兴，她跑过来抱住吉日霖，说，妹妹，我想死你们了，你们好吧。

我们都好都好。吉日霖说。

玉珠又朝王玉正说，哥哥，你咋黑成这样了？

阿娟上前拉住女儿的手说，你先等一下，现在还有重要的事情。

好的，好的，王玉珠立即站到父亲后面，吐了吐舌头。

王玉正上前一步说，见过父亲大人，见过李公公，长途跋涉，辛苦了。说完他分别行长揖礼。

李公公说，玉正，几年不见，被大西北锤炼成真正的男子汉了。

承蒙夸奖，不胜荣幸。

这时，李公公从怀中拿出一张黄灿灿的卷轴，对王玉正严肃地说，王玉正、吉日霖听旨。王玉正一怔，随即跪下，吉日霖没见过这阵仗，见王玉正跪下，她立即跪下。

李公公大声念：奉天承运，皇帝诏曰，孛罗城城主孙女贤淑大方、温良敦厚、品貌出众，太后与朕闻之甚悦。今朕表妹之子王玉正适婚娶之时，当择贤女与配，朕特赐婚于吉日霖与王玉正。一切礼仪，交由礼部与钦天监监正共同操办，择良辰完婚。布告中外，咸使闻之。钦此。

吉日霖惊呆了，不知作何动作。

王玉正叩头谢恩，谢主隆恩，吾皇万岁万岁万万岁。

李公公坐在高高的椅子上俯视着吉日霖。吉日霖穿着普通，看不出有什么出色的地方，怎么王泰和会亲自求圣旨赐婚。这让李公公觉得匪夷所思。长安那么多贵女，他偏偏求得这么远的地方的女孩子与儿子婚配，她皮肤不娇嫩，衣着不华丽。李公公觉得吉日霖高攀了王家公子，正等着她谢恩。吉日霖却半天没回复。

吉日霖不是不想回复，而是她没反应过来。这是真正的皇亲国戚呀，她蒙了。

阿娟见状，连忙上前，说，禀公公，吉日霖姑娘不知宫中礼仪，还请您同意我现在给她指导一番。

同意同意，你指导指导这乡野女子，请吧。李公公有点不耐烦，一路颠簸，为人家的那点破事，他现在累得只想睡觉、只想吃顿热乎的饭食。

阿娟来到吉日霖面前说，吉日霖姑娘，你需谢主隆恩，不然就是抗旨，抗旨之罪轻则杀头、重则满门抄斩。

吉日霖想辩解的心瞬间没有了，先应付眼前的事再说，她立即叩头谢恩，说，吉日霖接旨，谢主隆恩，吾皇万岁万岁万万岁。

公公把圣旨递给吉日霖，吉日霖双手接过圣旨，再次叩头谢恩。

她站起来，看了一眼王玉正，王玉正双手一摊，表示并不知道此事。

王泰和说，吉日霖，请安排开饭，李公公累了。

好的，马上。吉日霖还没完全清醒过来。她立即上前请李公公和王玉正一家前往餐厅吃饭，她安排小灵上了神觉蓝酒。

一直拉着个脸的李公公吃了一口饭，闻到了酒香，呷了一口酒，顿时眯起了眼睛，轻轻咽了下去，紧接着又喝一口，然后一口把杯中的酒喝完了。小灵在旁边立即满上，李公公深深地呷了一口，徐徐咽下，才放下酒杯，说，好酒，好酒，是哪里的酒？

是孛罗城的酒，我母亲酿的酒。吉日霖说。

这比皇帝赐给大臣的酒还好喝呀，我喝过皇帝的赐酒，这是上等的酒，可以考虑贡给皇帝。

不用，我回长安后，在长安建一个酒窖、一个酿酒坊，这个酒，吉日霖会酿。王玉正显摆地说。

啊，真看不出来，这丫头倒是个能干的。

吉日霖说，李公公，您过奖了，我就是个乡野女子，没有什么特别之处。

李公公说，谁都能看错人，泰和公可不会，他阅人无数，他能亲自求皇帝赐婚，一定是看中你的优点了。

王泰和说，我那两岁失散的妹妹是她的母亲，为了亲上加亲，也为了我们一家人能经常团聚，才冒昧求得皇帝赐婚。

原来如此，原来如此。李公公一副恍然大悟的样子。

第二十章　李公公到孛罗城催办婚礼
海达山中遇袭王安荷昏迷

当夜，李公公喝得畅快，喝到了天边泛起鱼肚白，才在小灵和王玉正的搀扶下回房间睡觉。

吉日霖看着王玉正，说，你有预谋。

没有，真没有，我也不知道这件事。

我们该怎么办？

当然是成婚了。

啊？你是我哥哥呀，你心里面能接受吗？

我能，我从小又没见过你。

我很乱，我好不容易把你的事情给厘清了、平复了心绪，怎么突然又乱了。而且，我一点办法都没有。吉日霖有点烦躁地说。

你要是心里不痛快，我们一起想想办法，想想怎么把这个婚给退了。王玉正拿出了谦谦君子的气度。他说，我们去找我父母，你把意思说明白，看看他们有没有什么好办法。

这样也是个没有办法的办法，只能试一试了。

好的，等吃午饭的时候我们再说，你也想好该怎么说。

好，我去睡一会儿，昨夜没睡好。想发脾气。想打人。

那你快去睡觉，睡个好觉，先不管其他的事，好好睡一觉，自然醒再说。

嗯。吉日霖眨着眼睛流着泪，回房间了。心太累了。如果是身体累，一个饱觉就能好了，可是心累，不是睡觉能解决的。

李公公这一觉一直睡到下午酉时。他估计是饿醒了，这一觉睡了五六个时辰。

吉日霖也醒了，洗了脸出门，去到大厅，大家都在，看她进门，王玉正走过来问，睡醒了？

嗯。吉日霖回答了一个字。

过来过来，吉日霖姑娘，感谢你这好酒呀，我很久没有睡过这么好的觉了，昨晚可睡得真好，今天精气神都不一样，感觉自己都年轻几岁了，你说，这叫什么酒？

神觉蓝酒。吉日霖恭敬地说。

神觉蓝酒，好名字，为什么叫这个名字？

神觉蓝是我们孛罗城一带的一种黄色的小花，漫山遍野都是。

原来如此，难怪我在其他地方喝不上这么好的酒。

对，这是我们孛罗城唯一的。吉日霖留了个小心思，刚才她差点把圆肚子玻璃瓶拿出来给李公公看，那才是神觉蓝酒好喝的重点。其他都是噱头，当然不完全是，神觉蓝花是在蒸馏的时候加进去的。这些只有母亲王安荷知道，她只传给了女儿吉日霖。

早饭中饭省略，众人直接吃晚饭。

晚饭准备了一只烤羊、红烧大公鸡、蒸鱼、青菜。没有长安的鲍鱼、龙虾和贡果，但是有西瓜，很甜的西瓜。李公公每个菜品尝了一筷子，就放下筷子，反而对大西瓜赞不绝口，说，太甜了，和这里的一比，长安的西瓜寡淡无味。说着，他端起酒杯品了一口，说，嗯，是神觉蓝酒。王泰和说，是的，专门为您准备的。

哎呀，说起来伤感呀，喝了这个酒，才是人生值得呀。这马上就要回长安了，一想到再喝不上神觉蓝酒，我就觉得人生没有意义，伤感呀。

无妨无妨，我们将来去长安建一个酿酒坊，专门给您酿神觉蓝酒。王泰和说。

说得好听，我敢保证，这个酒一旦到了长安，我得排队，首先第一个供奉的是皇帝，还有王公大臣，最后才轮到我。

这不会，只要有足够的场地，我们会建一个大酒窖，前期建造的时候，就会给每位王公大臣一个大酒海，酒海上刻有名字。皇帝单独一个房间的酒海，您也会有个署名的酒海，您想什么时间来喝酒，就什么时间来。这酒不对外卖，只走定制，就是价格高了点，但是绝对好喝，在任何酒肆都喝不上。我还会在酿酒坊安排一个品鉴屋，喝好了，自己拿回家喝，当然，这是要提前交付定金的，李公公您就不用付钱了，我们免费给您一个酒海的酒。吉日霖大大方方地说。吉日霖的脑子总是这样，到任何地方首先看哪里能长出银子。

哈哈哈哈，吉日霖姑娘果然爽快，头脑清晰，你要是到了长安，靠你的神觉蓝酒就把长安拿下了。李公公和吉日霖相处不久，便对她肃然起敬，只觉后生可畏，前途无量啊。他知道皇帝的喜好，他确信只要皇帝喝了神觉蓝酒，肯定喜欢。再加上吉日霖的高智商高情商，取得皇帝信任是手到擒来的事情。再看吉日霖，突然发现了吉日霖天生丽质，气质不凡。李公公为这个重大发现欣喜不已，觉得此趟出门最大的收获就是结识了吉日霖。

李公公再看吉日霖，眼神中就有了亲切。他把自己的坐姿调低了一点，塌了一点肩膀，不再端着了。

昨晚，李公公交代了随从，明天返回长安。今晚，他突然宣布先不回长安，要去孛罗城，先在孛罗城给王玉正和吉日霖办一场婚礼，然后带小夫妻一起回长安，到长安由朝廷礼仪司再办一场宫廷婚礼。

这个决定一宣布，所有人面面相觑。吉日霖的心脏差点停跳。她捂住胸口，脸涨得通红。她起身快步离开。

李公公觉得是姑娘家的害羞，他高兴得哈哈大笑，又喝了一杯神觉蓝酒，他安排文书上书给皇帝，奏报此事的进展。

吉日霖走出门，站在走廊里，血涌上头，头晕晕的，身体有点站不稳，她扶着廊柱。一阵冷风吹来，她剧烈地咳嗽起来，涕泪横流。

王玉正和王玉珠出来，见到吉日霖的样子，王玉珠问，吉日霖妹妹，怎么了，哪里不舒服？

吉日霖摇摇头摆摆手，示意他们别管她，让她自己静一下。

王玉正给玉珠做了手势，让她先进去，他在这里陪她。

王玉珠点点头，转身进大厅。

王玉正上前轻轻地拍着吉日霖的后背。

止住了咳嗽后，吉日霖擦干眼泪才抬起头。她问，玉正哥哥，我该怎么办？

这个李公公不干好事，怎么又想着要去孛罗城举办婚礼，这是什么意思？王玉正愤愤地说，本来我准备和我父母说，要他们回长安把这个婚事撤销，还没来得及说，李公公又说要举办婚礼，这一事赶一事，让我都应接不暇。我现在也没办法了，现在这个时候，我和父母说，他们非得打死我不可。

吉日霖无力地看着眼前的长安王公子，不知道怎么办是好。

驿站就像游乐场，来了去，去了来，有的人频繁来往，有的人来一趟再也没见。有的人特别不常见，比如李公公。

李公公发出指令，出发。

王泰和一家人、吉日霖跟在后面，她惶恐忐忑，不知所以。

她东张西望，一点借力的地方也没有，马背上只有马鞍可以扶一下，使一下劲儿。

她希望有个可以抱的东西安慰一下自己，她趴在马背上，马鞍硌在肚子上不舒服，只能撅着屁股，把头顶在马肩膀上，弓起背，减少肚子压在马鞍上的力量。这个奇怪的姿势很快引起王玉正的注意，他调转马头和她并行，问，吉日霖妹妹，你不舒服吗？

没有。

没有怎么是这个姿势？王玉正又看了一眼，忍不住笑了起来。

吉日霖怒了，你笑什么？

我没笑什么，就是觉得你趴在马背上这姿势好笑。王玉正边说边笑。

吉日霖叹一口气，坐直，再也不理会王玉正。

黑风口的风不是来了朝廷命官就不刮了，走到七里慈湖边上，突然起风，吉日霖知道厉害，赶紧打马上前，让大家都停下，让马和骆驼都卧倒，半个时辰后再出发，虽然有人不以为然，但是吉日霖是当地地头蛇，熟悉地理。李公公下令让大家听吉日霖的。

大家刚刚躲在骆驼后面，那边天空还蓝蓝的，呜呜的大风突然平地刮起，马鬃被吹得飞了起来，打在人脸上，像小鞭子在抽，生疼。

李公公戴的帽子被风扯断了系绳，刮跑了，小随从不知深浅，从躲身的地方跑出来追帽子，瞬间被风吹进七里慈湖，隐约几声惨叫后再也不见踪影。

李公公是惜命的，老老实实光着头躲在骆驼身后，瑟瑟发抖，再也不敢露出半个头，恨不得将头缩进裤裆里。

直到风声小了，吉日霖站起来说，大家继续出发。多年来在这条路上奔波，吉日霖俨然是这里最有经验的向导。

王玉正一家、李公公各自上了自己的交通工具。李公公这次不骑骆驼了，他上了马车，马车是阿娟和王玉珠的，她们二人把马车让出来给李公公歇息。李公公上了马车——这是女眷的马车，铺得很厚，在沙石路上也感受不到多大的颠动。不一会儿，李公公就发出了呼噜声，响了一路。

第二天下午，他们一行人到了孛罗城，这一次，王泰和提前安排了先锋给尚田其报信。

风，跟了一路，直到看见孛罗城城郭了，它才回家去了。走近孛罗城，一点风都没有了，昨夜下了大雪，马车在雪地里和在沙地上走很吃力，只有在路面被马和骆驼踩实的地方，马儿才感到轻松，只要马儿稍微一使劲儿，马车就跟着走了。

一行人还没到城门口，就见尚田其带着城卫列队在大路两边欢迎，城旗偶尔被吹起来，这是一面蓝色的旗子，中间是一个圆形的条纹交织的箩纹，箩纹最中间是一个龇着獠牙的黑熊头。

尚田其看着他们缓缓靠近，带领一众城卫跪地迎接。

离尚田其三十丈时，所有人下车下马，步行至尚田其身前停下，李公公走到尚田其跟前，宣，平身。尚田其起身后，其他城卫才起身。大家互相见礼后，尚田其引领一行人进了城门。百姓在两边看热闹，窃窃私语，长安又来人了。那可好了，我们不是可以平稳过一段时间了吗。对，对，对。几个人附和着。

李公公沿路看到好几个瞭望台，遂问，尚田其城主，这里不安定吗？

没有不安定，这里很好。

那为什么建瞭望台？看样子还为数不少。

噢，你说瞭望台啊，你从长安来，持节使肖蔼宸你认识吧，前几年来过一趟，他给我提示了，可能会有其他城郭攻打我城。因此为了防患于未然，建造了瞭望台，不是为了打仗，只是为了在他人侵扰的时候，我们有个提前准备的时间，不至于还没应战，就被打死了。

城主英明，提前准备乃聪明之举。李公公的官话随口就来。

尚田其不知李公公深浅，只得小心应付。

大家都坐定后，仆人上茶。上好茶后，李公公才说此行目的——为吉日霖赐婚。尚田其一听，心里一惊，不知是福是祸，看着吉日霖面露忧愁，真的是悲喜交集。

李公公说，既然已经到了孛罗城，我就和城主商量一下玉正公子和吉日霖的婚事。我的意思是先在孛罗城举办婚礼，我带着他们回长安再举办宫廷婚礼，城主觉得如何呢？

尚田其心下有点不悦，前段时间，吉日霖明确了自己的内心——和王玉正只做兄妹。现在皇帝乱点鸳鸯谱，这让孙女吉日霖该怎么办？这是谁都反抗不了的事情。

看着无助的孙女，作为城主的尚田其也没办法，定了定神，他说，多谢皇帝隆恩，吉日霖得皇帝厚爱，亲赐佳婚，我整个家族乃至孛罗城不胜荣幸。我这就择良辰吉日为吉日霖举办大婚。

吉日霖站出来，行了礼，说，李公公，爷爷，结婚乃一生中最重大的事情，一般来说，父母之命媒妁之言。这样就举办婚礼，是不是过于随意了。我还有父母，我还没见媒妁之言，要办就要办得隆重，要不就不办。我这个不是抗旨吧。

不是不是，应该的，那就请你父母来。

我父母不在孛罗城，派人去叫回来，现在是大雪天，一来一回也要七天时间。

那就七天，这么大雪，我也不好出发回长安，等天气稳定了，我再出发不迟，我可先说好了，每天供应我一坛神觉蓝酒。

没问题，两坛也没问题，孛罗城可是神觉蓝酒的生产地，最正宗的神觉蓝酒。

好好，你安排吧。

吉日霖为自己争取了一点时间。

看着吉日霖把他往外推，王玉正心里有点不爽，他如果不支持吉日霖，二人说话的机会都没有了。

王玉正一脸想帮吉日霖取消婚约的表情，让吉日霖真以为王公子没有那个心思了，对他也增添了一点点好感，毕竟是表哥嘛。想到此，吉日霖心情变得复杂起来。

吉日霖安排了饭食后，从城务大厅出来回家。王玉正追过来说，我真没想到李公公不给我们喘口气的时间，感觉刀架到脖子上了，说，同不同意，不同意刀就下去了。

他就是这个意思。

吉日霖开始跟他说话，王玉正很高兴，一切慢慢来，他都在这里五年了，也不急在这一时。

路过东西向的街道，一只老鼠从吉日霖脚边跳了过去，吉日霖站住并没有躲开，看着这只带长长尾巴的老鼠在一个屋角消失不见了。天冷了，野地里的老鼠回到了孛罗城。

王玉正也站住，在长安城的老鼠人人喊打，在这里却每家每户会给老鼠留一口饭，会让老鼠在这里生存。老鼠的繁殖力很强。传说，有一年，孛罗城连续下了半年的雪，房子都被雪埋了，人没有吃的，最后靠着吃老鼠的饭活过了一个冬季，此后，孛罗城的人再也不打老鼠，而是在冬天下雪的时候，在门口或者院墙上放一些吃食留给老鼠吃。到了夏天，这些老鼠神秘地消失了。它们全体出城了。

关于老鼠的故事，孛罗城的孩子三岁以前都能听长辈讲这些故事。现在，孛罗城的大人给孩子讲吉日霖小时候的故事，讲吉日霖和她的花豹猪猪的故事。

吉日霖要结婚的事情，风一样地传遍了孛罗城的城内城外。各种版本的故事，每个人讲一遍都会加入自己的想象。

喀布第一时间找到拓羽，急切地说，拓羽哥，拓羽哥，你听说了吗？

皇帝给吉日霖赐婚了，赐婚对象是那个长安来的王公子。

正在打制宝剑的拓羽身子停了一下。

噢，知道了。拓羽说话，继续手中的劳作。

喀布急了。你怎么这个态度，你忘了你对吉日霖的喜欢有多深吗？我们孛罗城的人谁不知道？我和你说，我也喜欢吉日霖，如果不是你喜欢吉日霖喜欢得那么干净纯粹，我自愧不如，我才不会退出。你什么态度？你太让我失望了。

说着说着，喀布居然哭了。

拓羽转过身，摸了摸喀布的头发，说，吉日霖在我心里就像天上的仙女一样，能远看、不能近身，只要她高兴，我就高兴。

不是，拓羽哥哥，你得去找吉日霖告诉她，你喜欢她，你都没说过一次，吉日霖姐姐怎么会知道你真实的心意呢？

她明白呢，她明白，有时候话说得太白了，就没意思了。拓羽说完，坐下去继续干活。

唉，喀布一跺脚，你不去，我去和吉日霖说。临出门，他说，呸，不是个男人，连话都不敢说。没用的东西。

拓羽听到了，他没停下来，机械地继续干活。

喀布冲到吉日霖家，把大门敲得咚咚响，仆人过来查看，见是喀布，知道他是铁矿负责人，问，你有什么事？找吉日霖。喀布说着就往里闯，被仆人拦下，仆人说，你想干什么？我找吉日霖。说着，喀布欲甩开两个人的手臂往里冲。

吉日霖听到了声音，在楼梯上看着喀布，说，喀布，闹什么？

我没闹，我有话和你说。

好，你说。

喀布看着吉日霖高冷的表情，瞬间又不想说了。

算了，我不想说了。喀布刚才气冲冲的肺管子“哧”的一下瘪了气。

吉日霖走下楼梯，站在一棵白桦树下，树干上有好多只眼睛，似乎都在看他。喀布看了一眼树干，有点不自然，小声地说，他们说，皇帝赐婚给你了。

嗯。

你答应了？

我答应不答应和你有什么关系？

怎么没关系了。你嫁给那个王公子，拓羽哥哥怎么办？

什么拓羽哥哥怎么办？你在说胡话吗？

吉日霖想了想说，是拓羽让你来的？

不是，他不让我来。我是看不过拓羽连喜欢你的话都没说出来，死了都是冤死的，作为好兄弟，我必须代替他来说这话。我说完了，后面发生什么事情，我也管不着了。

喀布跺了一下脚，跑出去了。站在门两边的两个仆人哈哈大笑，吉日霖一瞪眼，二人立即闭了嘴、收了表情。

吉日霖回到房间躺下，她捂着双眼，天啊，我该怎么办？最近的事情让她烦恼。传信人已经去了海达镇，估计还有两天，父母就回来了。她要和父母商量一下，看看他们有没有办法帮她。

王玉正在她心里，当哥哥是正理。他是长安贵公子，更合适长安那些贵女；长安的规矩太多，她是野地里长大的女孩子，不适合嫁到长安。她心里再三告诫自己，要有清醒的脑子，你是吉日霖，一定要认清自己，她拍拍自己的脑袋。

啊——她对着天空喊了一声。

冬天的海达镇和孛罗城基本一样，二者之间有两天的路程。这里风不大，是牧人理想的冬牧场。因为孛罗城的铁矿离海达镇不远，海达镇也可以说是矿业小镇，男人们都下矿了，放牧的事情交给家里的女人和孩子。这里的镇民收入来源不多，因此，镇民并不如孛罗城城民富裕，前两年，孛罗城有个政策，海达镇的居民可以搬去孛罗城，那阵子搬走了十来家稍微有点实力的。毕竟去孛罗城要新建房子，那是一大笔钱。

这里的狗很好。牧人家都有一条或者几条狗，这是在大山里，熊、雪豹、狼等动物会在冬天下山来觅食，为了吃掉牧人的牛羊，会和牧人干架，最终打架的是他们的狗。这种狗忠诚、味儿大，身子、腿和脑袋都是圆咕隆咚的，看起来很可爱，凶起来也吓死个人。

这天，孛罗城来人告诉海达，说是皇帝给吉日霖赐婚，让他们马上回孛罗城。这是哪门子的事情？最近发生的事情变化太快，让海达的脑子跟不上了。

来人还说，长安皇帝身边的李公公亲自来了孛罗城，他要亲自参加婚礼。海达的脑子更乱了，不知这是吉是凶。

简单收拾了东西，他准备带妻子王安荷和大宝二宝回孛罗城，王安荷本来是计划来到海达镇住到明年春天再回去的，这才几天呀。

冬天的海达镇安静得像片树林，只有饭点上从简易的土房子里冒出的炊烟才让这个镇恢复了生机。可能是因为海达镇的镇长长时间不来的原因，路上空荡荡的，只有几只苍鹰在他们头顶盘旋。

早晨，天还没亮，海达一家出发了，还是来时的行头，一辆马车，两个师父骑马，两个随从骑骆驼，海达骑马，他肩上挎着弓，马鞍上挂着剑壶。他的刺剌马迈着均匀的步子踏在雪地上，发出咯吱咯吱的声音。两只牧羊犬跟在后面——这次带回两只牧羊犬，不到一岁的样子，大宝二宝一人一只。大宝二宝从马车的窗户上看着牧羊犬的样子咯咯咯地笑。

晨风起了，似乎有点猛烈，东方的天空开始发白。这时，在熹微的晨光中，海达看见山边一群兔子在洞头跳来跳去，两只小牧羊犬“呼”地扑过去，一阵东追西咬，居然咬死了两只兔子，它们把兔子含在嘴里拉回到海达面前。海达赏给它们自己吃，它们高兴地卧地就啃了起来。海达继续出发，两只牧羊犬吃饱了，放开四爪追赶他们。

山上露出岩石的部分，有三五只北山羊在山中间向这边观望。如果在平时，海达就搭弓射箭了，射下一只北山羊，可以吃半个月的羊肉。

他们要走的山路，路过两道深谷，脚下就是悬崖，冬天行走要非常小心，稍一疏忽就会跌入深谷，只能等到来年夏天，雪地融化后看看白骨，深谷里各种猛兽会分而食之，人没有生还的可能。

他年少时定的海达镇的地址，是他的马儿选择的，他相信马儿的灵性。事实上，海达镇是一块宝地，除了到孛罗城不方便以外；如果绕着走，不走深谷之上，要绕九十九天才能到孛罗城。

自从发现了这条捷径，那条绕的路，海达再也没走过。

王安荷和儿子在马车上，她很安心地坐着，看两个儿子玩耍。儿子什么都不怕，趴在马车窗户上，看着在马车后面奔跑的狗狗。王安荷一手抓一个，抓住他们的脚，生怕一个颠动，把他们从窗户里颠出去。

安全下了山道后，再走几里地，他们就走上平原了，这里一望无际，一点东西都藏不住。

山东边的阴影还在地上，白雪变成了蓝色。

突然，一支马队从山那边跑出来，拦住了他们的去路。海达立即搭弓，两位师父也拿起刀竖在身前，做出防卫姿势。

海达问，你们想干什么？

其中一人骑在马上比其他人高出一截，这个人说，海达兄弟，我是菲克。

菲克，你不是离开孛罗城了吗？

离开孛罗城是被你父亲赶出来的，不是我自愿的。

不对，我父亲已经放过你了。他知道豆腐小李是菲克，雇员是苏里路，父亲并没有派人追杀你们。

他杀我一次，第二次还悬赏，我这一躲就是几十年，如果不是我机灵，早就死了，你相信尚田其会给我生路吗？

他已经说了，你们年龄都大了，你们好好卖豆腐，虽不能有多大富贵，但是可以生存无忧。他想让你们就这样度过晚年，把以前的事情翻过去。

翻过去？开玩笑，能翻过去吗？他杀了我唯一的弟弟，还挂在城门示众。多狠呀！

你知道你弟弟杀了多少人吗？仅仅一个月就杀了五个人。他自己招供出来的，还有没招供的不知道有多少，你说该死不该死？

我不管，你们杀了他就是你们不对。我们现在做个了结。我要杀了你，给弟弟报仇，我再找机会去杀尚田其这个狗贼。

好吧，我们是得做个了结。海达拔出自己的利刀，打马上前。

突然，一支箭射向海达，对方不讲武德，射黑箭。

大宝二宝的师父搭弓射出一箭，挡下了来箭。

这时，海达已经来到菲克面前，举刀便砍。两个人一来二往好几个回合，海达砍伤了菲克一条腿，顿时，血流了一地。

其他人向马车这边进攻，两位师父拦在马车前，保护王安荷母子，一时间，丁零当啷地，双方打了起来，趴在马车窗前的大宝二宝高兴得直拍手。两只牧羊犬蹦跳着想上前帮助主人。马车的两匹马也在不停地用前蹄挖地。

一支流箭射中了马肚子，马吃痛一惊，带着马车飞奔起来，在车上的母子被颠得东倒西歪，大宝二宝顿时大哭起来，大喊，妈妈妈妈。

海达这边被菲克和苏里路等五人缠斗，眼看着马车向山边奔去，心里着急，一个疏忽，后背被菲克砍了一刀。他吃痛大喝，反手一刀把一个杀到身前的人砍成两半，把菲克刺向他的剑磕飞，顺势砍断马腿，菲克从马上跌落。海达从马上跳下来，举刀刺向菲克。菲克看到海达血红的眼睛，一慌神，就被海达刺了个透心凉。临死之前，菲克指着马车说着什么，海达没有听到。

海达紧跑几步跳上自己的马去追赶马车。马车后面还有两个人在追赶，他们不停地向马车射箭，海达拿起弓箭射死了二人，继续追马车，马车摇摇晃晃地，几次差点撞上山石。

两只牧羊犬在后面吐着红舌头拼命地追着马车。

这边，两个师父解决了围困他们的贼人，也拍马“嗒嗒嗒”地去追马车。

拉车的一匹马突然倒地，另一匹马也摔倒在地上，马车被惯性所致撞上山石，“砰”的一声巨响，车的木头散落了一地，被甩出几丈远的王安荷把两个孩子护在身下，伏在地上一动不动。海达连滚带爬地下马，后背上一大片殷红，一路上滴着血。两名随从从藏身之地跑了出来，一位来到王安荷身边，一位捡拾马车上掉落的物品。

海达把王安荷的身体翻过来，她软软地倒在一边，眼睛还睁着。两个孩子看到父亲，“哇”的一声扑进海达怀里。两只牧羊犬蹲在王安荷身边，哼哼唧唧地呜咽着。

海达把两个孩子交给随从，跪在地上，抱起王安荷。

从来不哭的海达泪流满面，说，安荷，安荷！王安荷一动不动。

两位师父捆着一个人走过来，对海达说，海达矿主，这是苏里路，怎么处理？

杀了。海达头都没抬。

海达，我跟你说，你不能杀我，我有重要的秘密要告诉你，菲克死了，他没来得及给你说，我来说。但是，你得答应我，我说了，你不能杀我。苏里路对着海达说，海达抱着王安荷心痛得撕心裂肺。

良久才说，你有什么理由让我不杀你？海达并没有看他，他在整理王安荷的头发，他哭着说，汉娜，我的汉娜。

所有的坏事都是菲克做的，他该死，他还让我给他做掩护，因为他长脸长手的特征太明显了，出去就会被认出来。我走在路上太普通，没人会关注到我。

你们两个本就狼狈为奸。你也该死。

我告诉你，你的大宝二宝不是你的孩子，是菲克的，哈哈哈哈，菲克大哥好算计呀。

海达的头依旧没抬，说，杀了。他抱紧王安荷在她耳边说，只要是你生的孩子就是我的孩子。王安荷的眼角滚落一滴泪水。

两位师父手起刀落，苏里路人头滚了下来。一位师父把他的身子举起来，胳膊一扬甩到十几米外的山石上，苏里路的身体闷闷地撞了一声，然后像一摊泥一样从山石上滑落下来。

两只牧羊犬趴在王安荷身边呜呜咽咽。

海达的眼睛越过王安荷，突然从两只牧羊犬脸上看到了两个人脸，一个是菲克，另一个是苏里路。海达很震惊，使劲眨了几下眼睛，定睛一看，还是两只牧羊犬。

回去的路上，海达有意无意地看了牧羊犬几次。

一片雪花落在海达鼻尖上，随即化成水。下雪了。

第二十一章　吉日霖照顾重伤的父母
玉正拓羽来帮忙起冲突

两名随从牵过来五匹菲克他们的马，加上四匹死马，他们一共来了九个人，不知道菲克、苏里路从哪里纠集了其他七个人。他们把物资重新打包，分别捆在马背上，海达抱着王安荷沉默不语。说心里话，他不喜欢王安荷，他喜欢的是汉娜，现在王安荷死了，他抱着汉娜，是他从羊圈里救回来的汉娜，汉娜才是他真正的妻子，她有一种青春的执拗美，像一瓶被打翻的烈酒，带着一股劲风向他吹来，让他欢喜而欲罢不能。王安荷是王泰和的妹妹，是矜持内敛不热情的长安王家小姐。

海达和王安荷骑一匹马，他抱着汉娜。

两个师父一人抱一个孩子，两名随从拉着剩下的马匹一起回孛罗城。

两只牧羊犬跟在后面。随从见它们跑累了，把它们放在马的褡裢里，让它们有个休息的地方。

路过一片像一块大青石的湖泊时，海达头晕晕的，远远地看到湖中心一个漩涡越来越大。

他们先到了铁矿，然后到了高炉。然后，王安荷已死的消息像长了翅膀一样飞到了孛罗城。

难怪昨天吉日霖眼皮子跳了一晚上，怎么摁都摁不住，她想可能是精神太累的缘故，加之最近皇帝赐婚的事让她心绪不宁，也就没太在意直觉给她带来的提示。

突然有传闻说，母亲在青石山附近遭遇菲克和苏里路等人伏击，母亲生死不明，父亲和弟弟们都受伤了。

海达抱着他的汉娜，找到孛罗城最好的郎中，恳请他救汉娜。郎中翻了翻汉娜的眼皮，摸了左手脉，又摸了右手脉，说，我能救，但是我只负责救活，不负责救好。海达大喜，说，只要能救活，已经是老天对我的最大恩赐了。海达激动地给郎中跪下来，“咚咚”地磕头。

郎中说，使不得使不得，你是矿主，给我跪下，我要折寿的，快起来，快起来，我给你妻子下针。

只见郎中拿起银针，迅速在王安荷的头部、四肢部分、脚下、腋下，和一些刁钻的大穴、要穴下了针，并且进行了弹针和捻针的操作。

不到半个时辰，郎中取针，又把王安荷十个手指头、十个脚指头的指尖刺破，挤出几滴血，然后又在她的肘窝处刺穴放血。只见王安荷吐出长长一口气，然后“哇”地吐出一大口鲜血，眼睛睁了一下，闭眼又睡了过去。血迹挂在嘴角，郎中帮她清除了嘴里的血迹。

郎中再次按了按两只手的脉，欣喜地说，活了，人活了！我马上开草药，药熬好了，你把她扶起来，喂给她喝，一定要扶起来，别呛到肺里。

好的，我一定扶起来让她喝药。海达很高兴，抱着王安荷，流着泪说，你吓死我了，你死了，我该怎么办呀。说完，他俯身在王安荷的耳朵上轻轻咬了一口。

不一会儿，药熬好了，药童端药过来，递给海达，海达却抱着王安荷睡着了，背后的衣服已经被血迹湿透了。药童推了推海达，海达努力睁开眼，看到了药碗被高高举起，海达一手接过碗，一手扶起王安荷，小心地把汤勺凑到她嘴边，她居然喝了一口，然后一口一口，把一碗药喝光了。看到她能喝药。海达放心了，把王安荷小心地放在木床上，他神情一松，“咚”的一声跌倒在地。

药童叫来师父，有人协助把海达抬到另一个木床上，郎中撕开海达的衣服，发现海达的后背已经皮开肉绽，鲜血染红了衣服和裤子。一条一尺多长、宽一寸的伤口，赫然在目。他抱着王安荷，一直在用劲，血一直在流，再不包扎，人就会流血而死。

吉日霖跑了进来，看了母亲，又看了父亲，她忍住悲痛，把眼泪咽了回去。她问郎中，现在要怎么搞？她第一次遇到如此巨大的变故。

你是他们的女儿吉日霖吧？

嗯，吉日霖点点头，眼睛里蓄满了泪水，看郎中都是模糊的。

郎中说，我现在要用酒冲洗伤口，然后用布条裹住伤口，你要帮忙，把这道伤口的对口对上，然后绑起来，伤口才能长好。这还不能保证一定能好，前三天很重要，能熬过去这三天，基本就差不多了，这三天不发热，就活过来了。

吉日霖眼泪滚了下来，问，我母亲怎么样？

你母亲现在还算稳定，我每天会给她扎针灸。你得留在这里，他们上恭房得有人帮忙。

好的，我在，我会一直在。吉日霖急切地应着。

那好吧，我们开始。说着郎中拿起一陶杯的高度数酒，倒在海达背后的伤口上，昏迷中海达哼了一声。郎中拿来白布条，一层一层裹，连着前心后背一起裹，另一个助手洗了手，把伤口两边往一起挤，新鲜的血又出来了。郎中说，别停手，继续，然后他们两个人配合着一层一层地裹紧布条，一点一点地把伤口挤在一起，对口对上，反向又来了一遍，才绑好接头，剪了布带。渗出的血湿透了布条。

吉日霖眼睛红红的，她左边床上是父亲，右边床上是母亲，两个人现在都不省人事。吉日霖捂着双眼，无声地哭了出来。

她走到外面，擦了擦眼泪。

外面站了很多人，拓羽、喀布、王玉正、王玉珠，甚至王泰和和阿娟也来了。

吉日霖看了他们一眼，说，你们回吧，我在这里就行了，谢谢你们。

王玉正一脸担心地看着她。

喀布平时得理不饶人，叽叽喳喳的，在劝人方面却不知如何开口，只得闭嘴，其实他特想说些什么，最终还是没有说出口，想做手势，伸了一下手又收回来。

这时，尚田其匆匆赶来，直接越过吉日霖去找了郎中问情况，从病房内出来，他对吉日霖说，丫头，你怎么样？吉日霖终于绷不住了，扑在爷爷怀中大哭了起来。原来，哪怕吉日霖再坚强，她还是个小女孩。

她惹得尚田其的眼泪也出来了，他抬手拍拍吉日霖的后背，说，我们的吉日霖要坚强，现在你父母都躺下了，你就是他们的依靠，知道吗？

知道了，爷爷。吉日霖抱了抱尚田其，放开了他，收干眼泪，说，我没事了，我会照顾好父母的。说完，她擦了一把脸，把头发往后捋一捋，坚定地走进病房。什么都难不倒吉日霖，勇敢坚强的吉日霖回来了，一切都不是事，不逃避，问题一个一个解决。不怕啊。吉日霖安慰自己。

药铺里来了一位女患者，六十多岁，自诉手不能举，背部常感恶寒，身体困倦，即使盛暑也得穿棉袄。冬天更怕冷，都说夏病冬治，她儿子就带他来治疗，看了其他郎中，均作虚证治疗，屡治无效；而这个杨郎中，诊其脉沉滑，认为是痰留经络，就用针刺肺俞、曲池、手三里穴，当时病人就身轻手举，亦不恶寒，不再穿棉袄；后来又用除湿化痰的药剂，病人此后身体康健、诸疾不发。这次过来是为了专门来感谢他，吉日霖听了，对父母在这里治疗增加了很大信心。

她到病床上查看了父亲海达后背的情况，还在渗血，鲜红的血沁出来，血迹的边缘形成了一个黑红色的边边。吉日霖希望父亲能熬过前三天。母亲王安荷的情况也不容乐观。当初那个丰腴的汉娜变成了消瘦的王安荷，吉日霖很奇怪，一个人怎么可以有那么大的变化。

王玉正一家四口进来，王泰和代表全家人发言。

吉日霖姑娘，你辛苦了，现在你遇到如此大的变故，需要我们全家人为你做哪些事情，你尽管吩咐，我们全家都将尽全力。王玉珠使劲点头，嗯嗯。王泰和继续说，皇上已赐婚于你，我们就是一家人，让玉正和你一起守在这里，也好有个照应。王玉正立即答应说，对对，你一个女孩子要安排姑父的一些事情，总之还是不方便，就由我来吧。王泰和点头，是的，你姑父出恭的那些事情均由你负责。王玉正一口答应，没问题没问题，我负责姑父的事情。好的，那你们就多辛苦，也希望二位病人早日康复。

阿娟走过来拍了拍吉日霖的肩膀说，会好的，一切都会好起来的。

谢谢舅舅舅妈，你们回去休息吧，劳累你们了。

也帮不上啥忙。

舅舅一家人已经帮了很大忙了。

好的，告辞，告辞。

王泰和带着阿娟和王玉珠回驿站。

一个不注意，海达和王安荷尿在床上了，吉日霖没带换洗的被褥。吉日霖说，玉正，你先守着，我回家拿换洗被褥。还没等王玉正答应，吉日霖已经跑出病房。

出病房后，吉日霖牵来马，打马回家，在外面等着的拓羽和喀布干瞪眼，吉日霖并没有请他们帮忙，他们也插不上手。喀布说，我们回吧，这里不需要我们。

你回吧，我在这里等等，她现在很慌，我站在这里，让她感觉她还有人可以依靠。

依靠啥？看都没看你一眼，傻子，你要愿意当傻子你当。我可不当，我回了，从早晨出来杵到现在，一口水都没进，我走了。

嗯。拓羽没多说，也没挽留。

喀布一看，还想说什么，摇摇头，骑马回了。

李公公早晨起来还没吃早饭，就嚷嚷着要喝神觉蓝酒，他和随从说，早晨要端一杯神觉蓝酒来，他睁眼喝一杯再起床，一天都有精神。美美地呷了一杯，他走出房门来到院子里，院子里的雪已经被堆在墙角，还没运出去。他在院子里站定，深吸一口气，双手握拳，气沉丹田，练了一套拳法，平日里，李公公不见得多么厉害，而这套拳打得却是软硬兼施、行云流水。被前来看望他的王泰和看到，心想，能在皇帝身边若干年，果然非精即怪，没有那两把刷子，刷不了皇帝的墙，不能小瞧，得小心应付。

李公公好拳法，有力量。王泰和从走廊走出来拍手称赞。

泰和老弟谬赞了，老筋老骨，不比你们年轻人。

哈哈，我也不年轻了，一晃，快年过半百了。

你还有大把的时光可以享受，你可要好好把握呀。

借您吉言，我们一起一起。

对对，一起喝神觉蓝酒。

对，一起去喝酒。

二人有说有笑地向神觉蓝酒肆方向信步走去。

他们边走边说，李公公问，吉日霖父母啥情况了？

不是很好，二人都昏迷不醒，不知何时好转。

哎哟，这还挺严重噢。

是的，现在的问题是，王玉正和吉日霖的婚礼因为她父母的问题就得延后，这是其一；其二是，假如，我是说假如，假如吉日霖父母中的一位如果不幸没挺过来，吉日霖就要守孝三年，您看……王泰和没把话说完，等着李公公主动接话。

李公公站定，做了个抚须的动作，虽然他并没有胡须，说，泰和老弟直说，不要给我打哑谜，我猜不过来。

哦哦哦。王泰和打着哈哈接着说，我的意思是，犬子王玉正和吉日霖的婚礼问题，现在这个节骨眼上，显然不适合张灯结彩，您说呢？

泰和老弟说的有道理，昨晚我还在发愁此事，是我仓促了，我实在是喜欢吉日霖小姑娘，想着为她做点事。到时候，给皇帝供奉神觉蓝酒，皇帝也高兴，老身这一生还不是为了皇帝吗，有了好东西就得第一时间供奉给皇帝呀。说着，他朝着长安方向行了礼。

公公心地纯良，一心为皇家着想，深受皇帝喜爱。王泰和给李公公又行了揖礼。

两个人站在冰天雪地里聊得热火朝天，却始终没有确定婚礼到底办不办。

看着李公公鼻头冻红了，王泰和说，咱们进酒肆边喝边说。

李公公说，那可是极好的，哈哈。

他们进了酒肆，细妹知道他们，立即安排最豪华的贵客室，让小二上最好的神觉蓝酒，还贴心地上了神觉蓝汤。这种清淡的汤让李公公十分欣赏，发明这汤的是怎样的妙人啊！

是我妹妹王安荷。

王家真是人才辈出啊，听说你妹妹很小就丢了？

是的，这是我母亲最大的伤痛。机缘巧合居然在这荒芜的地方和妹妹遇见。

也是天缘呀，真是神奇的故事，你妹妹一个女人能活下来真不容易。

谁说不是呢，她一定受了很多苦，刚要过好日子了，结果又倒下，老天不长眼呀。

每个人都有自己的命，从另一方面看，这未必是坏事。

啊？王泰和一时没搞懂李公公的话外音。

算了，不说了，我们继续喝酒，喝好酒。

对对，喝好酒。

这边喝酒喝得高兴。

吉日霖那边正在手忙脚乱，她没遇到过如此糟糕的事情，父母同时尿在床上，她一个人根本无法完成两个大人更换被褥的事情，不到一天工夫，吉日霖已经快要散架了。即使有王玉正帮忙。

王玉正是长安公子，也没干过伺候人的事情，不知怎么下手，虽然他很想替吉日霖分担，但实在应付不过来。他也做得满头大汗，一副狼狈相，到了晚上，他对吉日霖说，吉日霖姑娘，我们都没做过这个事情，我建议得找个专业的人来干这个事情。我们干不好不说，把你累垮了，别说尽孝心了，现在事情做得乱七八糟的，你着急父母也难受，这不利于他们的康复呀。

吉日霖想再撑一撑，自己的父母自己管，交给别人算啥。别人能尽心尽力吗？但才一天的工夫，病房已臭不可闻，她身上、头发上都是臭味，自己也能闻出来。

看着王玉正委屈的样子，吉日霖也不忍心，说，玉正哥哥，你快回去洗个澡，睡个觉好好休息休息。这边我来就行。

你一个人行吗？

行，放心好了，快回去。

好的，我回去洗个澡就过来换你啊。

快去吧，吉日霖放王玉正回去。

见王玉正匆匆走了，她站起来捶了捶腰，从早晨到现在没吃一口饭，自己也快虚脱了，她想坐一会儿，找点热水喝两口，先对付一下。地上是换下来的褥子和床单，还没来得及洗。

父亲趴在床上，露出被砍伤的后背，缠裹伤口的布条被血渗透，已经发硬，郎中过来说，明天早晨换布条。

母亲仰面躺在床上，眼睛紧闭，一动不动，如果不是被子微微起伏，证明这人还有呼吸外，简直毫无生息可言。

吉日霖喝了一口水，出门透口气。拓羽走过来，手里端着一个大木桶，还有几个木碗木勺，见吉日霖在外面说，来，饿坏了吧，吃点东西，我回去炖的羊肉汤，好吃。说着，他找个地方坐下，把木桶放稳后，把碗和勺递给吉日霖，说，你先吃点，休息一会儿，我去里面看看。

吉日霖想说点什么，比方说，谢谢啦，或者，你怎么来了，等等。

最后，她什么都没说，点了点头。

拓羽进去后，把两位老人床上的被褥重新整理了一遍，把地上的脏物抱起来，出去了。他路过吉日霖身边，说，我去洗干净晾好就过来，等一会儿给喂几口汤，喂不进去的话，等等我，我一会儿来喂。

吉日霖点点头。

王玉正回到驿站后，把换下来的衣服给下人尽快清洗，并嘱咐实在不好洗就扔了。

他以最快的速度进了浴盆，洗了一遍，换了水又洗了一遍，鼻子里却总是有病房的那种特殊的骚臭味。吃饭时，他仅仅吃了一点就没胃口了，经此一事，他对明天和灾难哪个先来，有了一些认知，姑姑和姑父前些日子还好好的，怎么就一起躺在床上了。

吉日霖一定很绝望吧。想起吉日霖，躺在床上的王玉正睡不着了，他起身穿好衣服，准备再去病房看看。

来到病房，王玉正看到正在忙碌的吉日霖，一句话不说，接过吉日霖手上的褥子塞进海达侧胯部，到底是男子，手上有劲儿，王玉正单手就把海达的身体托起来一点点，吉日霖赶紧帮忙，两个人完成了给父亲换垫子的任务。王玉正很感慨，长安贵女谁亲自干这些事啊。而吉日霖也想，长安哪家公子干这个事啊。

吉日霖说，你回去吧，一会儿拓羽过来，我们换着来，这才刚刚开始，不知道我父母哪天能苏醒，别把大家都熬病了。

不用不用，今晚我来守，今天是第一天，最难的一天。王玉正说。

吉日霖想说什么，看着王玉正的眼睛，又把话咽了回去。

第二天早晨，阿娟带来早饭，交给王玉正，让他们一起吃饭。阿娟问了昨晚的情况，对吉日霖说，你有什么需要，我们都在。

不用，我父母现在这个情况，确实不需要啥。我在就成，再说了，还有玉正哥哥和拓羽哥哥都在帮忙。

好的。

阿娟说，正儿，我想今天去孛罗城周围走走，来了这么长时间，我也想去看看当初你负责建的七座瞭望台。

王玉正也很高兴，瞭望台可是他的骄傲，是他亲手绘图、亲自安排人建造的，这是他内心的骄傲。他又为难地说，我这边走不开，陪不成您了。

不用不用，你陪着姑姑去吧，这边现在没啥事了，坐着也是发呆。吉日霖赶紧说。

阿娟说，你父亲和我一起就好了，他早晨就出门了，我估计去了酒肆，我去找他。

好的，您路上小心。

阿娟坐上马车往酒肆出发，在路上看到王玉珠和海聪在一块空地上玩打雪仗，王玉珠高兴地在雪地上跑着，雪球在空中飞扬，一块都没砸到她身上，而她手里的雪球每块都砸在海聪身上，惹得王玉珠哈哈大笑，很开心。

她在酒肆找到了王泰和和李公公，这都是阿娟意料之中的事情。

阿娟大大方方地坐在李公公对面，说，我是路过这里，我要去城外看看，来孛罗城两次，城外一次都没去看过，加之这次孛罗城外的七座瞭望台是玉正绘图并监制的，我去看看效果如何，回长安也好给皇帝奏报和描述。

对，对，好事呀，如若不嫌弃，我随你们一起去。

求之不得啊，哪有嫌弃之说。阿娟说。

阿娟很少露面，此次高调出场，王泰和不知她葫芦里卖的什么药，当着外人不好问，只得配合夫人的行动。

他说，我们转一圈就该吃饭了，我们烤一只羊吃。

好的，那我们出发。

夜晚，吉日霖靠着母亲的床睡着了。父亲的床边靠着的是拓羽。拓羽睡得很轻，吉日霖睡得极不舒服，拧着身子寻找一个舒服的体位。拓羽一看，出门去了，不一会儿抱来一张动物皮毛，放在地上，然后轻轻地抱起吉日霖放在皮毛上，吉日霖在梦中终于找到了一个可以舒服伸展的地方，一侧身就转过去继续睡了。拓羽脱了自己的水獭皮坎肩给吉日霖盖上。

他查看了海达和王安荷的情况，然后靠在海达床边打盹。

天亮后，吉日霖发现自己躺在地上的一张熊皮上，暖暖和和地睡了一夜，搜寻一圈，没见到拓羽，她想拓羽可能回家了，也没多想，人家已经做得很好了，不可有过分的期望。

她站起来，把熊皮折叠好，放在柜子上面；又查看母亲的床，母亲尿了，她换下母亲屁股下面的垫布，放在木盆里，重新换上干的垫布。母亲最近无法吃硬的食物，吉日霖只给她喂了水和肉汤。

海达第二天下午开始发烧，侧着身，张着嘴，口涎挂在嘴角，嘴唇起泡。郎中给他喝的汤剂，由于是侧着不好喂药，喂一口大半都流出来了，只好把他扶起来，似乎又挣破了伤口，布条上渗出了鲜红血液。

第二天，海达依然没有动静，强壮的海达失血过多，在他看到妻子王安荷得到治疗后，瞬间被击倒，昏迷至今，还没苏醒。一口气吊着，谁也不知这口气能吊多长时间。到了晚上，海达浑身发冷直打哆嗦。郎中过来号脉后，给加了汤药，他依然喝不进几口，效果并不明显，郎中只得更换药方。剪开绑布，布和肉几乎长在了一起，撕开布条带出血肉，这个惨状让吉日霖难过得捂住眼睛不敢看。父亲的疼，也疼在女儿心里。她流着泪说，郎中，怎么办啊？

郎中下针止血，针灸止血是暂时的，实在是没办法，只得撕下带血肉的布条来，吉日霖在旁边说，轻点轻点。郎中加大了麻沸散的量，才把布条全部撕下来，露出了狰狞的血肉模糊的伤口，让吉日霖想吐。拓羽把她拉了出去，说，你不是郎中，这里交给郎中，我们现在并不能做什么。

郎中出来说，吉日霖姑娘，你父亲现在还是在发热。

怎么办？郎中，你是孛罗城最好的郎中，你救不了，就再也没人能救了，求求你，多少钱都可以。吉日霖恨不得跪下了，她这一辈子都没有求过谁。

不是钱的问题，现在除了我的治疗以外，就要靠他自己坚强的意志力了，他这种情况，神仙来了都没有用。郎中说着他分内该说的话，并没有多少温度，但是好像也没错。

还有一种方法，不知道你愿不愿意试一下。

啥办法？

上烙铁，把伤口烫干，让他自己恢复，但是这个也不敢保证有效，这个都靠他自己了，这么大的伤口上烙铁，活下来的十之无一二。危险很大。

有没有活下来的？

有。

只要有活下来的，我相信我父亲，他为了我也得活下来，我和他去说。

到了病房，吉日霖在父亲耳边说，爸爸，郎中要给你用烙铁，就是把伤口烫干不再流血。你要坚持下来，你要醒过来参加我的婚礼，知道吗？听懂就动一下手指。

神奇的是，昏迷中的海达微微动了一下手指，吉日霖的眼泪一下就涌了出来。谢谢爸爸，谢谢爸爸。她握着父亲的手说，你忍一下，我在这里啊。说完，向郎中点点头。

郎中和助手抬进一个火炉，火炉里有两个方形带长柄的铁块，正在火里烧得通红，郎中拿出最红的一只铁块。

在室外的吉日霖双手合十，向上天祈祷，让父亲渡过这次难关，拓羽站在旁边看着她，一脸担忧。

一股浓烟从室内冒出来，吉日霖闻到一股烤肉的煳味，还夹杂着肉的香味。

关于海达的情况，一切看天意、看他的造化了，郎中做了他该做的和能做的，结果就交给病人自己了。

三天以后，海达陷入深度昏迷，虽然进行了烙铁止血，并撒上了雪莲金疮药，吉日霖能做的就是在海达侧身或者趴的时候，垫上柔软的褥子，并保持褥子的干燥。这些天，拓羽回去做饭洗被褥，王玉正昼夜守在这里。拓羽在旁边，很不爽，但又没有理由让王玉正滚蛋。

王玉正看了拓羽，他本想忽略拓羽，拓羽安静地给海达用热毛巾擦腿和脚，这几天他发热出了很多汗，身上发黏，拓羽小心给他擦汗，一天擦两次。

王玉正给王安荷喂饭，他从来没干过这个事，饭和汤撒在王安荷衣服上，一转身还把一碗饭打在吉日霖身上。他慌得不住道歉。

拓羽说，你笨的，就不要在这里添乱了。快回去当你的公子吧。

王玉正懒得说话，低头继续干自己的事情。

吉日霖看着王玉正有点手足无措的样子，带着歉意说，玉正哥哥从小在长安长大，没有干过侍奉人的事情，正常的，下次就好了，拓羽，你不要再说玉正哥哥。说着，她上前把母亲的湿衣服换下来，重新和王玉正一起给王安荷喂饭。

拓羽认真地干着自己的事情，也不抬头看这边，他心里却酝酿着一场风云，他咬着牙很想和王玉正打一架，发泄发泄心里的憋屈。

拓羽突然笑了，露出两个迷人的酒窝，说，王玉正，孛罗城不欢迎你，你在孛罗城啥都不是，你就是一坨屎，一个搅屎棍。

王玉正嘴角上扬，说，我就是一坨牛屎也是有用的，草原上牧人都把牛屎捡起来晾干烧火，牛屎是牧人重要的生活物资，而你就是一块烂肉，野狗都不吃的烂肉，哈哈。王玉正很少骂人，从小的教养使他口里没有一个脏字，骂完拓羽，他觉得很痛快，看着拓羽急红的脸，说，我就喜欢看你急得跳脚、又干不倒我的样子，哈哈。

拓羽恼羞成怒，忽然朝王玉正脸上挥了一拳。君子动口不动手。大家都愣住了。王玉正鼻血顿时流了出来，他擦了一下脸上的血迹，立即抬腿踹去，拓羽飞出去一丈才摔在地上。王玉正从小走南闯北，没少和找碴的人干架。吉日霖跑过来对他们两个人说，住手，你们这是干什么？别给我添乱好不好?!

拓羽一听更生气了，拔出宝剑要和王玉正决一胜负。王玉正手上没武器，他转身一把拔出吉日霖腰间的寒星吉日绵绵剑，一抖一伸，寒星吉日绵绵剑绷直了。

吉日霖没想到王玉正使出这一招，这把寒星吉日绵绵剑一直藏在她腰间，从来没用过，她只当作腰带使用，剑一抽掉，里面是一条布带，故而并没有弄乱她的衣服。当初吉日霖第一次把寒星吉日绵绵剑缠在腰间就想到了这个问题，一旦必要时取剑，会不会影响到发挥，吉日霖的剑法不说出神入化，对付几个人还是没问题的。

对王玉正没经过她允许把剑抽出，吉日霖不高兴了，说了一句，你们两个人最好滚到城外去打，不要在这里。说完，她进了病房再不过问二人。

王玉正和拓羽愣住了，他们认为，最起码吉日霖会看着他们打架，或者向着谁，有个明确的偏向。

吉日霖这边，进了病房后，分别看了看父亲和母亲。他们的情况并没有多少变化。

拓羽停下手，很生气，王玉正竟然随便就抽出了吉日霖的寒星吉日绵绵剑，那么顺溜，好像不是第一次的样子。拓羽越想越气，再上前打架，又不想上前了，王玉正也停下手，独自走到走廊尽头坐下。

过了半晌。

拓羽看了王玉正一眼，王玉正此时安静地坐着，一脸的心事，拓羽把刚才想上前再打一架的心思给掐灭了。他突然觉得没必要了。他干好自己的事情才是正道。人就是这么复杂，不知道突然一个什么事情就让人转变了想法。

第二十二章　尚田其与灰袍人密谋
大宝二宝一夜长十岁

自从海达去海达镇以及昏迷的这一段时间里，喀布在铁矿成了实际负责人，尚田其只关心铸剑工坊和高炉，从来不来铁矿。铁矿以前是海达负责的，而海达因为长久地拉肚子，人的精力远不如从前；再加上这次受伤，更使他的身体走了一大段下坡路，他到底能不能再站起来，谁也不知道。

夜空清朗，繁星满天。黎明时分，一缕缕轻烟般的夜雾从没有结冰的泉水和雪地深处悄悄爬上了山坡。枝叶稀疏的桦树在微风中轻摇，映衬着浅淡的天空，如同一张黑网。

尚田其和灰袍人走在孛罗城城外的雪地里，周围没有一个人影，本来刚从出口出来时，尚田其就准备回去睡觉，但灰袍人取下帽子，露出一张枯树般的脸，用很稚嫩的声音说，既然我们都喜欢走夜路，我们先走上几里路再回去睡觉。

他们在没有路的雪地上跟着一串动物的脚印往前走，尚田其像个孩子一样低着头，一脚一脚地踩着动物脚印走。尚田其问，这是狼还是熊？灰袍人说，狼，熊的脚印更大一些，你看这是好几串脚印。如果是熊，只有一行，熊都是独来独往的。

尚田其摸了摸裤袋中的那个有熊的孛罗城城主令，还有贴身带着的豹符，一个是政权，一个是军权，都在他手上。揣在衣袋中的左手手里的金币已经被他摩挲得滚烫。

他们两个穿着深颜色的衣服，在蓝色的雪地里成了两个黑点，远看，看不清是动物还是人，二人跟着脚印走了一段路，跟随的脚印却突然消失了。前面的雪地上像是刚刚落了半个小时的雪花，一个脚印都没有了。他们站住，互相看一眼，转身，沿着动物脚印往回走；走了不到两步，所有的脚印又消失了，呈现在他们面前的是一座连着一座的桥，被启明星描摹出边缘。走上桥能看到孛罗城的灯光，走下桥，孛罗城就消失在沉暗大地的重重洼地和褶皱里，每走过一座桥或两座桥，他们就能看到一座有灯光或者黑暗的城郭。走上最后一座桥，有一条小路和桥相连，他们继续前行，不久，他们碰上了一条朦胧淡入前方黑暗的起伏窄路。这条路通往紫桐树，眼看着快到了，小路却拐了弯，直通孛罗城下。

尚田其说，我们走了四十八座桥。

灰袍人说，我们通过了三十六座城。

尚田其说，我们走过了一段神奇的道路。我不知道还能不能再次走过四十八座桥。我没看到三十六座城。

啊？难道我们看到的不一样吗？

似乎不一样。尚田其有点疑惑。

天快亮了，周遭却显得更黑了。一开始他们还在聊天，现在却默不作声了。尚田其打了一个哈欠，说，我困了，回去睡觉，你继续走路。

我还以为你能走夜路了。

为什么？

因为你天天在地下迷城待着，里面又黑又冷，不是睡觉的好地方。算了，你也别回地下迷城了，我们去找个温暖的地方。

好吧。尚田其没有反对。去哪里都可以。他想等天亮了，去医馆看看儿子海达，听仆人说，海达的情况不是很好。他这个当父亲的从小就不管孩子，三个儿子像小动物一样散养着。现在，孩子们都长大了，更不用他这个老父亲操心了。他没想到孩子小时候没怎么操心，长大了反而要操心。这是悖论。

黎明来了，孛罗城的周围七个瞭望台黑乎乎地伫立着，天光黯淡，三百眼泉的水汽把孛罗城包围起来，潮湿冰冷。

他们走进一片针叶松林，灰袍人收集了枯木和松果，找了个避风处生火，不一会儿，他们便生起了一堆噼里啪啦的篝火，他们坐在自己宽敞的大袍子里面，袍子里面是光滑的水獭皮。坐了一会儿，在篝火温度的炙烤下，尚田其很快就开始打瞌睡。他们两个人很快蜷缩在自己的袍子里睡着了。有几只动物凑着鼻子上前来看了看他们，并没有动他们，动物们很疑惑，这两坨是什么动物？

尚田其似乎在睡梦中感知到什么，一骨碌爬起来，套好袍子。一轮红日正从孛罗城那个方向的山上升起，雪地上染上点点金黄与嫣红。

我们回去吧。尚田其说，回去看看你手上孛罗城的水系图。

灰袍人微微一笑，说，可以，我们谈好条件，我马上双手奉献给您。他说得很客气和礼貌。

七天过去了，海达后背裸露在外面的伤口，似乎开口更大了，血肉发黑的边缘开始结痂。每天下午郎中都要当着海达的面对吉日霖说，今晚能熬过去，明早就会好一点，但是也请做好思想准备。

同样的话，郎中说了七遍，又是七天过去了，海达忍受了巨大的痛苦。郎中说过，最好的方法就是在伤口上倒酒，每天一次，吉日霖把存得最好的神觉蓝酒每天一坛给父亲洗伤口，还给父母每人每天灌一小杯神觉蓝酒。

每天，医馆的这个病房里都充满了神觉蓝酒的酒香味儿。

吉日霖在经历了前几天的兵荒马乱后，这几天她已经掌握了基本方法，做到了有条不紊。王玉正和拓羽每天都在吉日霖身边陪着。

吉日霖有时候看着父母，恍惚间觉得他们的灵魂在肉体里挣扎，跃跃欲出，却有一种力量把灵魂装回肉身。

前几天，王玉正和拓羽真枪实剑地干了一架，王玉正还是那身白衣，拓羽穿着一身皂衣，一黑一白的两位年轻美男子，在医馆你来我往地打了十几个回合不分胜负。王玉正暗叹，这个拓羽平日里不显山不露水，关键时候，手上真有实打实的功夫。他手上的剑，锋利无比、招招危险。王玉正没有使出全力应对，拓羽一个点剑，王玉正白衣上出现一点血迹，这是拓羽点到为止的结果。至此，王玉正发现自己轻敌了，遂使出真功夫上前。拓羽也发现，王玉正并不是他平日里以为的绣花枕头，他手上的功夫行云流水、招招狠辣，他也只能堪堪躲避几招，这让拓羽刮目相看。自己中了几剑，王玉正并没有下死手，控制在皮外伤的力度。

王玉正不想看到两败俱伤的结果，他往后退了一步，收住剑，双手交叉，说，拓羽大哥，停。停。停。

拓羽挽了个剑花收住身形，他也不是得理不饶人的主儿。王玉正见自己的话起到了效果，脑子转了一下，说，拓羽，你是一个铸剑师，最值钱的是这双手，你说，如果我砍了你这双手，那不会铸剑的拓羽是不是一坨屎呀，哈哈哈哈。

哦。拓羽说，不会铸剑的拓羽当然是一坨屎，是有用的牛屎。但是，你说，如果你脑袋被砍了，你还能回到长安吗？听说你是独子，你这个家族断了香火，你觉得你父母还能活不？

拓羽说得轻描淡写，实际上，王玉正的每个字都像重锤击在他心上。

如果我死了，你觉得这里的所有人还能活吗？整个孛罗城都得为我陪葬。王玉正说出这句话，在场相信的人不多，但是，拓羽信了。

拓羽对王玉正说，我们各退一步，这事了结，我向你认输，我输了。他是在城外艰苦环境中长大的孩子，从小没有父母疼爱，和奶奶相依为命，吃了上顿没下顿，自己瘦成了豆芽菜，他十分相信权力能做很多事情，在奶奶的教导下，他学会了低头。

王玉正走到吉日霖身边把寒星吉日绵绵剑还给了她。

吉日霖木然地任凭王玉正两手从前面环住腰，把寒星吉日绵绵剑给她锁住。

王玉正当初做寒星吉日绵绵剑的本心是让吉日霖关键时刻保命，而寒星吉日绵绵剑第一次弹直不是面对敌人，而是熟人，这个谁又能说清楚呢。

你这样认输，是想羞辱我吗？王玉正此时却不买账了。

你想怎么样？拓羽说。

王玉正说，你自剁一只手，我就算你输，咱们两清。

吉日霖“噌”的一声抽出寒星吉日绵绵剑，和拓羽并肩站立，弹直寒星吉日绵绵剑，直指王玉正，她说，王玉正，你不要太过分了。

王玉正说，你居然拿剑指着我，我是你哥、是你未婚夫，你却向着外人。他一脸不可思议。

从现在开始，你什么都不是。吉日霖说。

哈哈哈哈哈，你说得轻巧，你我婚约是皇帝赐婚，由不得你，除非你死了，而且还有一个抗旨罪名，得满门抄斩。王玉正狠狠地说。

我没说不和你结婚，但是，即使是结婚了，你也什么都不是。吉日霖厉声说，她也发狠了。王玉正以为他说了狠话，吉日霖就会服软，没想到吉日霖是属百炼钢的，越打越硬。

王玉正想了想说，我不和女人计较，拓羽，你用什么办法证明你输了。

哈哈哈哈，这一句话把吉日霖惹笑了。

王玉正一头雾水，说，你笑什么？什么值得你这么笑？说出来，让我也笑笑。

吉日霖收住了笑容，走到王玉正身边和他耳语，说，你一个堂堂长安城公子，做这件事怎么不长脑子，这里这么多人，就算我和拓羽什么都不说，他们这些人是哑巴吗？明天各个城郭就会流传长安王公子的愚蠢故事，你快回驿站藏起来吧，别在这里丢人现眼了。

王玉正耳朵痒痒的，还闻到一股特别的香味，这让他心动神摇，他稳住身形，想了想，吉日霖还是替他考虑的，顿时心里好受多了，这个台阶得顺着下，说，好吧，既然你说了，我就听你的，我回了。说着，他骑着马准备走。

拓羽行了揖礼说，谢谢王公子宽宏大量，我认输。

王玉正“嗯”了一声，扯过马缰绳掉头走了。

看着王玉正的背影，拓羽说，王玉正真的很爱你，他是个非常聪明的人，男人只有在自己非常爱的人面前，才会变成傻瓜。

吉日霖没回答，进到郎中坐堂的地方，再次问郎中她父母的情况。

还是那句话，吉日霖知道，她抱有侥幸心理，希望郎中的话有变，又怕郎中说的话有变。病来如山倒，病去如抽丝呀。她回到病房，把这里交代给拓羽，她得回家一趟，看看两个弟弟。这段时间忙碌，她没见到大宝二宝，不知道现在是啥情况了。

大宝二宝好像预感到了什么。这些天非常乖，自己吃饭、自己睡觉，白天跟师父认真练功。他们每天做梦，梦境是那天在青石山下他们的马车撞上山边发出巨响，他们被母亲护着，跌落在地，当父亲把母亲的身子翻过来，吓傻了的他们才从母亲怀里出来，母亲满身都是血。

看到姐姐吉日霖回来，他们委屈地瘪着嘴想哭，吉日霖看到了，厉声说，不准哭，把眼泪憋回去。大宝二宝立即止住了，眼里含着泪，眼巴巴地看着吉日霖。

吉日霖上前把两个六岁的弟弟拥在怀里说，大宝二宝是男子汉，要坚强，走，我带你们去看看爸妈。两个孩子很高兴，露出了笑容，眼泪却流了出来。吉日霖呵斥，说，擦掉。大宝二宝用衣袖擦净脸上的泪痕。

吉日霖不知道父母的情况会转向哪个方向，必须让他们的儿子知道现状，以免将来长大后，弟弟们埋怨她。

她一手拉一个，他们的两个师父跟在后面，步行去医馆。

很快，他们一行人进了医馆，路过坐堂，来到父母的病房。

大宝二宝看到父母躺在床上眼睛紧闭，一动不动，最让他们震撼的是父亲背后的那道伤口。很疼吧？大宝问。他想用手摸摸伤口，被吉日霖制止。不能动手，你用手摸，这个刀口就长虫虫了，你说疼不疼？

疼。大宝迅速收回手。

他们去了母亲床边，再也忍不住，号啕大哭起来，妈妈，妈妈。大宝二宝在王安荷身边一边一个，摇着母亲的手，试图把她叫起来。

吉日霖看着他们的动作，并没有制止，她希望弟弟们的哭声能唤醒母亲。

到了晚上，大宝二宝还不愿意回去，说是要守着父母，吉日霖说，你们还小，等你们长大了，再孝敬父母也不迟，你们好好的，父母才能安心养病。乖啊，先跟师父回家，好好睡觉吃饭，明天再让师父带你们过来。

大宝懂事地点点头，二宝却不愿意回去，闹着不走，吉日霖扯住二宝的耳朵把他拽到室外，丢在雪地里，说，张师父，把二宝带回去。二宝的师傅张师父过来把二宝抱起来走了。大宝的师父李师父也要来抱大宝，大宝说，我自己走。

看着大宝二宝回家了，她走进病室，再次查看了父亲的伤口，查看了一下母亲尿了没有。她准备在火炉上煮一些冰水来洗尿垫。这些天，父母只喝了一些肉汤，现在几乎没有大便，只有少量的小便。拓羽是真帮忙，他每天给吉日霖送饭、洗床褥，还要把床褥烤干了再送过来。铸剑工坊他去得很少了，仅仅是上午去安排徒弟把任务完成，再解决一些徒弟们遇到的问题。

第二天中午，吉日霖和王玉正正在病房忙碌，进来了两个小伙子，进门冲吉日霖叫姐姐，她看着他们眼熟，但不敢确认。其中一个小伙子说，姐，我们来接替你，你回家休息，我们来。吉日霖惊呆了，诧异地问，你们是……两人点了点头说，嗯。他们肯定了吉日霖的想法，他们是大宝二宝。

怎么回事？吉日霖惊愕地问。王玉正也是一头雾水。

昨晚我们回家就想，现在父母都躺在床上，姐姐是个女孩子，我们是男子汉，要担起这个家，我们知道自己小啥也做不成，于是我们就想快快长大，我们不想一年一年地长大，我们想一个时辰一个时辰地长大。于是，昨晚我们长了五个时辰，就长大了十岁，我们现在十六岁了。二宝炫耀地说。

大宝说，我们今天来晚的原因是一晚上长得太快，浑身骨头疼，疼得满地打滚，过了几个时辰，我们才恢复正常，这才来晚了。

二宝点点头，说，姐，我们来接手你的活儿。父母由我们来操心，你回吧，该结婚就去结婚，该酿酒就去酿酒，父母就交给我们。

吉日霖听了，觉得不可思议。她用手抚摸着一夜之间长大了十岁的大宝二宝。她用力把自己掐了又掐，疼，真的很疼。这不是幻觉，这不是做梦。他们真的一夜之间长大了！以王玉正的学识也没办法解释这个事情，他只感觉震撼。

十天了，吉日霖得去处理积压的一些必须要处理的事，她给大宝二宝示范该如何照顾父母，换尿垫、喂汤、配合郎中扎针灸，然后喂汤药、用热毛巾给他们擦身擦脚。

拓羽走进来，看到两个英俊少年围着吉日霖，心里有点不高兴，但是他没吭声。吉日霖看到他进来了。她正在给弟弟们讲解操作要领，讲完以后，拉着两个弟弟到拓羽身边说，拓羽，给你说个事，你别吃惊。

拓羽心里一紧，说，说吧，我不会吃惊。

吉日霖一手拉一个弟弟，对拓羽说，这个是大宝，这个是二宝。

拓羽没转过弯，指着两个弟弟，一脸惊愕，有点结巴地问，这是大宝二宝？

嗯，他们长大了。吉日霖只能这么说。

看着昨天还跟床差不多高的大宝二宝，现在和他一样高了，他心理上接受不了，认为是自己眼花了，或者是做梦。

吉日霖点点头，帮助他确认了这个事实。

吉日霖说，这些天，谢谢你，你也可以回家休息了，这里就交给大宝二宝。

拓羽想了一下说，好人做到底，他们今天第一天来，估计会手忙脚乱，我带他们两天。你去忙，两天后，我回去。

也好，麻烦你了。

没事，你放心吧，你和玉正快回去，那边酒肆有一大堆事情等着你呢。

王玉正说，不用不用，拓羽哥，你回去休息，我在这里带带弟弟们。听王玉正把大宝二宝叫得如此亲切，拓羽心里不悦。

吉日霖附和了王玉正的说法，她说，拓羽哥，你这几天辛苦了，现在就交给我表哥和我弟弟他们，你快回去休息一下，等这件事过去了，我请你喝神觉蓝酒。我的确得回去看看。

吉日霖临走回了头，对拓羽又说，感谢的话，我就不说了，心里记着呢。

拓羽迷惑了。

尚田其在紫桐树里的大青石下盘坐，他准备启动大青石，问几件事情：一是海达和王安荷的情况如何，能不能活过来，他也好提前想出应对之策。二是再问问他如草芥的妻子——芦草的下落。

他用五指仔细拂过大青石面三次，大青石的眼睛罕见地没睁开，这让他很意外。他重新洗了手再次拂过大青石，依旧毫无动静。大青石上只有圆形的眼睛线条，并没有灵动的眼珠子，没启动的大青石就是一块石头。没睁眼的青石，只能是一块石头。

他来到地下迷城的观察点，从小孔往外看，城门外、城门内，他都看得很清楚。王泰和带着一队人马从城外回来。

他们进城门，直接打马进城，两边行走的人急忙让道。王泰和、李公公、阿娟，还有其他不认识的几个人。

尚田其想了想，准备去找王泰和。灰袍人从暗处隐身的地方出来，对尚田其说，你尽快把长安那边的人都送走，别在这里耽误事情的进展。我在那天晚上就已经踏好了点，加上手上的水系图，会一举成功。

嗯。尚田其又转了一圈小孔，把孛罗城每个角度都看了一遍，实在是舍不得呀。城门口的人进进出出、熙熙攘攘，城里街道的门面都开着门。骡马市场里马牛羊都好好地，马儿垂着马鬃，一脸无精打采；骡子和驴高兴得很，昂昂昂地欢快大叫，它们是喜欢拥挤和热闹的；羊群的羊面无表情地反刍，羊蹄子下面的任何一棵草都不会浪费，它们舌头一卷就送进嘴里了。

尚田其还看见了几只老鼠，这光天化日之下，老鼠的胆子这么大，都是被孛罗城的城民纵容出来的。它们在其他城郭会挨打，但在孛罗城，它们还有城民慷慨馈赠的食物。

尚田其还发现，他家门口的老鼠在吃的方面越来越刁钻了，以前见了骨头和肉就吃，现在却开始挑三拣四，骨头不吃、带肥肉的肉不吃。好几次，他看见自己送出去的肉和骨头，老鼠不吃，被撒了一地，招来一群蚂蚁在骨头上啃食，还不允许其他老鼠在它的地盘上偷吃。显然，在鼠界已划分了等级，城主家的老鼠、商人家的老鼠、城民家的老鼠、城外农人和牧人家的老鼠，它们和人一样也形成了鄙视链。

尚田其不知道鼠界的规矩，他改变了一点吃饭规则，只要老鼠不吃的他也不吃，老鼠吃的他才吃。具体的做法就是：仆人做好饭，他先拿出一点给老鼠，看着老鼠吃了，他才端起盘子开吃。

尚田其甚至给那只黑老鼠起了名字，叫长尾可亮。可亮，多好的名字，尚田其有点得意。

让他不自得的事情就是吉日霖的婚事。至于儿子海达，人各有命，让他听天由命去吧。

这一切都是他一手建成的，因此，孛罗城的命运应该由他来决定。

吉日霖的婚事，现在，吉日霖本人也说不清楚。

王玉正和拓羽，她只能选一个，王玉正是皇帝赐婚，她再有能耐，也不过是芸芸众生中的草芥。拓羽对她的感觉、他的用心，她能感受到。她知道拓羽很敏感细腻，从她内心来讲，她不忍伤害他。如果她糊涂一些，不去想那么多，她可能早就结婚了，但是正因为她是吉日霖，有着吉日霖的脑子，想得多，麻烦就多。

她回家后，换了一套衣服，洗了脸，准备去神觉蓝酒肆看看。

在她的梳妆台上，那个莫名其妙来到她房间的长安王家清铜照子，被扣在桌面上。她拿起铜镜，给自己化了淡妆，她突然想问问铜镜，她说，铜镜，铜镜，你帮我看看我的结婚对象是谁？

铜镜毫无动静，算一下，今天不是三个十五中的其中一个。她这才想起来，自从她来癸水以后，铜镜再也没有显现出任何画面，她有点懊恼，好端端地浪费了很多提问的机会，等明白过来，时间已流逝。

铜镜中照出了吉日霖明媚的脸庞，她想，这些天灰头土脸的，现在她居然还能照得这么漂亮，这个照子还真神奇。一个好的心理提示，让她这些天灰色的心情重新好了起来。她抬起头，又恢复了以往的自信，感谢长安王家清铜照子。突然，她想起了王玉珠，这是她的照子，她的姊妹照子中的一个来到了她这里，这个照子机缘巧合地寻到她家来，也是几世的缘分使然。她坐在椅子上呆住了，她意识到，天意是向着长安王家的，这在很早以前就有提示；而拓羽真的只是他单方面的意思。没有谁能告诉她，她是该信天命，还是该遵照本心。

吉日霖把头发梳理整齐，穿好裙装，把寒星吉日绵绵剑缠在腰间，走出闺房门口又折返回来，在照子前站了站，转身去神觉蓝酒肆。

孛罗城的人都知道了吉日霖即将嫁往长安城，对她自然避让，在她后面窃窃私语。

中午已过，很多店面关门休息了，精力用来迎接晚上的客人。神觉蓝酒肆旁边的豆腐坊又开门了，主人是一对中年夫妻，男人姓夏，他们是跟着驼队的驮工，来到孛罗城后不想再颠沛流离，想安定下来，因为在老家会点豆腐，看到孛罗城广场的告示牌上说豆腐坊正在招人，他们就应召下来，定居在孛罗城了。

跑过江湖的人会做生意，招呼人热情，他们很快和孛罗城的城民打成一片，他们住的房子是前任豆腐坊的住房，被城主收回后，以低价卖给了现任豆腐坊的老夏夫妇。

吉日霖进了自家酒肆，店里并没有几桌客人，细妹正和一个中年女人在柜台前嗑瓜子聊天，显得十分怡然。

看到吉日霖进来，细妹放下瓜子主动迎了上来，说，吉日霖姑娘，你可终于来了。你父母的情况怎么样？我天天挂念，这边又走不开人。

吉日霖说，没关系，我父母都很好，他们很快就能回家了。

哦。坊间传得挺玄的，我说嘛，我就不信。细妹的薄嘴唇一张一合，语速很快。

嗯，坊间的流言不可信。

对，对，安荷姐姐是好人，我相信好人有好报。

你把这两年的流水账目拿过来。吉日霖说着走进贵客室。

两年，这是啥意思？细妹心里打鼓，她不会知道的，一个小姑娘我还愁啥，她母亲都没有看出来。想到这里，她心里又有了自信，刚才塌下去的头发一根一根地回归了原位。

柜台前的中年女人见吉日霖没搭理她，几次想插话都没找到机会，见吉日霖进屋，便对细妹说，细妹掌柜，我先回豆腐坊了，一会儿老夏又该骂我了。

别叫我掌柜，你要害死我呀。细妹往贵客室看了一眼，推着老夏女人出门，说，你以后少来找我，你还是安静地好好过日子，别找事。

嗯嗯，我知道了，你就是嫌弃我。老夏女人愤愤不平。她走出酒肆，细妹又追上去，补了一句，你给我老实点，小心我让你滚出孛罗城。流浪的日子没过够，我不介意让你再过回这样的日子。说完细妹就进了酒肆，吉日霖还等着她，这是一关。

吉日霖接过细妹送来的账本，对细妹说，老样子，茶水，你也来坐坐，我和你聊聊。

好的好的，细妹像往常一样，用她令人舒适的热情面对吉日霖。

吉日霖抬头看了她一眼，然后低头看账目。她一页一页翻，这是两年的账目，母亲把酒肆交给她打理以后，就很少过问，两三个月来收一次盈余。

账目很简单，从酿酒坊拿来多少酒，卖了多少酒，还有一些茶水、小吃类的，她发现小吃没有记录上去，就问了一句，我看到每个桌子上都有小吃，账目上怎么没记录？

哦，你说这个啊，我有必要和你说，来酒肆喝酒的人，都喜欢吃点小吃，咱们酒肆也没有做，我就和前面那几家小吃店合作，他们供应小吃，我卖掉后给他们再结款，这个情况，你母亲都知道的，所以就没有记到账目里。

你怎么分清楚哪个是酒钱，哪个是小吃的钱？

我能分清楚。

嗯，细妹婶婶，你是我家的老人了，也是我家二宝的奶娘，我们都很信任你。你好好想想，你有没有做对不起我母亲的事情？吉日霖看着账目并没有抬起头看细妹的表情。

没有没有，绝对没有。我发誓，如果我做了，就让我天打雷劈。细妹站直了，满脸庄严地说。

好，我知道了，我再看一会儿，你去忙吧，我明天找你。吉日霖表情平平地说。

尚田其和灰袍人在紫桐树中的小桌子前吃饭，他们吃饭总是不定地点，今天在这，明天可能去地下迷城的某个房间，灰袍人也算不出规律来。地下迷城里东南西北中都有房间，甚至紫桐树的树顶也有树屋，灰袍人知道这件事。尚田其只邀请吉日霖去过，三个儿子都没去过。

灰袍人的来头，尚田其至今没有搞得十分清楚。但是，尚田其被灰袍人吸引，有时候就愿意听他的话，和他聊天心里是很自然的舒服。

最近，让尚田其奇怪的是，海聪天天不回家，他派人去打听，他居然天天和王玉珠在一起，他们经常骑马出城去山里、去已经上冻的孛罗河、去七座瞭望台和那些守卫聊天。

转眼间，李公公在孛罗城待了快半个月，他给皇帝写过好几封奏折了。现在是大冬天，传信实在是不方便，他当时夸下海口给吉日霖举办婚礼，现在连影子都没有，这让他下不了台阶。

王泰和这个老滑头，是等着要看他的笑话。他得想办法，把他想说、想做的事情让别人说出来，要让人家求他，这是他在朝廷学到的经验，屡试不爽，这套把戏他玩得炉火纯青。

你王泰和不说话，我找吉日霖来。想好了这点，李公公安排人去请吉日霖过来。

接到通知的吉日霖让随从带了两坛神觉蓝酒来到李公公的住处。

李公公一看吉日霖到了，立即赏座，两个随从抱着两坛酒，吉日霖问，李公公，这个放在什么地方合适？

李公公说，就放到八仙桌上。两位随从放下酒坛就回去了。

吉日霖问，李公公找我过来有什么事儿？请吩咐。

吉日霖姑娘敞亮，说话不拐弯，那么我就直说了。

请说。吉日霖做了个请的动作。

关于你和王玉正婚礼的事情，你有什么打算？

我没有什么打算，一切听从父母的安排。

你父母啥情况？

现在不是很好，但是也不是很坏，他们都还有气。吉日霖实话实说。这些消息，李公公一定了如指掌。

哦，你的意思是，等你父母苏醒过来再办是吗？

是的，这是为人子女基本的孝道。您说呢？

吉日霖姑娘的孝心令人感动，我这边有一个难题，我该如何向皇帝回复圣旨的落实情况。

哦，我是个女孩子，不懂朝廷大事，您是皇帝身边的人，该知道怎么办，而且会办得很好。吉日霖把问题踢了回去。

哦。李公公在他光光的下巴上做了个捋胡子的动作。这个动作吉日霖见过一次，李公公仔细思考一件事的时候，就会有这个动作。

吉日霖觉得李公公有点焦虑，她也不敢妄自猜测。有人说帝心如渊，在皇帝身边的人，没有一颗如渊的心，怎么能在皇帝身边待得住呢。

经过这个小测试，李公公判断出，如花的吉日霖即使去长安，也不会凋谢的，因为她有足够的智慧让她立足于长安贵族圈。

有了这个判断，李公公心里有了底，他决定尽快回长安，给皇帝当面奏报这里的情况。他这几天去了铁矿、金矿，查看了附近上千里之内的城郭，了解了基本情况，并与当地农人、牧人聊天，还去了他们家里实地了解情况，得到了一手资料。农人和牧人的生活并没有想象中的美好，有的人家一天只能吃一顿饱饭的情况不是偶发，而长安来的贵公子却发出了何不食肉糜的感慨。这里虽然只有大片荒地、人烟稀少，却有着长安周边没有的矿产资源和山川河流，这些都不能被割舍。想着想着，李公公心里充满了激情和兴奋。

我希望你尽快去长安和王公子完婚，我也好给皇帝交差，这次我回去就给礼仪司打招呼，让他们开始准备按照皇家礼仪筹备婚仪。

李公公，吉日霖行了个深深的女子礼，说，一件事不知当讲不当讲。

请讲。

我觉得应该对皇帝诚实。

你说。李公公坐直了。

李公公，皇帝的赐婚能不能退，有没有这样的先例？吉日霖终于为自己说了句话。

见过大世面的李公公沉思着看了吉日霖一眼，说，可以退，但是要想皇帝同意，你就要当面和皇帝说，并说出理由。你说说看，你为什么要退婚，这么好的姻缘，你有什么不满意的吗？

没有不满意，我只是不想去长安，去玩玩可以，一想到一辈子都要待在长安，我就接受不了。再说了，皇帝赐婚也要经过我同意，皇帝没见过我，也没经过我的同意就赐婚了。

嗯，在长安，女子没有权力决定自己的婚姻，这由父亲确定。我不太清楚孛罗城是什么习俗。

在我家，是我母亲说了算。在父辈那里，是父亲的父亲说了算，总之，我的家族我的城，最终是父亲的父亲说出的话才是一个钉子一个眼，其他人说了不算。

你说的是尚田其城主？

是的，我们这里是我爷爷说了算。

普天之下，皆是王土；四海之内，皆是王臣。所以，最终还是皇帝说了算。小姑娘，你明白了吗？如果你特别想退婚，我这几天去找一下你爷爷，和他商量一下，看看你爷爷的意见。

好的，让您费心了。吉日霖行礼致谢，道别。

一番交谈下来，依旧没有进展，还把问题又抱了回来。

回家后，她回到自己房间，平日里热闹的小院子没有了大宝二宝，父母也不在，显得冷冷清清的，没有了之前的那股热闹劲了。

她打开账本，想继续查看，翻了一页，手就停在空中。王玉正到底是不是良配？母亲如果能说话，还有个商量的人，母亲被诊断为木僵，能不能醒过来还是个未知数，这让人绝望。她按照母亲以前的习惯，每晚给她喝一小杯神觉蓝酒，希望这个习惯能唤醒她。

第二十三章　海达夫妇终苏醒　玉珠海聪回长安

吉日霖翻开母亲管理期间酒肆的账目，与这两年的账目做了对比，发现了问题。近几年，由于孛罗城引进了不少城民，人口增加了，但是神觉蓝酒肆的收入并没有增加，收支明显不平衡，除了记假账、乱账，还有其他手脚。吉日霖决定仔细查一查，这里面一定有不少猫腻。

尚田其接到报信——李公公有请。他整理了衣服，来到李公公的住所。李公公见尚田其进门，放下了手中的酒杯，示意随从退下。

尚田其行了揖礼，李公公安排落座。

要不要喝一杯？李公公问。

不用，多谢李公公，我早晨不喝酒。

好习惯，我早晨一睁眼就想喝一杯，在朝廷不敢喝，怕耽误了公务，难得出来一趟。这么多年了，就在孛罗城这些日子过得舒坦松弛。

李公公忽然想起什么，说，来人，有请王泰和。随从答应后出门。

尚田其看着李公公，没有接话。

尚城主对吉日霖和王玉正的婚事怎么看？李公公突然问了这么一句。

尚田其在心里说，我怎么看有用吗？刚开始也没征求我的意见和吉日霖的意见呀，就这么一道圣旨下来，说赐婚。对于别人来说是荣耀，对我来说却是左右为难。

紧接着，尚田其回答了李公公的上一句问话，李公公真是让人钦佩，能喝下朝廷的甘露，也能咽下孛罗城的粗茶淡饭。

欸，城主此言差矣，我乃平民出身，得皇帝赏识，留在身边伺候，什么样的饭不能吃。小时候，我母亲经常说，好吃坏吃吃个热乎，人呐，只要能有一口热乎饭吃就别无他求了，就需一个饱肚子、二尺的床，不需要多好的物质条件。

尚田其抱拳，说，李公公通透，在下佩服佩服。

哈哈。说笑间，王泰和进来。李公公让座。

王泰和早晨也不喝酒，他和尚田其喝茶。

叫你们过来，还是为的吉日霖和王玉正的赐婚一事，现在吉日霖父母这个情况，你们双方家长是怎么计划的？

王泰和看着尚田其，说，城主，您的意见呢？

我没意见，按照皇帝旨意办。我已安排给吉日霖建造婚房，泰和兄抽时间给建议建议。

好啊，这么快，这大冬天的怎么施工啊？王泰和问。

要想干活，没有找不到的方法，我搭了棚子，施工在棚子里，等施工完成就到明年春天了。

好啊，还是城主想得周到，我已经传信到长安，给玉正大婚安排府邸了。

李公公说，好啊，你们俩想到一起了，都在为孩子们设身处地地着想。他补充了一句，既然你们做长辈的都没有意见，这几天看着天气合适，我就准备返回长安了。我的意见是吉日霖和王玉正跟我一起回去。我好给皇帝有个交代。

王泰和与尚田其交换了一下眼神，说，我这边也没问题，但凭李公公做主。

尚田其沉吟了片刻，说，我这边没意见，李公公可容我回去和孙女商量一下。

李公公说，不急，你有三天时间，我准备三天后启程。

吉日霖查账的结果是，账目出现了不小的亏空。有问题的页码她一页一页折起来，居然把整本账目的厚度增加了一倍，来回加加减减，居然少了两千两，按细妹在这里的时间，少了近一成的利润。她派人暗地里调查细妹的来路，当初她在她家当二宝的奶娘，能干又善良，深得母亲信赖。二宝三岁后，开始跟着师父学习，母亲就将细妹安排到酒肆负责。

细妹是个很会来事的女人，长相并不好看，一双眼睛油黑发亮，但是她的热情掩盖了她的缺点，与她相熟的人没觉得她的长相方面有什么不堪，反而觉得细妹人好、心好，愿意和她打交道。就是这样一个人，如果没有多彩的经历，怎么会把每件事做得如此圆滑周到呢。吉日霖的直觉告诉她，这个细妹或许有一些不为人知的往事。

吉日霖正在梳理前前后后的一些细节。有人在楼下喊，小孙女，爷爷来了。尚田其来了，吉日霖下楼，在一楼厅里见到了站在院子中的尚田其。

吉日霖跑到尚田其跟前，拉着他说，爷爷，稀客稀客，您今天怎么有空过来了？

你父母情况怎么样？

在好转，我弟弟他们长大了，在医馆照顾，我回来处理一下酒肆的事情。

哦，你多去医馆看看，大宝二宝毕竟是男孩子嘛，赶不上女孩子细心。在照顾病人方面，女孩子要管用得多。

好的，我查完账就去。

你是怎么考虑皇帝的赐婚的？你愿意去长安吗？尚田其问。

说心里话，我是不愿去长安的。长安太远，一旦去了，这辈子就在那里了，如果能退婚就很好。

退婚？我觉得王玉正年轻有为，听说是长安贵女们的梦中情郎。

对，正因为如此，我才要退，因为王玉正做不到一生一世一双人，等回了长安，他会娶官宦家的女子，所以，我不同意。吉日霖终于在亲近的爷爷面前说出了自己的想法。在王泰和面前、在李公公面前，她担心说错话会连累家人。

嗯，好的，我知道了。圣旨已下，不可儿戏，我建议你先随李公公回长安，去长安路上有两月，你有很多机会把自己的想法和李公公商量，让他在皇帝面前美言，然后再寻机会，可以吗？丫头，自己未来的生活要自己掌握。有时候明白过来了却没有后悔药吃，我希望你不要后悔，我都一百岁了才明白这个道理。尚田其说完有点唏嘘。

吉日霖说，我的父母怎么办？我在他们生病之际出门，这太不符合礼数了。

每个人都有自己的命，你父母一定希望你有个好归宿。他们如果醒来发现是因为他们生病而耽误了你的人生大事，他们会内疚的。你放心去长安，但是，你出发前，也和你父母说一声，不管他们能不能听得到，你得告诉他们。

好的。吉日霖不确定地回答。

爷孙俩正说着，一个人走进来，憨厚老实的模样，一张放在人群里没人会多看一眼的大众脸，他看了看尚田其，连忙行了揖礼，又看了看吉日霖，欲言又止。吉日霖说，但说无妨。来人点点头，说，我们查出来，细妹有可能是苏里路的妹妹。我们找到细妹的老家，一个老人告诉我们细妹的哥哥叫苏里路，不知道是不是以前城主通缉过的苏里路。

尚田其听到这个消息，笑了，说，这就变得有意思了。他随即下令，把细妹抓起来审问，被吉日霖制止，她说，先等等。吉日霖预感到细妹不简单。

吉日霖安排来人，说，继续细察细妹身边的所有人，和她经常接触的人都要细察。来人应了声后出门。

尚田其说，你这样做是对的，不一定要查透，而是要给予震慑，为什么呢？因为他们这些人都是贱命一条，谁都不怕，你即使当面揭穿她，对你也并没有多大好处。我先问你，你想不想杀她？

以目前细妹的作为，罪不至死吧。

对，你说得很正确，罪不至死，你就不要把她往绝路上逼，不是你让她走，而是她心平气和地自己走，这才是有智慧的高人。看你怎么选。

好的，爷爷，我明白了，我会好好处理这件事的，吉日霖是遇强则强，清风过山岗。

好样的，是我尚田其的孙女。

尚田其对吉日霖很满意。儿子海普、海达、海聪就没有吉日霖的勇敢和智慧。这都怪他，没有把自己的孩子教育好。

尚田其回到地下迷城，灰袍人正在查看地图，是那幅孛罗城周边二十三条水系的图。尚田其走过来，在昏暗的烛光下查看，灰袍人立即警惕地说，你回来也不打声招呼，吓我一跳，你不知道，人吓人吓死人的。

知道知道，就是没试过，还真是，看把你吓的，你又没有做亏心事。

当然能做了，就看你给的诚意了。

我的诚意是有，你要我怎么表态呢？尚田其说。

灰袍人说，你我都是老朋友了，不必见外。灰袍人感受到尚田其身上渗出的惊慌，这种惊慌一闪而过，被灰袍人捕捉住了。

你准备什么时候动手？灰袍人说，我准备好了，就等你下达指令了。

好的，我尽快，过三天，李公公他们要回长安。行动的时间是四天后。

好的。

尚田其出来，去了城主府，交代一些亲近的人尽快搬家，越远越好。如果公开这个信息，难免会引起不必要的恐慌。到底是什么结果，谁也不知道，万一是好结果呢。

当晚，吉日霖带着父母、弟弟、随从，五驾马车、五匹马，拉了贵重物品向海达镇赶去。父亲已经好多了，能坐起来了，粗糙的脸上没有血色。他说了受伤以来的第一句话，姑娘，你辛苦了。

吉日霖眼睛潮潮的，说，父亲，我不辛苦，看到您好得这么快，您辛苦了。

海达点点头，问，你母亲好多了吧？

好多了。她也在努力地好起来。

出发的路上，吉日霖经过高炉时，似乎看到了王玉正的身影，白衣白履，定睛一看，又觉得不太像，抬头看了看太阳，这个时间，王玉正不可能在铸剑工坊，有可能是自己眼花了。

吉日霖回过头，看向远方，阳光照耀着城外的沃野。农人们在地里劳作，孛罗河边稻田里的稻穗弯了一半的腰，麦田已经收割完成，留在地上的麦茬子被几只牛羊低头啃食。再往山里行进，路边青草萋萋，从山顶到山下，散落着和石头一样多的牛羊，它们在缓慢地移动。吉日霖有点紧张，不由握住腰间的剑，这个山口有时会埋伏一些专干抢劫路人勾当的匪徒，是否会正面遇见，全靠运气。

父亲弓着腰坐着，吉日霖要求父亲侧身躺着，腰舒服一些。海达说，躺太久了。王安荷躺在马车上，马车上垫了厚厚的褥子。吉日霖坐在他们的马车上看护他们。父亲后背的伤口已经结痂，伤口边缘环绕着一条白边，微微翘起，看起来确实已经好多了。父亲睁开眼看看四周，他正在努力地站起来。海达不时让吉日霖在伤口周围挠痒痒。

这辆马车是大轮子马车，轮子有吉日霖高。因此，走起来比较迅速。

进了山，就要走一大段较长的崎岖山路。前段时间回来的时候，大宝二宝是六岁的孩子，现在已经是十六岁的半大小伙子了，一切都在变化中。

爷爷没说什么原因，就让吉日霖带着一家人迅速搬走。其他一切从简，唯一的要求就是从速。

在窄窄的山路上，马车走得惊心动魄，在拐弯的地方，一边的轮子几乎从空中闪过。车辆颠簸不已，有好几次，吉日霖的头撞到车棚顶了。父母也被颠起两尺高。

父亲的伤口可能又挣开流血了，母亲的头也重重撞在车帮上。吉日霖一个人都没照顾上。

两个弟弟骑着马。两只牧羊犬跟在后面跑，不到一个月，牧羊犬已经长大不少。

从一半凝脂一半蓝的湖边路过，翻过山，顺着一条河谷前行就看见了海达镇。

回到海达镇，吉日霖安排好了父母，交代弟弟们要仔细照顾父母，特别是伤口要保持干净。她要去长安的事情，弟弟们很不愿意，吉日霖感觉，弟弟们虽然个子长大了，但是脑子好像还没跟上，她嘱咐师父们要继续关照弟弟，学习不能耽误。

晚上，吉日霖和父母睡一个房间，海达似乎好多了，出发前，他们问了医馆郎中，郎中说，按照目前这个情况，他能做的事情已经不多了，剩下的事情就是回家养着了。

吉日霖拿出神觉蓝酒给父亲的背部擦洗，父亲疼得发出了声音，郎中交代过，病人有声音是好事，是在好转，最怕的就是那种一声不吭的病人。她给母亲换了尿垫，给母亲擦身，她边擦边和母亲说话，说了将去长安见皇帝退婚的事情，要和皇帝当面解决，但是也有危险，如果皇帝不同意，那她为了这个家族就只得嫁给王玉正。她说，我希望像你和父亲一样，守着一个人过一辈子。你如果能听到，就动一动手指。

母亲真的动了一下手指，吉日霖顿时热泪盈眶。她上前亲吻了母亲，说，谢谢，谢谢。郎中说过，木僵的病人很难醒过来，除非遇到什么刺激，这要有很大的机缘才能出现。吉日霖分析母亲的病情，第一次母亲头部遭受重创是在神觉蓝酒肆的一次混乱中，被人在后脑勺打了一棒子；第二次是前段时间为了商谈她的婚事，回孛罗城的路上在青石山口被袭击，连人带车撞在山石上，头部再次受伤；这一次是在回海达镇的路上，头部又重重地撞在马车车帮上，再次受伤。这一次又一次的撞伤，让母亲备受摧残，她像一块被扔来扔去的破布，但是，吉日霖能感觉到母亲正在努力地对这块破布缝缝补补。

吉日霖找了镇上的一位婶婶，给他们做饭，她把银子交给弟弟，嘱咐大宝每个月初给婶婶发银子，做得好一定要给予奖励。她打算在她明天回孛罗城之前，把像这样的杂事都处理完。她还要回家处理细妹的事情，她这一走，家里没有一个女人打理，会变成一团糟的，父亲虽然可以下地走动了，但还得好好养着才能恢复，这个家现在很脆弱，经不起任何风吹雨打。

海达镇闲着的女人不少，想找一个挣外快的女人很容易，但是得找一个放心的、有责任心的。吉日霖亲自面试了几个人，终于选中了两个人，一个人做饭，一个人给母亲擦洗身子、换床褥。她相信，父亲很快会好起来，父亲能接手这些事就会好得多。家里一定得有一个顶梁柱才行。她又到父亲床前，对海达说，父亲，我已经安排了两个婶婶来干活，你要快点好起来，弟弟们需要你教导，母亲还需要你给她支撑，让她重新站起来。海达点点头，闭上眼睛。他还是很虚，说一句话都要费很大力气，好在他能自己解决大小便，可以自己吃饭，每天煮的羊肉能吃一小块、喝半碗羊肉汤。这样下去，他就会越来越好。

第三天一大早，吉日霖给母亲腰底下垫了垫子扶她起来，她边给母亲揉脚揉腿，边说，母亲，您也要尽快好起来，我走了，这个家没有个女人是撑不起来的。

王安荷轻轻地嗯了一声。吉日霖以为自己听错了。母亲，您刚才说话了吗？吉日霖高兴地搂着母亲的脖子，说，母亲，母亲。

嗯，王安荷又说了一声。吉日霖身子往后退了退，说，母亲，您睁开眼看看我。

王安荷眨巴着上下眼皮，好久，睁开一条缝，适应了一会，她再次睁开眼睛看清了对面的女儿。这段时间，她都有感觉，但像做梦一样，现在，这个梦醒了。一旁侧躺在床上的海达流出了眼泪。

吉日霖高兴地喊，大宝二宝快来看，母亲醒了，母亲醒了！

大宝二宝“腾腾腾”地跑过来，跪在王安荷床前，母亲，您醒了，太好了，太好了！王安荷看着两个儿子，露出吃惊的表情，不敢相认。吉日霖说，你们两个人躺在床上一动不动，他们一着急就长大了，现在是十六岁的大小伙子了。

王安荷颤抖地举起双手，大宝和二宝把头伸过来，让母亲揉他们的头发，这是他们小时候最喜欢母亲做的动作。她的泪水止不住地一串串落了下来。头也感到清爽了很多，眼睛从浑浊变得清亮起来。

吉日霖给母亲洗了头擦了身、换上干净的衣服，她迫切地想扶着母亲走一走，母亲能走路了，她去长安才能安心一些。

在吉日霖的鼓励下，王安荷准备下床，由于长时间躺在床上，腿脚很软，伸出双脚，脚尖先着地，然后一点点地脚后跟触在地上，她双腿哆哆嗦嗦地把脚踩在地上，扶着吉日霖的肩膀，一点点站直了身体。大宝二宝伸着双手准备随时接住倒下的母亲。

王安荷站了一会儿，迈出第一步，虽说身体摇摇晃晃，但终究迈出了脚。海达自己也努力地坐了起来，他看着自己的爱人。人，是要动的，不动就僵了，这才躺了二十几天，海达觉得他已经不会使用自己的胳膊、腿了，胳膊、腿和大脑的配合好像还得商量一下。因此就有了胳膊、腿的卡顿。各肢体之间还得互相磨合一下。

晚饭好了，他们一家人终于能坐在一起吃一顿团圆饭了，虽然母亲坐不了一小会儿就撑不住闭上了眼睛，父亲也是，刚吃了一口饭，就坐着睡着了。他们姐弟三人扶着父母躺下休息，父母自己能动，就是希望的开始。他们都不是娇生惯养的孩子，有着和野草一样的顽强生命力。

王安荷像锻钢，在反复煅烧和锤炼中九死一生，再次活过来的她更加坚韧。

王泰和一家人坐成一圈，议事。

这是一间中堂，大门正对板壁，板壁前放着长条案，条案前是一张八仙方桌，左右两边配扶手椅，王泰和坐右，阿娟坐左。屋中央两侧对称纵向排开八把椅子，王玉正在右侧，王玉珠在左侧。这种场合，阿娟始终不说话，她身材高挑，坐下的高度比王泰和要高一点。无论是谁说完话总要看一眼阿娟。

这是孛罗城最好的客栈，房间也是最好的上房，客栈掌柜按照大户人家的习惯在这里如此摆放，全部满足了长安来的尊贵客人的需求。

孛罗城的骆驼客常年络绎不绝，即使是在寒冷的冬天，也有人经汉道、新北道来到这里。

昨晚，吉日霖带着父母匆匆离开孛罗城回海达镇的动静，使王泰和嗅到了一股不祥的气息，他谁都可以不管，但是他一家都在此，孛罗城所有的贱命加起来都不及他一家人命贵。心里笃定了这个想法，他立即知道该怎么做了。

他对孩子们说，我们明早出发，离开孛罗城，安排你们的镖师让他们紧张起来，务必小心。

正在吃饭的一家人互相看了一眼，然后同时看向王泰和。

王玉正忍不住说，我们不等吉日霖了吗？她说她明天下午就回来了。

等不及了，我一会儿就给李公公写信，说我们到其他城还有货物要交易，让他带着吉日霖，我们在路上会合。他们速度快，几天就能追上我们。

王玉珠噘着小嘴，一脸不高兴。

王玉正看到了，问，妹妹，你有什么要说的吗？

王玉珠咬着嘴唇说，我们能不能带上海聪？

啊？啊？啊？家里其他三口人同时疑惑道，甚至露出了惊诧的表情。

为什么？王泰和问。

要么带上海聪，要么你们走，我留下来。

阿娟开口了，作孽呀。因为她突然从女儿身上看到了自己。

阿娟是吏部尚书的女儿，年少时也是一位标准才女和美女，有不少名门望族想和她家联姻，都被她拒绝，她偏偏看上了当时一文不名的王泰和，还差点和父母断绝关系。她知道女儿表面上看起来柔弱没主见，但是骨子里的倔强和坚定不输她这个当母亲的。

王泰和向阿娟点点头。在家务事方面，阿娟在王泰和面前有绝对的话语权。自从他们大婚后，阿娟不辞辛劳地跟着他走南闯北，要说没有利用她父亲的关系，那是假的，王泰和现在的成就和地位，和阿娟做后盾是分不开的。

为了能留住女儿，不让女儿像她一样颠沛流离、东奔西走，阿娟不介意多个傻子女婿跟着。她只要女儿高兴和周全，她知道一个女人为了爱情是不怕吃苦受累的，但愿女儿没看错人。她有点后悔带着女儿到处走动，本来是想带着她见世面的，结果整出这样的结果，当初就应该把她留在长安，安安稳稳找个门当户对的婆家过日子。

现在为时已晚，没有后悔药可吃。

王泰和对王玉珠说，你去叫海聪过来。

啊？王玉珠准备好了很多应对的说辞，却一句都没用上，反而让她有点不知所措了。她愣了一下，不可置信地看看母亲、又看看父亲，确认他们说的是真的，她嘴角扬了起来，说，谢谢父亲，谢谢母亲。

她跳下椅子，准备出门，王泰和让王玉正跟着，这都大晚上了，以免发生危险。

看着一儿一女出门，王泰和和阿娟面面相觑。王泰和安慰阿娟说，走一步看一步吧。阿娟说，嗯。

从孛罗城到长安的道路十分空旷，尤其是西北这段，驼队、马队更少，有时前后一百里也看不到一个人，只有漫天的北风卷雪或沙海尘浪，除了驮工们偶尔睁眼看一下路，马车上、骆驼上的人都在无边无际的摇晃中沉沉昏睡。只有在要吃饭和解决生理问题的时候才算清醒一点。在雪地里看不见道路，只有经验丰富的驮工按照山与山、水与水的参照来判断道路，没有被大雪覆盖、沙砾裸露的地方，有一条发白的细线通向长安，仿佛是在偏远地区流淌的毛细血管。长安和孛罗城是一根链子上的骆驼。

遇到驿站，绝对要停下来休息和补给。

此时，王泰和一家人及他们的驼队就在路上，寒风让每人都裹紧了衣服，他们尽量趴在驼峰上，借一些驼峰的温度让自己保持体温，阿娟和王玉珠倚坐在马车里，围了一圈皮草，即使这样，王玉珠仍然能感受到寒冷，因为她来癸水了，带的癸水带已经用完了，她只能强忍，得尽快找到驿站休息。她把手里抱着的手炉靠在小肚子上。

女人在路上，遇到这样不自主的事情，确实是件糟糕的事儿。阿娟一点忙也帮不上，只能给她盖上更厚的被褥。她准备好的癸水带，带了一大包，却还是不够。两个女人一同出门，什么都可以不带，癸水带是必须带的。

王玉珠不敢多喝一口水，免得要下车解决。

马车外面，海聪和王泰和骑着骆驼，不见王玉正。王玉正再次违背了父母的愿望，独自返回孛罗城。他坚持要等吉日霖一起出发。

父母对叛逆的儿子也没有办法。阿娟喊王泰和进马车，王泰和不愿意，说，马车这玩意儿是女人坐的，男人坐进去不废了吗。阿娟说，年轻人可以不坐马车，你一个即将年过半百的人，和年轻人比什么。

阿娟好说歹说，王泰和就是不进马车。而第一次出远门的海聪彻底傻了，他有很多个没想到，没想到自己骑骆驼不到一天，胯下的皮肉就磨破了，到现在还侧着身夹着屁股坐在驼峰上，这个姿势让王玉珠看到，她愉快了好一阵。海聪没想到走出孛罗城，还有更大的天地，道路似乎可以一直走一直走，永远也走不完。最没想到的是王玉珠一家人居然同意了他和玉珠的婚事，这让他既高兴又觉得心里空荡荡的没个底。

王泰和看着海聪一双探索的眼睛东张西望，知道海聪不知道世界之大，他一直在孛罗城居住，没出过远门。他说，天外有天。孛罗城、长安，都是天下很小的一部分，十二州之内，东西南北不过横亘一二万里，外国则是数万里之外，不知几大，若以二十八星宿分配天下，中国仅可配斗牛二星而已。由于我们经常与各地商人及各种使者往来，才使得我们对异域的世俗认识逐渐增多。以后有机会多走走，见识世界之光彩与暗淡。

虽说海聪也读了不少书，但听了王泰和的解释，他对将来走的路程和新世界充满了无限的憧憬和向往。

骑在骆驼上、扶着驼峰的王泰和决定，这次回长安以后就不再出门了，他将告老还乡、不再参与朝廷之事，把自己管理的一切事项交给能胜任之人，当然，这人必须是皇帝任命的。

王玉正在西北一待好几年，让他母亲操碎了心。王泰和知道儿子是为了吉日霖，他为了让儿子尽快回到身边，腆着脸皮向皇帝求了赐婚圣旨。他以为孩子们会很快变成他想象的样子，却事与愿违，没有哪件事让他称心如意，这让他有点后悔。孛罗城周边的盐卤矿、陶土矿、铁矿都是富矿，相较于长安城，孛罗城虽然人烟稀少，但是财富聚集，唯一不足的就是路太远了，即使这样也掩盖不了这里是个好地方的事实。就像是一只蚂蚁看到了一棵大树，树上结满果子，蚂蚁很喜欢，却对此无能为力。王泰和之于孛罗城的矿藏就是这个样子。

王泰和和王玉正曾经说起过这件事，王玉正说，我们的能力还达不到大面积开采，把它留给子孙吧，不要上报给皇帝，免得没做好给糟蹋了。王泰和为儿子的胸襟赞叹。他拍拍儿子的肩膀说，好样的，有远见，能成事儿。

尚田其和灰袍人约定的三天，一转眼就到了。

灰袍人待在地下迷城快三十年了，他像是一棵树的树根，伸进了地下，从来没有人见过他的真面目，即使是看到了，也以为是城主尚田其，他们两个人的身形很接近。

原来，尚田其是被灰袍人操纵的，平日里，灰袍人并不参与孛罗城的管理，他只操纵着孛罗城的走向。

灰袍人说，把孛罗城放水淹掉。这样的想法让尚田其胆战心惊。灰袍人说他手上有孛罗城周边二十三条河流的水系图，只要稍加利用，把水引过来，就能直接把孛罗城置于一片汪洋。大水退去后，就能重建一座更大的孛罗城，因为他们有高入云霄的紫桐树可以躲避大水。

灰袍人要等一个时机。一场大雪，一场足够大的雪。在他记忆中，三十一年前，孛罗城曾经下了一场大雪，大到把房子和街道都埋了。那个冬天，活下来的人不多，老鼠都死了；老鼠不多，天上的雄鹰就少了，北山羊、狼、熊、花豹的踪迹难觅。过了二十年，这些动物才逐渐恢复了族群。孛罗城的人也一样。

大水淹城，到底是为了什么?

不单单是个人仇怨吧，尚田其曾经想过，老谋深算的尚田其在灰袍人面前，就如在千年的狐狸面前讲鬼怪，谁都不是省油的灯。

为了延长大水淹城的执行时间，尚田其一直与灰袍人周旋，这一周旋就是三十年。

灰袍人决定次日开展大水淹城的行动。

就在当天，瞭望台突然响起了警报、点起了狼烟，尚田其快速到地下迷城的小孔查看，城外这些人身材矮而粗壮、头大而圆、阔脸、颧骨高、鼻翼宽、上唇胡须浓密，而颌下仅有一小撮硬须。他们还有长长的耳垂，上面穿有耳洞，佩戴着耳环，眼睛是圆圆的杏眼，目光炯炯有神。尚田其看着眼熟，一时却想不起来，待看到他们的圆形武器，才猛然想起，这些人可能是本江江的族属。

尚田其的可视范围在城东门口，这里聚集了三百多号人，他立即吩咐下去，出动五百名孛罗城的刺刺马勇士，迎击对方。号角响起，五百名刺刺马勇士按照列阵布局出击。

灰袍人暂停了他的计划。人和人打起来了，他就当看戏。做大事不拘在这一时一刻。

第二十四章　孛罗城全城迎敌　各方人齐心协力

本江江族属的人杀回来了。

为首的人骑着高头大马，身材魁梧，身穿皮草坎肩，戴一顶皮帽子，小胡子发亮，两个眼袋和上眼睑的弧度形成了一个长长的椭圆，身边有这么多人给他壮胆撑腰，他显得八面威风。从他身上刮过来的风都变成了刀。

拓羽骑着一匹刺刺马，端坐在马上。他是个铸剑师，他的梦想就是铸剑，打造出世界上最好的剑，却被尚田其放置到各个岗位上锤炼，如今，他在很多方面都能独当一面。这次，尚田其突然宣布，拓羽为将。这让他很吃惊。他从来没有带兵打过仗。他做过最多的事就是读兵书和打铁。

黄昏时，北风呼啸，孛罗城外十里，七个瞭望台的狼烟已升至半空，向外蔓延，远看如巨大的黑森林正在扩大。

拓羽眼神如鹰般锐利，目光紧盯着前方的敌人，对方的面容在落日的映照下显得格外狰狞。他们身穿特有的皮甲，手持弯刀，显然是来自番邦的侵袭者。拓羽的目光越过人群，看向更远的地方。

他轻抚刀身，感受着冰冷的金属质感。这把刀是他为自己精心打造的，他知道自己的身材瘦弱，耐力不足，所以他特意加重了刀身，以便在战斗中发挥更大的威力。他要的是速战速决，而不是持久战。他的职业是铸剑，但是在相当长一段时间里，他在铁矿采矿、在高炉前抡大铁锤，每日挥舞大锤使他的肌肉力量非比寻常。他手上的这把百十斤的重刀，要得像女人用一个炒菜的木勺。

准备战斗。拓羽一声令下，勇士们纷纷拔出兵器，蓄势以待。

随着拓羽令下，战鼓擂动，战马嘶鸣，一场生死战斗拉开了帷幕。拓羽紧握重刀，身先士卒，冲向了敌方的阵营。他的刀法凌厉无比，每一刀都仿佛带着雷霆之势，砍瓜切菜，让对方望而生畏。在他的带领下，勇士们士气大振，与对方展开了一场殊死搏斗。

从海达镇回来的吉日霖，远远看到孛罗城战火熊熊、狼烟滚滚，两方正打得激烈。“噌”——吉日霖抽出腰间的寒星吉日绵绵剑，正要打马上前助战，被及时赶来的海普拦住。他在剌剌城接到探报，有异邦之人袭击孛罗城，狼烟已燃，他安排雪坤关闭城门守城，所有城卫立即前去支援。他知道海达和弟媳大病未愈，孛罗城这次大敌压境，搞不好在劫难逃。

第一波迎战，拓羽完胜，打死、打伤对方十几人，双方各自重整了兵力，准备第二场战斗，吉日霖和海普乘机和拓羽会合。在地下迷城的尚田其把这一切都看在眼里。

李公公还在城里，他在等吉日霖，打算明天早晨一起回长安，但是今天城外突然打起来了，他立即叫来所有侍卫开了小会。现在，他要帮孛罗城打败入侵者，稳住孛罗城，不能让孛罗城在他眼皮子底下受损，他相信皇帝在场也会是这个选择。

拓羽、吉日霖、喀布、海普四人进了离城门口不远的大帐，吉日霖已收起了寒星吉日绵绵剑，听拓羽分析战局。

拓羽和敌方对阵的时候，两方旗鼓相当。拓羽明白，对方不可小觑，不然不能大张旗鼓地来孛罗城挑事，就只凭这百十号人。周围几百里，孛罗城在军事、农业、牧业，特别是在武器制造方面胜过其他城郭。这些人一定有后手准备，敌方应该十分清楚，仅靠几百人，想攻下孛罗城不是一件容易之事。

拓羽把自己的想法说了出来，首先得到了海普的认可。他说，这个情况应该赶紧通知城主做好一切准备。这时，尚田其推开帘子走了进来，大家立即上前行礼。尚田其走上主座，说，你们说的话我都听到了，拓羽的推测也有道理，不可忽视。持节使曾说过，他得到的消息不是一个城郭力量，是多方力量的总和。下午来的这个，我估计是个先锋，是来试探我们实力的。

对，兵书上讲，知己知彼、百战不殆，对方也是有备而来的。吉日霖说。

是的，有备而来，他们准备的是什么，我们现在还不清楚，还在猜测。拓羽说。

放出去的探子还没回来，我用我的招风耳也没听到，我发觉人一旦长大，很多功能就消失了。喀布有点恼火地说，当初他的招风耳自己可嫌弃了，因为他能听到几百米外海达喊他的声音，现在几十米外的声音都听不到了。

在他们激烈的讨论声中，地下迷城的灰袍人走上了地面，向城北的方向独自走去。因为战场在城南，城民都在关注着城南，没有人注意城北，就连瞭望台的城卫们都伸长脖子往这边看，他们还没有接到上战场的命令。

有的城民摩拳擦掌想参加战斗，保卫孛罗城，但是没接到城主的命令，他们都不能轻举妄动，眼巴巴地伸长脖子盯着城门口的动静。

城外的雪地被双方的战马踩平了。对方想的却是把孛罗城踩平。

探子来报，对方的头目叫于半根，是本江江的侄子，这下落实了尚田其的猜想，果真是以前旧仇的延续。一报还一报，冤冤相报何时了。

尚田其想不出来还有哪些旧仇等着他去了结。

第二天，对方发起了进攻，人数涨了几倍，有六百多人，尚田其把豹符交给吉日霖，说，回城再调动二百名刺剌马勇士。吉日霖熟悉这件东西，调转马头向内城奔去，看守城门的守卫立即开门。不一会儿，吉日霖领着二百名刺剌马勇士呼啸着穿过城门，来到城下，与前部会合。

双方又打了半天，各有死伤，但是在合理范畴内，对方各自退了回去。

看来他们是想来一场拉锯战。

对方主帅还没到场，拓羽是将军，不宜每次亲自上场。他的一把重刀，在战场上起到了关键的作用，重刀翻舞，给了对方相当的震撼，造成心理上的恐惧，动作就会慢半拍，这给了拓羽机会。吉日霖第一次参加战斗，在与敌人的对仗中，刚开始总是暴露弱点，让对方抓住空子，几次都是被她身边的拓羽解围，几个来回后，吉日霖掌握了节奏，再打起来就好多了。

孛罗城的城民们围在街道两侧候着，有一个男人拿出了武器，其他男人看到了，立即回家拿出武器，准备迎接突然而至的敌人。

细妹还在神觉蓝酒肆，她在没有接到掌柜让她滚蛋的通知之前，还得坚守在这里。她自己那点蝇头小利在孛罗城的生死面前都是小事，她贪的那点钱，到底怎么给吉日霖交代，她还没想好。这些私钱，她准备回老家盖新房子，自己养老住。

她召集城里的女人支援前线，她自己花钱买了糯米和大米，给女人们传授做米糕的方法——这是她家乡的特产。店里有个小二会做饼，她让小二带着店员们做饼，做好了送到前线去。

说干就干，她们很快做出了几百个米糕、几百个饼。她们推了五车的吃食，穿过城门送到前方的营地，细妹在营地看到受伤的城卫还没有处理伤口，主动问郎中处理伤口的方法，并依样给随军郎中帮忙。细妹确实手脚勤快，一看就会，有干活的才能。

吉日霖看到细妹的表现，没说话，拓羽毫不吝啬地给予细妹表扬，表扬她有气度、有眼色，会干活，知道什么时间该干什么，这次就干得非常好，缓解了他们的后方危机。吉日霖看了看手中的米糕，吃了一口，因为马上就要上战场，不能在吃食上矫情。

这时，王玉正回来了，也加入了战斗。

尚田其确实没有了年轻时的凌厉，在他的指挥下，孛罗城城卫再次与对方交战，不到半天，就被他吹响了撤退的号令。城卫们很恼火，他们的目标是要追敌三里杀死一片，这个关键时刻却被尚田其召回，如此两次以后，城卫们心里有意见，气窝在心里，却不敢言语。在大家认为就会这样耗下去的时候，尚田其突然下达了死命令，把对方往死里打。拓羽、海普、喀布像突然被注入了拔山盖世的力量，城卫们聚集在胸中的气有了出口，他们以势不可当之势冲了出去，对方没想到这次来的和上次来的是同一批人，却比上次有着更强的冲劲儿。孛罗城的城卫们如尖刀一样，直刺敌人要害，顿时，对方的阵脚大乱，丢盔卸甲地向山上逃去，半山腰也埋伏着孛罗城的二百名刺刺马勇士，败敌一进埋伏之地，滚石利箭齐发，又死伤了无数。

尚田其没让王玉正上战场，把他留在大帐内，听王玉正分析整体战局。王玉正建议，在孛罗城外实施坚壁清野，把城外的农人、牧人转移，把所有的吃食都藏起来，或者运走，愿意进城的人，给予方便，要投靠其他城郭亲戚的也给予支持。敌方远道而来，不可能带很多粮食来，如果不能速战速决，没有饭吃，谁也扛不住几天。

尚田其觉得这个计策好，于是立即安排下去，并任命王玉正为主帅。

伤员回到孛罗城营地，随军郎中是个年轻人，他让有刀伤、剑伤的人排队，他旁边是一个炭火通红的火炉，里面插着几根烙铁，他拿起烙铁选择角度按在伤口上止血，“嗤”的一声，一缕白烟升起，伤员惨叫一声，吓得后面排队的人瑟瑟发抖，但是不止血人会死，也只能硬着头皮扛着。吉日霖看到这个场景，让细妹赶快找人把神觉蓝酒送来给伤员冲洗伤口。

父亲海达就靠着神觉蓝酒活了过来，她相信这些城卫很快就会好起来。经过烙铁止血，流出的血不算多，他们年轻，身体抵抗力好，恢复时间就要快很多。

后面的战斗，尚田其没有安排吉日霖和海普上场，他安排吉日霖带着细妹等几个女人，配合随军郎中给伤员做清洗伤口和包扎的工作；让海普守在自己身边，他身边得有人把他的军令传下去。

战后，伤口小的城卫略做处理就可以，刀伤面积大而且深的伤员，就得特殊处理，上烙铁止血。有的伤员煎熬数日后还是死了。吉日霖很是难过，罪也遭了，命却没保住。

她偶然发现，用过神觉蓝酒的小伤口，恢复得很快——三天止血，七天就基本长好了。

这天，前线又送来一名受刀伤的小城卫，肠子都流了出来，鲜血糊得到处都是，小城卫恐惧地大喊大叫，送来不一会儿声音愈来愈小。吉日霖看了，差点吐了，她忍住向上翻涌的感觉，用酒洗了手，用酒冲洗了露出来的肠子，再塞进肚子里，肠子还是固定不住，还要流出来，吉日霖灵机一动，她用手按住肠子，让细妹穿针引线，把划开的肚皮缝起来。这个大胆的想法让在场的人很震惊，但也只能死马当活马医了，细妹的针线活不错，没想到能用到这上面，她立即开始穿针引线。此时，小城卫一点声音都没有了。

吉日霖相信神觉蓝有神奇的作用，她让细妹用酒洗手洗线洗针，然后开始缝，她说，你就像缝衣服一样，缝密实一些，不要让肠子再流出来。第一针下去，细妹说，太瓷实了，跟厚鞋底子一样难纳。吉日霖鼓励她，使劲，加把劲，你缝好了，救一条命。细妹得到肯定，咬着牙一针一针地缝合伤口，伤口缝合后看起来歪七扭八的，但是肠子装进肚子里了，缝针的针眼还在渗血，但和之前已是天壤之别。

吉日霖在缝合的伤口上倒上神觉蓝酒冲洗，然后用布擦拭干净后，让人把小城卫抬到后面休养。她要求细妹每天给小城卫用神觉蓝酒冲洗伤口两次。现在，她做了所有该做的事情，剩下的就要靠小城卫自己的体质了。

这次的事，让她有了反思，为什么当初没有想到给父亲的后背刀口缝合一下呢？当初，她完全依靠了医馆的郎中，在这里她谁都不能依靠，只能靠自己。所以，她敢于按照事情的常识来决定做法，你不是伤口裂开了吗？那就把它缝起来。你腿断了，就用木块夹起来。

有了这个想法以后，她立即回家，把家里的丝线全部拿出来，又在街上招了会针线的妇女上战场，专门缝合伤口，要求是不用什么经验，会缝衣服就成，报名的女人有十个人，因为她们的丈夫都上了战场。第三天早晨，小城卫睁开了眼睛，他活了过来。吉日霖和细妹欣喜万分。她们不知道，她们开创了一个历史。

吉日霖让店小二用马车把神觉蓝酒一车一车往前线运送，经过她们用神觉蓝酒处理过的小伤口几天就恢复了，恢复的城卫又继续参战，补充前线军力。有大伤口的城卫在发烧几天后，活了下来，以前受大刀伤活下来的人十之一二，现在达到了十之八九。这是一个惊人的数字。消息传到对方阵地，对方的军心动摇了，他们看着昨天还一起睡觉、一起战斗的朋友，转眼就在哀号中失去生命；而孛罗城的士兵除非当场死亡，有伤的城卫大多活了下来，这让他们很是羡慕。谁都不能保证在战场上刀枪长眼，不伤自己。真正勇敢的人、没有丝毫顾忌的人又有几个呢，谁都有父母、妻子、孩子，来这里还不是为了几两碎银。谁都想活着回家。因为神觉蓝酒、因为吉日霖，战场上的天平向孛罗城倾斜。

温度升高了，雪地变得湿滑。敌方战死的人、马尸体被鸟兽撕扯得遍地狼藉，这更加动摇了军心。他们已经三天没吃饭了，一个一个无精打采，别说打仗了，走回去都困难，于半根安排人又去村落里扫荡了一回，没搜出几根毛，拿回来几个冻白菜萝卜，炖了汤给士兵们吃了。

别说是士兵动摇了，于半根自己的信心也动摇了。

一封急报打破了现状，有八个城郭集合了近两万兵力联合围攻孛罗城，形成八城联盟，即将兵临城下。尚田其心里一惊，就在昨天，他对于半根的人不太操心，打了几场胜仗后，他把指挥权完全交给了王玉正。他只等于半根自己退兵。他操心的是灰袍人的动作。而现在，尚田其为即将到来的大军压境头痛起来，战场上的天平又剧烈地晃动起来。海普则静静地看着父亲，等待父亲下一步的指令。

在尚田其焦虑踱步之间，本来要离开的李公公带着侍卫来了。

尚田其诧异地问，你们怎么来了？

李公公说，这个关键时刻，我们离开孛罗城，这不是朋友干的事情。他接着说，我已经给皇帝发了八百里急报，也给与长安有羁縻关系的城郭发了急报，我们只需要坚守几天，援军即可到达。我和孛罗城的城民们一起守城。

这个结果让尚田其很意外，孛罗城孤悬边疆多年，像个没娘的野孩子，没想到存亡之际，有人来给撑腰、来做后盾，尚田其很感慨，虽然他并不知道能否坚守到援军到来。况且不知道眼前的李公公有多大能耐，他不抱多大希望，敌我双方人数太悬殊，几乎到了二十比一，但他心里却恢复了力量，对即将到来的战争不再畏惧。即使是灰袍人来了，他也不怕。

当初持节使肖蔼宸临走时说，若遇大事，可给他发八百里加急，他会派援军，这个说法并不只是说说，听到李公公的话，尚田其才知道，肖蔼宸说的是真的。

尚田其向李公公和王玉正深深行了揖礼，表达自己内心的感动和谢意。王玉正抢先一步扶住尚田其。

随即，他们开始商量对策，一刻都不能耽误。

孛罗城现在的兵力总计一千过一点，总人口才四千多，这和来敌两万兵力有着巨大的差距。想打一场以少胜多的仗，不是单兵能打就行，而是需要一个整体的谋篇布局。

王玉正把拓羽、吉日霖、喀布都叫过来，大家站在大帐里商量对策。

李公公说，这是一场以少胜多之战。

如何以少胜多呢？王玉正思忖。

大家都在用自己的脑袋想着同一件事。

对方来自八个城郭，操着不同语言，他们把每个城郭之主的性格分析一下。擒贼先擒王，从人性上面找到突破口，虽然他们人多，但是来自八支队伍，他们各有各的目的，内部并不团结，可各个击破。王玉正说。

最好能找到他们共同的兴趣点，让他们为了目标先内讧。拓羽说。

吉日霖一直没吭声，她也是熟读兵书的人。她认为王玉正和拓羽说的没错。她另有想法，她想的是如何一击制胜。

李公公和尚田其都没说话，看着眼前的年轻人讨论。

王玉正和拓羽说完，见吉日霖没说话，都扭头看着她。吉日霖说，看来，我不说不行。根据兵法，目前的解决办法是，通过伪装示形于敌，不显露任何踪迹，使敌方的兵力分散，而我方的兵力则集中为一，从而形成以十攻一的局面。

对方有近两万兵马，如果要形成以十攻一的局面，我们的队伍就要在形式上看起来有二十万，这不是一件容易的事情。喀布说。

吉日霖说，敌方八城联盟远道而来，他们也想着速战速决，瓜分完了迅速回撤。为争取更大利益，想必不会带太多粮草，而目前，孛罗城城外已被坚壁清野，加上于半根的不断搜刮，能吃的野菜也没几根了，接下来于半根和即将到来的八城联盟要见面。

尚田其说，趁着八城联盟军未到，玉正，你去把于半根请来。

王玉正并没有问为什么和用什么方法去请于半根来。

大家看着尚田其笃定的样子，都没说话。

于半根也接到消息，八城联盟即将到达孛罗城下，于半根心里喜忧参半。喜的是，来的人多，这就能快速攻城，拿下孛罗城，然后一起瓜分。忧的是，八城联盟的人到了以后，打下城，他的那一份利益会不会就没有了。他现在几乎弹尽粮绝，不知还能坚持几天。周边已经被他们挖地三尺，逃离的老百姓所留的房舍，也已被翻了好几遍。

这天，于半根的大帐里来了一个穿着灰袍的人。

当灰袍人说可以拯救他们的时候，士兵没有过多思考，就把他带到了于半根的大帐，于半根的嘴上已经起泡了，心里的火苗腾腾地往上蹿，压都压不住，刚才还杀了一个不小心打掉杯子的小兵。等随从把小兵拖出去留下一溜的血迹，他又觉得不吉祥，安排人擦洗。

大帐外的雪已开始消融，地上变得泥泞，走几步路沾一脚泥，显然，这不是打仗的好时机，他们失去了最好的时机，现在他进退两难。

士兵来报，有人来献计，能保大家性命。

于半根立即说，传。

门帘一掀，进来一个高个子的灰袍人，这个袍子是带帽子的大斗篷，他戴上帽子，遮住了大半个脸，看不清脸。

于半根抓了一下耳垂，抬头说，阁下是谁？

我是来救你的人。

哦，是吗？有什么能耐？于半根半信半疑。

这就跟你信郎中一样，你信就能治病，不信就治不好。

我信了会有什么结果？于半根又问。

你和你的人安全回到你们出发的地方，还可以带走孛罗城的一些财富。

你要什么？

我不要什么，你按照我说的去做就行。

怎么做？

不急，你们好几天没吃饭了吧？

对，我们再没有饭吃，就得吃人了。

第一，你先把所有死人都埋了，然后我带你找吃的。

这个没问题，我现在就安排。于半根喊来随从，让能站起来的人去挖坑埋人，把这件事办完后，有饭吃。

冬天战死的人，被鸟兽啃食了一半，随着冰雪消融，招来嗡嗡作响的大群绿头苍蝇。能站起来的十几个人，为了快速办完事情，他们挖了大坑，把这些曾经的战友一个一个推进大坑，铲土掩埋了起来。

办完这件事，灰袍人带着两个士兵带着铲子到了地里，他指定一个地方，说，挖。士兵挖下去，是一个老鼠洞。再往里挖，居然发现了一大堆麦子。士兵的眼睛都亮了，地下怎么会有这么多麦子？这个老人是怎么知道的？

因为我的脚在地里，在土里。

士兵惊讶地看着灰袍人，我心里的话他怎么知道？

这些都是人的粮食，被老鼠借过来过冬，我只不过让老鼠把粮食还给人。

那老鼠是不是就要死很多了？士兵想。

它们不会死，会有办法的，春天要来了。灰袍人看着远方正在变化颜色的雪地，说。

灰袍人带着士兵挖了一天，走了十里路，带回来几百斤麦子，装满了五十个半人高的圆肚大陶瓮，分十辆马车拉回来。经过允许，后厨还杀了一匹受伤的马，于半根让大灶上煮麦子、煮肉。士兵们吃了顿饱饭，很快有了力气，都站了起来。

于半根在大帐里依然眉头紧锁。大帐门帘被掀开，进来一位少年，少年自我介绍叫王玉正，特别邀请于半根去孛罗城喝酒、谈判。

喝酒？于半根诧异。这个节骨眼上怎么有心情去喝酒，并没有什么可以庆祝的。王玉正说，你和我们联盟就值得庆祝喝酒。

联盟？于半根问。对，联盟，你心里知道如果八城兵马来了，你并不在他们的分配范围内，你在这里坚持了几个月，一无所获，这是你想看到的吗？

不是，你想怎么样？

尚田其城主有请。

于半根说，我不去，他怎么不来。

你觉得依你现在士兵的情况，你还能坚持多久？况且你现在并不是我的对手。我要杀你易如反掌。

于半根没有了刚才的气焰，想了想，说，我跟你去。

二人走出大帐，灰袍人在观望的士兵后面默默地注视着他们。

王玉正把于半根送到尚田其的大帐后，只留尚田其和于半根在大帐里，他叫上其他人在外面等候。尚田其上了一坛神觉蓝酒，说，来，我们先喝一杯。见于半根犹豫的样子，尚田其笑着说，没毒，放心喝。他朝帐外喊，玉正，你进来一下。王玉正进来，尚田其说，半根老弟担心这酒有毒，你把他的酒喝掉，给他验一下酒。王玉正二话没说，端起酒杯，一口干了。

尚田其笑着说，好样的，年轻人。他转头对于半根说，看吧，玉正是长安来的公子，他都喝了，你还担心什么呢？说着，他把酒斟满递给于半根，说，来，喝酒，这是我们孛罗城最好的酒，你喝了就会喜欢的。

王玉正又退出了大帐。

于半根半信半疑地端起酒杯浅浅抿了一口，顿时睁大了眼睛，他这几个月肚子都很难吃饱，又怎能喝上这样的美酒，他看了一眼酒杯，看了一眼尚田其，一口喝干了杯中酒。尚田其哈哈大笑，说，我没说错吧，这是最好的酒。他说着又给他把酒斟满。

大约一个时辰后，尚田其和于半根一前一后从大帐出来，相互行礼告别，尚田其安排人用车给于半根的大帐送去十坛神觉蓝酒。帐外所有人都眼巴巴地看着尚田其，想知道他们的谈判结果。

尚田其目送于半根坐上装满神觉蓝酒的马车离开后，招呼大家进了大帐。

八城联盟军来后，按照常识，他们第一件事就是要找一直守在这里的于半根部问明情况，然后再设定攻打计划。尚田其给于半根的任务是，摸清八城联盟中每个城的具体兵力情况，然后拖延时间，为孛罗城争取援军到来的时间。如果对方要摸底性地打一仗，就鼓捣着让人数最多的城郭出战，绝对不能让他们合在一起出战，要在他们中间制造隔阂和矛盾。剩下的事情就交给孛罗城这边。条件是给他一千金和二十匹刺刺马。为了一方和平，有时候舍弃一些财帛是必要的。尚田其深谙此道。于半根毫不犹豫地答应了这个任务。

王玉正担心于半根使缓兵之计，尚田其这样的谈判结果，让他很担心于半根的诚意。

尚田其说，玉正公子不必担心，你记着一句话，人心是最大的归墟。于半根找借口来此就是为了利益而来，现在到手的利益，他没有拒绝的理由。

吉日霖说，城主，鉴于此次战争消耗了大量的钱财，再往下打仗，要消耗更多的钱财，我捐出个人存银五千两，同时捐出父母的存银二万两。尚田其惊了一下，刚才和于半根谈判时，在银钱方面确实有点畏手畏脚，孛罗城的库银并不能支撑这场战争多长时间，现在正是缺钱的时候，吉日霖雪中送炭，这个孙女太贴心了。

王玉正说，我带的钱不多，我捐一千两。

拓羽不好意思地说，我全部家当也就四十七两，我全部捐出。

不可，你全部捐出，你以后吃啥喝啥？尚田其不同意。

那就捐出四十两，拓羽小声地说。说到钱，他总是底气不足。

李公公说，我捐出一千两略尽绵薄之力，我们要打胜仗，不能丢了皇帝的脸，必要时，我也能上战场，我这把老骨头关键时刻还能顶二两的力气。

尚田其笑着说，李公公的心意我们孛罗城领了，银两就不必了。我们还不至于要您的银子打仗，您只需坐镇，我们就有必胜的信心。

推来推去，尚田其还是收了李公公的捐款。皇帝身边的人，几句话就让尚田其心甘情愿地接受并感激涕零，遥拜皇恩浩荡。

第二十五章　孛罗城击败八城联盟军
水系图将引发大水淹城

探子来报，八城联盟军大约两天后的黄昏时分到孛罗城下。

天黑了，一场大雪从高远的空中向下坠落。

尚田其请李公公先回孛罗城等消息，不必在前线劳苦。

他安排王玉正送李公公回城。李公公见这里已安排妥当，酒瘾就上来了，城里还有三坛神觉蓝酒在等他，嘴里说着不用回城、愿与大家共同御敌，诚实的身体还没等自己说完话，人已在马背上，一抖缰绳直奔孛罗城而去。

两天后的下午，离孛罗城南方十里的地方扬尘蔽天，八城联盟军直奔孛罗城而来。按照预先安排，王玉正、拓羽、吉日霖、喀布各带一支十人小分队做先锋，在敌方长途奔袭还没有落脚的当儿，去打一仗，四支队伍都骑上最快的刺刺马，冲进敌方队伍，能打则打、不能打就跑，目的是让对方疲于应付，虽不至于完全获胜，但扰乱军心的作用是有的。

就这一招，够对方忙一阵了。

四位小将领命出发。四十人突然从不同方向杀进敌方队伍，他们也不管谁是谁的队伍，见人就砍，砍完就跑，对方队伍没反应过来，顿时大乱，人踩人、马踩人，伤者不计其数。

不久，四位小将带着队伍回来了，有几个人受伤，尚田其立即安排受伤的人接受治疗。

于半根在远处看到这一场景，心惊肉跳。这才多少人就敢毫无畏惧地闯进近两万人的队伍中，这得有多大的勇气和信心。

吉日霖来到救护区，指挥给此次受伤的人包扎缝合，再给前面已缝合伤口的人用酒擦拭。对于伤口长成一条红肉线的，肉里面的丝线要不要抽出来，她正在为这件事不确定，没人教她。孛罗城医馆的郎中也来了，对吉日霖大胆的做法未发表意见，郎中治病只看效果，现在肉是长一起了，那么线怎么取、要不要取，医馆郎中也不知道，丝线在肉里，胳膊、腿活动起来总是受到阻碍，不灵活，用不灵活的胳膊、腿上战场，结果还是非死即伤，保下命的士兵还是不高兴。

神觉蓝酒肆暂时关了门，细妹带着一群女人在战场后方的救护区等待任务，她自掏腰包给这些女人供应一天三顿饭食。刚才新受伤的人不多，一会儿就处理完了，老伤员也好得差不多了，细妹她们的工作少了很多。她准备找吉日霖说一说，今晚放大家回家一趟。

吉日霖从马上下来，细妹就迎了出来，她把马缰绳交给细妹，边走边对细妹说，你统计一下每个女人干活的天数，把她们的工钱算一下，我让城主给你们支付银两。细妹很高兴，她们刚来的时候，纯粹是为做贡献来的，没想到还有工钱，这是意外的惊喜。

吉日霖又说，听说你出了银子给她们吃饭，一并算一下，回头给你结算，还有，今晚你们先不回家，因为看对方的动作，可能还会打仗，有伤员就需要我们的帮助。

好的好的，女人们一口答应。细妹看了一眼吉日霖欲言又止，然后带着女人们走了。

女人们在救护区，知道自己的丈夫还在前方，还没有受伤被送回来，就很安心地等在这里。有一名大姐的丈夫在上次的战斗中受伤，被她亲手缝合伤口，虽然丈夫疼得杀猪般呼号，但是那个大姐咬着牙一针一针地把伤口缝合了，还用神觉蓝酒仔细擦拭了伤口。在她的精心照顾下，丈夫的伤口第三天就大好，第七天就长在一起了。

一个小士兵举着小臂来到救护区说，吉日霖郎中，我这个肉里的线能不能给我去掉，肉里面痒得不行。

你要取也可以，我来给你取，但你要忍住疼。吉日霖提前给他打招呼。

我能忍住。小兵说，我小时候经常磕碰得到处都是伤口，只要口子不大，我从来不管它。这次的伤口确实有点深。

少说话，我剪了。说着把剪刀尖塞进线下面，咔嚓一声剪断，用手抓住线头，往外轻轻抽，小士兵痛得龇牙咧嘴，吉日霖问，很疼吗？不疼不疼，可以忍受，继续，继续。小士兵立即恢复了表情，说。

不一会儿，这个小士兵胳膊上被缝合的十针就被拆了线，刀口两边露出对称的线眼，线眼周围泛红，刀口已经长在了一起，一条歪歪扭扭的肉红色疤痕像蚯蚓一样攀附在胳膊上，吉日霖又用神觉蓝酒擦拭了线眼，说，你活动一下，看看轻松一些没有。

小士兵活动了一下胳膊，说，好多了，比刚才轻松好多。

小士兵说，我现在就可以上战场。

吉日霖说，勇敢一点，别怕，越怕越容易受伤。

好的，我也是这么想的。

好的，小弟弟加油。

小士兵很高兴地回到军营。

既然有了第一次拆线，那就有第二次、第三次，她通知伤口缝了线的人过七天就可以来拆线，通知发下去，可以拆线的人都来排队。她叫来细妹，分两组拆线，拆过线能上战场的返回营地。

细妹看过吉日霖的操作后，动手给伤员拆线，半个时辰以后就熟练了。这些伤口千奇百怪，只要不是和内脏有关系，大多都好得很快。那个被划开腹部的士兵，也就是那个吉日霖把肠子塞回肚子并缝合起来的人，活了下来，他是第一个被缝合伤口的士兵，如果吉日霖没有用这种谁也没想到的极端方法施救，按照以往的办法，他的小命可能就没了。

那个人能下床时，弯着腰捂着伤口来到救护站，向吉日霖表达了救命之恩。

吉日霖看到他能活过来，十分欣慰，累死累活救的这个人活了下来，值得了。

尚田其算准了这些来自八城的人还没有揉成一团，是散沙一盘。尚田其曾对于半根说，人心是最大的归墟。揣摩透了人心，很多事情就好办多了。归墟是什么？归墟是众水汇聚之地，而人心是欲望的汇聚之地，比众水更大、更多，人心可以装得下全世界。因此，人心才是最大的归墟。

大家正在休息，包括八城联盟军也在休整，突然从东方来了一支队伍，尚田其和八城联盟军同样都是一头雾水，猜不透这是哪方的人。

来人很快就到了两方阵地的中间停住，有人在队伍中大喊，尚田其大哥，我是叶那初。

啊？孛罗城这边所有人都很疑惑。尚田其赶紧让人将叶那初迎过来。

海普激动地喊，表舅。叶那初热情地回应，海普是大人了。

尚田其展眉，高兴地说，海普都是中年人了，时间真快呀，叶老弟，你怎么来了？

我不来不行呀，听到孛罗城的消息，我就准备来了，还没出发，长安皇帝的诏令到了。持节使肖蔼宸也接到急报，从长安调兵显然来不及，我遵照皇帝的意思和持节使从汉道、南道借兵来支援你，我先行带了六千胜兵，持节使肖蔼宸带人马随后就到，我们共同御敌。尚田其听了，心里很熨帖。

雪越下越大，离对面二丈远的地方都看不清了。

叶那初带来的士兵很快向孛罗城集结，并安营扎寨，尚田其立即安排人加强守卫，以免敌方有样学样，在援军到达的间隙偷袭。

尚田其见到叶那初很高兴，两个人先客气地行了礼，然后不顾他人在场紧紧地拥抱了一下。两个人眼里都有滚烫的东西涌动。尚田其拉着叶那初的手说，老弟，来，我给你介绍孛罗城的年轻人。

王玉正、拓羽、喀布、吉日霖都过来打招呼。叶那初对吉日霖说，没想到当初的小不点，现在都能当大人用了。

吉日霖看着这位小时候抱过自己的表舅爷微笑不语。李公公说，叶老弟，你可不能小看吉日霖姑娘，在这方圆一千里也找不到比得过吉日霖的姑娘呀。

尚田其自豪地说，这是我孙女。吉日霖连连摆手，她在很多方面都会应对自如，而遇到夸赞她的，她总是不知道怎么应付。

尚田其拉着叶那初的手说，走，让年轻人自己去玩，我请你喝一杯。喝我们孛罗城最好的酒。说话间，他瞅到一旁坐着的李公公，立即上前说，诚邀李公公一起喝酒。李公公却拒绝了，说，你和叶老弟是老相识，你们喝一个接风酒，我和你们掺和在一起是什么意思。

叶那初走过来行礼，说，择日不如撞日，我一直想拜访李公公，没想到缘分就是这么神奇，居然在边疆遇到了，也是缘分使然，下官诚邀您一起喝孛罗城的神觉蓝酒。

一听是神觉蓝酒，李公公就扛不住了，遂答应了下来。

叶那初很高兴，搂着尚田其的肩膀，像他们年轻时那样。

八城联盟的八位城主各有心思，没有一个主心骨，一盘散沙始终捏不到一起，又因粮草不足，城主之间发生了内讧，军心涣散。

七天后，经过双方三次对决、四次局部战斗，孛罗城全体城民联合长安援军，击败了八城联盟军。

李公公和王玉正代表长安，乘机和于半根进行斡旋，孛罗城和于半根的萨湖额城握手言和，结了兄弟城郭之盟。

八城联盟军撤退前，李公公代表长安皇帝招来八城城主，给他们讲了长安的羁縻政策，有三城愿意加入羁縻协定。其他五城说回去再议。几方正在商议，持节使肖蔼宸带着三千人马也赶到了孛罗城，得知孛罗城已经战胜了八城联盟军，还有三城愿加入长安的羁縻协定，肖蔼宸大喜，他立即拿出协定文书，让三位城主签署，并许诺，随后将去三城巡视，并把长安皇帝赐的礼物送过去。三位城主表达了他们的感谢和对长安的向往。李公公欢迎他们有时间去长安看看。

尚田其安排吉日霖带着细妹给八城联盟军教授刀伤缝合术，现场指导随军郎中们给受伤的士兵医治。各城郭随军郎中在惊诧中学会了缝合术。后来，此法通过八城联盟军的随军郎中传到了更多的邻邦，极大地减少了因刀伤而死亡的人数。

这场战争以尚田其乐见的方式结束了。

胜利方、失败方，战争结束后都要回家。除了接受长安羁縻政策的三座城，其他五座城也收拾了残部往回走。一个穿灰袍的人悄然跟上了其中一城的队伍，找到了城主，不久，这支队伍停了下来。

仗打完了，李公公就要返回长安了，他问王玉正和吉日霖要不要一起走，王玉正看着吉日霖。吉日霖说，你们先走，我要处理一些个人的事情，黑风口的驿站我还得去看看，然后才能去长安。王玉正说，我留下来，等你一起去。

不用等我，玉正哥哥，你还是早点回长安，我后面会去的，我还要去见皇帝呢。

王玉正心里一沉，看着吉日霖，她没说去完婚，而是去见皇帝，他知道她去见皇帝是为了退婚。吉日霖说完，继续手中的活计，并没有在意王玉正的脸色。

王玉正走到吉日霖身边，轻声问，你去长安后，见皇帝要做什么？

吉日霖停下手里的事，一回头和王玉正撞个正着，这一下，如火红的剑放在寒泉中淬火，“刺啦”一声，二人同时听到了这一声，吉日霖心里惊得扑通扑通地跳了一阵，脸儿红透了。王玉正的身体怔住不动了。

李公公在孛罗城有一段时间了，知道了两位年轻人的心思，也不强迫。他看到此情此景，丢下一句，圣旨就是天命，不可违抗，然后满脸喜悦地转身走了。

细妹回到了神觉蓝酒肆，随着战事的持续，她的私钱已经花去一大半，剩的那一点不足以她回老家盖新房，她的心愿不知何年何月才能实现，这是她的遗憾。以目前的状况，她不得不放弃这个愿望，把余款退给吉日霖。

海普对叶那初说，表舅，您现在回来了，我把刺刺城还给您。

叶那初说，小海普说的哪里话，我没有分身之术去管刺刺城，刺刺城你继续代管，给我留一席养老之地即可，将来我是要告老还乡的。

海普说，那是我们应该做的，您回来后，您还是城主。

城主就不当了，我致仕后就颐养天年，与你爹喝喝酒、吹吹牛多好，还操那个闲心干吗。

哈哈，表舅的话总是让人开心，走，今天我们去您的刺刺城，您巡视一下这些年刺刺城的发展变化。

好好好，这个好，我愿意去。

于是，叶那初带着三千胜兵往刺刺城去，这些胜兵并没有参战，但是来到孛罗城起到了震慑作用，让八城联盟军彻底放弃了继续打下去的决心。

人都走了，尚田其回到地下迷城，发现灰袍人不在，心里一惊。灰袍人曾说要在三日后实施他的计划，因为前方的战事，尚田其没顾得上灰袍人，不知他为什么推后了实施时间。

尚田其看了看灰袍人的住所，在一张小几上发现了那张孛罗城的水系图，他拿起来细看，在最下面的落款处发现了一个名字——叶那初。这让尚田其大惊失色，这是什么意思？

他抓起水系图，跳上马背，打马往城外跑去，这个情景被正在收拾东西的吉日霖看到了，她不知爷爷为什么显得这样匆忙。

尚田其很快就追上了和海普叙旧情的叶那初，一见面，他就怒气冲冲地拿出水系图递给叶那初，叶那初一头雾水，尚田其说，你打开看看。叶那初打开地图，一看就笑了，说，城主，这幅水系图怎么在你手上？尚田其说，这张地图怎么有你的签名，我仔细辨认了，就是你的字迹。

是的，就是我的呀，这就是我制作的水系图。我花了五年时间走遍了七里慈湖的周边，从流入七里慈湖的水逆流而上，从小河到溪，找到源头后绘制成了水系图，绘制完成后，这张水系图却神秘消失了，怎么会在你手上。

水系图怎么在自己手上？尚田其噎住了，一时半会儿说不出个所以然。尚田其说，既然你确定是你的，那就还给你。

叶那初笑了，说，都一把年纪了，说话也不过脑子，水系图已经到了你手上，一定和你有关系，你继续拿着吧，都过去这么多年了，我再拿回来，也派不上用场了。

尚田其有点尴尬，刚才确实有点冲动了，水系图原本在灰袍人手里，他和菲克、苏里路交手多年，有些“一朝被蛇咬，十年怕井绳”，看到叶那初的签名，他以为叶那初和灰袍人是一伙儿的，所以很气愤。见到叶那初风轻云淡的样子，尚田其在心里检讨了自己，是不是太小气了。但是，他在心里又重新说服了自己，要做一方城主，宁可错杀，万不可有仁慈之心。

想到此，尚田其重新整理了表情，亲切地对叶那初说，叶老弟不要在意，这一别，我们又不知何年何月再相见了。

叶那初很动容，时间不经熬，一晃都老了。他抬起手，在马上弯腰行了揖礼，说，再见，等我致仕，就回来和你喝酒。然后他转身打马向前奔去。海普赶紧给父亲行礼，追着叶那初走了。

尚田其愣愣地坐在马上，不一会儿，一切都安静了下来，因叶那初和海普策马而扬起的漫天土黄色的灰尘也消失了，干干净净的天地间，一马一人孤独地兀立荒原，任漠风吹散长鬃，他眼睛湿润地看向未知的远方。

李公公带着人马回长安，他既没有带回王玉正也没有带回吉日霖，还没有给他们在孛罗城举办婚礼，仅仅只是传达了一份圣旨，还参与了一场斗争、宣传了长安思想、羁縻了几个城郭。说成绩嘛，有一点；说失误嘛，也有一点。他认真写了一份奏报，奏报的主题就是西行记。他把这里的见闻都写了进去。

灰袍人潜伏在尚田其身边很多年。灰袍人总说自己是一棵树，他的树根伸到孛罗城的底下。他知道孛罗城的一切，起初，尚田其是不信的，因为在孛罗城只有他是城主，也只有自己能通过大青石的眼睛看孛罗城的一切，他才是唯一知道孛罗城一切的那个人。

水系图上画了两条线，孛罗城南北有河，两条斜线并没有连接起来，中间留了一个口子，如果截住水，两条河的所有水将直接从口子灌进孛罗城。孛罗城的房子、城墙都是由黄土夯筑而成，根本经不住水泡，不多时间就会溃塌，这只需在上游安排一百人就可以办成这件事。想到此，尚田其的心“咚咚咚”地跳了起来。

灰袍人明明知道自己会回来，还把水系图留在小几上，这个时候特意给他看，不知是有心还是无意，灰袍人到底是为什么呢？

气温上来了，地上的雪化得斑斑驳驳，孛罗河水变得浑浊，三百眼泉的水在夜间发出“咕咕嘟嘟”的声音，这样的反常让牛、马、羊变得焦躁，没有被圈起来的动物主动往山上迁徙。

尚田其又一次看了水系图，立即召集吉日霖、拓羽、王玉正一起过来商讨此事。

吉日霖来到大帐，尚田其立即把水系图摊开，大家围着看，吉日霖立即看出了名堂，说，城主，我先说一句。尚田其点头。

在公开场合，吉日霖从来不叫尚田其爷爷，她叫他城主。

吉日霖说，这两条线的目标很明确就是我们孛罗城，从结果分析，孛罗河水还在上涨，如果水涌过来就会淹没孛罗城，近六尺厚的夯土墙能抵挡一阵，但不是长久之计。现在不知道是哪些人为什么一定要毁灭孛罗城，现在紧要之事是如何护城，首先不能让他们把这两条线连起来；其次是要不要告知孛罗城城民这件事情；再次是在对方实施之时，提前埋伏在两条线的周围，阻止他们完成目标，以减少损失。

王玉正听了点点头。尚田其想了想，把灰袍人告知他明天就要放水淹城的计划，全盘告知大家。吉日霖突然感到一阵眩晕，她扶着桌子站稳后，说，毫无疑问，这不是以水淹城，而是大水攻城。这真是狼子野心，太坏了，怎么他和你一起这么长的时间，你都没发现。

尚田其叹了一口气，说，没发现。就是发现了也没办法，他可能是我的影子。

影子？难怪他和你一模一样，就是衣服颜色不一样，你是黑色的，他是灰色的。王玉正说。

七八盏陶灯在大帐里亮着，小火苗摇曳着，把人的影子照在地上乱七八糟的，一个人有几个影子倒在地上。

而尚田其的影子没有跟着他。

怎么办？怎么办？怎么办？

大家最后商量的结果是今晚主动出击，要快，必须最大程度地赢取最大胜利。现在的问题是，关于对方，尚田其只知道是灰袍人，其他一概不知，派出去的探子也没传回消息。

李公公回长安前，还是忍不住召见了吉日霖。

李公公邀请她在有空档的时候回城一趟，她知道是啥事，李公公已经在孛罗城等了她快七天了。她没来得及换衣服，就来到李公公住所，行了礼后坐下。

李公公说，你在战场上的表现，让我都不忍心带你去长安。

吉日霖说，谢谢李公公谅解，这里确实很需要我。长安是大城，多我一个少我一个，没有任何影响；而在这里，我有作用可发挥。

这里人少。

是的，这里人少，才显得我有用，到了长安人那么多，我一点都起不到作用。

欸，不能这么妄自菲薄，在长安你有更广阔的空间，能发挥更大的作用。你现在面对的是一个城，到长安你面对的是十个百个城。以你吉日霖的脑子，在长安一定也是活得风生水起。

不不不，李公公过奖了，谢谢您的厚爱。

吉日霖十分清醒，她才不喝李公公灌给她的迷魂汤。

李公公说，你是什么计划，难道不与我一起回长安吗？咱们可是说好了的。当初，吉日霖向李公公承诺，送父母到海达镇后回来就出发去长安。现在，她的父母已送到海达镇了，她还有什么理由拖延呢？

一定是去的，我们明天就出发。吉日霖毫不犹豫地说。

太好了，就明天，咱们可说定了，不能再变了啊。

不变，我准备一下，明天就出发。您先出发，您随行人多，走得慢，我是轻装简从，走得快，再说还有玉正哥哥同行呢。

李公公怜爱地看着眼前这个小姑娘，说，小姑娘呀，我明早就出发。你们后面尽快赶来啊，我在前方等你。

好的，谢谢公公厚爱。

和李公公谈完后，吉日霖立即回家打包了一些必备物品，背在身上，为了提高效率，她现在去哪儿都是骑马去、骑马来。

尚田其和拓羽在大帐内，尚田其不自主地想拿起酒杯喝酒，又放下了。王玉正说，城主不用心焦，您喝点酒放松一下，有我们这些年轻人呢。您指挥我们干就是，听说海达的儿子都长大了，很快也会成长起来，成为对孛罗城有用的人。

尚田其郁闷地说，唉，我是忙碌的命，这辈子就没有闲过，他们长大我还得忙。

那您就要学会放手，您放手了他们就长大了，吉日霖的两个弟弟在父母都病倒时，一夜之间长了十岁。很神奇，所以当父母的该放手还得放手，给他们成长的空间，您在前面挡着，他们是长不大的。

尚田其长叹一口气说，你不知道这次孛罗城真的遇到危机了，比前面八城联盟军围城还危险，这是关乎生死存亡的关键时刻，你说我该怎么办?

平日里强大的尚田其显得有点无助。

尚田其看到王玉正的表情，立刻收拾了自己的表情，说，来，我们看一下作战图。

这是目前最重要的事，其他的都是闲事。

在派往两条线的士兵数量上，尚田其和王玉正有了分歧。

王玉正要安排七百名刺刺马勇士带上工具和武器去两条线的要津守着，被尚田其叫停，他说，一下子调走主力，孛罗城会陷入空虚，这不是良策。而王玉正认为，现在所有的危机是不能让水过来。为此两个人发生了激烈的争吵，尚田其一怒之下，收回了王玉正的帅印，王玉正把帅印“啪”地放在桌上，转身去找吉日霖。

尚田其安排喀布带两百名士兵前往河道处。

第二十六章　王家商队遇突袭　孛罗城毁于洪水

王泰和带着妻子阿娟和女儿王玉珠，外加一个海聪，踏上了回长安的路。

海聪知道父亲在半年后才会发现自己不在孛罗城，因为作为父亲但更是城主的尚田其，觉得孛罗城比他这个儿子更重要。两个哥哥各有家庭，自是顾不上他，大哥海普在刺剌城，二哥受伤被女儿送到了海达镇。海聪为什么从小是个傻子，是因为没有人关注他、关心他，他只有做傻事、说傻话才能引起别人的反感或者愤怒，甚至打他骂他，他都很高兴，他很怕一个人的孤独。直到他遇上王玉珠。

王玉珠是个仙女，海聪见她的第一面就这么认为。这个仙女在十二岁之前，能听懂植物的语言；来了第一次癸水以后，她就听不到了。当时小，她也没在意，直到有一天，她看到两朵花在摇摇晃晃地互相点头，她知道它们在说话，她竖起耳朵听，却怎么也听不懂。

她哭着去找妈妈，阿娟对女儿说，不怕不怕，你长大了，不再是小孩子了。说着她将女儿搂在怀里，女儿长大了很快就会离开父母过自己的日子。阿娟心里不舍。她紧紧地抱着女儿，很害怕一松手，女儿就飞走了。她现在理解了当初她义无反顾地跑向王泰和的时候，父亲的家法和母亲的眼泪了。父母当时的遭遇现在让她尝了一遍，她觉得孩子真的是父母的影子，阿娟从玉珠身上看到了自己。这个时候，父母的话儿女是听不进去的。这才是人生吗？阿娟心里问。

在上一个驿站，女儿的癸水结束了，她有了精神，使唤海聪干这个拿那个，海聪乐此不疲地忙前跑后，阿娟看了，转头看了一眼王泰和在驼峰上的背影。王泰和想着自己的心事，并没有注意到妻子阿娟想和他说话的眼神。

阿娟心里有点不高兴，但凡王泰和看她一眼就知道她要和他说话的需求，但是这一路，王泰和似乎很沉默，并没有主动来和妻子阿娟说说话的意图。王泰和的表情像人家欠了他八百贯钱。

海聪不小了，还傻里傻气的，女儿王玉珠不知道看上这个人什么了，他们上次回长安的目的就是把王玉珠嫁出去，结果给她介绍了几户家世好的人家，她看一眼就跑。做父母的一点办法都没有，只好到处给人家赔礼道歉，长安的贵公子们也不敢上门了。阿娟这一路一直在观察着海聪。

按理说，阿娟只比海聪大个七八岁，如果他做自己女婿，她感觉有点尴尬。

如果吉日霖做自己的儿媳妇，阿娟是满意的，一个女人可以决定一个家族的未来。这个儿媳妇是她亲自挑选的，长安那些贵女，除了有家世，什么都不会，只知道当花瓶。

吉日霖有脑子、武功好，兵书也读了不少，虽然不会女红，但是，在她家，女人不用做女红，只需要会持家，把一个家族带起来，推向兴旺，这才是长安王家遴选儿媳的条件。她跟王泰和走南闯北，见识了很多女孩子，唯独看上了吉日霖。回到长安，她利用了父亲的关系，和王泰和一同向皇帝请旨赐婚，才有了前面的几出戏。

皇帝很在乎长安与边疆地区的这次赐婚，专门派出近侍李公公来办这件事，足以说明皇帝对这件事的重视。

在孛罗城的这些时间，阿娟每天都在刺激中度过。儿子在孛罗城有点闷闷不乐、无精打采。只有傻女儿和海聪这个傻子无忧无虑。她希望他们一直这么快乐下去，她来承担女儿和傻女婿将来的生活用度，她在心里暗暗下了决心，要给女儿留足一辈子的财富，足以让他们平安富足地度过一生。

这一家人各自想着自己的心事。王玉珠睡着以后，马车碾过沙砾路，骆驼的大脚掌发出规律的声响。耳边的微风是催人入睡的乐曲。驮工牵着骆驼闭着眼睛走路。

周围很安静。“啪嗒啪嗒，啪嗒啪嗒”，马和骆驼的脚步声节奏整齐。

他们进入一段峡谷，这是一段危险的地方，经常有流窜的匪徒在这里打劫过往的商队，一般情况下，劫匪也看情况，遇到大的商队，他们不会冒险。只有几个人、十几个人的小商队，他们才打劫。王泰和带着上百匹骆驼行走在这条驼道上，驼铃声声，商队有长安王家的旗帜，道上的人都知道，这属于皇亲国戚，动不得，动了就等于和国家对抗，你再厉害的土匪也必被剿灭，不要以为是在遥远的西北就可以蔑视皇权。因此，王泰和往返于这条道上，算是安全的，土匪会主动避让。

走到山谷中间，“哗啦啦”，旁边岩壁掉下些碎石，王泰和警觉起来。

准备战斗。他立即下令，他一共带了八位镖师。一众镖师立即拔刀严阵以待。

他们正巧走在一块三岔口中间的宽阔地，这时从两个方向冲过来两支马队。他们的目标似乎不是劫财，见人就杀，有几个没来得及躲避的驮工被冲过来的第一拨马匪硬生生砍了头，队伍顿时乱成一锅粥。

马车上的王玉珠掀开帘子往外看，被母亲拉了回来。母亲让她端坐中间，如果有剑刺进来，好有个缓冲。阿娟手握一把剑绷紧了神经，她完全可以出去迎战，但是她一出去，女儿这个柔弱女子，就是案板上的鱼任人宰割了，她得保护女儿。

马车已经停在原地，外面是“锵锵锵”的金属相击的声音，间或有人惨叫的声音，王玉珠虽然经历过几次小规模的打劫，但都很快就被父亲和哥哥解决了，母亲和她都是在马车上等消息。母亲向来冷静，从来不会因为什么事情慌张，这次，王玉珠明显地感觉到了母亲的紧张。这个紧张传递给王玉珠就是恐惧。

“咚”的一声巨响，一样东西撞到马车，车上窗帘被撞开了一下，很快合上的瞬间，王玉珠看到海聪一身血，吓得她一哆嗦。阿娟搂住了女儿，细声安慰女儿说，别怕，有我在。海聪喊，玉珠别怕，我保护你，有我在，你不怕啊。王玉珠挣扎着要看海聪，敌人看到了王玉珠露出的半张脸，朝这边射了一箭，海聪来不及扑过去，本能地用手去挡箭，“噗”，利箭穿透了海聪的手掌，把海聪钉在了马车车帮上。马车车帮是上好的紫檀木，硬度很高，利箭只浅浅地钉上，并没有穿透车帮，但也可见射箭之人的臂力。海聪咬着牙起身把箭从手心拔出，反手把箭插在了一个扑过来的土匪眼睛里。

这群马匪显然是有准备的，一拨一拨上，显然是在打车轮战，王泰和不知道后面还有多少人。这边，王玉珠趴在马车里，被母亲按住头，让她不要管外面，外面有男人们在战斗。只要她们安然，他们就可以放心战斗，这点，阿娟十分清楚。王玉珠心里很急，她知道海聪并不会多少武功。他小时候，虽然有师父教授，但他总是贪玩，并没有大哥二哥学得扎实。

驮工们在短暂的混乱后，镇定了下来，驮工的头目立即组织反抗，他们一路上的任务就是牵马、拉骆驼，保护好马上、骆驼上的货物。现在主人们都在战斗，敌众我寡很明显，他们再不上前帮忙，大家都会有危险。几十名驮工很快拿起武器加入了战斗，场面的形势很快发生了变化。

对方派出来的土匪越来越少，最后在一声口哨下，马匪丢下一路的死伤者，迅速消失在前方的一个山口。

王泰和随即安排清点人数，除了刚开始死的三名驮工，和海聪受了重伤，浑身是血躺在马车边上，其他人都安好。土匪死了十二人、伤了九人，其中七人伤势较重，只有进气没有出气，二人还能说话。

王泰和向伤势最轻的人问话，你们是哪里的土匪，看不见旗帜吗？

正因为看见了旗帜才打过来的。

嗯？说说看。王泰和很想知道是谁有这么大的胆子。

正说着，李公公带着十几名近身卫士从刚才马匪跑出去的道路上赶来。几个卫士手里提着人头，扔在地上，一名卫士的马背上趴着一个人，马停下来，被马上的人一提后背给扔了下来，那个人几乎也动不了了，但是还有一口气在。

见过李公公。王泰和在马上给李公公行了抱拳礼，公公辛苦。

这些人正好与我们迎面相遇，看他们一身血迹就知道他们刚才干了杀人的坏事，我拦下来试图问一下情况，被他们蔑视，手下这些兄弟看不过，就杀了他们。留下这个活口，一问，原来他们是袭击了你们，真的是不是冤家不聚头呀。李公公滔滔不绝地说。

这个人是谁？王泰和问。

据他自己说，他是神觉蓝酒肆旁豆腐坊的掌柜老夏，是苏里路的哥哥。

这些人隐藏得太深了，为了一个苏里路搭上全家。王泰和惊讶地说。

那就是苏里路对他们有大恩，因此他们搭上命都会听他的。李公公分析。

这足以说明苏里路会笼络人心，即使苏里路死了，也还能掌握他们的思想，也是厉害人呢。幸亏这人没有去朝廷，这样的人去了朝廷，会控制很多人。王泰和有点心惊。

王玉珠正在给海聪擦拭伤口上的血迹，阿娟递给玉珠一颗三七止血丸，让玉珠塞进海聪嘴里。玉珠照办。海聪坐起来，说，没事，我没事。他抓住车帮要站起来，手掌被箭穿透的剧痛袭来，让他“哎哟”了一声,玉珠说，别动别动。说着她双手扶起海聪，把自己戴的丝巾扯下来，把海聪的手掌缠住。海聪说，这么好看的丝巾可惜了。

不可惜不可惜，到了长安你再给我买。

好的好的，你喜欢什么我给你买什么。

好好好。玉珠高兴地拉着海聪的手直摇晃，海聪疼得脸都变形了，说，疼疼疼。

哦哦哦，我一高兴忘了你受伤了。

这两个人在这里叽叽歪歪，全然没注意到他们正被所有人看着。李公公笑得合不拢嘴，王泰和一脸严肃，阿娟却一脸慈母笑。

两支队伍合起来一起前往长安，路上，李公公给他们讲了孛罗城的战事，海聪心里很不是滋味，在孛罗城危难之际，他却跑了出来。王泰和看出了海聪的心之所想，说，海聪，不用着急，现在孛罗城有朝廷关注，应该问题不大，你先去长安，随时可以回孛罗城。

海聪觉得，既然出来了，见识了长安的繁华再回去是好主意。

喀布带着二百人前往水系图绘制的两条线的位置。

探子来报，灰袍人在原于半根营地里扎起了帐篷。人数大约有一百人，人员是于半根借给灰袍人的，灰袍人在关键时刻用老鼠的食物救了他们。虽然于半根的萨湖额城和孛罗城已经结盟，但是这个关系十分不稳定。于半根特别交代不能和孛罗城的人打仗，灰袍人发誓不会和孛罗城的人打仗，只用他们干工事。第二个探子回报，前面回去的一个城郭，被灰袍人劝说，收拾残部一千多人又杀回来了。

尚田其听了，分析了灰袍人的行为，立即吩咐拓羽，在午夜时分，带着七百名刺刺马勇士，分三队夜袭营地，一举歼灭对方，无论对方是不是为了打仗而来，不能再有妇人之仁。拓羽赶到的时候，营地里空荡荡的、静悄悄的。每个帐篷的陶灯都点燃着，摇曳着豆大的灯苗，照得四周十分诡异。甚至还有满满两锅煮熟的麦子和肉正冒着热气，还未启锅。拓羽做了个手势，让三队人马仔细搜查，见生人格杀勿论。没过一会儿，派出去的人马会聚到拓羽身边，禀报营地里没人，一个人都没有。他们袭击的计划被谁泄露了？灰袍人他们做了充分的准备，这里一个人都没有。

坏事了，调虎离山。吉日霖有危险。拓羽突然意识到这个严峻的问题。

他们往救护站的方向看去，那边已火光冲天。拓羽立即下令全速返回。“哒哒哒”，一阵急切的马蹄声踩过初春的草原，一队铁骑在夜空下奔袭。

拓羽带着队伍出发的同时，尚田其把剩余一百名刺刺马勇士的负责人，叫到自己的大帐。小七，尚田其说，立即准备战斗。是。小七并没有问为什么，他是军人，只知道执行命令。

小七是他从草原狼牙下救回来的小孩子，父母被狼群袭击丧生，小七被救下来时才两岁，咿咿呀呀的学话。当时，小七不知道父母已被狼吃了。

小七从小接受的教育就是完全听从城主的命令，一是服从，二是绝对服从，三是无条件服从。

小七带领的这一百名刺刺马勇士，是尚田其最后保命的力量，是他的敢死队，只有在他认为最危险的时候，才把他们召唤出来。

在尚田其的生命中，他有个经验，就是从不把身家性命交给一个人。

他实施一个计划的时候，一定会有另一个计划备用，他是疑心很重且不容易相信人的人。

拓羽带着七百名刺刺马勇士出发了，脚步声听不到时，另一股脚步声响起。

尚田其知道，来了。他看了看小七，点点头。

小七手握长剑，身后背着箭桶和长弓。一百名勇士每个人的装备是一样的，马头、马屁股上都披着防护铠甲。他们甚至还配备了百炼钢的盾牌。小七左手执盾，右手拿剑，就等一个时机。

“轰轰轰”，对方不是人冲过来，而是用抛石机抛来石火球。顿时，很多帐篷被点燃，一时间，混杂的声音合成回声，响彻整个夜晚。

城内的老人带着孩子，躲在自认为安全的地方瑟瑟发抖，不知是要上前线还是原地不动。商家们也已草草地闭铺关门。去年末，八城联盟军来的时候，他们没怕，现在却害怕得要死。

上。小七的指挥小旗挥舞了一下，一百名刺刺马勇士瞬间出击，迎着抛石机的方向冲了过去。一名名刺刺马勇士被密集投掷而来的石火球砸中，从马上摔下。

对方一拨石火球抛过，准备再次填装的空隙，小七带人已经冲到对方眼前。营地里还有两锅饭呢。这些士兵还想着结束攻击后回去继续吃饭，还没反应过来，就被无情地收割了人头。

火光中，吉日霖在战场上穿梭，几次衣服被火引着，她都用手拍掉火苗。发梢也被火燎了，有焦煳的味道。营地里不仅仅弥散着头发被烧焦的味道，还有帐篷燃烧的味道，还有人被石火球击中身体燃烧的味道。

尚田其在大帐里不断接到各种战报，刚才的一阵火球，有几个直冲他的帐篷飞来，但终究落在大帐旁边的那几顶帐篷上，外面各种嘈杂的声音接连不断地窜进他的耳朵。他关上耳朵，隔绝外界干扰。他把拇指和食指塞进嘴里，摇了摇他的那颗独牙，居然不再摇晃，很坚固的样子。

他心里大吃一惊，顿觉不妙，所有的反常必有所指。他急踱了两步来到案几前，上面铺着一张图——一幅水系图。

吉日霖脸上布满了黑灰色的污渍，眼睛却闪闪发亮，灵活的身姿在火焰中腾挪，如同一位舞者，手中的寒星吉日绵绵剑时而如同紧绷的琴弦，时而又如同优雅的弧线。无论是直还是圆，都被吉日霖使用得行云流水，让人眼花缭乱。这是一幅极美的画面，在这样残酷的画面下，喷射的红色血液是颜料，寒星吉日绵绵剑是画笔。在空中、在地面，一幅又一幅的画面呈现出来。

王玉正在人群中找到了吉日霖，策马来到吉日霖身边，一把将吉日霖捞上马，离开战场中心来到尚田其的大帐。他心里对尚田其的决定再有意见，也不能临敌退缩，王玉正立即以一名士兵的身份加入进来。

拓羽看到王玉正和吉日霖同骑一匹马策马过来，心里不是滋味，更加发狠地打，他打了一场酣畅淋漓的仗，把他心中的怨气打掉了一大半。这种强悍的战斗力被尚田其看到，他心下甚慰。他习惯性地将手伸进黑袍的衣袋，要用两指摸起那枚独一无二的金币时，金币罕见地不见了，他的脸顿时变了颜色，他又在另一个衣袋摸了一下，还是没有。他的心跳“咚咚咚”地急跳了十息。脸色渐渐变成了灰色。那只叫可亮的长尾老鼠在帐篷的阴影下，一双圆溜溜的眼睛看着尚田其。

吉日霖冲进大帐，抓起一杯水，仰脖“咕咚咕咚”地灌下，然后把杯子交给王玉正，说，你也快喝一杯水，我们还要去孛罗河与喀布会合。那是大事。

尚田其满脸灰败，无力地说，没用了，来不及了，那边已经出事了，是我指挥失误，造成这边部署的人数太多，而河道那边人少了。如果我没猜错，灰袍人的拦坝已经完成，孛罗城完了。我的好孙女，将来再去建一座更大更好的孛罗城吧。说完这句话，他头往后耷拉，神色瞬间萎靡，身体眼见着被什么东西抽干，只剩下一张人皮，往后耷拉在椅子上，一颗牙齿从他干瘪的嘴里掉了出来。老鼠可亮拖着长尾无声地跑过来叼走这颗牙齿，转身消失在阴影中。此时，一个灰色的影子回到了尚田其身边，地上逐渐长出了一个灰袍人。

王玉正明白，尚田其遇到了他的绝境而自绝于城，但这不是他王玉正的绝境，他还要带吉日霖回长安啊。他高喊，快走，或许我们还能救孛罗城。吉日霖痛心地喊了一声，爷爷。除了喊这一声外，她不知道还能做点什么。一刻都不能耽搁了，为了抢时间，王玉正说，快，来不及了。吉日霖转身跑出门，从马上拉下一名士兵，翻身上马，王玉正追上，飞身上了另一匹马，说，快走。二人双腿一夹马肚子，喝一声，驾。他们不断抽打马屁股，马的四蹄都快不着地了，他们朝河道两条线奔去。拓羽看到二人飞奔而去的身影，扶着马刚要登上脚蹬的脚收了回来，他怔怔地看着他们远去，直到看不见为止。他决定留下来。

还没到河道的两条线，只听前头“轰隆隆”的巨响，山一样高的洪水向他们冲来，王玉正一拽缰绳，大喊，快！这边！他们往侧边冲去，希望在洪水来临之前可以跑到旁边的山上。

这片解冻不久的土地，来不及将水润入深处，洪水在地面裹挟起树木乱石狂奔，所到之处，卷走了地面上的一切。

两匹马在这样的巨浪下，如两只小蚂蚁。王玉正带着吉日霖往高处跑，他们在浪扑过来之前的一瞬，踏上了上山的路，胯下的马一身汗珠，吉日霖一头汗水，头发贴在脸上，脸上的污渍被汗水冲出一道一道的痕迹。吉日霖用袖子擦了一把，脸被擦得更加脏兮兮的。王玉正看到，指着吉日霖大笑了起来，哈哈哈哈。二人忘了眼前的危险，都笑了起来，刚才的奔逃太激烈了。他们拉过马缰绳转身，看着脚下的洪水翻浪，脸上凝重起来。王玉正在马背上伸手拉住了吉日霖的手，吉日霖这次没有拒绝，王玉正滚烫的手心握住了吉日霖冰凉的小手。吉日霖慌乱的心，渐渐稳了下来。

这时，喀布从另一个山头打马过来，看着他们俩手拉手，移开了视线，问，你们怎么在这里？

我们要去河道和你们会合，没想到突然暴发了这么大的洪水，要不是反应快往山上跑，这会儿就在水里翻滚了。王玉正平静地说。

喀布看看吉日霖的眼睛，又看看王玉正，说，现在活下来的是不是就我们三个人。

还不知道，拓羽还在城里，我们顺着山顶过去，看能不能遇到活下来的人。王玉正说。

喀布同意。吉日霖说，我们想办法看看孛罗城怎么样了，城里还有很多城民没出来。不出来还能撑一阵儿，出城的就不好说了。拓羽为什么不在？这个念头一晃而过，眼前的紧急情况让她暂时放下了拓羽。

洪水很快抵达孛罗城，孛罗城有六尺厚的夯土墙，第一波洪水袭来时，除了跳进来的一些浪头外，其他洪水绕着城墙继续往前奔涌，在孛罗城城墙西面一点点堆积起大大小小的树干、树枝、泥沙，越堆越高。水涌进城只是时间问题。

城民们恐慌地背着细软要逃走，细妹也把剩下的银子打包背在自己身上，如果能活着，她一定重新开始。城墙上的城卫劝他们别出去，外面已经是一片汪洋，出去也没地方去。有的人是从老家来的孛罗城，会游水，说，你只要开门，生死均不由你负责，我们对自己负责。城卫看着已经从门缝中渗进来的水，左右为难，这里就剩他一人，没有任何人会给他下命令。城主也不知道去了哪里，他一直盯着门口的方向，希望城主此时出现给他做主心骨。

拓羽来到了城卫面前，说，快开门。城卫很奇怪，问，你为什么没有和吉日霖他们一起？拓羽没应声。

细妹带着女人们对城卫说，小兄弟，你也有父母，我们出去还有希望活下来，待在孛罗城，不出半天，这里被水淹没，谁也活不下来，你也跟我们一起走吧，现在外面水还不是很深，现在出去，时机最好。

细妹，一个柔弱的女子，在这个时候站出来，成了大家可以依仗的核心。城卫有点动摇了，城将不城了，还要他这个城卫做什么。他也得去逃命。

水进入孛罗城，先进入的是地下迷城。随着地下迷城的进水，一些地方开始塌陷。出城已迫在眉睫。

拓羽不太会游水，他从小在孛罗河边长大，只学会了在浅水区狗刨，一旦遇到大水和深水，他也很害怕。

水从地下迷城的出入口一起涌进，使地面的水看起来小了一点，细妹从小在海边长大，会游水，她站在一个高台上挥着手说，大家跟着我。转头看到一个十五六岁的男孩子，她问，小金，你奶奶呢？怎么没跟上？男孩子说，我奶奶她不愿意离开孛罗城，她说她生在孛罗城，死在孛罗城也是应该的，还有几个人和我奶奶在一起，都不愿意出来。

人各有命，我们走。说着，她让城卫打开大门。

城门是朝内开着的，城卫在几个男人的帮助下，卸下几十斤重的门闩，还没等城卫开门，水已经冲开了城门，人们赶紧躲在一边让洪水进来，水已有人的半腰高。

王玉正、吉日霖和喀布三人骑着马往另一座山走，远远地看到孛罗城的城中心形成了一个漩涡，刚开始不大，后来越转越大，不断有东西被漩涡吞噬，大家看了震惊不已。

第二波洪峰奔涌而来，他们赶紧往更高的山峰奔去。他们站在最高峰，发现山下已是一片汪洋，孛罗城已不见踪迹，只有一棵树——那棵尚田其的紫桐树，立在云端。

喀布突然朝王玉正刺去一剑——迅猛而阴狠的一剑，王玉正从马上跌落下来，吉日霖大吃一惊，抽出寒星吉日绵绵剑指着喀布说，你干什么？

喀布笑了，笑得很帅气，笑得阳光灿烂，一脸纯真无瑕。王玉正捂着伤口，脸色变得苍白。喀布说，王玉正，你别挣扎了，这一剑我练了五年。你记得吗？这一剑还是你教给我的，我一直练一直练，就是为了在这一刻，让你一剑毙命。你好好的一个长安公子，为什么要来抢吉日霖，还让皇帝赐婚。你该死。

为什么？王玉正气息微弱地问。

吉日霖从身上掏出一颗止血丸递给王玉正，王玉正抬手的气力都没有，身下漫出了鲜血。吉日霖把药丸塞进他的嘴里。

喀布哈哈大笑，开心地说，现在这个境况，反正都是死，我也不妨和你们说，我喀布是苏里路的儿子。后面几个字，他一个字一个字地咬牙切齿地从嘴里说出来。

啊？吉日霖做不到不吃惊，她往后退了一步。这些年，菲克和苏里路似乎就是孛罗城的死敌，不断地以各种形象出现，像一只打不死的小妖，不断给孛罗城制造各种事端，就算孛罗城被水淹了，他们的棋子依然出现。

那些士兵呢？吉日霖问。

他们全部被洪水冲走了，包括尚田其的刺刺马勇士，已全军覆没。这是结果，我虽然没看到，但是我能预判结果。我从小就被父亲教导，与孛罗城的仇恨是世仇。当初尚田其建孛罗城，也有父亲的金子，所以，这个孛罗城也是我父亲的，当然也是我的。孛罗城是我的，我必须让孛罗城覆灭，才能解了我心头被我父亲种下的仇恨。灰袍人找到我，和我说这个计划的时候，我就觉得这才是彻底毁了孛罗城的绝妙办法。喀布的脸在水面阳光的照射下，显得诡异。大大的招风耳向后贴在头两侧，圆圆的眼睛拉长了，一副进攻的姿态。

吉日霖心里一怔，爷爷说，要她重建一个比现在更大更强的孛罗城，是不是伏笔，她不得而知。

我父亲对你像家人，把铁矿的很多权力都信任地交给你。吉日霖说。

家人？信任？喀布反问，你们把我当仆人一样地使唤，一天天喊过来、喊过去的，我能得到这些是我自己辛苦干出来的结果，我的顺风耳也是自己训练出来的，只有这样，我才能听到你父亲在几百米外喊我，这些，都不是你们给我的，明白吗？说着他把剑指向吉日霖。

吉日霖不为所动，说，喀布，我们从小就认识，在我的印象中，你是一个善良温和的好人，这些都不是你自己想做的对不对？一定有人逼你对不对？

喀布厉声说，没有人逼我，是我自己愿意干的。说着他蹲在地上带着哭腔说，吉日霖，我说过我喜欢你，你却一点都不回应我，你不是和拓羽在一起，就是和王玉正在一起，我发过誓，谁喜欢你我就杀了谁，今天即使是拓羽来了，我一样会杀死他，现在倒是便宜了拓羽。

王玉正的生命在一点点流逝，脸色和嘴唇渐渐失了血色，他听到了喀布肆无忌惮的威胁，想抬手给他一剑，但是眼皮重得睁不开，在阳光下，他眼前一片粉红，手无力地垂了下来。

吉日霖说，喀布，我一直把你当哥哥，你怎么这样伤我。说着她流下了热泪。

细妹带着人踩着半人高的水，向山那边走，她计划带着人往高处走，她看到了水面上不时有尸体漂过，人的、动物的都有。

拓羽留在了孛罗城。看着洪水渐渐上升，水面上漂着一些垃圾，他平静地一步一步走上孛罗城的最高点，那是吉日霖的闺房。他走了进去，那柄长安王家清铜照子在梳妆台上发着光，拓羽拿起照子，照子里出现一张吉日霖明媚的笑脸，拓羽看着这张脸很安心，亲吻了照子。他把照子放在胸口，躺在吉日霖的床上，闻着满屋特有的香味，非常满足，心情愉悦。好累啊，他闭上眼睛沉沉地睡去。一张去长安学习的推荐信漂在逐渐升起的水面上。

此时，吉日霖胸口像被针扎了，狠狠地刺痛了一下，她蹲下身子，大口大口喘气。

细妹发现，脚下的水冒出一个巨大透明的水泡，水泡在水面炸开，那一片水翻涌着溢出，水还在上涨。向远处看去，水面不断有巨大的水泡冲到水面上，随着越来越多的水泡翻出，水面上升很快。这时，细妹猛然醒悟，这水泡是孛罗城周边三百眼泉泉眼生出来的。现在，孛罗城的山谷里不仅有融雪水、河水，更多的是从泉眼下不断涌出来的水。

细妹并没有多大信心带大家爬上那座高山，但她不能放弃，此时她像一面旗帜，是带领大家游向山顶的希望。

大家手拉手往前，有人被冲走了，细妹没有犹豫，继续前行，很快到了深水区，更多的人呛了水漂走了，细妹踩着水，扔掉了背在背上的银两，仍旧往前游，身旁只剩下几个人了。水底，这个装着银两的灰色小包袱，翻滚了几下，不见了踪影。

吉日霖缓了一会儿，站起来说，喀布，你动手吧，现在这个情况只允许我们挣扎片刻，你看洪水很快就会淹没山顶，我们都是一样的结果。

不一样，喀布接着说，吉日霖姑娘，虽然人都要死，但是要死得没有遗憾。我问你，你曾经有没有一点点喜欢过我？眼前的处境，他已无所顾忌。

吉日霖说，我一直都很喜欢你，你忘了我从小就缠着你，让你给我抓鸟了吗？

对，那个时候，你才八岁，我十三岁，你天天找我，要我给你抓鸟，那个时候我就喜欢上了你，你没发现吗？我一见你就脸红。

没注意到。吉日霖说。

我脸红是我丢人的事情，不能让你看到。这样一想，你确实很小就喜欢我，我误会你了，今天终于知道你的心意了，现在，我已完成了父亲交给我的任务，我没有什么挂念了，我死了也值了。喀布把剑扔进了洪水，说着“扑通”一声跳进水里，睁着圆圆的眼睛，“咕咚咕咚”喝了几口水，冒出几个水泡，挣扎了几下，没影儿了。那张水系图，这个时候从水里升到了水面，吉日霖只看了一眼，它就从她眼前漂走了。

这密集的变故让吉日霖的脑子停顿了几息，她扶起王玉正，王玉正感受到了温暖，睁开眼，看到吉日霖，气息微弱，疼痛仿佛消失了，他微笑着，眼中是对吉日霖的无限眷恋，他慢慢地闭上了眼睛。水渐渐上升，淹没了王玉正。王玉正的身体浮了起来，吉日霖站在齐腰深的水中，抱着王玉正，她说，如果有来生，我一定和你去长安，在长安酿神觉蓝酒，我希望你能回来。说着说着，她满脸泪水。泪水和洪水混在了一起。

水面还在上升，淹到了吉日霖肩膀，她已经站不稳了，不会游泳的她在水里荡来荡去，为了稳住自己，她只得放开王玉正，眼睁睁地看着王玉正随波漂走。

上涨的水泛起了波浪，一浪浪地打在吉日霖的脸上，她站稳脚跟，双手伸出水面，举向天空。

在遥远的大地那边有一个叫归墟的黑洞，可以吞进大江大河的水，当时她就有个疑问，吞进去的水去了哪里？孛罗城有三百眼泉，源源不断地从地下出了几百上千年的水，这次不知是谁启动了开关，把归墟的水引了出来，那么这里就是归墟的另一面——离墟。

水的高度已没过头顶，吉日霖挣扎着露出水面，看着天边的水际，等待最后一刻的到来。她放慢心跳，缓缓地闭上眼睛。

一束亮光照进这片水域，一艘圆头的大船出现在吉日霖上方。吉日霖抬头，呀！那是她八岁时遇见的船，船没有爽约——这艘金碧辉煌、船帆高扬的船，真的来接她了。

水中的吉日霖被轻轻托起，来到船甲板上。当她站起来，她发现船上都是她熟悉的人。每个人都和蔼地看着她、欢迎她，像是失散多年的亲人一样。让她惊喜的是，在人群的后面，一双眼睛深深地看着她，那是王玉正，她的手伸向自己的腰间，握着那把寒星吉日绵绵剑，感受着上面的温度。吉日霖不敢再看第二眼，她移开目光，她怕再看的时候发现不是他，一切只是一场梦。她鼻子发酸，泪水涌了出来，她转头看向船下。

船下一片汪洋。船在空中。吉日霖看到在很多座更高的山顶上，一些人和动物活了下来，等待着洪水消退。

乌云散去，金色的阳光照在水面上，无风无浪。

在那棵伫立在云端的紫桐树的顶端，一只巨大的金色鸟儿长鸣一声，飞向天空。

尾声　孛罗古城

孛罗城在它最辉煌时、在一个夏初的下午烟消云散，但可能在紫桐树的顶端，可能在紫桐树下三千丈，还有另一座孛罗城，人声鼎沸、熙来攘往。

农历甲辰年，一位中国科学院地质学博士在一次国际会议上，摊开了一张地图，准备向世界宣布：在距离孛罗古城所在地博乐市一百七十里的地方有一座很大的铁矿，骑马六个时辰都跑不到边，却被人制止。

一位名叫王玉正的权威专家找到他说，这个消息不要对外公布，把它留给子孙。

很多年以后，孛罗城的大水早已退去。历经沧海桑田，孛罗城的毁灭和重建不知有多少次，现在，它成了孛罗古城。孛罗城遗址旁有一个村子，俗称破城子村。有一年，破城子村村委会要建房子，挖地基时，发现了一大片人的遗骸。根据白骨分布面积，考古研究所的王博士分析：一步见方大约有三具白骨，十丈见方的分布区大约共有三百具遗骸。孛罗古城右边的孛罗河早已干涸，古河滩已成为农用地，农民时常会在浅浅的土壤层挖到金银铜币、陶片或者一截人的骸骨。他们确信，在遥远的古代，这里一定曾被一场大水所淹，七座瞭望台在前些年还有痕迹可循。村支书也确信，这些不是被正常埋葬的白骨，散落在孛罗古城附近各处的骸骨有几千具之多。

破城子村还有一名女性工作人员，她叫吉日霖。

后来，考古研究所的王博士团队对孛罗古城不断挖掘，长安王家清铜照子、百炼钢、锻钢、窑址、冶炼址、沐浴室、陶瓮、陶罐、陶灯、瓷碗、溜肩扁肚玻璃瓶、金银铜币等文物相继出土，让孛罗城隐藏在这些文物中的故事，像碎片一样逐渐被拼接了起来。

于是，这部长篇小说《孛罗城》呈现在了大家面前。

注释

①七里慈湖：七里慈湖为艾比湖，《中国河湖大典》（西北诸河卷）（中国水利水电出版社，2014 年 8 月第 1 版）第 123 页介绍艾比湖（Aibi Lake，Ebinur Lake）称，历史上位于艾比湖周围的博尔塔拉河、精河、奎屯河、喇叭河等 23 条河流均注入其中。近代，大规模的水利开发致使湖的地表水量明显减少，部分河流与湖泊失去地表水力联系，只有奎屯河、博尔塔拉河、精河还有水直接汇入艾比湖。

②尚田其：尚田，即上田，指最好的土地；其，即他。寓指尚田其拥有最好土地。

③刺刺城：大约是温泉县耶甫得尔合古城或者离孛罗城 150 里的城郭。刺刺是古代人对马的雅称。在古代文献中，马因其出色的速度和耐力被赋予各种美称，刺刺这一称呼可能来源于马的速度和力量，暗示其如同雷霆一般，具有不可阻挡的力量。这一称呼也反映了古代人对马的深厚情感和高度评价。刺刺城就是马城。

④马面与敌台：马面是古代城防体系中的重要设施，通常指城墙向外凸出的部分，用于增强城墙的防御能力。敌台与马面类似，但敌台通常比城墙更高，用于在城墙失守后提供更高的射击平台，继续对敌人进行攻击。敌台顶部设有垛口，用于放置弓弩、火枪等武器，增强城墙的持续防御能力。

⑤城郭：城指内城的墙，郭指外城的墙。城郭的规模比例一般为 3∶7，即内城较小、外城较大。城池通常指城墙和护城河，是古代的军事防御建筑，城郭则是指内城和外城。

⑥长安王家清铜照子：是长安王家特地给姑娘订制的清铜照子，还是王姓匠人自己的品牌？《收藏家》2016年6月刊的《试论汉代的杜氏铜镜铸造作坊（上）》称汉代唯一署名铜镜作坊的“杜氏作”铜镜，如“杜氏作”三龙镜，周围双圈内铭文为：“杜氏作竟（镜）四夷服，胡虏殄灭人民息，风雨时节五谷孰（熟）。”外饰栉齿纹，东汉时期，传出绍兴。“长安王家清铜照子”，并没有说是“王氏作”而直接说长安王家，因此，本书作者更倾向于理解为“长安王家特地给姑娘订制的清铜照子”。

⑦神觉蓝：“神觉”取自神爵。神爵是汉宣帝年号，汉宣帝神爵二年（公元前60年），为了管理统一后的西域，西汉在乌垒城（今轮台县境内）建立西域都护府，正式在西域设官、驻军、推行政令，这就是《汉书·郑吉传》中所称的“汉之号令班西域矣！”西域从此成为我国领土不可分割的一部分。而神觉蓝在小说中指的是在博州境内大量生长的植物骆驼刺。骆驼刺因骆驼喜食而得名，能有效缓解腹泻、腹胀、腹痛、牙痛、疼痛等症状，还具有抗氧化、抗过敏等功效。骆驼刺花有滋补、涩肠止痛之功效，可以治疗腹泻、腹痛和痢疾，还可用于治疗神经性头痛。在小说中神觉蓝酒和神觉汤是功能性酒和功能性汤。

⑧青石板：灵感来源于电影《2001太空漫游》中具有神秘力量的黑石板。小说中的青石板指的是博州特有的石头——天山青，它是在新疆博乐阿合提别科尔赞布拉克（哈萨克语）峡谷河床中意外发现的一种奇特的石头；起初被命名为“海林石”“眼睛石”，后因产地在天山西段北麓，色泽以青灰色为主，有天然光泽，似瓷器里的“青瓷”“秘色瓷”，故改称“天山青奇石”，简称“天山青”。

⑨弓月城：即后来的阿力麻里城。

⑩折柳：折柳的具体风俗起源于汉朝长安的灞桥，时人送客时常在此折柳枝相赠。后来这一习俗逐渐普及，成为一种送别的象征。